Der sechste Fall für Zorn und Schröder

»Ich bin nicht hier, weil ich wissen will, ob du ihn gesehen hast. Ich bin hier, weil ich wissen will, ob du ihn getötet hast.«

Hauptkommissar Claudius Zorn kann es nicht fassen, als er am Morgen seines fünfundvierzigsten Geburtstags neben Staatsanwältin Frieda Borck aufwacht. Wie, bitteschön, konnte das passieren? Auf dem Präsidium kommt es fortan zu peinlichen Zusammentreffen der beiden, und zwischendurch wartet Zorn wie ein liebeskranker Teenager darauf, dass die Staatsanwältin auf seine SMS antwortet. Doch eigentlich hat Zorn noch ein viel gravierenderes Problem: Schröder und er ermitteln in einem neuen Fall, die Leiche eines jungen Mannes wurde an einen Baum gefesselt am Flussufer gefunden. In seinem Oberschenkel steckt ein Zimmermannsnagel, ein möglicher Hinweis auf Folter. Schröder bittet Zorn, die Anruferliste auf dem Handy des Toten durchzugehen. Zorn, nicht ganz bei der Sache, kümmert sich erst viel zu spät darum. Nur, um auf etwas zu stoßen, was er lieber nie gefunden hätte. Denn der Tote hat kurz vor seiner Ermordung eine Nummer gewählt, die Zorn kennt. Und plötzlich steckt Zorn mitten in etwas drin, das ihn vor ein schier unlösbares moralisches Dilemma stellt …

Stephan Ludwig arbeitete als Theatertechniker, Musiker und Rundfunkproduzent. Er hat drei Töchter, einen Sohn und keine Katze. Zum Schreiben kam er durch eine zufällige Verkettung ungeplanter Umstände. Er lebt und raucht in Halle.

Außerdem bei FISCHER Taschenbuch erschienen:
»Zorn – Tod und Regen«, »Zorn – Vom Lieben und Sterben«, »Zorn – Wo kein Licht«, »Zorn – Wie sie töten«, »Zorn – Kalter Rauch«
Alle Bände der Zorn-Reihe sind erfolgreich fürs Fernsehen verfilmt.

Weitere Informationen, auch zu E-Book-Ausgaben, finden Sie bei
www.fischerverlage.de
Claudius Zorn ist auch auf Facebook.

Stephan Ludwig

ZORN

Wie du mir

THRILLER

FISCHER Taschenbuch

Originalausgabe
Erschienen bei FISCHER Taschenbuch
Frankfurt am Main, November 2016

© 2016 S. Fischer Verlag GmbH, Hedderichstr. 114,
D-60596 Frankfurt am Main

Satz: Fotosatz Amann, Memmingen
Druck und Bindung: CPI books GmbH, Leck
Printed in Germany
ISBN 978-3-596-03608-0

Und da er sah einen Schädel auf dem Wasser treiben, redete er ihn an und sprach: Weil du ertränkt hast, ertränkte man dich, und die dich ertränkten, werden ertrinken.

Talmud

Eins

Zweitausendfünf. Mitte Februar.

Er lag auf dem Rücken und zählte die Sterne.

Es war kalt, sehr kalt. Ein eisiger Windhauch wehte durch die Schlucht, streifte die schroff um ihn aufragenden Felsen, rauschte in den Wipfeln der froststarren Bäume. Sein Atem kondensierte in der klirrenden Luft. Spitze, scharfkantige Steine bohrten sich in seine Haut.

Er spürte es nicht. Er zählte.

Funkelndes Licht auf nachtschwarzem Samt. Ein ovales, flimmerndes Leichentuch, gesäumt von den Rändern des Talkessels. Knorrige, von Alter und Wind gekrümmte Bäume krallten sich hoch oben in den felsigen Grund, reckten die kahlen Äste in die Dunkelheit.

Er lag genau in der Mitte der Schlucht. Ein älterer Herr Mitte fünfzig, die dünnen Beine ausgestreckt, die Arme flach neben dem nackten Körper. Reglos, als nähme er ein Sonnenbad an einem heißen, stickigen Hochsommertag. Seine Haut schimmerte bläulich, das spärliche Haar auf der mageren Brust war mit Raureif überzogen, hob und senkte sich im ruhigen Takt seines Atems. Ansonsten bewegte er sich nicht. Nur seine Augen, starr nach oben gerichtet, blinzelten ab und zu.

Er zählte.

Acht. Neun. Zehn.

Weiter kam er nicht, dann fing er von vorn an. Wie viele Male er das bisher wiederholt hatte, wusste er nicht. Oft, sehr oft. Er lag schon eine Weile hier. Es ging nicht um das Ergebnis, wie auch? Es gab keines. Eine unvorstellbare Menge. *Myriaden*, wie es hieß. *Äonen.* Unendlich viele Sterne in unendlich vielen Größen. Unendlich weit entfernt.

Und schön. Unendlich schön.

Sinnlos, sie zu zählen.

Er tat es trotzdem, um die Zeit des Wartens zu verkürzen.

Ein stilles, zufriedenes Lächeln umspielte seine Mundwinkel. Die Lippen, bleich, blutleer, hatten die Farbe von bröckelndem Beton angenommen. Die Spur seiner bloßen Füße zog sich über hundert Meter in einer schnurgeraden Linie auf der hauchdünnen Schneedecke vom Eingang der Schlucht bis zu der Stelle, an der er nun lag. Seine Sachen baumelten in den Zweigen einer Kiefer, jedes Kleidungsstück sorgfältig aufgehängt wie an den Haken einer Garderobe. Darunter standen seine schwarzen Lackschuhe, bedeckt von den in der Mitte gefalteten Strümpfen.

Anfangs hatte er die Kälte noch gespürt, das Ausziehen war nicht einfach gewesen. Der altmodische Filzhut und der Kaschmirschal, den Katja ihm damals zu ihrem fünften Hochzeitstag geschenkt hatte, waren schnell abgestreift gewesen, doch mit dem schweren Wollmantel hatte er Probleme gehabt. Seine Finger waren taub gewesen, es hatte eine Weile gedauert, bis er die samtüberzogenen Knöpfe geöffnet hatte.

Er hatte alles zurückgelassen, dort, am Eingang der Schlucht neben dem Plateau, auf dem im Sommer die Bühne für die Freiluftkonzerte errichtet wurde. *Fast* alles. Seine Finger tasteten neben den nackten Oberschenkeln über den gefrorenen Schotter, schlossen sich um kaltes Messing.

Ein Schatten huschte über ihm durch die Nacht. Ein Vogel, wahrscheinlich eine Krähe. Vielleicht auch ein Habicht, er hatte gelesen, dass die Tiere sich immer mehr in den Städten breitmachten, langsam, aber unbarmherzig verdrängt aus ihren natürlichen Lebensräumen. Lautlos verschwand der Vogel hoch oben zwischen den Bäumen. Irgendwo dort, sagte man, hatte im Mittelalter der Galgen gestanden, von dem die Schlucht ihren Namen hatte. Wo genau, wusste niemand, doch die Gehenkten, hieß es, würden noch immer umgehen.

Deshalb hatte er diesen Ort nicht ausgesucht. Er glaubte nicht an das alberne Getuschel über ruhelose Tote, deren klagende Rufe in mondlosen Nächten von den zerklüfteten Felsen widerhallten. Sicherlich, er hätte es woanders zu Ende bringen können, doch hier war er richtig. Es *fühlte* sich zumindest richtig an, er war kein analytisch denkender Mann, er war Musiker, ein Bauchmensch. Oft genug hatte er auf der großen Bühne unter den Felsen gesessen, die Trompete an den Lippen, den Blick über das Notenpult auf den Dirigenten und die Köpfe der andächtig lauschenden Masse gerichtet, ein paar Dutzend Meter von der Stelle entfernt, an der er jetzt lag. *Das* war der Grund, warum er diesen Ort gewählt hatte. Sicherlich, es war lange her, doch hier war er zufrieden gewesen, der Gedanke an diese Momente hatte etwas Tröstliches.

Ein Käuzchen schrie. Einmal, noch einmal, dann verhallte der Schrei, ging unter im misstönenden Kreischen der Bremsen einer S-Bahn. Das Echo schwebte eine Weile zwischen den Felsen, dann war es wieder still, abgesehen vom stetigen Rauschen des nächtlichen Verkehrs und dem ruhigen, gleichmäßigen Schlag seines Herzens.

Puck. Puck.

Er schloss die Augen.

Puck. Puck.

Schneekristalle hingen in seinen Wimpern.

Puck. Puck.

Dies war der Ort. Das Ziel. Sein Leben lang war er darauf zugesteuert, ohne sich dessen bewusst zu sein. Er hätte es nicht verhindern können, auch nicht, wenn er gewollt hätte. Es war logisch. Die letzte, endgültige Konsequenz. Er war angekommen, nach vierundfünfzig Jahren, drei Monaten und siebzehn Tagen. Endlich.

Die Frage war nur, warum es so lange gedauert hatte.

Eine weitere Böe fegte durch die Schlucht. Trockener, pulvriger Schnee wirbelte auf, sank wieder herab. Sein Körper glänzte, bedeckt mit einer hauchzarten Schicht. Puderzucker auf kaltem, erstarrtem Kerzenwachs.

Er hatte ihn immer in sich getragen, diesen Wunsch nach Ruhe. Sein Dasein war geprägt gewesen von einer unerklärlichen Trübsal, einer freudlosen Mischung aus Tristesse und Melancholie. Der einzige Halt, den er gefunden hatte, war die Trompete. Er war gut, hieß es, einer der besten, bekannt für seine glasklare, sichere Intonation, ein virtuoser Meister seines Fachs. Trotzdem, *glücklich* war er nie gewesen. Zufrieden vielleicht, abgelenkt von der Musik für einen gewissen Zeitraum, ein kurzes Auftauchen aus sumpfigem Morast.

Ein paar Wochen vor seinem vierzigsten Geburtstag war Katja gekommen und mit ihr das Glück. Dieser dunkle Drang, alles hinter sich zu lassen, verzog sich allmählich, und später, als die Kinder kamen, als sie eine Familie wurden, verschwand er für ein paar Jahre.

Jedenfalls so lange, wie sie bei ihm waren.

Zuerst war Katja gegangen. Ein Blutgerinnsel, hatten die Ärzte gesagt. Ein schneller, gnädiger Tod, hatten sie gesagt. Schicksal, hatten sie gesagt, nicht zu ändern.

Der Schmerz hatte ihn fast zerrissen. Ein wütendes Tier, das nie wieder von seiner Seite weichen sollte. Trotzdem hatte er weitergemacht. Ein Vater muss für seine Kinder da sein. Für die Jungs, gerade erst in die Schule gekommen. Und für Sascha, die Kleinste. Die Nachzüglerin. Die Schönste von allen. Sascha, die ihrer Mutter folgte, bevor sie zehn Jahre alt wurde. Schreiend, in einem qualvollen, diabolischen Höllenritt, umgeben von einem Meer aus Blut.

Er öffnete die Augen. Sein Körper war taub, jegliches Gefühl war aus ihm gewichen. Er spürte die Kälte nicht, sein Hirn, von

Tabletten und Alkohol umnebelt, gaukelte ihm eine w⸢
Wärme vor. Wieder begann er zu zählen, sein Blick wandⳑ
über den funkelnden Himmel. Eine Sternschnuppe zog in einen⸏
majestätischen Bogen über ihn hinweg, er sah, wie der Licht-
schweif hinter den Bäumen verglühte.

Ein Wunsch, schoss es ihm von Ferne durch den Kopf, er
konnte sich etwas wünschen. Ein Lächeln teilte seine bleichen
Lippen, es gab nichts mehr, das er wollte. Nur diesen einen, endgültigen Wunsch, den er sich jetzt endlich erfüllte.

Seinen Tod.

Er hatte lange gewartet. Selbst, nachdem Sascha gestorben
war, hatte er noch ein paar Jahre durchgehalten. Hatte gekämpft, um die Schuldigen zu bestrafen, ein sinnloser Kampf,
den er verloren hatte. Spätestens da hätte er Schluss machen
müssen, doch er war nicht allein gewesen, seine Söhne, sie waren
zu jung, hatten niemanden außer ihm. Er hatte weitergemacht,
war durch sein Leben gestrampelt wie ein Schwimmer mit blei-
ernen Gewichten an den Füßen, nicht, um das Ufer zu erreichen,
sondern einzig und allein mit dem Ziel, endlich versinken zu
dürfen.

Ein ferner, einsamer Glockenschlag hallte durch die Nacht.
Stille, dann ein zweiter. Die Turmuhr der Backsteinkirche auf der
anderen Seite des Flusses, tagsüber ging das Läuten im städtischen Lärm unter. Dort, auf dem Hügel stand das Haus, in dem er
zuletzt mit seinen Söhnen gelebt hatte. Sie schliefen jetzt, tief und
fest. Morgen früh würden sie pünktlich aufwachen, er hatte ihnen
den Wecker gestellt, damit sie nicht zu spät zur Schule kamen.
Das Frühstück stand auf dem Küchentisch, Cornflakes und frische Milch, er hatte ihre Wintersachen zurechtgelegt, sie sollten
sich nicht erkälten. Erst letzte Woche hatte er ihnen neue Mäntel
gekauft, sie wuchsen so schnell. Je älter sie wurden, desto mehr
erinnerten sie ihn an ihre Mutter.

Trotzdem. Sie waren immer noch zu jung, viel zu jung.

e nicht mehr warten können.

Arzt gewesen. Eigentlich, um das Zittern behan-
ein gelegentliches, unkontrollierbares Zucken
nächst hatte er es in den Beinen bemerkt. Kurze,
stöße, die irgendwann auch an den Armen auf-
……en. Er hatte Angst gehabt, dass seine Hände in Mitleiden-
schaft gezogen würden, seine Finger, er brauchte sie zum Trompete spielen. Sein Geist, hatte er gedacht, mochte womöglich
verrücktspielen, er hatte keinen Einfluss darauf, doch sein Körper sollte gefälligst bis zum Ende funktionieren.

Dann hatte er die Diagnose bekommen.

Er hatte immer geahnt, dass etwas nicht stimmte. Die
Trauer, die sein Gemüt umgab wie ein schmutziger Kokon. Die
Todessehnsucht, die manchmal aufkeimende, unerklärliche
Wut. Aussetzer, Zeitsprünge. Dieses Zittern. Alles hing zusam-
men.

Er war krank. Unheilbar krank. Sein Weg war von Anfang an
vorgezeichnet gewesen, seit seiner Geburt. Er würde als zucken-
des, schreiendes Bündel enden. Es gab keine Medikamente. Keine
Therapie.

Es lag in den Genen. Eine Erbkrankheit, weitergegeben von
Generation zu Generation. Ein Fluch, der über seiner Familie lag,
sie trugen es in sich. Sein Großvater, der sich eine Schrotflinte in
den Mund gesteckt hatte. Sein Onkel, erstickt am eigenen Erbro-
chenen. Seine Großtante, verblutet, nachdem sie versucht hatte,
sich selbst die Gebärmutter zu entfernen. All die anderen, versunken in Wahnsinn, Depression und Demenz.

Es war Schicksal. Ein chemischer Prozess, der das Hirn vergif-
tete, die Zellen nach und nach implodieren ließ. Dieses Gift, er
hatte es weitergegeben. Die Wahrscheinlichkeit lag bei fünfzig
Prozent, hatte der Arzt gesagt. Einer seiner Söhne trug es in sich,
statistisch gesehen. Womöglich beide.

An diesem Punkt hatte er aufgegeben. Er konnte es ihnen

nicht sagen, sie waren zu jung. Helfen konnte er ihnen ebenfalls nicht, wie auch? Er war nicht einmal in der Lage, sich selbst zu helfen.

Ein Mensch, hatte er gedacht, ist dazu da, die zu schützen, die er liebt. Wenn er das nicht kann, ist er nutzlos.

Er hatte es aufgeschrieben, irgendwann würden sie es lesen. Vielleicht würden sie damit zurechtkommen, besser als er. Vielleicht auch nicht. Er würde es nie erfahren.

Wieder schlug die Glocke. Drei dünne, klägliche Schläge, wie ein fernes, ängstliches Rufen. Nein, er hatte keine Angst. Weder Angst noch Schmerzen. Sein Körper war längst taub, passte sich der Umgebungstemperatur an. Ein logischer Prozess. Reine Physik.

Die Sterne verschwammen über ihm, verschmolzen miteinander, ein pulsierendes, flimmerndes Wabern. Sein Kopf sank zur Seite, ein dürrer, steifgefrorener Grashalm streifte seine Wange, er spürte es nicht. Die Trompete lag neben ihm, kaum einen Meter entfernt zwischen reifbedecktem Unkraut und gefrorenen Hundehaufen. Eisblumen schimmerten auf dem geschwungenen Messing, er wollte die Hand heben, noch einmal über die Ventile streichen, eine letzte Berührung zum Abschied. Seine Muskeln gehorchten nicht.

Nur sein Herz schlug noch.

Puck.

Leiser jetzt.

Puck.

Langsamer.

Puck.

Gut so, er war müde.

Puck.

Dann kam sie endlich.

Puck.

Die Ruhe.

Zwei

Jetzt.

Scheiße.

Ein Wort, das im Leben des Claudius Zorn eine besondere Bedeutung hatte. Er benutzte es häufig, in den verschiedensten Variationen und Lautstärken. Im Laufe der Jahre hatte er eine beachtliche Bandbreite entwickelt, sie reichte vom resignierten Stoßseufzer über diverse Zwischentöne bis zum martialisch gebrüllten Wutschrei. Manchmal, in Abhängigkeit der Sachlage, benutzte er das Wort in Verbindung mit einem Adjektiv, auch hier war die Auswahl alles andere als originell –»verdammte«, »verfickte« oder »dämliche Scheiße« – in den meisten Fällen allerdings blieb es bei diesen beiden Silben.

Scheiße.

Zum einen, weil sein Wortschatz relativ begrenzt war – Hauptkommissar Zorn mochte viele Eigenschaften haben, Kreativität gehörte definitiv nicht dazu –, zum anderen hatte er oft die Gelegenheit, er war ein Mensch, der ständig in Situationen kam, die einfach nur als *beschissen* zu bezeichnen waren. Irgendwo in seinem Inneren musste der liebe Gott einen Magneten verbaut haben, er zog das Pech an, tappte mit geradezu traumwandlerischer Sicherheit in jede Falle, sein Weg, da war er sicher, war gepflastert mit Fettnäpfchen in allen erdenklichen Größen, Formen und Farben.

Scheiße.

Es kam selten vor, dass Claudius Zorn das Wort direkt nach dem Aufwachen benutzte, doch in dieser kühlen, feuchten Novembernacht, kurz vor dem Morgengrauen war es das erste, was ihm durch den Kopf ging. Der Kontext allerdings war neu. Zorn war weder wütend noch traurig, auch nicht genervt oder frustriert.

Er war verwirrt.

Er war nackt. Und er war müde.

Drei, vier Stunden hatte er höchstens geschlafen. Im Flur brannte das Licht, ein schmaler Strahl drang durch die halboffene Tür ins Schlafzimmer. Die Decke lag irgendwo am Fußende des Betts auf dem Teppich, im Schlaf musste er sich freigestrampelt haben.

Die Matratze bewegte sich. Die Frau neben ihm wandte ihm den Rücken zu, schläfrig murmelnd kuschelte sie sich tiefer in das gestreifte Kissen. Sie war ebenfalls nackt, ihre Schulterblätter bewegten sich unter der glatten Haut. Das lange, lockige Haar floss wie Wasser über das Laken, sie zog die Bettdecke über die schmalen Hüften, kratzte sich im Schlaf an der Wade und lag wieder still.

Zorn gähnte, schloss die Augen. Überlegte, wie er sich verhalten sollte, wenn sie aufwachte. Ein lässiges Grinsen vielleicht, ein Kuss auf die Wange oder ein lockerer Spruch. Ein paar Worte nur, nett, aber trotzdem cool.

Scheiße konnte er ja schlecht sagen.

Er drehte sich zu ihr um, legte den Arm um ihre Schulter, atmete ihren Duft. Lauschte ihrem ruhigen Atem. Spürte ihre Wärme. Ihr Haar kitzelte seine Nase.

Irgendwas, dachte er, muss ich mir einfallen lassen. Irgendwas.

Er schlief wieder ein.

*

Der zerlumpte Mann hatte es eilig.

Die schiefgetretenen Absätze seiner klobigen Schuhe klapperten auf dem Bürgersteig, der rissige Beton war feucht, verschwand teilweise unter einer glitschigen Schicht aus nassem, verwelktem Laub. Es war noch dunkel, das Licht der Laternen spiegelte sich auf der mit Kopfstein gepflasterten Straße. Die fleckigen Dächer der verfallenen Mietskasernen waren feucht von nächtlichem Tau.

Er lief zügig, mit kurzen Schritten, bestrebt, das Obdachlosenheim so schnell wie möglich hinter sich zu lassen. Die Nacht war schlimm gewesen, wie immer. Seit zwölf Jahren lebte er jetzt auf der Straße, trotzdem, er würde sich wohl nie daran gewöhnen. An das Schnarchen der anderen, den Gestank nach Männerschweiß und Urin.

Nach hundert Metern blieb er stehen. Sah sich schnaufend um, stellte fest, dass er allein war. Dann lief er weiter. Langsamer jetzt, mit hängenden Schultern, das unrasierte Kinn in den Maschen eines zerschlissenen Wollschals vergraben, den Blick aus alter Gewohnheit zu Boden gerichtet, jederzeit auf der Suche nach etwas, das sich zu Geld machen ließ.

Er stand immer vor den anderen auf, um als Erster seine Runde drehen zu können. Zwei Kilometer die Straße entlang, bis sich die Fahrbahn teilte und vierspurig in Richtung Südstadt führte. Die Papierkörbe am Straßenrand wurden erst am späten Vormittag geleert, er sammelte die Flaschen ein, das Pfandgeld reichte für zwei, drei Bier, manchmal fand er genug, um sich ein Päckchen Tabak leisten zu können. Er bettelte nicht wie die meisten anderen, schnorrte keine Zigaretten. Diesen letzten, kläglichen Rest Würde hatte er sich bewahrt.

Er lief an einem schiefen Bauzaun entlang, Unkraut rankte zwischen den Maschen empor. Dahinter erstreckte sich die graue Fassade eines halbfertigen Sportcenters. Der Bau ruhte seit Jahren, das Dach war nie gedeckt worden, leere Fensterhöhlen gähnten in mit Graffiti verschmiertem Beton. Im Sommer schlief er manchmal in der Ruine, notdürftig mit Zeitungen zugedeckt, zwischen rostenden Eisenträgern und altem Baumaterial.

Sein Atem dampfte in der kühlen Luft. Es roch nach nassem Laub und kaltem Rauch, der raue Duft des Herbstes. Bald würde der erste Frost kommen, die harte Zeit des Jahres.

Der erste Papierkorb. Er bückte sich, wühlte mit einem Stock in den Abfällen. Keine Flaschen, stattdessen förderte er ein grünes Einwegfeuerzeug zu Tage. Ein Klicken, mit einem zufriedenen Nicken betrachtete er die gelbliche Flamme, verstaute das Feuerzeug in einer Tasche seines speckigen Wintermantels und schlurfte weiter.

Eine Straßenbahn rauschte vorbei. Er sah nicht auf, das halbe Dutzend Menschen in den Wagen interessierte ihn nicht. Es war eine andere Welt, längst nicht mehr die seine. Noch vier Papierkörbe lagen auf seinem Weg, dann würde er den Parkplatz vor dem Supermarkt kontrollieren. Beim nächsten Papierkorb hatte er mehr Glück, eine Bierflasche mit Bügelverschluss. Fünfzehn Cent, nicht schlecht für den Anfang.

Er verstaute die Flasche in einer Plastiktüte. Vor ihm vollzog die Straße eine Rechtskurve, sein Blick fiel auf die andere Straßenseite, er kniff die geröteten Augen zusammen. Gegenüber befand sich eine verwilderte Laubenkolonie zwischen den leerstehenden Häusern, ein wenig zurückversetzt von der Straße. Sein Interesse galt der Bank auf dem schmalen Grünstreifen, besser gesagt dem, was dort zwischen leeren Pizzaschachteln, zerknüllten Zigarettenpackungen und angebissenen Dönerresten im zertretenen Gras verstreut lag.

Ein paar Teenager mussten letzte Nacht dort gefeiert haben, sie hatten sich nicht die Mühe gemacht, ihren Müll zu beseitigen – das taten sie nie. Allerdings hatten sie mehr hinterlassen als wertlose Essensreste. Sicherlich, dachte er, weil sie zu betrunken gewesen waren, vielleicht war es ihnen einfach egal. Wahrscheinlich beides.

Er zählte drei, nein vier braune Flaschen. Die Schnapsflasche war wertlos, die silbern schimmernden Red-Bull-Dosen allerdings brachten fünfundzwanzig Cent pro Stück, es schien fast ein Dutzend zu sein.

In der Ferne erklang das tiefe Dröhnen eines Diesels. Er beachtete es nicht, er rechnete. Drei Euro lagen dort drüben neben der Bank, wenn nicht mehr. Er betrat die Straße, im Laufen streifte er den Rucksack ab, die Tüte würde nicht reichen. Rechts von ihm näherte sich das Motorengeräusch, dicke Reifen holperten über Kopfsteine, ein schwerer Wagen näherte sich, er fuhr schnell, noch verborgen hinter der Kurve.

Der zerlumpte Mann erreichte die Straßenmitte, blieb auf den Schienen stehen, den Blick noch immer nach drüben gerichtet. Ungeduldig trat er von einem Bein aufs andere, wartete, dass der Wagen vorbeifuhr. Die Tüte in seiner Hand schwang hin und her, die Flaschen klirrten leise. Er straffte sich, als er den leeren Bierkasten erblickte, der hochkant drüben an der Bank lehnte, registrierte am Rande, dass die Reifengeräusche plötzlich leiser wurden, in Gedanken war er bei dem Kasten, der weitere ein Euro fünfzig brachte. Sein Herz hüpfte vor Freude, er überlegte, was er mit dem Geld anstellen würde. Kuchen, er konnte sich ein Stück Kuchen kaufen, er hatte ewig keinen gegessen. Vielleicht würde er sich auch Zigaretten holen, keinen Tabak, nein, richtige Filterzigaretten, und als die Scheinwerfer aufflammten und der Wagen, der nun in der Mitte der Straße fuhr, mit achtzig Stundenkilometern direkt auf ihn zuraste, schwankte der zerlumpte Mann noch immer zwischen einem Stück Kuchen und einer Packung Zigaretten.

Heute ist definitiv mein Glückstag, dachte er noch, dann brach seine Hüfte, barst wie brüchiges Holz unter dem Aufprall der Stoßstange des bulligen Geländewagens. Er wurde emporgeschleudert, wirbelte durch die Luft, sein Herz, noch immer pochend in freudiger Erregung, verstummte schlagartig, als er mit dem Rücken voran auf die Bordsteinkante prallte, die Wirbelsäule zertrümmert wie sprödes Glas.

Das Letzte, was er in seinem Leben sah, war das Flackern der Bremslichter, was er zuletzt hörte, war das kurz darauf folgende Quietschen der durchdrehenden Reifen. Als der Geländewagen mit aufheulendem Motor in einer Nebenstraße verschwand, war er bereits tot, er bemerkte es nicht mehr.

Niemand bemerkte es.

Drei

Er lag auf dem Rücken, starrte an die Decke und wartete. Sie schlief noch immer, tief und fest, ihr Kopf lag auf seiner Brust, hob und senkte sich im Rhythmus seines Atems. Die Sonne schien schräg durchs Fenster, er spürte die Wärme auf den nackten Unterschenkeln. Die Scheiben, staubig nach einem heißen, trockenen Sommer, mussten dringend geputzt werden, er schob es seit Wochen vor sich her.

Zorn blinzelte. Im Moment hatte er andere Probleme.

Er brauchte dringend eine Zigarette. Seit einem Jahr rauchte er kaum noch in seiner Wohnung, wenn, dann nebenan im Wohnzimmer am geöffneten Fenster. Jetzt allerdings war ihm das egal, es war ein Notfall. Sein Körper *schrie* förmlich nach Nikotin.

Seine Sachen lagen in einem zerknüllten Haufen vor der Heizung, Strümpfe, Unterhose, T-Shirt. Die Jeans hing über einem Stuhl neben der Tür, das linke Hosenbein war zur Hälfte umgekrempelt, die Zigarettenschachtel lugte halb aus der Tasche hervor.

Sein linker Arm war eingeschlafen, er bewegte sich sacht, um die Muskeln zu lockern. Sie knurrte im Schlaf, schmiegte sich enger an ihn. Mit der freien Hand strich er sich ihr Haar aus dem Gesicht, vorsichtig, er wollte sie nicht wecken.

Er brauchte noch Zeit. Musste die Gedanken ordnen, herausfinden, was da überhaupt passiert war. Wichtiger noch, *warum* es dazu gekommen war, doch je mehr er überlegte, desto größer wurde seine Ratlosigkeit.

Sicherlich, Zorns Verwirrung wäre zu jedem Zeitpunkt die gleiche gewesen, doch heute war ein Tag, an dem er sich traditionell unwohl fühlte, meist zog er sich zurück. Er mochte weder

Feiertage noch Jubiläen, hasste es, Geschenke zu bekommen. Abgesehen davon war er seit Ewigkeiten nicht mehr neben einer Frau aufgewacht, hatte es auch nicht darauf angelegt, er war zu beschäftigt gewesen mit anderen, wichtigeren Dingen. Sicherlich, irgendwann wäre es passiert, er war kein Mönch, dass es aber ausgerechnet *diese* Frau sein musste, hätte er im Traum nicht erwartet. Es war nicht nur verwirrend, sondern auch unklug, jedenfalls für jemanden wie ihn, Zorn, der vor allem auf seine Ruhe bedacht war, und die, davon musste er ausgehen, war jetzt gefährdet, sowohl zu Hause als auch auf Arbeit, wie sollte er …

Eine Bewegung riss ihn aus seinen Gedanken. Ihre Hand tastete über die Decke, schloss sich um seine Finger. Zorn versteifte sich, sein Mund wurde trocken. Scheiße, jetzt kam der Moment, an dem er etwas sagen musste.

Das musste er dann doch nicht, sie kam ihm zuvor.

»Guten Morgen«, murmelte Frieda Borck. »Alles Gute zum Geburtstag.«

*

Es war Schröders Idee gewesen.

Er hatte es als *nettes kleines Beisammensein* bezeichnet, eine Einladung zum Essen. Zorn hatte sich nichts weiter dabei gedacht, in letzter Zeit hatten sie sich öfter getroffen. Er mochte das Haus, das Schröder vor ein paar Monaten gekauft hatte, den Garten, den Blick über den See. Dass Schröder womöglich Hintergedanken haben könnte, war ihm nicht in den Sinn gekommen, ihre Geburtstage waren tabu, weder schenkten sie sich etwas, noch gratulierten sie einander, eine stumme Vereinbarung, die sie bisher immer eingehalten hatten – für Claudius Zorn eine einfache Sache, da er nicht einmal wusste, wann Schröder Geburtstag hatte. Er selbst nahm an seinem *Ehrentag* gewöhnlich frei, führte die unvermeidlichen Telefonate mit seiner Mutter und seinem

Bruder und wartete auf den Abend, um schnellstmöglich wieder in seinen alltäglichen Trott verfallen zu können.

Zunächst hatte er keinen Verdacht geschöpft. Ein wenig verwundert war er gewesen, als er bemerkte, dass sie den Abend nicht zu zweit, sondern zu dritt verbringen würden. Er wusste, dass Schröder und Frieda Borck sich mochten, es war allerdings das erste Mal, dass sie sich in ihrer Freizeit trafen. Wie immer hatte Schröder ein üppiges Mahl aufgetischt, Tomatensuppe als Vorspeise, danach gefüllte Hühnerbrust, Salat, zum Dessert gezuckerte Himbeeren mit Schlagsahne. Sie hatten lange gegessen, Wein getrunken, hatten durch das große Wohnzimmerfenster hinaus auf den See geschaut und geredet. Sie hatten über das Haus gesprochen, im nächsten Frühjahr würde Schröder das Dach neu decken lassen, Zorn hatte – wie immer, ohne die geringste Ahnung zu haben – Tipps gegeben, sie hatten über den Garten geplaudert, über Rasenpflege, Zorn hatte die Himbeeren gelobt *(lecker, Schröder, echt jetzt!)*, dieser war plötzlich aufgestanden, hatte eine Flasche Champagner aus der Küche geholt und dem verdutzten *rüstigen Jubilar* alles Gute gewünscht. Es war genau Mitternacht gewesen, die Staatsanwältin hatte Zorn einen Kuss auf die Wange gegeben. Das Kribbeln, das der nun fünfundvierzigjährige Hauptkommissar in diesem kurzen Moment verspürte, war sofort dem üblichen Unwohlsein gewichen. Das Gespräch war ins Stocken geraten, Zorn hatte verlegen an seinem Champagner genippt, nach einer Viertelstunde schließlich hatte er zum Telefon gegriffen und ein Taxi bestellt.

»Alles okay?«, fragte sie.

Frieda Borck sah ihn an. Sie lag neben ihm auf der Seite, den Kopf mit der Hand abgestützt. Das Haar hing in wilden, ungezähmten Locken über ihre nackten Schultern. Es war das erste Mal, dass er sie so sah, er kannte sie nur mit nach hinten gebundenem Zopf.

»Ja«, sagte er.

Das war es. Irgendwie. Irgendwie auch nicht.

Sie war mitgefahren, logisch, schließlich mussten sie in die gleiche Richtung. Was genau auf dieser Fahrt durch die nächtliche Stadt zwischen ihnen geschah, würde Zorn sich nie erklären können, schweigend hatten sie auf dem Rücksitz des Taxis gesessen, kein Wort, keine Berührung. Etwas änderte sich in diesen stillen Minuten, als würde eine unsichtbare Wand lautlos in sich zusammenrutschen, und als das Taxi schließlich vor Zorns Wohnhaus hielt, diesem riesigen, vierzehnstöckigen Betonklotz, da war alles irgendwie klargewesen, logisch, selbstverständlich und er kannte ihre Antwort, bevor er die Frage gestellt hatte.

Ob sie mitkommen wolle.

Ja, hatte sie gesagt. Mehr nicht.

»Bist du sicher?«, fragte sie.

»Ob alles okay ist? Aber klar doch.«

Das sollte entspannt klingen, locker. Ähnlich gelassen wie die Staatsanwältin, die wie selbstverständlich in seinem Bett lag, als wäre es ihres. Es gelang ihm nicht ganz, seine Finger krallten sich in die Laken. *Er* war es, der sich wie ein Fremdkörper vorkam. Ein Störfaktor im eigenen Bett.

Sie schwieg. Blickte ihn nur an, ihre Augen blitzten hinter den widerspenstigen Locken. Zorn sah ihr nicht an, was sie dachte, aber das war ihm noch nie gelungen in den Jahren, die sie jetzt zusammenarbeiteten. Nun gut, bisher hatte es ihn nie interessiert. Sie war es, die bestimmte Entscheidungen traf, er hatte sie auszuführen, ein klares, dienstliches Verhältnis. Er wusste nicht viel über sie, außer, dass sie ihren Job ernst nahm. Sehr ernst. Hauptkommissar Zorn hatte es oft genug zu spüren bekommen.

»Magst du Kaffee, Frieda?«

Nichts war passiert. Gar nichts, überlegte Zorn, die Menschen treffen sich und gehen wieder auseinander, manchmal bleiben sie länger zusammen, manchmal nicht. Wir werden keinen Stress auf

Arbeit bekommen, sie ist kein naives, dummes Ding. Sie ist klug, weiß, was sie will.

Und schön ist sie. Herrgott, wie schön sie ist.

Frieda Borck strich sich mit dem Zeigefinger das Haar hinter die Ohren, eine knappe Geste, die er schon tausendmal an ihr gesehen hatte. Sinnlos, der größte Teil fiel ihr sofort wieder über die Augen.

»Glaubst du, dass es ein Fehler war?«, fragte sie.

»Quatsch.«

Wir werden vernünftig sein, dachte er, schließlich sind wir erwachsene Leute. Na ja, Frieda zumindest ist es, obwohl sie

Zehn? Fünfzehn Jahre?

jünger ist als ich. Ich selbst bin ein Kindskopf, sie hält es mir auf Arbeit immer wieder vor, und sie hat recht. Wobei man meinen sollte, dass ich langsam alt genug bin. Mehr noch, eigentlich geht's schon dem Ende zu, was für eine beschissene, dämliche Zahl: *Fünfundvierzig*, das klingt wie 'ne Bankrotterklärung, das riecht schon nach Gruft, nach Moder, ich kann langsam einpacken, ein paar Jahre noch, dann ist Feierabend, Schluss, Sense, aus und vorbei, ich …

»Du siehst aus, als hättest du grade eine Ohrfeige bekommen, Claudius.«

Claudius. So hatte sie ihn noch nie genannt. Entweder bei seinem Nachnamen, oder, wenn sie besonders sauer auf ihn war, bei seinem Titel. *Herr Hauptkommissar.*

»Ich«, druckste Zorn, »ich hab nur gedacht, dass …«

»Was?«

»Ach, nichts.«

»War's denn so schlimm?«

»Nee. Es war«, er erwiderte ihr Grinsen, »beachtlich.«

»Ist das ein Kompliment?«

»Ich denke schon.«

Es war umwerfend gewesen. Sie waren buchstäblich übereinander *hergefallen*. Ein Rausch, zeitlos, jegliches Denken beiseitefegend. Anders hätte es Claudius Zorn kaum ausdrücken können, allenfalls in abgedroschenen, blumigen Floskeln, auch hier versagte sein eingeschränkter Wortschatz. Er wusste nur, dass er diese Nacht nie in seinem Leben vergessen würde, egal, wie viel Zeit ihm noch blieb.

Sein Puls beschleunigte sich, Zorn wurde sogar ein wenig rot bei dem Gedanken an das, was sie miteinander getrieben hatten. Weder sein Äußeres noch sein Auftreten ließen darauf schließen, doch tief in seinem Inneren war Claudius Zorn ein wenig verklemmt.

Sie richtete sich auf, stützte sich auf den Ellbogen ab. Eine dünne Goldkette blitzte zwischen ihren kleinen Brüsten, er sah den Leberfleck, direkt unterhalb ihres linken Schlüsselbeins. Ein kleiner, schokoladenbrauner Halbmond, Zorn hatte ihn oft bemerkt, vor allem im Sommer, wenn sie anstatt einer hochgeschlossenen Bluse ein leichtes Kleid trug. Er hatte nicht weiter darauf geachtet, sie war ein Neutrum gewesen. Zumindest hatte er versucht, sie als solches zu betrachten.

»Hast du Milch?«, fragte sie.

»Was?«

»Für den Kaffee.«

»Hab ich. Cornflakes auch.«

»Kaffee reicht.«

Sie setzte sich auf, saß jetzt im Schneidersitz neben ihm. Im Licht der Herbstsonne glänzte ihre Haut wie geschmolzenes Karamell, eine Farbe, die ihn an dunklen Honig erinnerte. Winzige Staubflocken umtanzten sie, ein fast schon kitschiges Bild, wie eine Aktfotografie aus den siebziger Jahren.

Wie jung sie war. Wie zerbrechlich. Wie makellos.

Noch eine dieser Floskeln, dachte Zorn.

Aber gab es ein besseres Wort für Schönheit?

»Ich glaub auch nicht, dass es einer war«, sagte sie. »Ein Fehler, meine ich. *Wenn's* einer war, sollten wir ihn nicht wiederholen.«

Sie klang sachlich, ein wenig kühl. *Zu* kühl, fand Zorn, als säße sie im Büro vor seinem Schreibtisch und würde einen Fall analysieren. Das störte Claudius Zorn ein bisschen, aber sie hatte recht. Sie mussten vernünftig sein.

»Warum …« Er räusperte sich, setzte noch einmal an. »Warum bist du …«

»Warum ich mitgekommen bin?«

Sie sah auf ihre Hände, dachte nach. Er bemerkte die winzige Falte an ihrer Nasenwurzel.

»Weil ich's wollte«, sagte sie schließlich achselzuckend. »Und weil ich das Gefühl hatte, dass es dir genauso ging. Wir sind beide ziemlich lange allein gewesen, es hat uns gutgetan. Mir jedenfalls.«

Mir auch, dachte Zorn. Mir auch.

»Wir sollten das für uns behalten«, fuhr sie fort. »Es ist so schon kompliziert genug, findest du nicht?«

Sie lächelte ihn an, den Kopf ein wenig schiefgelegt. Er sah den Abdruck auf ihrer linken Wange, da, wo sie eben noch auf seiner Brust gelegen hatte, dachte, dass sie noch nicht gehen sollte, er wollte sie noch einmal anfassen, das Gesicht in ihrem Haar vergraben, wollte sie riechen, ihren Duft nach Sommer und frischen Blumen.

»Klar«, sagte er, grinste zurück und hoffte, dass sie ihm nicht ansah, was er dachte. »Wir sind schließlich erwachsen.«

»Du sagst es.«

Sie schwang die Beine aus dem Bett, bückte sich und klaubte ihre Sachen vom Teppich. Eine rote Spielzeugfeuerwehr hatte sich in den Maschen ihrer Strumpfhose verfangen, sie legte das Auto auf das Kopfkissen, stand auf und sah auf ihn hinab.

»Irgendwo hab ich noch 'ne frische Zahnbürste«, sagte er. »Im Schrank über dem Waschbecken, glaub ich.«

»Kann ich bei dir duschen?«

Alles, was du willst.

»Sicher doch. Wenn du mir das Bad nicht einsaust.«

»Ich geb mein Bestes, Herr Hauptkommissar.«

Ein paar Minuten später war er allein im Bett, lauschte dem Rauschen des Wassers, das aus dem Bad in sein Schlafzimmer drang, und überlegte, wie es jetzt weitergehen sollte. Sein Blick fiel auf die Spielzeugfeuerwehr auf dem Kopfkissen, er seufzte, streckte den Rücken.

Es war kompliziert, hatte sie gesagt. O ja, das war es.

Ein weiteres Seufzen. Er schloss die Augen, seine Gedanken kreisten umher, doch wie er es auch drehte, von welcher Seite er es betrachtete, er gelangte immer wieder an den gleichen Punkt, zu dem Wort, das ihm nach dem ersten Aufwachen schon durch den Kopf gegangen war.

Scheiße.

Vier

»Schön, dass du trotzdem gekommen bist«, sagte Schröder.

Sie saßen an ihren Schreibtischen. Die Sonne strahlte von einem stahlblauen Himmel durch das Bürofenster, ein freundlicher, heller Novembermorgen.

»Es war mir ein Bedürfnis«, erwiderte Zorn.

Nach Schröders Anruf war er fast erleichtert gewesen, zu Hause war ihm die Decke auf den Kopf gefallen. Obwohl er freihatte, war er sofort aufgebrochen, froh, etwas zu tun zu haben, die peinlichen Gratulationen hatte er ja bereits hinter sich.

»Es gibt keine Zeugen«, sagte Schröder. »Von den Anwohnern hat niemand was gesehen, ein paar Leute sind durch den Knall geweckt worden und haben gehört, wie ein Auto davongerast ist.«

Zorn kannte die Gegend. Heruntergekommene Mietskasernen wechselten sich ab mit verfallenen, längst leerstehenden Industriebauten, ein graues, freudloses Viertel.

»Ich wundere mich«, sagte er, »dass da überhaupt noch jemand wohnt.«

»Es gibt Menschen, die sich nicht aussuchen können, wo sie leben.«

Schröder sah kurz auf. Er hatte sich einen Schnauzbart wachsen lassen. Anfangs hatte Zorn ihn noch aufgezogen, wenn auf dem Kopf nichts mehr wächst, hatte er gesagt, dann lässt man's halt unter der Nase sprießen. Wie immer waren seine Sticheleien ins Leere gelaufen, und er hatte es sein lassen, auch, weil er merkte, dass der kurze Bart bei näherer Betrachtung nicht schlecht aussah. Eigentlich sogar gut, Schröder wirkte älter, nicht mehr so harmlos, sein rundliches, freundliches Gesicht flößte fast Respekt ein und das, fand Zorn, entsprach auch den Tatsachen.

Wenn nur die alberne Frisur nicht gewesen wäre. Claudius Zorn war ein störrischer Mensch, er stritt sich oft, auch über Geschmack, obwohl das Sprichwort das Gegenteil besagte. Was Schröders Haarschnitt betraf, hielt er mittlerweile den Mund. Es war sinnlos, über die kümmerlichen, von einem Ohr zum anderen quer über die Glatze gekämmten Strähnen zu diskutieren, in diesem Punkt war Schröder eisern. Kein Streit würde seine Meinung ändern, wahrscheinlich nicht mal ein Weltkrieg. Aber das, dachte Zorn, war im Moment nicht wichtig. Er hatte andere Probleme.

»Ist irgendwas?«, fragte Schröder.

»Nö. Wieso?«

»Du wirkst so abwesend.«

»Das«, erwiderte Zorn, »ist naheliegend. Ich denke nach.«

»Worüber?«

Darüber, was letzte Nacht geschehen ist. Dass ich möglicherweise nicht nur zum Arbeiten hier bin, sondern auch, weil ich in ihrer Nähe sein will.

»Über den Fall natürlich«, sagte Zorn, der sich hütete, seine Gedanken laut auszusprechen. »Worüber sonst?«

Sie hatten die Personalien des Toten. Paulus Gernhardt, ein dreiundvierzigjähriger Mann, obdachlos, ohne festen Wohnsitz. Im Moment deutete alles auf einen Unfall mit Fahrerflucht, die Spurensicherung war noch am Tatort, es würde dauern, bis sie den ersten Bericht bekamen.

Die Tür öffnete sich.

Sie kam herein. Nickte zunächst Schröder zu, freundlich wie immer. Dann wandte sie sich an Zorn, und auch jetzt klang Frieda Borck, als wäre nie etwas geschehen.

»Ich dachte, Sie haben heute frei?«

Das, erwiderte Zorn, sei richtig, und als er hinzufügte, dass sein *verehrter Chef* ihn kurzfristig ins Büro zitiert habe, um bei einem wichtigen Fall behilflich zu sein, wunderte er sich selbst über den üblichen, lockeren Plauderton, den er zustande brachte. Gleichzeitig ging ihm noch etwas anderes durch den Kopf.

Hab ich grad richtig gehört? Die *siezt* mich?

Die Staatsanwältin erklärte indessen, dass sie die Presse informiert habe, um weitere Zeugen ausfindig zu machen, und war wieder verschwunden, bevor Claudius Zorn dreimal Luft geholt hatte.

Krass, dachte er. Einfach nur krass.

»Seid ihr eigentlich gut nach Hause gekommen?«

Zorn, der ihr nachgesehen hatte und noch immer mit offenem Mund auf die geschlossene Tür starrte, wandte sich stirnrunzelnd an Schröder.

»Wie meinst du das?«

»Gestern Nacht«, sagte Schröder beiläufig, er blätterte in einer Akte. »Mit dem Taxi.«

»Logisch. Warum fragst du?«

»Nur so.«

Zorn kniff misstrauisch die Augen zusammen.

»Was heißt das? *Nur so*?«

»Nur so eben«, murmelte Schröder achselzuckend.

Zorn lehnte sich in seinem Stuhl zurück, verschränkte die Arme vor der Brust und beobachtete, wie Schröder die Akte schloss und sich einer anderen widmete.

Nee Freundchen, dachte er, verarschen kann ich mich alleine. Du sagst nie irgendwas *nur so*, alles, was du fragst, hat einen Sinn. Du ahnst was, vielleicht weißt du's sogar.

Darüber wollte Claudius Zorn nicht weiter nachdenken. Frieda hatte recht, es war kompliziert, sie hatte offensichtlich beschlossen, dem Ganzen keine weitere Bedeutung beizumessen, das hatte sie ihm deutlich gezeigt. Nun, sie war eine Frau, von Natur aus wesentlich emotionaler als er, Zorn, ein

alter Sack

Kerl in bestem Mannesalter. Wenn ihr das gelang, dann sollte er es erst recht schaffen. Das würde er auch. Weitermachen wie bisher. Cool und lässig bleiben.

Schröder klappte die Akte zu, faltete die Hände vor dem dicken Bauch und sah Zorn an.

»Was machst du heute noch?«, fragte er.

»Weiß ich noch nicht.«

»Darf ich ihn abholen?«

»Nee.«

»Schade.«

Schröder schlug enttäuscht die Augen nieder. Zorn tat, als müsse er angestrengt nachdenken. Ein paar Sekunden vergingen, dann senkte er den Kopf zu einem gnädigen, huldvollen Nicken.

»Na gut«, sagte er. »Du darfst mitkommen.«

*

Der Junge war knapp zwei Jahre alt, allerdings ziemlich groß für sein Alter. Er saß in der Sandkiste, eine Spielzeugschaufel in der Hand, und war damit beschäftigt, Sand in einen grünen Plastikeimer zwischen seinen kurzen Beinen zu schippen. Die beiden Männer auf der Bank direkt daneben ließen ihn keine Sekunde aus den Augen.

»Er wird sich erkälten, Schröder.«

»Wird er nicht.«

Im Sommer herrschte hier Hochbetrieb, heute verteilte sich kaum eine Handvoll Kinder auf den großen Spielplatz am Fluss, begleitet von ihren Eltern, die auf den Bänken ringsum in der Sonne saßen und ihre Sprösslinge mehr oder weniger aufmerksam überwachten.

»Malina macht mir die Hölle heiß, wenn er Schnupfen kriegt«, sagte Zorn.

»Er kriegt keinen.«

Sie redeten leise, als fürchteten sie, den Kleinen zu stören, der mit gerunzelter Stirn vor ihnen im Sand saß und vollständig in seiner Arbeit aufging. Ohne sich dessen bewusst zu sein, hatte sowohl Zorn als auch Schröder die gleiche Haltung eingenommen: vorgebeugt, die Ellbogen auf die Knie gestützt, die Hände unter dem Kinn gefaltet, einen verträumten, fast ehrfürchtigen Ausdruck im Blick.

»Kriegt er doch«, beharrte Zorn.

»Nein.«

»Es ist viel zu kalt am Hintern.«

»Er hat 'ne Windel um.«

Der Kleine legte die Schippe beiseite, wühlte in dem halbvollen Eimer. Sie folgten jeder seiner Bewegung mit Argusaugen.

»Vielleicht sollte er lieber rutschen«, sagte Zorn.

Schröder antwortete nicht.

»Oder schaukeln.«

»Lass ihn doch.«

Der Junge förderte einen Stein zutage, drehte ihn in den winzigen Fingern und betrachtete ihn mit ernstem, konzentriertem Blick. Sein Mund öffnete sich, Zorn straffte sich sofort.

»Nicht, Edgar.«

Das klang eher wie eine Bitte als eine Warnung. Der Kleine verharrte in der Bewegung, sah erst zu Zorn, dann zu Schröder auf. Dann wieder auf den Stein in seiner Hand.

»Das ist ein Stein«, sagte Zorn. »Steine isst man nicht, du Eumel.«

Der Junge sah Zorn mit großen Kulleraugen an.

»Nicht essen«, wiederholte er ernst.

Dann steckte er den Stein in den Mund.

»Ich warne dich, Kumpel.«

Der Junge erwiderte Zorns Blick, die Lippen fest aufeinandergepresst. Die rosigen Wangen bewegten sich, er zog die Stirn kraus, lutschte an dem Stein, schob ihn im Mund hin und her wie ein Bonbon. Es schien ihm zu schmecken. Zorn richtete sich auf, Schröder legte ihm eine Hand auf den Arm.

»Spuck's aus, mein Großer«, sagte er sanft.

Umgehend landete der Stein zwischen den Beinen des Kleinen.

»Fein gemacht«, lächelte Schröder. »Komm her.«

Der Junge rappelte sich sofort auf, tapste unsicher durch den Sand herbei. Seine Arme schlossen sich um Schröders Bein, er schmiegte sich an die Cordhose, während Schröder ihm sanft über den Kopf strich.

»Er sollte auf *mich* hören und nicht auf dich«, sagte Zorn. Er versuchte, mürrisch zu klingen, es gelang ihm nicht ganz. »*Ich* bin sein Vater, nicht du.«

»Das tut er doch«, sagte Schröder, nahm das Gesicht des Jungen in die Hände und sah auf ihn hinab. »Stimmt's, Ede?«

»Papa«, nickte Edgar. »Hören.«

»Siehst du?«

Schröder hob den Kleinen auf seinen Schoß.

»Du verhätschelst ihn«, brummte Zorn. »Deshalb macht er alles, was du sagst. Weil du ihm alles durchgehen lässt, Schröder.«

»Ögi«, murmelte Edgar und schlang die kurzen Arme um Schröders Hals. »Mein Ögi.«

»Genau«, lächelte Schröder. »Ich bin dein Ögi.«

Manchmal stritten sie, welches Wort Edgar zuerst ausgesprochen hatte: *Papa* oder *Ögi*, wie Edgar seinen geliebten Schröder von Anfang an in kindlichem Kauderwelsch tituliert hatte, ein Name, der Schröder gefiel. Im Gegenzug nannte er den Kleinen Ede, niemand außer ihm tat das.

»Wann bringen wir ihn zurück?«, fragte Schröder.

»Um fünf, hab ich mit Malina ausgemacht.«

Zorn sah, wie sein Sohn sich enger an Schröder schmiegte, dieser lehnte sich zurück, schloss die Augen, hielt das Gesicht in die Sonne und wiegte den Jungen in den Armen.

»Das ist gut«, murmelte Schröder. »Dann haben wir ja noch Zeit.«

»Ja«, nickte Zorn. »Die haben wir.«

*

Er liebte seinen Sohn abgöttisch. Manchmal wunderte er sich über die unglaubliche Macht dieses Gefühls, einer Kraft, die ihn weich machte, schutzlos, es gab nichts, das er dieser Liebe entgegenzusetzen hatte. Er sah Edgar regelmäßig, holte ihn mindestens dreimal pro Woche aus dem Kindergarten ab, und wenn der Kleine bei ihm übernachtete, schlief Claudius Zorn schlecht, ständig wachte er auf, schlich ins Wohnzimmer und saß dann minutenlang an dem kleinen Gitterbett und lauschte den regelmäßigen Atemzügen seines Sohnes.

Zorn verstand sich gut mit Malina, sie hatten es beide geschafft, ihre eigenen Interessen hinter die ihres Sohnes zu stellen. Nur einmal hatten sie noch gestritten, kurz vor der Geburt, sie hatten sich nicht auf einen Namen einigen können. Malina hatte sich für Edgar entschieden, so hatte ihr Großvater geheißen. Zorn war dagegen gewesen, er hatte einen anderen Namen im Kopf gehabt. Es hatte lange gedauert, bis sie einen Kompromiss gefunden und beschlossen hatten, dass der Junge zwei Namen bekommen sollte. Irgendwann, hatte Zorn gesagt, würde er selbst entscheiden, wie er genannt werden wollte, den zweiten Vornamen benutzten sie so gut wie nie, um den Kleinen nicht durcheinanderzubringen. Nur manchmal, wenn Zorn ihn zur Ordnung rufen wollte und seine Ermahnungen – wie in den meisten Fällen – keine Wirkung zeigten, nannte er ihn so.

Rüdiger.

Dass Zorn seinen Sohn nach Schröders totem Bruder genannt hatte, war keine bewusste Entscheidung gewesen, es hatte sich einfach *richtig* angefühlt. Schröder hatte sich nichts anmerken lassen, als er es erfuhr. Er hatte genickt, dann war er aus dem Büro gegangen. Als er ein paar Minuten später wieder hereingekommen war, hatten seine Augen ein wenig geglänzt.

Zorn konnte nicht erklären, was genau die beiden verband. Sicherlich, *er* war der Vater, eine tiefere Verbindung konnte es schon von Natur aus kaum geben, doch die Beziehung zwischen Schröder und seinem Sohn funktionierte anders, auf einer besonderen, fast metaphysischen Ebene. Die beiden hatten eine eigene Art der Kommunikation entwickelt, manchmal stumm, mit Blicken, Gesten, einem kurzen Lächeln. Schröder führte auch lange Gespräche mit Zorns knapp zweijährigem Sohn, ernsthafte, äußerst wichtige Gespräche – das vermutete Zorn zumindest, denn viel verstand er nicht, außer einem glucksenden Gebrabbel. Dann konnte es vorkommen, dass er sich ein wenig ausgeschlossen fühlte, doch Eifersucht spürte er nie, egal, ob die beiden gefühlte Ewigkeiten die Köpfe über einem Biene-Maja-Buch zusammensteckten, einen Grashalm untersuchten oder gebannt einen Trickfilm schauten, ohne auch nur die geringste Notiz von Zorn zu nehmen.

Ögi und Ede.

Die wichtigsten Menschen in seinem Leben, nur das zählte.

*

»Wollen wir ihm noch ein Eis holen?«

»Nee, Schröder. Es ist zu kalt.«

Es war tatsächlich kühler geworden, die Sonne stand tief am Horizont. Zorn schloss das niedrige Metalltor, das den Spielplatz begrenzte, während Schröder den Kinderwagen in Richtung des künstlichen Sees lenkte. Wie immer hatten sie gestritten, wer Edgar schieben durfte, wie immer hatte sich Zorn nach einer kurzen Diskussion scheinbar genervt geschlagen gegeben.

»Wenigstens ein kleines, wir …«

36

»Ich hab *nein* gesagt.«

»Eis!«, strahlte Edgar. »Eis, Ögi!«

»Da hast du's«, knurrte Zorn, prüfte die Windrichtung und zündete sich eine Zigarette an. »Hör auf, ihn auf dumme Gedanken zu bringen.«

Sie überquerten die Straße, dann folgten sie dem asphaltierten Weg, der im Schatten der Trauerweiden am Ufer des kreisrunden Sees entlangführte. Eine Weile schlenderten sie schweigend nebeneinander her, Zorn hielt ein wenig Abstand, achtete darauf, dass der Zigarettenrauch nicht in Richtung des Kinderwagens wehte. Hunde tollten über die Wiese, Radfahrer fuhren vorbei. Eine alte Dame mit Kopftuch und dunklem Mantel verließ gerade das Ufer, sie hatte Brot an die Enten verteilt und ging mit kurzen Schritten davon. Zorn sah, wie sie an einem Papierkorb Halt machte und einen Blick hineinwarf.

»Komisch«, sagte er. »Sie sieht nicht so aus, als ob sie's nötig hätte.«

»Wie sollte sie denn deiner Meinung nach aussehen?«, fragte Schröder, der die Frau ebenfalls bemerkt hatte. »Wie der arme Kerl, der letzte Nacht überfahren wurde?«

Darauf wusste Zorn keine Antwort, schweigend schnippte er die halb aufgerauchte Zigarette beiseite. Der Bericht der Spurensicherung war ernüchternd gewesen. Es gab so gut wie keine Hinweise auf den Unfallwagen, weder Lackreste noch Splitter, zumindest nicht an der Unfallstelle. Wahrscheinlich würden sie an der Kleidung des Toten fündig werden, doch die wurde noch untersucht. Immerhin, die Zeitungen hatten berichtet, ein Taxifahrer hatte sich daraufhin gemeldet und bezeugt, dass ihm kurz vor dem Unfall ein schwarzer Geländewagen entgegengekommen war.

Die Frau ging langsam weiter. Schröder blieb stehen und beobachtete, wie sie hinter einer Trauerweide verschwand. Seine linke Hand hielt den Griff des Kinderwagens, mit der rechten schob er die Baskenmütze zurecht, die er sich vor kurzem zugelegt hatte, ebenso wie den schwarzen Wollmantel mit dem hohen Kragen und den goldenen Knöpfen an den Ärmeln.

»Wahrscheinlich hat sie ihr ganzes Leben lang gearbeitet«, murmelte er. »Und jetzt reicht die Rente gerade mal, dass sie sich die Miete leisten kann. Wenn überhaupt.«

Auch darauf wusste Zorn keine Antwort. Er war fast erleichtert, als Edgar unruhig wurde und in seinem Wagen hin und her rutschte.

»Weiter!«, befahl Edgar.

»Zu Befehl!«

Schröder reagierte auf der Stelle und gab dem Wagen einen Schubs, der umgehend mit einem zufriedenen Glucksen quittiert wurde. Zorn folgte den beiden, beschwerte sich zunächst noch einmal über Schröders angeblich zu weichen Erziehungsstil, danach über den Kinderwagen, genauer gesagt über ein quietschendes Hinterrad, das Zorns Meinung nach dringend geölt werden musste. Auf Schröders Frage, warum Zorn das nicht selbst übernehme, erwiderte dieser, dass Schröder nun mal der technisch Versiertere sei, außerdem habe er, Zorn, absolut keine Lust, sich die Finger schmutzig zu machen, schon gar nicht an seinem Geburtstag.

Sie hatten den See fast umrundet, als Zorns Handy klingelte.

*

»Alles Gute, Bruderherz«, sagte Cornelius.

Zorn hatte sich etwas zurückfallen lassen. Er lauschte der sonoren Stimme seines Bruders, gleichzeitig kramte er die Zigaretten aus der Lederjacke, eine unbewusste Reaktion, wie ein Pawlowscher Reflex, hervorgerufen durch das Klingeln des Telefons.

»Danke«, erwiderte Zorn.

Sie telefonierten höchstens zwei-, dreimal im Jahr, noch seltener trafen sie sich. Beide sahen sie keinen Anlass dazu, sie waren einfach zu verschieden. Cornelius, drei Jahre älter, der erfolgreiche Architekt mit Beziehungen zu den wichtigsten gesellschaftlichen Kreisen der Stadt – oder dem, was sich dafür hielt –, war ein angesehener Unternehmer mit einem Dutzend Angestellten, ein gefragter und gerngesehener Gast bei jedem erdenklichen Anlass, ein eloquenter Redner, selbstsicher, schlagfertig und überzeugend.

»Wie geht's dir?«

»Gut«, sagte Claudius Zorn, dem weder Talent noch Charakter seines Bruders in die Wiege gelegt worden war. Eine Tatsache, die ihm durchaus bewusst, allerdings herzlich egal war.

»Und die Arbeit?«

»Auch gut.«

Das Gespräch stockte, wie immer. Es war nicht so, dass sie sich nicht mochten. Sie hatten einfach keine gemeinsamen Interessen, es gab keine Themen, über die sie ernsthaft hätten reden können, da war nichts, das sie verband. Außer ihr Nachname natürlich, doch selbst der hatte in den Augen von Claudius Zorn keine Bedeutung, eine Aneinanderreihung von vier Buchstaben, mehr nicht. Was ihre Vornamen betraf, waren sie beide vom Schicksal geschlagen, auch davon war Claudius Zorn überzeugt, der schon oft überlegt hatte, wen von ihnen beiden das schlimmere Los erwischt hatte. Claudius oder Cornelius, er war noch immer nicht sicher, was er dämlicher fand.

»Hat sich Renate gemeldet?«

»Noch nicht.«

Sie nannten ihre Mutter beim Vornamen. Eine stille Übereinkunft, die sich im Laufe der Jahre von selbst ergeben hatte für eine Frau, die ihre Söhne zwar nie geschlagen, doch mit der Herzlichkeit eines geöffneten Kühlschranks großgezogen hatte.

»Feierst du heute?«

»Ein bisschen«, wich Zorn aus. Zeit für eine Gegenfrage. »Und bei dir so?«

»Ach«, sagte Cornelius, »wie immer. Arbeit, Stress, den Laden am Laufen halten. Kaum Ruhe, immer was zu tun. Du kennst das ja.«

Zorn verzog das Gesicht. Vor allem kannte er den leisen, überheblichen Unterton in der Stimme seines älteren Bruders, den Spott, Cornelius hatte ihn noch nie sonderlich ernst genommen.

Ein paar Meter vor ihm kramte Schröder eine blaue Plastikdose aus dem Netz am Gestänge des Kinderwagens. Zorn lauschte der Stimme seines Bruders, der jetzt über eines seiner Großprojekte redete und sich wortreich über die unfähigen Betonköpfe in der Stadtverwaltung echauffierte, während Schröder neben dem Kinderwagen in die Hocke ging und Edgar einen Apfelschnitz reichte.

»Seit elf Monaten«, beschwerte sich Cornelius, »ist der Bauantrag durch. Der Rohbau ist zur Hälfte fertig, und plötzlich kommt so ein kleiner Pupser in der Verwaltung auf die Idee, dass die Registratur einen separaten Lastenaufzug benötigt. Und warum? Weil das alte Finanzamt auch einen Lastenaufzug hatte. Deshalb, so die Logik, braucht das neue ebenfalls einen. Dass die mittlerweile fast alles in ihren Rechnern speichern und kaum noch Akten durch die Gegend schleppen, interessiert keine Sau. Ganz zu schweigen davon, dass *ich* es bin, der die Bude geplant hat und diesen Schwachsinn neu projektieren soll. Jetzt, nachdem der Kasten schon steht!«

Zorn kannte die Tiraden seines Bruders, er wusste, dass weder Verständnis noch eine Antwort von ihm erwartet wurde. Cornelius, der solche Probleme gewöhnlich bei einem Kaffee mit dem stellvertretenden Bürgermeister oder einem der Amtsleiter zu lösen pflegte, nutzte die Gelegenheit, um Dampf abzulassen.

»Aber ich will nicht jammern«, fuhr Cornelius fort. »Es gibt Schlimmeres. Irgendein Vollidiot hat mir heute Mittag die Stoßstange eingeschlagen. Eine fette Beule, wahrscheinlich mit einem Hammer. Am helllichten Tag, mitten in der Innenstadt. Gerade mal drei Monate ist die Kiste alt und schon in der Werkstatt.«

Bei der *Kiste*, das wusste Zorn, handelte es sich um einen schwarzen Mercedes-Jeep mit Vollausstattung. Vor ein paar Wochen hatten sie zufällig nebeneinander an einer Ampel gestanden. Cornelius, lautstark telefonierend einen halben Meter höher in seinem bulligen Geländewagen sitzend, hatte seinen Bruder nicht bemerkt. Claudius hatte sich weder versteckt noch den Kopf abgewandt, bemerkbar hatte er sich allerdings auch nicht gemacht, und als die Ampel endlich auf grün schaltete, hatte er erleichtert aufgeatmet, während Cornelius mit durchdrehenden Reifen davongebraust war.

»Tja«, sagte er, »dann …«

»… alles Gute noch mal.«

»Ja.«

»Wir sehen uns.«

»Das machen wir, Cornelius.«

Zorn stieß den Rauch durch die Nase aus. Schröder hatte den Kleinen aus dem Wagen gehoben, sie waren zum See gegangen und warfen Steine ins Wasser. Schröder kniete neben Edgar, Zorn registrierte beruhigt den Arm, den Schröder um die Hüfte des Jungen gelegt hatte, bereit, sofort zuzugreifen, falls Edgar das Gleichgewicht verlieren sollte.

»Pass auf dich auf, wir werden alle nicht jünger, Claudius. Jetzt geht's los mit den ersten Zipperlein, ich kann ein Lied davon singen. Die Bandscheiben, das Knie, irgendwas kommt immer.«

Zorn trat die Zigarette aus und wartete auf den Witz, mit dem sein großer Bruder ihre Telefonate gewöhnlich beendete.

»Denk dran, Claudius. Irgendwann kommt die Zeit, da wachst du morgens auf und wenn dir dann nichts weh tut …«

Da war er, der Witz.

»… bist du tot.«

Zorn lachte pflichtschuldig auf, froh, dass Cornelius sein Gesicht nicht sehen konnte. Auch was den Sinn für Humor betraf, lebten sie auf verschiedenen Planeten.

Eine letzte Floskel, nichtssagend, freundlich wie immer. Dann legten sie auf. Zorn bückte sich, klaubte ein paar Kiesel aus dem kurzen Gras und gesellte sich zu Schröder und seinem kleinen Sohn. Die Sonne stand tief am Horizont, die Schatten wurden länger, doch bevor dieser Tag zu Ende ging, hatte Claudius Zorn noch etwas zu erledigen. Etwas Wichtiges.

Steine ins Wasser werfen.

Fünf

Morgengrauen.

Drei Tage waren vergangen. Sonnige, freundliche Herbsttage, es schien, als habe der Wettergott – oder wer auch immer dafür verantwortlich war – vor Einbruch des Winters noch einmal tief in die Tasche gegriffen und sämtliche Klischees vom *goldenen Herbst* hervorgezaubert, angefangen vom stahlblauen Himmel über das rostrot flammende Laub in den Wäldern bis zu den in der Sonne blitzenden Kirchtürmen. Bilder, die selbst für eine Postkarte zu kitschig waren.

Auch dieser Tag würde ähnlich werden. Der Vollmond, der die ganze Nacht über der Stadt gestrahlt hatte, verblasste allmählich, im Osten färbte sich der Horizont. Zartes, rosafarbenes Licht schien durch die alten Bäume am Fluss.

Der Mann lehnte am Stamm einer der uralten Buchen, die sich am Rande der Wiese am Ufer verteilten. Sein Alter war schwer zu schätzen, nur seine Sachen verrieten, dass er noch jünger war. Er trug Jeans und ein blaues Sweatshirt, sein Gesicht verschwand im Schatten der Kapuze, die tief in die Stirn gezogen war. Nur sein Mund war zu erkennen, zusammengepresste Lippen, darunter ein markantes Kinn. Die hellblauen Turnschuhe waren im feuchten Laub verborgen, das seine Füße bis zu den Knöcheln bedeckte.

Er bewegte sich nicht. Sein Kopf war stromabwärts gewandt, etwas geneigt, als lausche er dem entfernten Rauschen des Wehres, das einen Kilometer weiter hinter einer Biegung an der verlassenen Papiermühle lag. Nebel trieb über das dunkle, ruhig nach Norden strömende Wasser, sammelte sich in der Senke hinter dem jungen Mann, hing in geisterhaften Schwaden zwischen den Stämmen der hundertjährigen Bäume.

Die Nacht war feucht gewesen. Tau blitzte im Gras, die Bänke rings um die Wiese waren nass, ebenso der asphaltierte Weg, der parallel zum Ufer zu der alten Treppe hinauf in die Felsen führte. Die schmalen, grob in den Porphyr gehauenen Stufen waren glitschig, Tau hing in schweren Tropfen an den rostigen Geländern. Auch die Sachen des Mannes waren klamm, er schien schon eine Weile hier zu stehen.

Fünfhundert Meter flussaufwärts donnerte eine Straßenbahn über die Brücke. Im Gestrüpp unterhalb der alten Burg wurde eine weiße Ente aufgescheucht, das Tier kreiste ein paarmal über dem Fluss und landete dann wieder, eine schnurgerade Linie auf dem Wasser hinterlassend. Langsam trieb die Ente flussabwärts, stieß, als sie die Gestalt am Ufer entdeckte, ein kurzes Gackern aus und steuerte sofort das Ufer an. Es gab keine Feinde hier unten am Fluss, selbst die verfetteten Hunde der Spaziergänger stellten keine Gefahr dar, und was die Menschen betraf, gab es zwei Kategorien: Entweder sie ignorierten die Vögel oder sie gaben ihnen Futter. Letzteres trieb die Ente dazu, die sandige Böschung zu erklimmen, über den Asphaltweg zu watscheln und schließlich im Gras zu verharren, fünf Meter entfernt, doch nah genug, um die erwarteten Brotkrümel sofort erreichen zu können.

Das Tier sah aus schwarzen, glänzenden Knopfaugen hinauf zu dem Mann mit der Kapuze, der regungslos am Baum lehnte, den Kopf erhoben, als würde er lauschen, auf etwas warten. Ein paar Sekunden vergingen. Die Ente sträubte die weißen Federn, öffnete den Schnabel.

Gaak!

Keine Reaktion.

Watschelnd kam der Vogel näher.

Gaaaak!

Nichts.

Gahahaaaaaak!

Das Schnattern wurde lauter, fordernd. Der reglose Mann mit der Kapuze verströmte keine Gefahr, die Ente – ein Weibchen – spreizte die Flügel, ihr Blick bekam etwas Fragendes.

Gaak?

Blätter raschelten unter den rosafarbenen, durch Schwimmhäute verbundenen Krallen, der Vogel watschelte heran, pickte, den Hals vorgereckt, zwischen den Füßen des Mannes im Laub. Offensichtlich erfolglos, das Gackern, mit dem sich die Ente wenige Sekunden später wieder zurückzog, klang frustriert. Mit wackelndem Hinterteil stolzierte sie davon, als wolle sie Gleiches mit Gleichem vergelten, Nichtbeachtung durch Nichtbeachtung. Als sie sich auf dem Asphaltweg noch einmal umwandte, waren die hellen, flaumigen Federn an Brust und Bauch verfärbt, bedeckt von einer dunklen, öligen Schicht.

Ein letzter Blick zurück, die Kulleraugen stierten vorwurfsvoll. Noch nie in ihrem kurzen Erdendasein war die Ente so schnöde ignoriert worden. Unmöglich zu sagen, ob das Tier die dünnen Stricke registrierte, mit denen der Körper des jungen Mannes an den Baumstamm gefesselt war, einer unterhalb der Knie, einer um die Hüfte, ein weiterer um die Stirn. Der vierte, teilweise verborgen unter dem Stoff des blauen Kapuzenshirts, hatte sich tief in die Haut oberhalb des Kehlkopfes gegraben.

Die Ente legte den Kopf schief, als hätte sie das Eisen bemerkt, das aus dem rechten Oberschenkel des Mannes ragte, ein stählerner, dreißig Zentimeter langer Nagel. Das Hosenbein war durchnässt, ebenso das Laub zu Füßen des reglosen Mannes.

Die Ente putzte sich. Als sie den Schnabel öffnete, glänzte er rot von dem Blut, das sich im Gefieder verfangen hatte, als sie im Laub unter dem Baum nach etwas Essbarem gesucht hatte. Ein kurzes Zögern, als solle dem Toten Gelegenheit zu einer Erklärung gegeben werden, vielleicht auch zu einer Entschuldigung. Beides blieb – natürlich – aus, und da die Ente weder über eine Nase verfügte, die sie rümpfen konnte, noch über eine Stirn, die sie hätte runzeln können, begnügte sie sich mit einem abschließenden, schnippischen Gackern.

Gaak.

Und flatterte davon.

*

»Er wurde erwürgt.«

Schröder wartete einen Moment, doch Zorn antwortete nicht, er starrte schweigend hinüber zu den Villen am anderen Ufer.

»Vor fünf, sechs Stunden, meint der Rechtsmediziner.«

Sie standen hundert Meter flussaufwärts an einer Stelle, die genutzt wurde, um Boote zu Wasser zu lassen. Das Ufer war flach, zwei schmale Betonstreifen für die Bootsanhänger verliefen parallel über die kiesbedeckte Böschung hinab und verloren sich im trüben Wasser.

»Verstehst du das alles?«

»Nee, Schröder. Ich verstehe hier gar nichts.«

Widerwillig wandte Zorn sich um. Der Tote lehnte noch immer am Stamm der Buche, umringt von einem halben Dutzend Männern in den Schutzanzügen der Spurensicherung. Sie hatten sich kreisförmig um den Baum geschart und untersuchten den Boden. Das Bild wirkte gestellt, wie inszeniert, sechs weißgekleidete Männer, die sich um einen Altar versammelt hatten, eine verschworene, geheime Sekte, andächtig vor ihrem Götzen kniend. Oder vor einem Priester, ein Eindruck, der durch die Kapuze über dem Kopf der Leiche noch verstärkt wurde. Eine religiöse, andächtige Szene, ungeachtet der flatternden Absperrbänder, der Streifenwagen und der blinkenden Blaulichter. Zorn dachte an mystische Zeremonien, geheime Riten und okkulte Geheimbünde. Die Gestalt, hoch aufgerichtet an den Baum gefesselt, den Kopf flussabwärts gewandt, wirkte lebendig, wie ein Wächter, nein, als warte sie auf etwas.

Ein Schiff wird kommen, dachte Zorn. Die Melodie des uralten Schlagers formte sich in seinem Kopf, sein Gesicht verfinsterte sich, er wandte sich ab. Esoterischer Blödsinn, nichts, worüber er nachdenken wollte.

»Es klingt vielleicht dämlich«, Schröder schob die Baskenmütze aus der Stirn, »aber irgendwie sieht das aus wie eine Opferung.«

Zorn, der etwas Ähnliches gedacht hatte, seufzte.

»Vier Stricke«, fuhr Schröder fort. »Drei, um ihn am Baum zu fixieren, mit dem vierten wurde er erdrosselt.«

Zorn sah wieder über den Fluss. Die Villen am anderen Ufer wirkten verschlafen, halb verborgen hinter hohen Hecken und alten Kiefern. Die Morgensonne spiegelte sich in den großen Fenstern, breite Kieswege führten über sorgfältig gestutzten Rasen zu den privaten Anlegestellen, weiße, schnittige Sportboote, unter Planen verborgen, dümpelten im Wasser.

»Was ist mit diesem …«, Zorn zögerte, »Ding in seinem Bein?«

»Ein Nagel. Genauer gesagt ein Zimmermannsnagel, die sind bis zu dreißig Zentimeter lang. Durch den Oberschenkel getrieben und dann weiter in den Baum. So, wie es aussieht, steckt er ziemlich tief im Stamm.«

Zorn schob mit der Stiefelspitze ein paar Kiesel beiseite.

»Hat er da noch gelebt?«

Schröder zuckte die Achseln.

»Ich hoffe nicht.«

»Wenn, dann wäre er womöglich gar nicht erwürgt worden.«

»Sondern ist verblutet«, nickte Schröder.

Zorn setzte sich auf die Böschung, stützte die Unterarme auf den Knien ab.

»Wie hieß noch mal dieser Heilige?«, fragte er. »Dieser Märtyrer, den sie an einen Baum gefesselt und dann mit Pfeilen erschossen haben? Steffen?«

Schröder hob die Augenbrauen.

»Der heilige *Steffen*?«

»Oder so ähnlich«, murmelte Zorn.

»Sebastian«, korrigierte Schröder. »Angeblich hat er kaum geblutet.« Er deutete über die Schulter auf die Leiche. »Im Gegensatz zu ihm.«

Zorn folgte seinem Blick. Der Rechtsmediziner, ein korpulenter Mann mit schütterem Haar, stand gebeugt vor der Leiche, zog an dem Nagel. Vorsichtig zunächst, dann etwas stärker. Ein weiterer erfolgloser Versuch, dann wandte er sich kopfschüttelnd ab.

»Die sollten 'nen Sichtschutz aufstellen«, murmelte Zorn. »Nicht mehr lange, und die Presseheinis tauchen hier auf.«

Schröder senkte zustimmend das Kinn.

»Bist du so lieb und kümmerst dich drum?«

»Worum?« Zorn stand ächzend auf, tastete nach seinem Hintern. Der Hosenboden war nass. »Um den Sichtschutz oder um die Pfeifen von der Presse?«

»Ich persönlich«, erwiderte Schröder, »würde den Sichtschutz empfehlen und nicht die Presse, in Anbetracht deines diplomatischen Talents.«

»Okay, du bist der Boss«, brummte Zorn, stapfte zwei Schritte die Böschung hinauf, dann blieb er stehen, kratzte sich am Hinterkopf und drehte sich noch einmal um. »Was meinst du damit?«

»Womit?«

»Mit meinem«, Zorn sprach mit gedehnter Stimme weiter, »*diplomatischen Talent*?«

Schröder sah unschuldig zu ihm auf.

»Nichts weiter.«

»Ach komm.« Zorn, der noch nie einen Hehl aus seiner Abneigung gegen Journalisten gemacht hatte und im Umgang mit der Presse in etwa so feinfühlig wie ein polnischer Dorfmetzger war, schob das Kinn vor. »Gibt's da irgendwas dran auszusetzen?«

»Aber nicht doch. Man könnte es womöglich noch ein wenig optimieren.«

»Ein wenig?«

»Ja, ein ganz kleines bisschen.«

»Ich sage nur, was ich denke, Schröder.«

»Und das ist auch toll, Chef. Wirklich toll.«

Zorn verschränkte die Arme vor der Brust.

»Du verarschst mich.«

Schröder erwiderte Zorns Blick.

»Ja«, sagte er nach einer Weile. »Aber nur ein kleines bisschen.«

»Scheiß Presse«, knurrte Zorn.

Schröder sah ihn einen Moment an, ein leises Lächeln auf den Lippen. Dann wandte er sich ab und kramte sein Handy aus dem Mantel. Zorn stakste über die Wiese auf einen Uniformierten zu, der rauchend an der Kühlerhaube eines Streifenwagens lehnte. Automatisch griff Zorn ebenfalls nach seinen Zigaretten, besann sich dann.

»Scheiß Raucherei.«

Eine umgestürzte Weide versperrte ihm den Weg, er hüpfte über den Stamm, blieb mit dem Absatz an einem Ast hängen, verlor das Gleichgewicht. Um ein Haar wäre er gestürzt, im letzten Moment fing er sich wieder.

»Scheiß Baum.«

Zorn sah zurück und stellte beruhigt fest, dass Schröder nichts mitbekommen hatte. Er wandte Zorn den Rücken zu und stand telefonierend am Ufer. Eine Ente dümpelte vorbei, putzte ihr weißes Gefieder und sah neugierig herüber.

»Scheiß Ente.«

Zorn seufzte, vergrub die Hände in den Jackentaschen. Sein Blick wanderte über die Wiese, die Männer der Spurensicherung knieten noch immer unter den Bäumen, einer untersuchte die Stricke, ein anderer hatte begonnen, Fotos der Leiche zu machen. Die Sonne strahlte zwischen den Baumkronen hindurch, goldene Muster schimmerten auf dem feuchten Gras. Wieder fühlte sich

Zorn an einen Film erinnert, der Tote lehnte am Baum, ruhig und gelassen wie ein Schauspieler kurz vor dem Dreh, umringt von einer Schar Komparsen, den Kopf abgewandt, als konzentriere er sich auf seine Arbeit. Zorn folgte dem Blick des Toten flussabwärts, rechts ragten die Felsen steil aus dem Wasser, gegenüber reihten sich die herrschaftlichen Villen aneinander. Die Grundstücke waren teuer, für Normalsterbliche unbezahlbar, bewohnt von Ärzten, reichen Erben, Unternehmern. Finanzberater residierten dort, Immobilienmakler, Architekten.

Zorn kniff die Augen hinter der Brille zusammen und runzelte die Stirn.

Es schien, als sähe der Tote in eine bestimmte Richtung. Womöglich sogar zu einem bestimmten Grundstück.

Zorn brummte nachdenklich. Schüttelte den Kopf, ging zu dem rauchenden Uniformierten und blaffte ihn an, gefälligst ein paar Planen zu besorgen und zwischen den Bäumen aufzuspannen. Dann zündete er sich ebenfalls eine Zigarette an und sah rauchend über den träge dahinströmenden Fluss.

Dort drüben, irgendwo hinter der Flussbiegung, lag die Villa seines Bruders.

Sechs

»Und du findest das nicht irgendwie komisch?«

»Nein«, erwiderte Schröder. »Wenn man bedenkt, wie wir den Toten vorgefunden haben. Der Mörder hat nicht die geringste Anstrengung unternommen, ihn zu verstecken. Im Gegenteil, die Leiche wurde regelrecht zur Schau gestellt. Warum sollte er dann versuchen, die Identität des Opfers zu verbergen?«

Der Tote hatte eine Brieftasche dabeigehabt. Neben etwas Kleingeld hatten sie seinen Ausweis gefunden. Er hieß Boris Braeker, war zweiundzwanzig Jahre alt.

»Na ja.« Zorn zuckte die Achseln. »Zumindest spart es uns 'ne Menge Arbeit.«

Er kramte sein Handy aus der Hosentasche, warf einen Blick auf das Display und legte es auf den Schreibtisch. Seufzend rollte er auf dem Bürostuhl zurück, als müsse er Anlauf nehmen. Dann griff er nach dem Stapel mit den Fotos vom Tatort. Als er vor ein paar Stunden dort gewesen war, hatte er kaum hingesehen, wie immer befasste er sich erst im Büro mit den Einzelheiten. Die nüchternen Berichte der Spurensicherung und der Rechtsmedizin waren zwar ebenfalls unangenehm, aber immer noch erträglicher als die direkte Konfrontation mit der Gewalt. Die Frage, warum er überhaupt Polizist geworden war, ein Mann, der Waffen verabscheute, Akten hasste, dem beim direkten Anblick von Blut zwar nicht schlecht, aber zumindest ein wenig flau im Magen wurde – *blümerant*, wie Schröder es wohl bezeichnet hätte – stellte sich Hauptkommissar Zorn mittlerweile nicht mehr. Er wusste keine Antwort. Außer, dass es sich irgendwie so ergeben hatte. Zorn galt als faul – was er sicherlich auch war – doch vor allem hatte er Angst, war zu weich, sich den Dingen zu stellen.

Seit Jahren schlängelte er sich durch seine Arbeit, versuchte, die Klippen zu umschiffen, mal mehr, mal weniger erfolgreich. Allein wäre ihm dies wohl niemals gelungen, doch es gab ja noch Schröder.

Zorn blätterte durch die Fotos, verzog das Gesicht, als er zu den Nahaufnahmen des Nagels kam, blätterte unwillkürlich schneller. Es folgten Fotos der Fesseln, Dutzende Aufnahmen aus unterschiedlichen Entfernungen und Perspektiven. Zorn, der lieber Stricke als blutende Wunden betrachtete, ließ sich jetzt mehr Zeit, schob die Brille auf die Stirn und studierte die Bilder.

»Ein Palstek«, sagte Schröder.

Zorn schrak zusammen. Schröder stand direkt hinter ihm, sah über seine Schulter.

»Ein *was*?«

»Der Knoten.« Schröders kurzer Zeigefinger deutete auf das Foto. Er wühlte drei weitere hervor, legte sie nebeneinander. »Die hier auch. Immer dieselben Knoten, um die Waden, die Hüfte, den Hals und um den Kopf. Seemannsknoten«, fügte er hinzu, als er Zorns verständnisloses Gesicht bemerkte. »Die ziehen sich zusammen, je mehr man sie belastet. Nicht unbedingt weitverbreitet, aber relativ einfach zu knoten.«

»Ich kann's nicht.«

»Du bist ja auch kein Seemann.«

»Da«, nickte Zorn, »hast du recht.«

Schröder schob ein weiteres Foto neben Zorns Tastatur. Es zeigte die Hüfte des Toten. Der Strick sah neu aus, er spannte sich über das blaue Kapuzenshirt.

»Sieht aus wie 'ne Wäscheleine«, sagte Zorn.

»Ist es auch«, nickte Schröder. »Handelsübliche Naturfaser, unbenutzt. Gibt's wahrscheinlich überall zu kaufen.«

»Fingerabdrücke?«

»*Nothing.*«

»Wäre auch zu schön gewesen«, murmelte Zorn.

»Der Täter war so freundlich, uns die Identifizierung des Toten leichtzumachen«, sagte Schröder. »Was ihn selbst betrifft, war er weniger hilfreich. Es gibt ein paar Fußabdrücke, Faserspuren auch. Und das hier.«

Schröder tippte auf das Foto. Es dauerte ein paar Sekunden, bis Zorn begriff, was Schröder meinte. Das Seil verlief quer über den Bauch und den linken Unterarm des Toten, schlang sich hinter ihm um den Baum. Bei der rechten Hand war es anders. Sie hing über dem Strick.

»Die rechte Hand«, sagte Zorn. »Die ist nicht gefesselt.«

»*Yes.*«

Schröder ging um den Schreibtisch. Zorn langte geistesabwesend nach seinem Handy, legte es wieder zurück.

»Ist das 'ne Spur?«, fragte er.

»Nenn es, wie du willst.« Schröder sank gegenüber in seinen Stuhl. »Zumindest ist es bemerkenswert.« Wieder warf Zorn einen Blick auf sein Handy, dann lehnte er sich zurück, verschränkte die Arme hinter dem Kopf und sah an die Decke. Ein paar Sekunden vergingen, plötzlich hellte sich Zorns Gesicht auf.

»Ich hab's!«

Er richtete sich kerzengerade auf. Schröder, der gemütlich in seinem Stuhl lehnte, hob die Augenbrauen.

»Wenn er eine Hand frei hatte«, sagte Zorn aufgeregt, »dann wäre es möglich, dass er sich …«

»Nein.«

»Wie, nein?«

Zorn blinzelte verwirrt. Schröder sah ihn kopfschüttelnd über den Schreibtisch an, ein leises Lächeln auf den Lippen.

»Du weißt gar nicht, was ich sagen will, Schröder!«

»Doch.«

»Ach!« Zorn schob beleidigt das Kinn vor. »Und was?«

»Etwas, worüber ich auch schon nachgedacht habe.«

Schröder hatte die kurzen Beine unter dem Tisch ausgestreckt, die Hände vor dem dicken Bauch gefaltet, noch immer spielte dieses charakteristische, kaum merkliche Lächeln um seine Mundwinkel. Zorn, der vergeblich auf eine Erklärung wartete, wurde allmählich wütend.

»Lass hier nicht den Obermacker raushängen.« Sein Zeigefinger schoss vor. »Auch wenn du's auf dem Papier vielleicht bist. Wenn ich 'ne Idee habe, dann will ich die gefälligst auch aussprechen dürfen! Fang nicht an, überheblich zu werden, Freundchen, ich lass mich von niemandem so behandeln, so …«

Zorn stockte, suchte nach den richtigen Worten.

»Ja?«, fragte Schröder ruhig, nachdem er eine Weile gewartet hatte.

»Na ja! So … von oben herab eben!«

»Aber das mach ich doch gar nicht, Chef.« Schröder stand auf, hob unschuldig die Arme. Das karierte Hemd spannte über seinem Bauch. »Wir sind doch gleichberechtigt, wir arbeiten auf Augenhöhe!«

»Klar doch, Augenhöhe«, knurrte Zorn, ließ sich gegen die Lehne sinken und verschränkte die Arme vor der Brust. »Im Moment vielleicht. Aber nur, weil ich sitze und du stehst.«

Schröder wippte auf den Zehenspitzen vor und zurück, während Zorn beleidigt mit seinem Handy spielte. Ein paar Sekunden vergingen.

»Guter Witz«, sagte Schröder schließlich.

»Danke.«

»Hiermit«, Schröder nahm wieder Platz, »entschuldige ich mich in aller Form, dass ich dich unterbrochen habe.«

Zorn legte das Telefon beiseite, griff schmollend nach einem Bleistift.

»Also«, fuhr Schröder fort, »was wolltest du sagen?«

»Nichts.«

»Ach komm schon, Chef.«

»Nee. Jetzt will ich nicht mehr.«

»Ich wollte deine Gefühle wirklich nicht verletzen.«

»Hast du aber. Und wenn du wirklich so superclever bist, wie du tust«, Zorn funkelte Schröder an, »dann sag mir doch, was ich gedacht habe wegen dem Strick!«

»Genitiv.«

»Was?«

»Wegen *des* Strickes.«

»Schon wieder! Du bist und bleibst ein Besserwisser!«

»Also dafür«, Schröder stemmte sich wieder aus seinem Sessel, »werde ich mich jetzt nicht entschuldigen.«

Er öffnete das Fenster, sah einen Moment hinab auf den Parkplatz. Schloss es wieder, wandte sich um und lehnte sich ans Fensterbrett.

»Können wir dann weiterarbeiten?«

Zorn hob brummend die Schultern, den Blick auf die Tastatur seines Rechners gerichtet.

»Ich weiß nicht, was *du* gedacht hast«, sagte Schröder, er klang jetzt sachlich. »Aber angesichts der Tatsache, dass der Tote eine Hand frei hatte, könnte man zu dem Schluss kommen, dass er sich womöglich selbst gefesselt hat.«

Zorn ließ sich nichts anmerken, obwohl Schröder soeben haargenau das ausgesprochen hatte, was ihm vor einer Minute durch den Kopf gegangen war.

»Aus welchen Gründen auch immer«, fuhr Schröder fort. »Vielleicht, um ein Verbrechen vorzutäuschen. Aber wir haben die Spuren einer zweiten Person.«

»Die können von sonst wem stammen.«

»Richtig«, nickte Schröder. »Aber wir haben den Nagel.«

Darauf wusste Hauptkommissar Zorn keine Antwort.

»Und da ist noch was«, sagte Schröder. »Drei der Knoten sind seitlich am Körper. Der vierte, der um die Stirn, befindet sich hinten am Baum. Ich hab das geprüft, der Stamm ist viel zu dick, da hätte er niemals drankommen können. Es *muss* jemand dabei gewesen sein.«

Zorn kratzte sich am Kinn. Nahm die Fotos, stapelte sie wieder übereinander und schob sie zur Seite. Griff zum Bleistift, legte ihn wieder zurück.

»Ist irgendwas?«, fragte Schröder.

»Was soll sein?«

»Erwartest du einen Anruf?«

»Wie kommst du darauf?«

Stumm wies Schröder mit dem Kinn auf das Handy, das Zorn wieder in den Fingern hielt, zum fünften oder sechsten Mal innerhalb der letzten Minuten.

»Du guckst sonst nie auf dein Telefon«, sagte Schröder. »Jedenfalls nicht so oft.«

»Blödsinn«, knurrte Zorn.

Schröder bedachte ihn mit einem kurzen, prüfenden Blick, zuckte die Achseln und ging zur Tür.

»Wo willst du hin?«, fragte Zorn. Er klang nicht sonderlich interessiert.

»Zu Frieda Borck.«

Zorn sah auf. Er versuchte, sich nichts anmerken zu lassen, doch es wirkte, als habe er gleichzeitig einen Tritt in den Magen und einen Eimer Wasser ins Gesicht bekommen.

»Die zuständige Staatsanwältin«, fügte Schröder hinzu. »Du erinnerst dich?«

Keine Antwort.

»Sie will über den Stand der Dinge Bescheid wissen. Du kannst das gerne übernehmen, wenn du magst. Viel haben wir ja im Moment nicht.«

»Nee, nee«, murmelte Zorn. »Mach du das mal. Ist besser so.«

»Warum?«

»Einfach so.«

»Wie du meinst«, erwiderte Schröder.

Und ging.

*

Mieser, übergewichtiger Gartenzwerg, dachte Zorn.

Er war jetzt tatsächlich ein wenig sauer auf Schröder. Nicht etwa wegen des Streits, den sie soeben geführt hatten, diese Frotzeleien gehörten zu ihrem Alltag, Wortgefechte, die Außenstehende durchaus für ernsthafte Auseinandersetzungen hätten halten können. In Wahrheit allerdings hatten sie beide ihren Spaß an diesen kleinen Scharmützeln, sie wussten, wie wichtig sie einander waren, und weil weder Zorn noch Schröder dies jemals offen ausgesprochen hätte, drückten sie ihre gegenseitige Hochachtung durch das kindische Gerangel zweier erwachsener Männer aus.

Nein, Zorns schlechte Laune hatte einen anderen Grund. Es ging – wieder einmal – darum, was sie *nicht* ausgesprochen hatten.

Zorn stützte das Kinn in die Hand und sah stirnrunzelnd über den Rand seines Monitors hinüber zu Schröders leerem Platz.

Ich bin für den ein offenes Buch, dachte er. Der weiß genau, was in mir vorgeht. Egal, wie sehr ich mich auch anstrenge, etwas zu verbergen. Sinnlos, der Kerl liest meine Gedanken. Wahrscheinlich schon, bevor ich sie überhaupt denke.

Etwas klapperte auf dem Schreibtisch. Zorn stieß geräuschvoll die Luft aus, als ihm bewusst wurde, dass er schon wieder nach dem Handy gegriffen hatte, geistesabwesend drehte er es mit dem Zeigefinger um die eigene Achse. Seine Laune sank weiter, diesmal aus einem anderen Grund. Dem *wahren* Grund.

Frieda.

Sie hatten nicht noch einmal miteinander gesprochen. Einmal – gestern – waren sie sich kurz auf dem Flur begegnet, Zorn war stehengeblieben, hatte ein lässiges Grinsen aufgesetzt und gespürt, wie ihm das Blut ins Gesicht schoss. Ihre Reaktion hatte in einem knappen, dienstlichen Nicken bestanden, und als Zorns Herzschlag ein paar Sekunden später wieder einsetzte, war sie bereits im Treppenhaus verschwunden.

Einfach so. Als wäre nichts gewesen.

Gut, hatte Zorn gedacht, wir sind auf Arbeit, sie hat selbst gesagt, dass sie keine Komplikationen will. Und sie hat recht, ich hab auch keinen Bock auf das Getuschel im Präsidium.

Am Abend hatte er ihr eine SMS geschickt und geschrieben, dass er sich gefreut habe, sie zu sehen, und gefragt, wie es ihr gehe. Das war knapp vierundzwanzig Stunden her. Geantwortet hatte sie nicht.

Zunächst hatte Zorn geglaubt, er habe die Nachricht an eine falsche Nummer geschickt oder womöglich gar nicht gesendet; in Anbetracht seiner technischen Fähigkeiten durchaus naheliegend, aber leider unwahrscheinlich, wie er später feststellte, nachdem er sich gefühlte Ewigkeiten durch das Menü seines Telefons gewühlt und den Ordner mit den gesendeten Nachrichten gefunden hatte.

Nee, dachte Zorn, das geht so nicht weiter. Ich hab Ewigkeiten gebraucht, um zur Ruhe zu kommen, und jetzt, wo ich sie endlich gefunden habe, fange ich wieder von vorn an? Ich nehme das zu wichtig, hab das alles überschätzt, ich muss aufhören, mir den Kopf zu zerbrechen. Wenn sie das kann, kann ich das auch.

Er schniefte trotzig, dann verstaute er das Handy wieder in der Hosentasche – allerdings nicht, ohne sich einen letzten Blick auf das Display verkneifen zu können. Dann gab er sich einen Ruck, schlug mit den Handflächen auf die Schreibtischplatte, als wolle er sich zur Arbeit motivieren. Einen Moment verharrte er kerzengerade auf seinem Stuhl, dann fiel ihm etwas ein. Hastig angelte er das Handy noch einmal hervor und vergewisserte sich, dass der Signalton für eintreffende Nachrichten eingeschaltet war.

Als Schröder ein paar Minuten später wieder eintraf, war das Handy verschwunden. Allerdings nicht in Zorns Hosentasche, es lag griffbereit neben der Tastatur seines Rechners unter einem Briefumschlag, clever getarnt vor den unbestechlichen himmelblauen Adleraugen des dicken Schröder.

Sieben

Die Wohnung war unauffällig. Auf den ersten Blick zumindest, Schröder registrierte schnell, dass die beiden winzigen Dachzimmer durchsucht worden waren. Boris Braeker schien nicht sehr anspruchsvoll gewesen zu sein, es gab keine Teppiche auf dem hellen, in Holzoptik gemusterten Laminat. Kaum Möbel, die Einrichtung beschränkte sich auf einen großen Ledersessel, einen dunklen Holzschrank und einen Schreibtisch mit einem großen, neu aussehenden Mac, davor ein verchromter Bürostuhl. Anstelle eines Bettes lag eine Matratze unter der Dachschräge. Gegenüber lehnte ein chromblitzendes Rennrad an der Wand.

Schröder reichte Zorn ein Paar durchsichtige Einweghandschuhe, streifte sich selbst welche über.

»Wir sollten auf die Spurensicherung warten«, sagte Zorn.

Schröder antwortete nicht. Er trat in die Mitte des Zimmers, stellte sich unter einen Dachbalken, faltete die Hände auf dem Rücken und sah sich um. Langsam drehte er sich um die eigene Achse, als wolle er den Raum auf sich wirken lassen, sein Blick wanderte umher, konzentriert, fast andächtig, als stünde er in einem Museum. In Wahrheit prägte er sich jede Einzelheit ein, speicherte die Bilder in seinem Gedächtnis, um sie jederzeit wieder abrufen zu können.

»Jemand war hier«, sagte er schließlich.

Zorn kam näher, er musste den Kopf einziehen, um sich nicht an dem Dachbalken zu stoßen. Er betrachtete die weit aufstehenden Schranktüren, die durchwühlte Kleidung, die aufgerissenen Schubladen des Schreibtischs, die zerknüllte Bettdecke neben der Matratze, das Laken war zur Hälfte abgezogen.

»Vielleicht war er einfach ein bisschen unordentlich.«

Schröders Antwort bestand in einem kurzen Blick.

Ein bisschen?

»Das Schloss«, Zorn deutete auf die Wohnungstür, »sieht komisch aus.«

»Elektronisch«, erwiderte Schröder. »Der Schlüssel ist mit einem Chip gekoppelt. Sieht nicht so aus, als ob es aufgebrochen wurde.«

Schröder strich mit Daumen und Zeigefinger über den kurzen Schnurrbart, eine neue Geste als Zeichen, dass er nachdachte. Etwas störte ihn, passte nicht ins Bild. Er wusste nicht genau, was es war.

Zorn verschwand in der Küche, während Schröder vor dem improvisierten Bett in die Hocke ging. Er hob die Matratze an, dann sah er sich noch einmal um, als wolle er sich aus einer anderen Perspektive einen Eindruck verschaffen. Schließlich stemmte er sich hoch, warf einen kurzen Blick in das winzige Bad, dann folgte er Zorn nach nebenan. Dieser lehnte abwesend an einem schmalen Esstisch, offensichtlich mit etwas anderem beschäftigt. Schröder tat, als würde er das Telefon in Zorns Hand nicht bemerken, und wandte sich der kleinen Einbauküche zu, während Hauptkommissar Zorn hastig das Handy in der Gesäßtasche seiner Jeans verstaute und mit unschuldigem Blick nähertrat.

»Tja«, sagte Zorn, nachdem er sich umständlich geräuspert hatte. »Wir sollten auf die Spurensicherung warten.«

»Das bemerktest du bereits.«

Schröder klang abwesend. Er kratzte sich am Kinn, sah blinzelnd nach oben. Die Sonne schien hell durch die schmalen Dachfenster, die Luft war stickig.

»Im Sommer muss es hier heiß sein wie im Backofen. Die reinste Hölle.«

»Na ja«, Zorn hob die Schultern. »Große Ansprüche scheint er ja nicht gehabt zu haben.«

»Könnte man meinen.«

»Was heißt *könnte*?«

»Laut Mietvertrag ist er vor einem halben Jahr hier eingezogen. Die Wohnung ist billig, kostet kaum dreihundert Euro.«

»Selbst das«, murmelte Zorn, »ist 'ne Frechheit.«

»Die Küchenmöbel gehören zum Inventar.« Schröder fuhr mit
dem Finger über die abgewetzte Spüle, die abgestoßenen Kanten
der Einbauschränke. »Er hat sie nicht ausgetauscht.«

»Es wird ihm egal gewesen sein.«

»Das wäre eine Erklärung.«

»Aber?«

»Sie passt nicht ins Bild.«

Schröder sah sich nachdenklich um. Auch hier standen sämtliche Türen offen. Die Schränke waren größtenteils leer, abgesehen von etwas Geschirr.

»Keine Ahnung, was du meinst, Schröder.«

Zorn wurde allmählich ungeduldig. Kopfschüttelnd beobach-
tete er, wie Schröder zur Spüle ging und mit seinen kurzen
Armen nach oben in den Wandschrank langte. Zunächst erfolg-
los, erst, als er sich auf die Zehenspitzen stellte, erreichte er einen
Kochtopf, drehte ihn kurz in den Händen, dann drückte er ihn
Zorn wortlos in die Hand.

»Oh, ein Topf.«

»Richtig«, nickte Schröder. »Aus Kupfer. Hergestellt in Frankreich, kostet knapp vierhundert Euro, wenn ich es richtig in Erinnerung habe.«

»Was wird das hier, 'n Kochkurs?«

Klappernd landete der Topf neben der Spüle.

»Später vielleicht«, erwiderte Schröder knapp. Er ging zurück
ins Nebenzimmer, deutete auf den Schreibtisch. »Italienisch. Ich
weiß nicht genau, welche Marke, aber der kostet ein paar tausend
Euro.«

Zorn, der Schröder gefolgt war, betrachtete die verchromten
Beine, die weiße polierte Tischplatte.

»Hier.« Schröder wies auf das Rennrad. »Karbonrahmen, hand-gefertigt. Dreitausend Euro, allein der Rahmen. Ich wette … was ist denn?«

Schröder hob verwundert den Kopf. Zorn hatte die Unterlippe anerkennend vorgeschoben und klatschte ein paarmal in die Hände.

»Es gab da mal 'ne Sendung, Schröder. Ich weiß nicht mehr genau, wie die hieß. Da musste man Preise raten. Bei deinen Fähigkeiten hättest du da ein Vermögen gemacht, du hättest den Laden aufgemischt. Scheiße«, Zorn kratzte sich an der Schläfe, »ich komme nicht auf den Namen. War da nicht auch diese Trulla dabei, die am Glücksrad gedreht hat?«

Schröder hatte sich abgewandt, er inspizierte das Schloss der Wohnungstür.

»Oder war das die Sendung mit dem Zonk?«, überlegte Zorn laut, während Schröder zu einem Regal ging und schweigend die aufgereihten Bücher betrachtete. Balzac, Zola, Houellebeqc, alle im französischen Original. Zorn folgte ihm, unaufhörlich weiter-plappernd.

»Nee, das war ja das mit den Umschlägen. Und es gab drei Tore, da musste man sich fürs richtige entscheiden. Aber *vorher* musste man Preise raten. Glaub ich zumindest, das ist ja Ewigkeiten her. Fünfzehn Jahre mindestens, oder? Wenn nicht zwanzig, ich müsste … ha, jetzt fällt's mir ein!« Zorn hob triumphierend den Finger. »*Der Preis ist heiß!*«

Schröder wandte sich um, sah Zorn ruhig an.

»Das stimmt doch«, fragte Zorn. »Oder?«

Schröder schüttelte stumm den Kopf.

»Nee? Klar, Schröder, ich bin doch nicht blöd!«

»Jetzt nicht.«

»Das lief immer nachmittags, die …«

»Jetzt«, wiederholte Schröder, »nicht.«

Er hatte die Stimme nur leicht erhoben, doch Zorn wusste sofort Bescheid. Schröder sah zu ihm auf, seine Augen strahlten wie immer, doch das übliche, leicht amüsierte Funkeln fehlte. Hauptkommissar Schröder arbeitete. Keine Zeit für alberne Späße, die seine Konzentration störten.

»Okay.« Zorn hob entschuldigend die Hände. »Wir klären das später.«

»*Gracias.*«

Zorn nickte Schröder aufmunternd zu, ein Zeichen, dass er fortfahren solle.

»Ich wäre dann wieder so weit.«

»Fein.«

Schröder überlegte einen Moment. Zorn, der noch immer nicht verstanden hatte, worauf er hinauswollte, lehnte sich abwartend an den Türrahmen.

»Boris Braeker war zweiundzwanzig«, begann Schröder. »Wir wissen so gut wie nichts über ihn, außer, dass er eine Weile im Ausland gewesen sein muss. In Deutschland jedenfalls war er nicht gemeldet. Vor einem halben Jahr ist er hier aufgetaucht. Offensichtlich hatte er Geld, und zwar nicht wenig. Alles, was er besaß, war wertvoll. Hier«, er wies auf den Ledersessel, »ein Designerstück, wahrscheinlich sündhaft teuer. Ebenso wie der Schrank, selbst die Matratze muss ein kleines Vermögen gekostet haben. Die Sachen sind neu, wahrscheinlich hat er sie gekauft, als er hier eingezogen ist.«

Schröder sah sich in der Wohnung um, betrachtete den billigen Fußboden, die zerkratzten Dachbalken, die leicht vergilbte Tapete. Langsam dämmerte Zorn, was er meinte. Die Möbel wirkten wie Fremdkörper, willkürlich im Raum verteilt.

»Es passt einfach nicht zusammen«, sagte Schröder. »Warum hat er diese Bude gemietet, wenn er doch offensichtlich nicht aufs Geld achten musste?«

»Weil er nicht lange bleiben wollte.«

»Möglich«, nickte Schröder. »Das würde erklären, warum er

sich nur das Nötigste besorgt hat. Das alles wirkt irgendwie«, er überlegte einen Moment, »unpersönlich. Steril, wie ein Provisorium. Billig, aber trotzdem teuer. Verstehst du, was ich meine?«

Zorn nickte. Ein wenig zögerlich, ganz sicher war er nicht.

Schröder wandte sich dem Schreibtisch zu. Blätterte in einem Stapel englischer Computerzeitschriften, deutete auf den Mac.

»Nagelneu.«

»Den sollten wir überprüfen«, sagte Zorn.

»Natürlich.« Schröder beugte sich vor, studierte ein gerahmtes Foto an der Wand hinter dem Schreibtisch. Ein blondes, zirka acht Jahre altes Mädchen war darauf zu sehen, es trug ein helles Sommerkleid, das blonde Haar war zu einem Pferdeschwanz gebunden.

»Wir müssen rausbekommen, wer das ist«, murmelte Schröder.

»Entweder«, Zorn beugte sich ebenfalls über den Tisch, »jemand aus der Bekanntschaft.«

»Oder?«

»Eine Verwandte.«

»Das«, nickte Schröder ernst, »bringt uns ein großes Stück weiter. Hervorragend kombiniert, Chef.«

Zorn schniefte beleidigt, selbst ihm war Schröders sarkastischer Unterton nicht entgangen. Dieser war in die Hocke gegangen und zog die Schubladen des Schreibtischs auf. Zwei waren leer, nur ein paar Filzstifte klapperten. Aus der dritten förderte er einen Papierstapel zutage, klatschend landete der Haufen auf dem Schreibtisch. Schröder strich die durchsichtigen Handschuhe glatt, dann begann er, sich durch den Haufen zu wühlen. Zorn sah ihm über die Schulter zu, Schröder blätterte durch leere Notizzettel, zerknitterte Briefumschläge, Quittungen. Zorn versuchte, eine Ordnung in all dem Chaos zu entdecken, vergeblich. Boris Braeker hatte willkürlich entschieden, was er aufhob und was nicht. Baumarktquittungen, eine Betriebskostenabrechnung, Rechnungen über Bilderrahmen, Bücher, Kopierarbeiten.

»Unpersönlicher Kram«, brummte Zorn nach einer Weile. »Nix, das uns weiterhilft.«

»Das sehe ich mir später in Ruhe an«, entschied Schröder.

Er schob den Stapel beiseite. Eines der Papiere segelte zu Boden. Schröder bemerkte es nicht, er hatte einen Umschlag gegriffen, öffnete ihn. Zorn bückte sich indessen nach dem Blatt, studierte eine Rechnung.

»Du hattest recht«, sagte er.

»Womit?«

»Das Fahrrad.« Zorn wedelte mit der Rechnung. »Viertausendsechshundert Euro. Bar bezahlt, wie's aussieht.«

»Komisch.«

»Wieso komisch? Du hast doch selbst gesagt …«

Schröder brachte Zorn mit einer Handbewegung zum Schweigen. Dann reichte er ihm einen Zeitungsartikel, offensichtlich mit einer Schere ausgeschnitten. Zorn las die Überschrift.

Die Polizei bittet um Mithilfe.

Ein Datum war nicht zu erkennen, Zorn wusste trotzdem, dass der Artikel drei Tage alt war. Es ging um Paulus Gernhardt, den überfahrenen Obdachlosen, sie hatten nach Zeugen gesucht. Noch immer hatten sie kaum Hinweise auf den Täter.

»Komisch«, wiederholte Zorn.

»Ja«, nickte Schröder. »Komisch.«

»Wieso sollte jemand so was aufheben?«

»Gute Frage.«

»Irgend 'ne Bedeutung muss das haben, Schröder. Vielleicht kannte er den Toten, oder …«

Zorn zuckte zusammen, als habe er einen Tritt in den Hintern erhalten. Verwundert beobachtete Schröder, wie Zorn sich verkrampfte, nervös in der Gesäßtasche seiner Jeans fingerte und schließlich sein brummendes Handy zutage förderte. Ein Blick auf das Display, dann verfinsterte sich seine Miene.

»Eine Nachricht?«, fragte Schröder.

»Hm.«

»Was Schlimmes?«

»Wieso?«

»Du siehst ein bisschen ... enttäuscht aus.«

»Nee, nee.« Zorn steckte das Telefon wieder ein. »Malina fragt, ob ich Edgar aus dem Kindergarten holen kann.«

»Aber das«, strahlte Schröder, »ist doch eine tolle Nachricht!«

*

»Das gefällt mir nicht«, sagte Schröder. »Alles in dieser Wohnung wirkt irgendwie arrangiert.«

Sie saßen auf einer Bank am Ufer des künstlichen Sees, Schröder hatte die Beine übereinandergeschlagen, wippte mit dem Fuß. Edgar hockte rittlings auf seinem Schuh, umklammerte Schröders Wade und ließ sich auf und ab schaukeln.

»Vielleicht findet die Spurensicherung was«, sagte Zorn.

Die Bank stand im Schatten einer hohen Trauerweide. Die Zweige hingen fast bis auf den Rasen herab, wie durch einen Vorhang strahlte die Sonne vom nachmittäglichen Himmel, blitzte auf der spiegelglatten Wasseroberfläche.

»Vielleicht«, nickte Schröder und hob Edgar auf seinen Schoß. Wie immer, wenn sie in Edgars Gegenwart über die Arbeit sprachen, redeten sie leise, als wollten sie vermeiden, dass der Kleine etwas davon mitbekam.

»Wir müssen rauskriegen, wer das Mädchen auf dem Foto ist«, sagte Zorn. »Ob er Freunde hatte. Die Familie befragen.«

»Er hat einen Bruder«, erwiderte Schröder. »Anton Braeker.«

»Ruder«, murmelte Edgar.

Zorn strich seinem Sohn über den Kopf.

»Du bist müde, oder?«

Edgar kuschelte sich mit der Wange an Schröders Jacke, er sah Zorn mit großen, verträumten Augen an. Gähnte und drehte das

Köpfchen auf die andere Seite. Schröder drückte ihn an sich, vergrub das Gesicht im Haar des Kleinen, atmete tief ein, dann stand er auf und setzte Edgar in den Kinderwagen, kramte im Netz eine Kekspackung hervor.

»Keine Kekse«, befahl Zorn knapp.

»Das sind Vollkornkekse, Chef.«

»Trotzdem.« Zorn hatte sich ebenfalls erhoben. »Du verhätschelst ihn.«

Achselzuckend setzte Schröder den Wagen in Bewegung. Eine Weile liefen sie nebeneinander her, Zorn lauschte dem leisen Quietschen der Räder. Ein einsamer Schwan trieb auf dem Wasser, am anderen Ufer erschien ein Jogger in kurzen Hosen und weißen Kniestrümpfen.

»Guck, Edgar!« Zorn deutete auf das Wasser. »Ein Schwan!«

Der Kleine, dessen Kopf nach hinten gesunken war, richtete sich im Wagen auf. Die Müdigkeit war wie weggeblasen.

»Gagger!«

»Nee, ein Schwan.«

»Gagger!«

Edgar deutete jetzt ebenfalls aufgeregt auf den See.

»Ach so«, Zorn kniff die Augen zusammen, »du meinst den Mann da drüben.«

»Gagger!«

»Nee, das ist ein Jogger. Der macht Sport, damit er immer …«

»Gagger!«, krähte Edgar.

Zorn blieb stehen und verschränkte die Arme vor der Lederjacke.

»Würdest du«, er wandte sich an Schröder, »vielleicht auch mal was sagen?«

Schröder stoppte ebenfalls.

»Was sollte ich denn sagen?«

»Du kannst ihn von mir aus verhätscheln«, erklärte Zorn. »Aber korrigieren musst du ihn auch, sonst lernt der Junge nie was!«

»Sicher doch.«

»Und?«

»Wenn's nötig ist.«

»Es *ist* nötig!«

»Findest du?«

»Ja!«

Edgar hatte die kleinen Hände im Schoß gefaltet, er hatte sich im Wagen zurückgelehnt und schien ihren Worten aufmerksam zu lauschen, sein Blick wanderte zwischen den beiden hin und her.

»Eine Korrektur«, sagte Schröder, »setzt einen Fehler voraus.«

»Ach nee.«

»Ich zumindest habe keinen wahrgenommen.«

»Gagger!«, nickte Edgar. »Gagger, Ögi!«

Schröder tätschelte ihm den Kopf.

»Genau.«

»Herrgott!« Zorn deutete über den See, dessen dunkle Oberfläche sich jetzt leicht in einer sanften Brise kräuselte. »Das ist ein Jogger! Kein Gagger!«

»Wenn, dann *war's* einer«, lächelte Schröder.

»Was?« Zorn stemmte die Hände in die Hüften. »Ein Gagger?«

»Ein Jogger.«

»Weggelauft!«, erklärte der Kleine ernst. »Nach Hause!«

»Stimmt, Edgar«, seufzte Zorn. »Jetzt ist er weg, der Jogger.«

»Gagger.«

»Nein, mein Schatz, ein …«

»Gagger! Rangsch!«

Edgar strampelte vergnügt mit den Füßen.

»Gibt's irgendwas«, Zorn klang ein wenig verzweifelt, »womit wir ihn ablenken können, Schröder?«

»Das wäre?«

»Ein Keks?«

»Kein Keks«, beschied Schröder knapp.

»Nicht?«

»Wir wollen ihn doch nicht verhätscheln.«

Am anderen Ufer des Sees dröhnte ein Motor auf. Reifen knirschten, das Gestrüpp teilte sich, ein orangefarbener kleiner Bulldozer rumpelte auf den Weg.

»Guck mal!«, rief Schröder, »jetzt fährt er!«

Die Augen des Jungen weiteten sich, er klatschte in die Hände.

»Gagger!«

»Genau.« Schröder stützte die Hände auf den Oberschenkeln ab, lächelte Edgar an. »Ein Bagger. Toll, oder?«

»Rangsch!«

»Ja, er ist orange. Papa hat ihn vorhin nicht gesehen. Ich glaube«, Schröder sah kurz zu Zorn auf, »wir müssen ihm eine neue Brille kaufen.«

Stirnrunzelnd beobachtete Zorn, wie der Bulldozer hinter einem niedrigen Pumpenhäuschen verschwand.

»Das ist ein Gabelstapler«, brummte er. »Von mir aus auch ’ne Raupe. Aber nie im Leben ein Bagger. *Wenn’s* ein Bagger wäre, dann müsste … sagt mal, hört mir hier überhaupt jemand zu?«

Schröder war vor Edgar in die Hocke gegangen, die beiden redeten miteinander in ihrem typischen Kauderwelsch, das in Zorns Ohren aus einer willkürlichen Aneinanderreihung unverständlicher Konsonanten bestand.

»Was gibt’s denn da zu tuscheln?«

»Nichts weiter.« Schröder gab Edgar einen Kuss auf die Stirn, dann richtete er sich auf. »Er hat mir nur erklärt, was er mal werden will, wenn er groß ist.«

»Lass mich raten«, sagte Zorn. »Gaggerfahrer?«

»Entweder das«, grinste Schröder, »oder Dolmetscher.«

Acht

»Sie leben allein hier?«

Anton Braeker nickte stumm. Schröder hatte ihn bisher nicht aus den Augen gelassen, jetzt wandte er seine Aufmerksamkeit dem Wohnzimmer zu, einem hohen, lichtdurchfluteten Raum, der Schröder an ein Museum erinnerte. Ein Kristallleuchter hing unter der holzgetäfelten Decke, die Möbel im Biedermeier-Stil schienen Originale zu sein. Ein Großteil des Raumes wurde von einem klotzigen, türkisfarben gefliesten Kachelofen eingenommen, daneben führte eine geschwungene Eichentreppe in einem eleganten Bogen hinauf ins Obergeschoss.

»Kann ich Ihnen etwas …«

»Danke«, unterbrach Schröder freundlich, »ich brauche nichts.«

Braeker hatte ihm einen Platz auf dem mit weinrotem Samt überzogenen Sofa zugewiesen, er selbst saß schräg gegenüber in einem ebenso gepolsterten Ohrensessel. Hinter ihm hing ein großes Ölbild in goldenem Gipsrahmen an der Wand. Auch das Gemälde war ein Original, ein vom Alter gedunkeltes Stillleben mit einer Obstschale, einer Blumenvase und einer Trompete am Bildrand. Daneben verteilten sich Dutzende gerahmter Bilder an der Wand, Familienfotos in unterschiedlichen Größen.

Schröder wandte sich wieder seinem Gegenüber zu. Er war nicht sicher, was er von Anton Braeker halten sollte, einem hageren Mann, der älter wirkte als Mitte zwanzig. Das hellblaue Hemd war bis zum Hals zugeknöpft, darüber trug er eine altmodische Strickjacke. Graue Augen hinter einer randlosen Brille, das dunkle Haar streng gescheitelt. Die Nachricht vom Tod seines Bruders schien ihn nicht aus der Bahn geworfen zu haben. Das konnte täuschen, also hatte Schröder beschlossen, sich Zeit zu lassen.

Geduldig, scheinbar entspannt wartete er auf Braekers nächste Worte, seine Augen allerdings folgten jeder seiner kleinsten Bewegungen.

»Das muss für Sie aussehen, als würde mich das alles kalt lassen«, begann Braeker nach einer Weile. Er sprach leise, seine Stimme war tiefer, als sein magerer Körper vermuten ließ. »Aber ich habe Boris seit Jahren nicht mehr gesehen, wir hatten kaum Kontakt. Es ist«, er schüttelte nachdenklich den Kopf, »als wäre ein Fremder gestorben. Ich habe Mühe, mir sein Bild in Erinnerung zu rufen.«

Braeker sah beim Sprechen auf seine Hände. Schröder registrierte die schlanken, gepflegten Finger. Die Hände eines Akademikers.

»Sie wussten nicht, dass er zurück war?«, fragte er.

Anton Braeker hob den Kopf. Sein Erstaunen schien echt.

»Nein.«

Schröder schlug schweigend die Beine übereinander. Wartete weiter.

»Wie, sagten Sie, ist Boris gestorben?«

Schröder wiederholte es. Den Nagel im Oberschenkel des Toten hatte er bisher verschwiegen, er erwähnte ihn auch diesmal nicht.

»Wir wissen so gut wie nichts über Ihren Bruder«, stellte er dann fest. Anton Braeker erkannte die Frage, die sich dahinter verbarg.

»Wir waren noch klein, als unsere Mutter gestorben ist. Unser Vater hat uns großgezogen. Zumindest hat er's versucht.« Anton Braeker nahm die Brille ab, sah durch die Gläser, dann setzte er sie wieder auf. »Er hatte Depressionen. Ich war sechzehn, als er sich umgebracht hat, Boris dreizehn. Etwas mehr als zwei Jahre haben wir im Heim gelebt, als ich volljährig wurde, bin ich wieder hierher zurück, das Haus haben wir geerbt. Boris durfte mitkommen, obwohl das Jugendamt ziemlichen Ärger gemacht hat.

Er hat bei mir gelebt, bis er siebzehn war. Ich war sozusagen Vater und Mutter für ihn und trotzdem«, Braeker hob den Kopf, es war das erste Mal, dass er Schröder direkt in die Augen sah, »kann ich Ihnen nicht viel über ihn sagen. Ich kannte Boris kaum.«

»Es wäre nett, wenn Sie mir das erklären würden«, sagte Schröder.

Anton Braeker antwortete mit einer Gegenfrage.

»Ich nehme an, Sie haben Erkundigungen über mich eingezogen?«

»So weit es mir in der kurzen Zeit möglich war.«

»Zumindest werden Sie wissen, dass ich Psychologie studiert habe und an der wissenschaftlichen Akademie arbeite. Ich bin in der Lage, fließend in drei Sprachen zu kommunizieren, meine Intelligenz liegt deutlich über der eines Durchschnittsmenschen. Dies alles«, Braeker hob die gepflegten Hände, »sage ich nicht aus Prahlerei. Sondern, um Ihnen mein Verhältnis zu Boris deutlich zu machen.«

Braeker lehnte sich zurück in den Ohrensessel, sah aus dem hohen Fenster mit dem halbrunden Oberlicht. Das Haus stand auf einem schroffen Felsen hoch über dem Fluss zu Füßen einer Backsteinkirche. Der Blick über den Fluss war atemberaubend. Schräg gegenüber leuchteten die Mauern der alten Burg im Licht der tiefstehenden Sonne, als wären rote Scheinwerfer darauf gerichtet.

»Boris war vier, als er sein erstes Gedicht geschrieben hat. Da hatte er alles gelesen, was ihm zwischen die Finger gekommen war, von der Saftpackung bis zur Fernsehzeitschrift. Als ich eingeschult wurde, hat er sich meine Bücher vorgenommen, allerdings nur kurz, sie waren ihm zu langweilig. Mit sieben wurde er Vegetarier, nachdem er eine Biographie über Gandhi gelesen hatte. Wie gesagt«, Braeker betrachtete seine Fingernägel, »ich selbst bin alles andere als dumm, ich war mit Abstand der Beste in meinem Jahrgang. Ich war Vizemeister der deutschen Schachjugend. Ein einziges Mal habe ich gegen Boris gespielt, da war er elf, glaube ich. Zuvor hatte er zugesehen, wie ich eine Partie gegen unseren Vater gespielt habe. Natürlich hat Boris mich geschlagen. Ich hatte mich jahrelang mit Schach beschäftigt, er brauchte eine Stunde, um das Spiel zu begreifen. Was ich damit sagen will, ist …«

»Ich verstehe, was Sie sagen wollen.«

Etwas störte Schröder. Es war diese unterkühlte Arroganz seines Gegenübers. Vor ein paar Minuten erst hatte Anton Braeker vom Tod seines Bruders erfahren, die Nachricht schien keinerlei Emotionen zu erzeugen, er sprach über ihn, als halte er einen wissenschaftlichen Vortrag.

»Sie werden mich für gefühllos halten.« Braeker schien Schröders Gedanken zu ahnen. »Aber dem ist nicht so. Boris war mein Bruder. Aber er war auch ein Fremder, er lebte in einer eigenen Welt. Niemand war in der Lage, in diese Welt vorzudringen. Sicherlich, wir haben miteinander geredet, aber ich war selten in der Lage, ihm zu folgen. Es gab nichts, das ihn über längere Zeit interessiert hat, er war sprunghaft, ständig gelangweilt. Sein Verstand funktionierte anders, wie ein Schnellzug. Es ist nicht einfach, mit einem Genie zusammenzuleben.« Braeker strich über den Stoff seiner schwarzen Anzughose, schnippte eine unsichtbare Fussel beiseite. »Noch schwerer ist es, wenn es sich dabei um den drei Jahre jüngeren Bruder handelt. Boris war mir in allen Bereichen überlegen. Es dauert, bis man sich damit abfindet.«

Schröder registrierte Braekers entschuldigendes Lächeln. Wartete einen Moment, dann begann er mit seinen Fragen.

»Er war siebzehn, als er ausgezogen ist?«

»Siebzehneinhalb.«

»Haben Sie versucht …«

»Nein. Ich habe Boris nicht aufgehalten. Es hätte keinen Sinn gehabt, es zu versuchen.«

»Hatten Sie danach noch Kontakt?«

»Ein paar Monate später hat er angerufen. Er war nach Frankreich gegangen, was genau er dort getrieben hat, weiß ich nicht.«

»Und danach?«

»Ab und zu, per Mail. Nichtssagende Nachrichten zumeist. Zunächst aus Spanien, später war er in London. Ich wusste nie, was er dort tut. Im Gegensatz zu ihm. Was *mich* betraf, war Boris immer genau informiert.«

»Das«, erwiderte Schröder, »sollten Sie mir erklären, Herr Braeker.«

»Vor zwei Jahren hat er mir die letzte Mail geschickt. Ich war gerade mit meiner Promotion beschäftigt. Die Mail hatte keinen Inhalt, Boris hatte nur ein Dokument angehängt. Es war meine Dissertation. Er hatte sie korrigiert, stellenweise ergänzt. Den größten Teil habe ich nicht verstanden.«

Schatten huschten über das Fenster. Ein Krähenschwarm zog vorbei, drehte ein paar Runden über dem Fluss und ließ sich dann in den Baumwipfeln unterhalb der Burg nieder.

»Boris hatte meine Rechner gehackt. Sowohl meinen Laptop als auch den Computer im Institut. Keine Ahnung, wie er das angestellt hat. Wahrscheinlich war ihm langweilig, er war neugierig, was ich so treibe.«

Schröder dachte einen Moment nach.

»Danach hatten Sie nie wieder Kontakt?«

Braeker schüttelte den Kopf.

»Ich kann Ihnen nicht helfen«, sagte er. »Ich habe nie verstanden, was ihn umtreibt. Seine Motive sind mir immer verborgen geblieben. Ich weiß nicht, warum Boris zurückgekehrt ist. Erst recht nicht«, er stockte, »warum alles so gekommen ist, wie es ist.«

Anton Braeker war blass geworden, und diesmal schien es Schröder, als zeige er eine Art von Gefühlsregung, etwas wie Trauer vielleicht.

»Es gibt kaum Informationen über Ihren Bruder«, sagte Schröder. »Auch im Netz taucht sein Name nicht auf. Keine Firmen, keine Arbeitgeber. Ich frage mich, wie er sein Geld verdient hat.«

»Er brauchte keins.« Braeker hob die Arme, deutete auf die getäfelte Zimmerdecke. »Unser Vater hat uns kaum Geld hinterlassen, aber das Haus haben wir geerbt. Kurz vor seinem neunzehnten Geburtstag hat Boris mir die Kontonummer einer Londoner Bank gemailt. Ich habe einen Kredit aufgenommen und ihm das Geld überwiesen. Eine knappe Viertelmillion Euro.«

Viel Geld, überlegte Schröder. Andererseits ging jede Summe irgendwann zur Neige.

Braeker räusperte sich, sah auf die Uhr. Ein Zeichen, dass alles gesagt war. Schröder musterte ihn eine Weile schweigend, und als er schließlich aufstand, versuchte Anton Braeker nicht, seine Erleichterung zu verbergen.

»Sie können mich jederzeit erreichen, Herr Kommissar.«

Schröders Schritte knarrten auf dem alten Parkett. Zu Braekers Verwunderung wandte er sich nicht zum Gehen, sondern blieb vor der Wand mit den Familienbildern stehen.

»Ich nehme an, Sie haben kein aktuelles Foto Ihres Bruders?«

»Nein.«

Schröders Blick wanderte über die aufgereihten Bilder. Die meisten waren schwarzweiß, einige bunt. Porträts, Urlaubsbilder, gestelzte Aufnahmen der Familie. Schröder fiel auf, dass niemand lachte, selbst die Kinderbilder strahlten eine tiefe Ernsthaftigkeit aus, verströmten eine dunkle, traurige Aura.

Schröder wandte sich dem größten Bild zu, einem Gruppenbild. Die Aufnahme war in einem Fotostudio gemacht worden. Die Frau saß auf einem goldverzierten Barockstuhl vor einer geblümten Tapete, sie hielt einen Säugling auf einem bestickten Kissen im Arm. Flankiert wurde sie von zwei strohblonden Jungen in kurzen Lederhosen und weißen Hemden, der Mann hinter ihr sah ernst in die Kamera, seine Hände lagen auf den Schultern seiner Söhne.

»Das Foto ist über zwanzig Jahre alt«, sagte Braeker.

Schröder musterte die blassen, ernsten Gesichter. Ein steifes, förmlich wirkendes Arrangement, ähnlich den Bildern, die sich millionenfach in alten Familienalben fanden, Relikte aus einer Zeit, in der die Menschen noch nicht begonnen hatten, sich gegenseitig mit ihren Handys zu fotografieren.

»Meine Mutter war Tänzerin am Bolschoi-Theater.« Braeker stand bereits in der Tür. »Sie war hier auf einem Gastspiel, da hat sie meinen Vater kennengelernt. Er war damals Solotrompeter am Landestheater.«

Braekers Mutter, eine zierliche, ätherisch wirkende Frau, war deutlich jünger als ihr Mann. Schröder faltete die Hände auf dem Rücken, wandte sich einem anderen Bild zu.

»Das ist Sascha«, erklärte Braeker, »meine Schwester. Meine Mutter ist ein paar Jahre nach ihrer Geburt gestorben.«

»Ich kenne dieses Bild«, erwiderte Schröder, den Blick auf das blonde Mädchen mit dem Pferdeschwanz und dem Teddy in der Hand gerichtet. »Wir haben es in der Wohnung Ihres Bruders gefunden.«

Das Foto war im Sommer aufgenommen worden, die Sonne schien der Kleinen direkt ins Gesicht. Sie kniff ein Auge zusammen, was sie ein wenig mürrisch erscheinen ließ.

»Das wundert mich nicht«, erwiderte Anton Braeker. »Boris hat Sascha abgöttisch geliebt. Nun ja, das haben wir alle. Sie war das Nesthäkchen, ein Nachzügler. Vater war Mitte vierzig, als sie geboren wurde.«

Braeker kam näher. Das Parkett knackte, dann wurden seine Schritte durch einen dicken Perserteppich gedämpft.

»Sascha war neun, als sie starb«, sagte er ruhig. »Ein tragischer Unfall.«

Schröder sah sich um.

»Das tut mir leid.«

Braeker stand vor ihm, er hatte die Arme vor der Hemdbrust verschränkt.

»Das alles ist über zehn Jahre her, ich hatte genügend Zeit, es zu verarbeiten. Trotzdem spreche ich nicht gern über Saschas Tod. Ich hoffe, Sie verstehen das.«

Schröder nickte. Überlegte einen Moment, dann wandte er sich noch einmal dem Foto in der Mitte zu. Seine Aufmerksamkeit galt jetzt den beiden Jungen. Anton hatte die Hände vor der kurzen Lederhose gefaltet, er war einen halben Kopf größer als Boris, der ernst, mit großen Augen in die Kamera sah.

»Sie sehen einander sehr ähnlich, Herr Braeker.«

»Als wir ganz klein waren, hat man uns oft für Zwillinge gehalten. Später hat sich das geändert.«

Schröder antwortete nicht, er war in das Foto vertieft, als wolle er sich die Gesichter einprägen. Ein paar Sekunden vergingen, dann wandte er sich wieder an Anton Braeker, den einzigen, der von diesen Menschen noch am Leben war.

»Ich danke Ihnen.«

»Falls Sie noch Fragen haben«, Braeker deutete einladend zur Tür, »können Sie sich jederzeit melden.«

Schröder zögerte.

»Sagt Ihnen der Name Paulus Gernhardt etwas?«

Anton Braeker hob die Augenbrauen. Überlegte einen Moment.

»Nie gehört. Was hat das ...«

»Ein Obdachloser«, unterbrach Schröder und griff in die Innentasche seiner Jacke. »Der Mann ist vor ein paar Tagen überfahren worden, wir gehen von einem Unfall mit Fahrerflucht aus. Das hier«, er reichte Braeker eine Klarsichtfolie, »haben wir in der Wohnung Ihres Bruders gefunden.«

Stirnrunzelnd betrachtete Braeker den Zeitungsartikel.

»Was hat das zu bedeuten?«

»Das wissen wir nicht«, erwiderte Schröder.

Er nickte Anton Braeker zum Abschied zu, und als die Haustür ein paar Sekunden später hinter ihm ins Schloss fiel, fügte er in Gedanken zwei Worte hinzu:

Noch nicht.

*

Der Knall der schweren Eichentür hallte noch von den hohen Zimmerwänden wider. Anton Braeker stand am Küchenfenster und beobachtete durch einen Spalt in der Gardine, wie der kleine Polizist über die Kopfsteinstraße davonschlenderte und schließlich schräg gegenüber hinter der Mauer der Backsteinkirche verschwand. Ein paar Sekunden verharrte Braeker, seine scharfen Gesichtszüge blieben starr, nur die Muskeln über den Kieferknochen bewegten sich. Seufzend holte er Luft, blinzelnd sah er hinauf in den Abendhimmel, die vergoldeten Zeiger der Turmuhr leuchteten im letzten Licht der untergehenden Sonne. Braeker schloss die Augen, nahm die Brille ab, rieb mit Daumen und Zeigefinger die Nasenwurzel. Die Brille entglitt Braekers Fingern, seine Stirn sank gegen das Fensterglas. Die hageren Schultern begannen zu beben. Die Scheibe beschlug, sein Atem wurde schneller.

Ein Schluchzen. Es klang wie der Ruf eines ängstlichen Tieres.

Anton Braeker weinte.

Neun

Zweitausendfünf. Mitte Februar.

»Iss deine Cornflakes.«

Anton Braeker mustert seinen Bruder über den Rand der Kaffeetasse. Boris stochert lustlos in seiner Schüssel, er hat den Kopf in die Hand gestützt, das blonde Haar hängt ihm wirr in die Stirn. Gähnend starrt er ins Leere, ein müder, zerzauster Dreizehnjähriger, wie immer zu früh aus dem Bett geholt.

»Ich hab dir was gesagt, Boris.«

Klirrend landet der Löffel in der Schüssel.

»Ich hab keinen Hunger«, murrt Boris mit heller Kinderstimme. Er schiebt den Teller zur Seite, Milch schwappt auf den Küchentisch.

»Wie du meinst.«

Anton lässt sich seine Verärgerung nicht anmerken. Er nippt an seinem Kaffee, das Gebräu schmeckt scheußlich. Trotzdem zwingt er sich, die Tasse auszutrinken, er ist sechzehn, alle Erwachsenen trinken Kaffee. Ihr Vater nimmt das Zeug kannenweise zu sich, es gehört dazu, man muss sich daran gewöhnen, findet Anton Braeker. Genau wie an die Pickel auf der Stirn, die immer fettiger werdenden Haare. Und natürlich die Stimme. Seit er vor ein paar Monaten in den Stimmbruch gekommen ist, behauptet Boris, Anton klinge wie eine klemmende Schublade.

Die Turmuhr der Backsteinkirche schlägt. Anton sieht durch das Küchenfenster hinaus in den grauen Wintermorgen.

»Du musst los.«

Boris verdreht stumm die Augen.

»Wann hast du Schulschluss?«, fragt Anton.

»Um eins.«

»Du wirst hingehen. Und du wirst bis zur letzten Sekunde dableiben, Boris.«

»Ich hab keinen Bock auf diese dämliche …«

»Überlege deine Wortwahl.«

»Ich rede, wie *ich* will!«

Anton sieht seinen jüngeren Bruder streng an, deutet nach oben.

»Du weckst Papa.«

»*Papa?*« Boris lehnt sich zurück. Sein Lachen klingt hell durch die Küche, wie das eines Kindes. Das er auch ist, doch sein Blick ist der eines frustrierten alten Mannes. »Was soll der schon mitkriegen? Der interessiert sich einen *Dreck* für uns! Suhlt sich in seinem Selbstmitleid und seinen Depressionen, als wäre er …«

»Hör auf.«

Anton hebt warnend die Stimme. Boris hat recht, ihr Vater verändert sich immer mehr. Sicherlich, er war schon immer zurückhaltend, ein stiller, ruhiger Mann. In letzter Zeit allerdings wirkt er immer abwesender, freundlich zwar, doch es scheint, als ziehe er sich immer mehr zurück in eine dunkle Blase aus Melancholie und Einsamkeit. Trotzdem, findet Anton, ein Dreizehnjähriger hat nicht das Recht, so über seinen Vater zu reden.

»Es geht ihm nicht gut, Boris.«

»Dann soll er gefälligst zum Arzt gehen!«

Boris wird wütend. Ihr Vater, schimpft er, sei depressiv, aber nicht dumm. Er brauche eine Therapie, Medikamente. Ketamin zum Beispiel, oder Trazodon. Wenn das nicht helfe, dann eben eine stationäre Behandlung, Boris redet von Transkranieller Magnetsimulation, orthomolekularer Medizin, Begriffe, die Anton noch nie in seinem Leben gehört hat, wahrscheinlich hat Boris sie aus einem der Fachbücher oben in der Bibliothek, er liest die Bücher mit einer beängstigenden Geschwindigkeit, *inhaliert* sie regelrecht. Die Art, wie er das tut – hastig, ruhelos, als wolle er keine Zeit verschwenden –, ist mindestens ebenso beängstigend.

»Keine Diskussion«, erklärt Anton mit der Autorität des Älteren. »Du gehst in die Schule. Ich habe keine Lust, mir ständig neue Ausreden einfallen zu lassen.«

Er weiß nicht, was sein Bruder treibt, wenn er die Schule schwänzt. Zunächst hat Boris seine Entschuldigungen selbst geschrieben, er versteht es meisterhaft, die geschwungene, altmodische Handschrift seines Vaters zu fälschen, selbst der Tonfall, hat Anton festgestellt, war der eines Akademikers gewesen. Irgendwann haben die Lehrer Verdacht geschöpft und begonnen, zu Hause anzurufen. Ihr Vater geht schon lange nicht mehr ans Telefon, also hat Anton die Rolle ein paarmal übernommen. Zunächst, um seinen Bruder zu schützen, er weiß, wie sehr sich Boris quält, die Langeweile, hat er einmal erklärt, würde ihn ersticken. Ein weiterer Grund ist, dass Anton so ein Druckmittel in die Hand bekommt, sein Einfluss auf Boris schwindet zusehends. Boris hat den Intellekt eines Hochschulprofessors – wahrscheinlich ist er klüger als der gesamte Lehrkörper der städtischen Universität –, doch gleichzeitig ist er ein Kind. Alltägliche Dinge wie Zähneputzen, Körperpflege oder regelmäßiges Essen interessieren ihn nicht. Seine Kleidung ist ihm egal, ebenso die Uhrzeit, er weiß selten, welcher Wochentag ist.

Ein Kind eben.

»Sind wir uns einig?«, fragt Anton.

Boris antwortet nicht. Er hockt auf der Vorderkante des Stuhls, die Beine unter dem Tisch ausgestreckt. Sein Gesicht ist verborgen unter einem Vorhang des langen blonden Haares.

»Boris?«

»Ja«, murmelt Boris.

»Ich weiß, wie sehr die Schule dich nervt«, sagt Anton. »Aber du musst da durch, es geht um deine Zukunft.«

Worte, die nicht zu einem Sechzehnjährigen passen. Aber jemand muss es Boris sagen, davon ist Anton Braeker überzeugt. Ihre Mutter ist tot, der Vater nicht in der Lage dazu. Also tut Anton es. Der Kleingeist, wie Boris ihn manchmal nennt. Der Spießer.

»Was meinst du?« Anton steht auf, schiebt das Geschirr zusammen. »Wir könnten heute Nachmittag ins Kino gehen.«

Boris zuckt schweigend die Achseln. Mit dem Zeigefinger malt er Kreise in die verschüttete Milch.

»Im Kino am Zoo kommt *The Day after Tomorrow*.«

Anton stellt die Teller in die Spüle, schaltet das Radio ein. Ein Klassiksender, leise Klaviermusik erklingt.

»Ich habe keine Lust auf diesen Unfug.« Boris sieht nicht auf, er ist noch immer damit beschäftigt, Muster auf die polierte Tischplatte zu malen. »Der Golfstrom *kann* gar nicht schlagartig abreißen, wenn, würde das Jahrhunderte dauern.«

»Es ist nur ein Film, Boris.«

»Es ist *unlogisch*.«

»Sie zeigen die englische Originalversion«, sagt Anton in der Hoffnung, doch noch das Interesse seines Bruders zu wecken.

»Schwachsinn bleibt Schwachsinn«, beharrt Boris. »Egal, in welcher Sprache. Ich lasse meine Intelligenz nicht beleidigen. Und du«, er sieht auf, »solltest das auch nicht tun.«

Ihre Blicke treffen sich. Anton registriert das amüsierte Funkeln in den grauen Kinderaugen seines Bruders, den leisen, sarkastischen Unterton.

Er weiß, wie sehr er mir überlegen ist, denkt er. Und er genießt es.

»Wir müssen nicht, wenn du keine Lust hast.«

Im Radio laufen die Nachrichten. In der vergangenen Nacht, verkündet eine sonore Stimme, ist es zu vereinzelten Zugausfällen wegen vereister Oberleitungen gekommen. Der Kälteeinbruch, fährt der Sprecher fort, habe ein erstes Opfer gefordert, einen zirka fünfzigjährigen, bisher nicht identifizierten Mann, dessen unbekleidete Leiche im Morgengrauen in einer Schlucht am nördlichen Stadtrand entdeckt worden sei.

»Mach schon.« Anton lehnt an der Spüle, deutet zur Tür. »Du kommst zu spät.«

Boris stemmt sich widerwillig hoch, dann schlurft er aus der Küche, mit den eckigen Bewegungen eines Teenagers, ein Eindruck, der durch das leichte Hinken noch verstärkt wird.

»Vergiss deinen Schal nicht!«, ruft Anton ihm nach.

Im Radio läuft der Wetterbericht. Für die nächsten Tage wird eine leichte Besserung vorhergesagt. Aus dem Flur dringt das Rascheln von Kleidung, Boris streift den Mantel über, zieht die Schuhe an. Dann fällt die Haustür ins Schloss.

Anton wischt den Küchentisch ab, dann geht er ins Bad, um sich die Zähne zu putzen. Er hat noch Zeit, die Schule beginnt erst um halb neun. In der vierten Stunde schreiben sie eine Physikklausur, nichts, worüber Anton sich Sorgen macht, er steht in fast allen Fächern auf eins.

Er dreht den altmodischen Messingwasserhahn auf, nimmt die Brille ab, greift zur Zahnbürste und betrachtet sein Gesicht im Spiegel über dem Becken. Die Zeiten, in denen man sie für Zwillinge gehalten hat, sind längst vorbei. Anton ist mittlerweile einen halben Kopf größer als sein Bruder, sein Haar ist dunkler geworden. Trotzdem, die Ähnlichkeit ist noch immer unverkennbar, beide haben sie dieselbe gebogene Nase, das eckige Kinn ihres Vaters. Und die vollen, sinnlichen Lippen, die sie von ihrer Mutter geerbt haben.

Klappernd landet die Zahnbürste im Becher. Anton fährt prüfend mit der Hand über das Kinn, überlegt, ob er sich rasieren solle. Nötig ist es nicht, er hat sich vor drei Tagen rasiert, da sind nicht viel mehr als ein paar Stoppeln auf der Oberlippe. Doch es fühlt sich gut an, *erwachsen*. Nach kurzem Nachdenken entscheidet er sich dagegen, es gibt niemanden, der es bemerken würde, die Mädchen in seiner Klasse interessieren sich nicht für ihn, für sie ist er ein dünner, pickliger Streber, kaum wert, eines Blickes gewürdigt zu werden.

Nun, überlegt Anton Braeker und lauscht dem Plätschern des Wassers, er *ist* ein Streber. Sicherlich, er ist nicht dumm, doch seine guten Noten sind das Ergebnis harter Arbeit, er büffelt stundenlang, meistens bis spät in die Nacht.

Langsam steigt er die geschwungene Eichentreppe nach oben, spürt das glatte Holz des Handlaufs und denkt an Boris, den er keine Sekunde aus den Augen lassen darf, Boris, der ihm so überlegen ist, das Kind mit dem Verstand eines Rasiermessers. Es ist unfair, denkt Anton und geht ins Schlafzimmer, um seinen Vater zu wecken. Unfair und ungerecht.

Als er das unberührte Bett seines Vaters sieht, ahnt er zunächst nur, dass etwas nicht stimmt.

Dann findet er den Brief auf dem Kopfkissen.

Kurz darauf hat er Gewissheit.

Zehn

Jetzt.

Mein Sohn,
wenn Du diese Zeilen liest, bin ich tot.

Ich erwarte nicht, dass Du mir verzeihst, deshalb versuche ich auch nicht, mich zu entschuldigen. Was ich mir erhoffe, ist Dein Verständnis.

Ich wende mich mit diesem Schreiben ausschließlich an Dich, Anton. Wir wissen beide um die Fähigkeiten Deines Bruders, obwohl weder Du noch ich in der Lage sind, ihm geistig zu folgen. Ich bin nicht sicher, ob sich sein ungeheuerlicher Intellekt als Segen oder Fluch erweisen wird, allerdings weiß ich, dass ich dies nicht mehr erleben werde. Boris wäre problemlos in der Lage, sowohl den Inhalt dieses Briefes als auch die Gründe für mein Handeln zu erfassen. Doch er ist noch ein Kind, zu jung, die richtigen Schlüsse zu ziehen. In ein paar Jahren wirst Du ihm alles erklären müssen, auf welche Art Du das tust, überlasse ich Deiner Entscheidung. Zeige ihm diesen Brief, wenn er alt genug ist, oder erkläre es ihm mit Deinen Worten – in diesem Falle solltest Du ihm sagen, wie sehr ich ihn liebe.

Anton Braeker stand am Fenster. Die Dämmerung war hereingebrochen, trotzdem hatte er das Licht nicht eingeschaltet, der Kristallleuchter unter der getäfelten Decke war dunkel. Es war kühl in dem hohen, herrschaftlichen Zimmer. Mit der einen Hand raffte er die Strickjacke vor der Brust zusammen, in der anderen hielt er den Abschiedsbrief seines Vaters, über ein halbes Dutzend vergilbter Seiten. Der Brief war über einen längeren Zeitraum verfasst worden, die erste Seite war einen Monat vor dem Selbstmord datiert.

Mir ist durchaus bewusst, dass ich Euch im Stich lasse. Vor allem Dich, denn Du trägst die Verantwortung für Deinen Bruder. Aber ich habe so lange durchgehalten wie es ging. Du musst wissen, dass ich diesen Wunsch schon seit meiner Kindheit in mir trage, die Sehnsucht nach dem Tod hat mich mein ganzes Leben begleitet. Die Begegnung mit Eurer Mutter hat dies geändert, diese zehn Jahre waren die glücklichsten, die ich hatte. Ihr Tod war gleichzeitig der meine, ich wäre ihr gern gefolgt. Ich habe es nicht getan, denn ich hatte Kinder. Sascha, Boris und Dich. Ihr wart zu klein, ich wollte warten, bis ich Euch auf den Weg gebracht hatte. Selbst, als auch Sascha ein paar Jahre später starb, habe ich durchgehalten. Dieser Tag war ...

Anton Braeker ließ das Blatt sinken. Zehn Jahre waren seit dem Tod seines Vaters vergangen, er hatte den Brief oft gelesen. Auf der folgenden Seite schilderte sein Vater den Unfalltod ihrer kleinen Schwester. Anton blinzelte, er wollte diese Zeilen nicht lesen, musste es auch nicht, schließlich war er dabei gewesen. Die Erinnerung an diesen Tag hatte sich in seinem Kopf festgefressen wie Batteriesäure, er schluckte, griff zum nächsten Blatt.

... wollte die Verantwortlichen an Saschas Tod dingfest machen, es mag absurd klingen, aber dieser Teil meines Kampfes hat mir noch einmal Kraft gegeben, obwohl er vergeblich war.

In Euren Augen war ich immer ein stiller, zurückhaltender Mann, jemand, der die Liebe zu seinen Kindern nicht zeigen kann. Ihr wusstet nichts von den Schlachten, die ich hinter dieser kühlen Fassade schlagen musste, ein täglicher Kampf gegen die Depressionen, ich habe ihn mit jeder Faser meines Körpers geführt. Jedes Wort, das ich mit Euch gewechselt habe, jedes Lächeln, jede Berührung habe ich mir abgerungen. Nicht etwa, weil Ihr mir nichts bedeutet hättet, ich musste einfach an zu vielen Fronten kämpfen. Ich wollte mich nicht davonstehlen, bevor ich meine Söhne in Sicherheit wusste. Der Gedanke an Euch hat mir Kraft geben, die Musik war meine Stütze, doch jetzt, wo ich weiß, was mir bevorsteht, kann ich nicht mehr. Ich gebe auf, Anton, ich …

Die folgenden Zeilen gingen in ein unleserliches Gekritzel über. Auf den ersten Seiten war die Schrift noch gut zu lesen, etwas zittrig zwar, trotzdem erkennbar. Jetzt wurden die Zeilenabstände größer, die Worte fehlerhaft, stellenweise in Großbuchstaben geschrieben.

Die Trompete gehorcht mir nicht mehr. Ich verliere die KONTROLLE über den Geist und den körper, muss es beenden, solange ich noch kann. Es tut mir leid (jetzt habe ich mich doch entschuldigt).

Der nächste Eintrag war zwei Tage später datiert.

Ich habe meine Krankenakte kopieren lassen du findest sie in der obersten schublade meines schreibtischs. Ich weiß nicht ob ich das gift an euch weitergegeben habe. Ich kann dir keinen Rat geben. Was dich betrift musst du selbs entscheiden ob du Gewissheit haben willst Auch über die Konsequenzen die du ziehen wirst sowohl für dich als ~~sowoh~~ *auch für Boris. Du musst es ihm sagen wenn er alt genug ist dann muss auch er entscheiden.*

Es fällt immer schwerer die gedanken zu ordnen das schreiben dieser zeilen hat mehr als eine stunde gedauert

Anton Braeker nahm das letzte Blatt.

ich du musst auf Boris achten
    im külschrank ist frische Milch. Es ist kalt er soll seinen schahl nicht vergessen

Darunter der letzte Eintrag, ein paar Stunden vor dem Selbstmord.

gott verzeih mir

»Nein«, murmelte Anton Braeker. »Ich glaube nicht, dass er dir verziehen hat.«

Mit starrer Miene verstaute er die Blätter in einem braunen Papierumschlag. Schräg gegenüber flammten Scheinwerfer auf, tauchten die Burgruine am anderen Ufer in helles Licht. Scharfe, wie mit dem Messer geschnittene Schatten zeichneten sich auf den schroffen Felsen ab, spiegelten sich unten auf der schwarzen Wasserfläche des Flusses. Ein Bild wie aus einer alten Postkarte, Anton Braeker nahm es seit Jahren nicht mehr wahr, diesen Blick, der allein den Wert des Hauses verdoppelte. Er sah nach links, wo der Fluss zwischen den Felsen in einer Biegung verschwand, die Wipfel der alten Bäume bewegten sich sacht, an einem von ihnen war sein Bruder gestorben. Dahinter zeichnete sich der Umriss des Bergzoos ab, der Aussichtsturm auf dem Berggipfel reckte sich in den Abendhimmel wie ein drohend erhobener Zeigefinger. Irgendwo in dieser Richtung lag die Schlucht, in der vor über zehn Jahren die Leiche seines Vaters gefunden worden war. Nackt. Erfroren. Mit einem Lächeln auf den Lippen, alles, was er bei sich hatte, war seine Trompete.

Anton Braeker ging zur Tür. Der Kronleuchter flammte auf, er kniff die Augen hinter der Brille zusammen, schaltete das Licht wieder aus.

Eine Weile stand er so da. Müde, gebeugt, ein verlorenes Gespenst im Halbdunkel, umgeben von den Schatten der alten Möbel. Von der Brücke drang das Rauschen des abendlichen Verkehrs durch die undichten Fenster, mischte sich mit Anton Braekers leisem, stoßweisem Atem und den Geräuschen des

Hauses, dem Knacken der Heizkörper, dem Knarren des Parketts, dem Murmeln des Wassers in den Bleirohren.

»Herrgott.« Anton Braekers Stimme hallte durch das dämmrige Zimmer, sie klang brüchig, wie die letzten Worte eines sterbenden Greises. »Was habe ich nur getan?«

*

Es war bereits dunkel, als ein schwarzer Volvo auf den Parkplatz zwischen den Betonklötzen am Rande der Neustadt einbog und mit einem Quietschen zum Stehen kam. Die Handbremse rastete ein, Zorn schnallte sich ab, blieb noch einen Moment sitzen.

Der Wagen hatte mittlerweile ein paar Jahre auf dem Buckel. Die Stoßdämpfer mussten ersetzt werden, das Getriebe wohl auch, manchmal, wenn Zorn in den dritten Gang schaltete, gab es merkwürdige Geräusche von sich, die an einen defekten Betonmischer erinnerten. In letzter Zeit hatte Zorn ein paarmal mit dem Gedanken gespielt, einen neuen Wagen zu kaufen, allerdings nur kurz. Allein die Vorstellung des unvermeidlichen Verkaufsgesprächs war abstoßend, mehr noch, der reinste Horror – nach Zorns fester Überzeugung waren Autoverkäufer nur auf ihren eigenen Vorteil bedacht, der Sinn ihres Daseins bestand einzig und allein darin, andere übers Ohr zu hauen. Schmierige, halbseidene Typen, die in der äußerst begrenzten Vorstellungskraft des Claudius Zorn auf einer Stufe mit Versicherungsvertretern und Investmentbankern rangierten. Die Tatsache, dass er noch nie in seinem Leben ein persönliches Wort mit einem dieser Menschen gewechselt hatte, änderte nichts an Zorns Einstellung, einer instinktiven, kindischen Abneigung, die vor allem unschuldige Sparkassenangestellte und harmlose Sekretärinnen zu spüren bekamen.

Zorn zog den Zündschlüssel ab, stieß die Tür mit dem Ellbogen auf. Gewohnheitsmäßig klopfte er die Taschen der Lederjacke nach seinen Zigaretten ab, bemerkte, dass etwas fehlte. Sein

Handy, er schnappte es vom Beifahrersitz, schwang die Beine herum und stemmte sich aus dem Wagen. Mitten in der Bewegung hielt er plötzlich inne, verharrte einen Moment, dann ließ er sich seitlich zurück auf den Fahrersitz fallen.

Der Tag war mild gewesen, mit der Sonne war die Wärme verschwunden. Zorn zog fröstelnd die Schultern hoch, drehte das Telefon in der Hand. Ein Windstoß fegte zwischen den Wohnblöcken entlang, Müll wirbelte auf.

Zorn seufzte leise.

Er wusste, wie albern es war. Diese Unruhe, dieser ständige Griff nach dem Handy. Teenager machten das, verliebte, hormongesteuerte Halbwüchsige. Trotzdem, theoretisch war es denkbar, dass sie auf eine Nachricht wartete, dass sie sich freuen würde, von ihm zu hören. Sie kannte ihn als mürrischen, wortkargen Einzelgänger, vielleicht wollte sie ihn nicht unter Druck setzen. Und woher sollte sie wissen, wie er sich fühlte?

Ach, dachte Zorn, ich weiß es ja selbst nicht. So jedenfalls geht's nicht weiter, dieses Schweigen ist einfach bekloppt. Man muss ja nicht händchenhaltend durchs Präsidium laufen, aber so zu tun, als ob *überhaupt nichts* passiert wäre, ist mindestens genauso dämlich.

Okay, eine Nachricht würde er ihr noch schicken, eine letzte. Aber welche?

Zorn schaltete das Handy ein. Sein Zeigefinger verharrte über dem Display.

Wie geht's dir, Frieda?

Nee. Das hatte er schon geschrieben.

Was machst du gerade?

Schwachsinn. Was sollte sie darauf antworten?

Wollen wir uns sehen?

Zu blöd.

Ich vermisse dich.

Zu schwülstig.

Ich denke an dich.

Noch schwülstiger.

Ich musste gerade an dich denken.

Besser. Aber immer noch zu schwülstig.

Ich hab eben kurz an dich gedacht. Du fehlst mir.

Nicht ganz so schlimm. Trotzdem. Es blieb albernes Gesülze.

Scheiß drauf.

Zorn schickte die Nachricht ab, und als er den Volvo abschloss, waren seine Finger schweißnass. Die Antwort kam prompt, er war nur ein paar Schritte über den Parkplatz gegangen, da vibrierte sein Handy. Mit klopfendem Herzen sah er aufs Display.

Ach, das ist fein! Wirklich, es ist nett, dass du an mich denkst! Wir sehen uns ja morgen im Büro, ich hoffe, du hältst noch so lange durch … ☺

Claudius Zorn ließ das Handy sinken.

»Ach du Scheiße.«

Er hatte die Nachricht an Schröder geschickt.

Elf

»Wir kennen uns jetzt schon so lange, Schröder.«

»Ja, das tun wir.«

»Das kam ganz spontan.« Zorn, der sich die halbe Nacht den Kopf zerbrochen hatte, wie er sich herausreden könnte, ging zum Fenster. »Ich war zu Hause, hatte das Telefon in der Hand und dachte, Mensch, was macht der Schröder wohl gerade? Tja, und ehe ich's überhaupt gemerkt hatte, war die Nachricht schon abgeschickt.«

Schröder saß über eine Akte gebeugt, während Zorn zur Kaffeemaschine griff, eine Tasse füllte und weiterplapperte.

»Ohne viel nachzudenken, weißte? Ich meine, wir sind ja erwachsene Leute, warum sollte man sich da nicht auch mal seine Gefühle zeigen?«

Zorn nippte an seinem Kaffee, überlegte kurz, dann goss er eine zweite Tasse ein. »Einfach mal rauslassen, was man denkt.« Er stellte die Tasse neben Schröder auf den Schreibtisch, etwas Kaffee schwappte über. »Ungefiltert, sozusagen.«

»Ich trinke keinen Kaffee.«

Schröder, noch immer in seine Akte vertieft, wischte den Fleck geistesabwesend ab. Zorn überhörte die Bemerkung, klopfte Schröder auf die Schulter und ging um den Schreibtisch herum.

»Wir sind ja auch irgendwie«, Zorn wedelte mit der Hand, »Freunde, und da kann man ja ruhig mal ehrlich sein. Wenn man sagt, dass man an jemanden denkt, dann heißt das ja nicht, dass man ...«

»Komisch«, brummte Schröder und blätterte um.

»Klar, es klingt komisch. Ein bisschen zweideutig, aber man kann das ja auch platonisch meinen, wenn man sagt, dass einem der andere fehlt. Ich hab halt einfach nicht nachgedacht, das kam einfach aus mir raus, ich …«

»Was sagtest du?« Schröder sah kurz auf. »Entschuldige, ich war ein wenig abwesend.«

Zorn ließ sich in den Sessel fallen.

»Ach, nichts weiter.«

»Gut.«

Schröder hatte das Kinn in die Hand gestützt und studierte weiter die Akte. Zorn sah eine Weile zu. Dann wurde ihm langweilig. Er schob das Mousepad ein Stück zur Seite, wieder zurück. Trank einen Schluck Kaffee. Wischte mit der Hand über die Schreibtischkante. Räusperte sich. Rollte den Sessel zurück. Wieder vor. Kratzte sich an der Nase. Trommelte mit den Fingern auf dem Tisch. Erst die linke Hand, dann die rechte.

»Könntest du mir«, seufzte Schröder und sah auf, »einen Gefallen tun?«

»Aber sicher doch.«

»Das hier«, Schröder tippte mit dem Finger auf die Akte, »ist der Obduktionsbericht von Boris Braeker.«

»Aha.«

»Den würde ich gern durcharbeiten, Chef.«

»Aber das kannst du doch, Schröder!«

»In *Ruhe*.«

Ihre Blicke kreuzten sich über dem Schreibtisch.

»Bist du so lieb und gibst mir noch ein paar Minuten?«, sagte Schröder.

»Klar doch.«

Zorn schlug die Beine übereinander, stieß mit dem Knie gegen die Unterkante des Schreibtischs. Eine Blechbüchse mit Stiften fiel um, klappernd rollte der Inhalt über den Tisch.

»Huch!«, machte Zorn.

Schröder schloss einen Moment die Augen, dann deutete er zur Tür.

»Du warst lange nicht rauchen«, sagte er.

»Das«, erwiderte Zorn, »ist richtig.«

Und verließ das Büro.

*

Zorn war eben im Begriff, die zweite Zigarette anzuzünden, als Schröder um die Ecke kam und neben ihm auf der Bank an der Stirnseite des Präsidiums Platz nahm. Er öffnete den obersten Knopf seiner Jacke, lehnte sich zurück und blinzelte in die Sonne. Der Himmel war klar, auch dieser Tag würde schön werden.

»Der Jahrmarkt wird aufgebaut«, sagte er nach einer Weile. »Was meinst du, sollten wir mal mit Edgar hingehen? Das findet er bestimmt toll.«

»Deswegen hast du mich aus dem Büro geschmissen?«, knurrte Zorn. »Weil du über den verschissenen *Jahrmarkt* nachgedacht hast?«

»Ich hab dich doch nicht rausgeschmissen.« Schröder tätschelte Zorns Oberschenkel. »Das war eine Bitte.«

Zorn stieß den Rauch durch die Nase aus.

»Klar doch.«

Sie schwiegen einen Moment.

»Boris Braeker hat noch gelebt, als ihm der Nagel durch den Oberschenkel getrieben wurde«, sagte Schröder dann. »Sein Herz schlug noch eine ganze Weile, er hat Unmengen Blut verloren. Ob er noch bei Bewusstsein war, als der Strick um seinen Hals zugezogen wurde, lässt sich nicht mit Sicherheit sagen.«

»Keine Zeugen?«

»*Nothing.*«

»Er ...«, Zorn schluckte, »er muss geschrien haben wie am Spieß.«

»Niemand hat was gehört.«

»War er geknebelt?«

»Nein. Keinerlei Spuren. Aber er hatte Wundmale am Hals, der Strick wird ihn am Schreien gehindert haben.«

Zorn drehte die Zigarette in den Fingern. Der Rauch kräuselte nach oben und verlor sich in der kühlen Morgenluft.

»Boris Braeker wurde an den Baum gefesselt und gefoltert«, sagte er. »Entweder sein Mörder hat ihn gehasst. Und zwar so sehr, dass er ihn leiden lassen wollte. Das würde bedeuten, wir hätten es mit einem kranken Arschloch zu tun.«

»Oder?«

»Was, *oder*?«

»Du sagtest *entweder*. Normalerweise folgt auf diese Einleitung eine weitere Möglichkeit, Chef.«

»Stimmt«, nickte Zorn.

»Und die wäre?«

»Es ging nicht darum, ihn zu quälen. Jedenfalls nicht vordergründig. Boris Braeker war nicht geknebelt, er konnte also noch sprechen. Sein Mörder hat ihn gefoltert, um ihn zum Reden zu bringen. Er wollte was von ihm. Eine Information.«

»Gut kombiniert.«

Zorn nahm dieses Lob nicht sonderlich ernst, er wusste, dass Schröder diese Möglichkeit längst in Betracht gezogen hatte. Trotzdem bedankte er sich artig.

»*Grazie*, Schröder.«

»Ich denke auch, dass es um mehr geht als um puren Sadismus«, sagte Schröder. »Der Mörder hatte ein konkretes, rationales Ziel. Es gibt Fußspuren am Tatort. Italienische Schnürstiefel, ziemlich selten. Identische Abdrücke finden sich in Braekers Wohnung. Der Mörder war dort, hat die Wohnung durchsucht. Es gibt keine Einbruchsspuren, vielleicht hat er Braeker gezwungen, ihm den Schlüssel zu geben. Das würde bedeuten, dass er mehr wollte als eine Information, etwas Konkretes.«

Zorn nahm die Brille ab und sah mit zusammengekniffenen Augen in die Sonne.

»Und was?«

Schröder zuckte die Achseln.

»Boris Braeker hatte Alkohol im Blut. Nicht viel, null Komma fünf Promille. Und Spuren von Temazepam. K.-o.-Tropfen«, fügte er hinzu, als er Zorns fragenden Blick bemerkte. »Die hat er ein paar Stunden vor dem Mord verabreicht bekommen, sagt das Labor.«

»Er war high, als er zum Fluss gebracht wurde?«

»Deswegen hat niemand was gehört. Das Zeug wirkt nicht sehr lange. Als er wieder zu sich kam, war er an den Baum gefesselt.«

»Das klingt logisch.«

»Da wäre noch der Mageninhalt«, sagte Schröder.

»Bitte, Schröder.« Zorn verzog das Gesicht. »Verschone mich mit Einzelheiten.«

»In seinem Magen wurde ein Papierklumpen gefunden.«

»Ach«, murmelte Zorn. »Wie originell.«

»Ein einzelnes Blatt, womöglich aus einem Notizbuch herausgerissen. Irgendwas stand darauf, wahrscheinlich mit Füller geschrieben. Leider nicht mehr zu entziffern, die Magensäure hat die Schrift aufgelöst.«

»Schade.«

»Es ist natürlich ein Klischee und meiner Meinung nach etwas *zu* naheliegend.« Schröder rieb nachdenklich über den Schnurrbart. »Aber theoretisch könnte dieser Zettel das Ziel von Boris Braekers Mörder gewesen sein. Braeker hat ihn in seiner Not verschluckt, weil er genau das verhindern wollte. Dieses Papier könnte der Auslöser für den Mord sein. Beziehungsweise das, was draufstand.«

Ein Bild tauchte vor Zorn auf. Ein Rechtsmediziner in grünem Arztkittel beugte sich über die geöffnete Leiche eines Mannes auf dem Obduktionstisch, wühlte aus den Innereien einen Klumpen Papier hervor. Bluttriefende Hände falteten das durchweichte

Papier auseinander, Zorn sah die Aufschrift in krakeligen Großbuchstaben: *WER DAS LIEST IST DOOF.*

»Was ist so lustig?«, fragte Schröder.

»Nichts«, wehrte Zorn kichernd ab. »Entschuldige.«

Schröder bedachte ihn mit einem verwunderten Blick.

»Geht's wieder?«

»Ja«, gluckste Zorn, räusperte sich und wischte die tränenden
Augen. Seine Schultern bebten noch immer, er wehrte sich gegen das Lachen, vergeblich. Der Gedanke war einfach *zu* absurd.

»Es ist schön«, sagte Schröder ernst, »dass du so guter Laune
bist. Schließlich haben wir eine Menge zu tun. Im Moment weiß
ich nicht, was wir zuerst machen sollen, aber es hilft, wenn man
einen Kollegen hat, der es offensichtlich kaum abwarten kann,
mit der Arbeit anzufangen. Na dann«, er gab Zorn einen Klaps
auf den Rücken, »frisch ans Werk, Chef«.

»Aua!«, murrte Zorn, der mittlerweile wieder in der tristen
Realität angekommen war.

»Was meinst du«, fragte Schröder. »Wollen wir nachher zusammen Mittagessen gehen?«

»Von mir aus.« Zorn zuckte die Achseln. »Wo?«

»Ich schicke dir eine SMS.«

»Du kannst es mir auch sagen, oder?«

Schröder ging nicht auf die Frage ein. Er stand auf, deutete auf
das Präsidium.

»Da wartet eine Menge Papierkram. Du wirst bestimmt Spaß
haben.«

»*Ich?!*« Zorn versteifte sich. »Und was ist mit dir?«

»Ich muss noch mal in die Wohnung von Boris Braeker.«

»Warum?«

»Etwas suchen.«

Schröder nickte Zorn aufmunternd zu, dann schlenderte er
über den Parkplatz davon. Zorn stand ebenfalls auf.

»Was willst du suchen?«, rief er.

Doch da war Schröder schon zwischen zwei Streifenwagen verschwunden.

*

Es war hell in der kleinen Wohnung. Schröder stand direkt unter dem Dachfenster, die Sonne schien senkrecht auf seine Glatze. Er hatte die Hände tief in den Manteltaschen vergraben und dachte nach.

Markierungen zeigten an, wo die Kriminaltechniker Spuren gesichert hatten, graue Flecken überzogen Türen, Schubladenfächer und Tischplatten, überall waren Fingerabdrücke genommen worden. Schröder hatte angewiesen, den Computer von Boris Braeker ins Präsidium bringen zu lassen, ebenso sämtliche Papiere. Alles, was wichtig erschien, wurde gesichtet. Das, wonach Schröder suchte, war nicht gefunden worden.

Er wippte in den Knien, als wolle er die Stabilität des Fußbodens prüfen. Dann ging er zur Wand, klopfte mit den Fingerknöcheln dagegen. Bückte sich, inspizierte die Fußbodenleisten.

Die nächsten Minuten verbrachte er damit, die Wände nach Hohlräumen abzusuchen. Zunächst im Wohnzimmer, dann in der Küche. Schließlich ging er ins Bad. Untersuchte die Fugen zwischen den Fliesen. Ging zur Toilette, hob den Deckel vom Spülkasten und sah hinein. Nahm den Spiegelschrank über dem Waschbecken ab. Ging in die Hocke. Bemerkte die Revisionsklappe neben dem Abfluss, robbte vor und kniete schließlich unter dem Becken wie ein Monteur, das rundliche Hinterteil in die Höhe gereckt. Ein Schnaufen erklang, dann klapperte Metall. Ein weiteres Schnaufen, gefolgt von einem zufriedenen Brummen.

»Guck mal einer an.« Schröders Stimme drang dumpf unter dem Waschbecken hervor. »Hab ich's mir doch gedacht.«

Zwölf

Es dauerte einen Moment, bis sich Zorns Augen an das Halbdunkel gewöhnt hatten. Sein Blick irrte durch den vollen Gastraum, schließlich entdeckte er Schröder im hinteren Teil. Zügig lief er auf den Zweiertisch zu, ein Kellner in weißem Hemd, schwarzer Hose und ebensolcher Weste zwängte sich eifrig zwischen den engstehenden Tischen herbei. Zorn wehrte ihn mit einer knappen Bewegung ab, sank neben Schröder auf einen Stuhl und griff grußlos nach der Speisekarte, die den Umfang eines kleinstädtischen Telefonbuches hatte.

»Schön, dass du da bist«, lächelte Schröder.

»Die Freude ist ganz meinerseits«, knurrte Zorn.

Er versuchte gar nicht erst, seine schlechte Laune zu verbergen (was er – zumindest Schröder gegenüber – sowieso nie tat). Dessen Geheimniskrämerei ging ihm mittlerweile gewaltig auf die Nerven. Zorn hatte sich fest vorgenommen, Schröder nicht zu fragen, warum er noch einmal in Boris Braekers Wohnung gewesen war, während er selbst geschlagene zwei Stunden am Schreibtisch gehockt und sich durch die Berichte der Spurensicherung gewühlt hatte, ohne auf neue Erkenntnisse zu stoßen. Sicherlich, Zorn war neugierig, und es sah so aus, als habe Schröder etwas entdeckt, das Schmunzeln und die blitzenden Augen sprachen Bände. Trotzdem. *Diesen* Gefallen würde er dem feinen Herren nicht tun.

Er schlug die Speisekarte auf, die ihm umgehend von Schröder wieder aus der Hand genommen wurde.

»Ich hab schon bestellt, Chef.«

»Ach, und was?«

Schröder spitzte die Lippen, dann begann er zu singen: »*Lass dich überraschen! Schnell kann es …*«

»Hör auf mit dem Quatsch«, unterbrach Zorn. »Und verschone mich mit deinen Schlagern.«

»Rudi Carrell war ein toller Showmaster.«

»Mag sein. Aber ein beschissener Sänger.«

»Darüber lässt sich streiten, Chef.«

»Hast du mich deshalb herbestellt? Um über Rudi Carrell zu reden?«

Schröder schüttelte lächelnd den Kopf. Sie mussten laut reden, um das Stimmengewirr und das Klappern des Geschirrs zu übertönen.

»Warum dann?« Zorn sah sich in dem Restaurant um. Die Einrichtung war rustikal, die Wände teilweise unverputzt und mit Hunderten Schwarzweißbildern verziert, auf denen historische Stadtansichten und alberne Trinksprüche – ZWISCHEN LEBER UND NIERCHEN PASST IMMER EIN BIERCHEN! – zu sehen waren. Gusseiserne Lampen hingen von der hölzernen Decke, schräg gegenüber blitzten kupferne Braukessel hinter einer verglasten Wand. Es herrschte Hochbetrieb, Zorn zählte drei weitere Kellner, die sich mit vollen Tellern zwischen Holztischen und freiliegenden Balken hindurchschlängelten.

»Und?«, fragte Schröder. »Wie war's im Büro?«

»Ganz toll.« Missmutig schob Zorn eine Vase mit einem künstlichen Veilchenstrauß über die polierte Tischplatte. »Wenn du erwartest, dass ich jetzt frage, dann hast du dich geschnitten.«

»Was sollte ich denn erwarten, dass du fragst?«

»Na ja. Du hast mich gefragt, wie's im Büro war. Und jetzt denkst du, dass ich wissen will, warum du noch mal in Braekers Wohnung warst.«

»Du denkst also, dass ich weiß, was du denkst?«

»Nee. Ich *weiß*, dass du denkst, was ich meine.«

»Ist das nicht dasselbe?«

»Nee«, behauptete Zorn, der längst den Faden verloren hatte. »Das ist was völlig anderes.«

Ein Kellner mit kurzgeschnittenem Haar und Herpesbläschen im Mundwinkel stellte schwungvoll zwei Gläser auf den Tisch und verschwand ebenso schnell, wie er erschienen war.

»Wasser?«, fragte Zorn.

»*Yes*«, nickte Schröder und nippte am Glas. »Mit Sprudel.«

»Wie großzügig.« Zorn trank ebenfalls einen Schluck. »Pass auf, dass du dich nicht überhebst. Finanziell, meine ich.«

»Keine Sorge«, erwiderte Schröder und stellte sein Glas ab. »Ich lass mir eine Quittung geben. Wir sind dienstlich hier.«

Wieder eine dieser Andeutungen.

Spiel hier ruhig den Obermacker, dachte Zorn, dem es langsam zu bunt wurde. Mich lockst du jedenfalls nicht aus der Reserve, du kleiner dicker Angeber.

Er trommelte mit den Fingern auf der Tischplatte.

Überheblich *und* übergewichtig.

Passt ja.

»Na?« Zorn trank einen Schluck Wasser. »Und sonst so?«

Statt einer Antwort langte Schröder neben sich, hob seine abgewetzte Aktentasche auf den Schoß, holte ein Handy in einer durchsichtigen Plastiktüte hervor und legte es schweigend auf den Tisch.

»Oh«, sagte Zorn. »Ein Telefon.«

»Ein Samsung Galaxy«, nickte Schröder.

»Toll.«

Irgendwo an einem der Nachbartische stieß eine Frau ein hysterisches Gelächter aus, zwei weitere fielen ein.

»Es lag im Bad«, sagte Schröder. »Genauer gesagt, hinter einer Revisionsklappe. Kein schlechtes Versteck, trotzdem hätte ich schneller drauf kommen können.«

»Allerdings«, nickte Zorn ernst. »Das hättest du.«

»Jeder normale Mensch hat heutzutage ein Handy. Boris Braeker hatte keins, und auch in seiner Wohnung sind die Kollegen nicht fündig geworden.«

»Da hast du gedacht, du guckst selbst noch mal nach.«

»Es war nur ein Gefühl«, sagte Schröder. »Der Mörder war noch einmal in Boris Braekers Wohnung. Vielleicht war es das Handy, wonach er gesucht hat.«

»Jetzt«, Zorn griff nach der Tüte, ließ das Telefon zwischen Daumen und Zeigefinger pendeln, »müssen wir noch rauskriegen, was da drauf ist.«

Er drückte auf die Oberseite, wo er den Anschaltknopf vermutete. Das Display blieb dunkel.

»Ausgeschaltet.«

Schröder nickte.

»Jemand sollte das anmachen«, sagte Zorn.

Ein weiteres Nicken.

»Jemand, der Ahnung hat«, fügte Zorn hinzu.

»Das«, stimmte Schröder zu, »wäre hilfreich.«

Nachdenklich beobachtete Zorn, wie sich das Handy in seinen Fingern langsam um die eigene Achse drehte. Dann schob er es Schröder über den Tisch entgegen. Dieser verstaute es wortlos wieder in der Aktentasche. Zorn sah ihm mit unbewegter Miene zu.

»Fein, dass wir das geklärt haben.«

»Finde ich auch, Chef.«

Schröder stellte die Aktentasche auf den Boden, lehnte sich zurück, verschränkte die Hände vor dem Kugelbauch.

»Weißt du, was ich nicht verstehe?«, fragte Zorn nach einer Weile. »Das Telefon hättest du mir auch im Büro zeigen können. Warum sind wir hier? Über Rudi Carrell wolltest du ja offensichtlich nicht reden. Geht's um die tollen Trinksprüche?«

Er deutete auf ein Holzbrett neben ihnen an der Wand. *WER DEN KELLNER KRÄNKT, WIRD GEHÄNGT!* war mit einem Lötkolben eingraviert.

»Nein«, lächelte Schröder und sah nach rechts. »Deswegen.«

Zorn folgte seinem Blick. Der Kellner kam mit dem Essen.

*

»Ein bisschen viel Muskat, findest du nicht?«

Schröder hatte einen Pilz aufgespießt und hielt ihn Zorn entgegen. Dieser sah kurz von seinem Teller auf, zuckte die Achseln und wandte sich wieder seinem Essen zu. Schröder hatte Roulade mit Klößen und Pfifferlingen bestellt, die Portionen waren riesig, doch es schmeckte, fand Zorn. Was nicht viel zu bedeuten hatte, im Gegensatz zu Schröder stellte Claudius Zorn kaum Ansprüche an seine Nahrung. Hauptsache, es gab Fleisch und genügend Soße, in die er wahlweise Nudeln, Kartoffeln oder in diesem Falle seine Klöße tunken konnte. Und natürlich eine Zigarette, die er nach dem Essen rauchte.

»Eins sag ich dir jedenfalls.« Er säbelte ein großes Stück Fleisch ab. »Wenn du das Essen tatsächlich auf die Spesenrechnung setzt und die Sache auffliegt, werde ich dich nicht decken, auch wenn du der Chef bist. Man sieht's mir zwar nicht an, aber ich bin ein ehrlicher Bulle.«

»Das weiß ich doch«, erwiderte Schröder. Im Gegensatz zu Zorn aß er langsam und bedächtig. »Aber das wird nicht geschehen. Wie gesagt«, er deutete mit dem Messer auf Zorns Teller, »wir sind dienstlich hier.«

»Wegen 'ner *Roulade*?«

»Richtig.« Schröder drehte die Gabel in den Fingern, betrachtete fachmännisch ein kleines Fleischstück. Steckte den Bissen in den Mund und kaute sorgfältig. »Etwas säuerlich, aber besser, als ich vermutet hätte.«

Die Tür wurde aufgerissen, fünf junge Männer in Anzügen erschienen, gefolgt von einem Schwall kühler Herbstluft. Zorn beobachtete, wie sie lärmend an einem Fenstertisch Platz nahmen, dann sah er wieder zu Schröder, dieser lehnte kauend in seinem Stuhl, er hatte die Augen geschlossen.

»Zu viel Pfeffer«, murmelte Schröder nachdenklich. »Und auf das Glutamat hätte man verzichten können. Aber sonst …«

»Schröder, bitte!«

»Entschuldige.« Schröder straffte sich, schluckte den Bissen hinunter. »Ich nehme an, du hast den Obduktionsbericht gelesen?«

»Sicher doch.«

Nun, gelesen war übertrieben. *Überflogen* traf es besser.

»Auch den Bericht über den Mageninhalt?«

Den hatte Claudius Zorn überblättert. Zu unappetitlich.

»Nun, die Sache ist folgende.« Schröder legte die Gabel zur
Seite. »Boris Braeker hat am Abend vor seinem Tod dasselbe
gegessen wie wir.«

»Roulade?«

»Ja.«

»Mit Klößen?«

»Richtig.«

»Und Pfifferlingen?«

»Genau.«

»Ist das 'ne neue Ermittlungsmethode?« Zorn puhlte eine
Fleischfaser zwischen den Zähnen hervor. »Wir essen dasselbe
wie das Opfer, damit wir uns besser in den Fall hineinversetzen
können?«

»Das«, nickte Schröder, »könnte man so sagen.«

»Warum hier?«

»Weil Boris Braeker ebenfalls hier war.«

»Ach komm, so 'n Essen gibt's wahrscheinlich in jeder dritten
Kneipe in dieser Stadt.«

»Falsch.« Schröder schüttelte lächelnd den Kopf. »Zumindest
nicht das, was in Boris Braekers Magen gefunden wurde. Wenn
man sich den Obduktionsbericht genau anschaut.«

Zorns Teller war fast leer. Er spießte das letzte Stück Roulade
auf.

»Und das wäre?«

»Pferd.«

»Wie jetzt? Die haben ein *Pferd* in seinem Magen gefunden?
Ich dachte …« Zorn stutzte, runzelte die Stirn. Betrachtete das

Fleischstück auf seiner Gabel. Innen rosig und außen braun. »Kann es sein«, murmelte er, »dass ich grad einen verdammten Gaul gegessen habe?«

»Zumindest Teile davon.«

Klirrend landete die Gabel auf dem Teller.

»Das ist *eklig*, Schröder!«

»Zugegeben«, Schröder ordnete mit der flachen Hand den spärlichen Scheitel, »meinen Geschmack trifft es auch nicht, und ich persönlich würde es eher mit Rotkraut servieren. Aber es ist nicht ungesund. Im Gegenteil, äußerst eisenhaltig, wie ich gehört habe. Es gibt nur eine Gaststätte in der Stadt, wo man es bekommt.« Er klopfte mit dem Zeigefinger auf den Tisch. »Hier. Und zwar genau in dieser Kombination, mit Klößen und Pfifferlingen.«

Zorn hatte sich noch immer nicht gefangen.

»Ich hasse Pferde«, murmelte er kopfschüttelnd. »Ich würde nie auf den Gedanken kommen, so 'n Vieh zu reiten. Geschweige denn zu essen.«

»Die Frage ist, warum Boris Braeker es getan hat.«

»Vielleicht war er pervers.«

»Er war Vegetarier.«

»Ach.«

»Zumindest behauptet das sein Bruder.«

Schröder nahm eine Serviette und tupfte sich die Mundwinkel ab. Das amüsierte Funkeln in seinen Augen verschwand, er wurde ernst.

»Wir haben einen Punkt, an dem wir ansetzen können. Boris Braeker hat am Abend vor seinem Tod hier gegessen. Getrunken hat er übrigens auch, und zwar Bier. Das Labor vergleicht noch die Zusammensetzung, aber ich wette«, er deutete zu den großen Kupferkesseln hinter der Glaswand, »es stammt von hier. Selbstgebraut, es wird nirgendwo anders verkauft.«

Zorn, der noch immer blass war, rieb sich den Magen.

»Wir müssen das Personal befragen.«

»Hab ich schon. Wir haben nur das Foto aus Braekers Ausweis, darauf hat ihn niemand erkannt. Kein Wunder, die haben im Schnitt zweihundertfünfzig Gäste pro Abend, außerdem ist es ziemlich schummrig hier drin. Aber einer der Kellner erinnert sich an einen jungen Mann in blauem Kapuzenpullover, er hat an einem Tisch im Hinterzimmer gegessen. Laut Kassensystem hatte er Roulade und ein großes Bier.«

»Wie hat er gezahlt?«

»Bar. Keine Kreditkarte.«

Zorn überlegte einen Moment.

»Trotzdem ist es 'ne Spur.«

»Und es ist noch nicht alles.«

Zorn hob fragend die Augenbrauen.

»Er war nicht allein«, sagte Schröder. »Der Kellner kann sich nicht an die Gesichter erinnern, aber er ist sicher, dass noch jemand am Tisch saß. Ebenfalls ein Mann. Gut gekleidet, das Alter kann er nicht schätzen. In einer Sache allerdings ist er sicher: Der Mann trug eine Lederjacke. Die ist dem Kellner aufgefallen, weil es ziemlich warm hier drin war. Er sagt, die Jacke sah ziemlich teuer aus. Schwarz, vielleicht auch braun. Mit einem auffälligen Kragen aus weißem Lammfell.«

»Hm«, brummte Zorn.

»Du hast Soße am Kinn«, sagte Schröder.

Zorn griff nach einer Serviette.

»Angenommen, Boris Braeker war hier.«

»Davon können wir ausgehen.«

»Und der zweite Mann«, Zorn wischte den Mund ab, betrachtete die Soßenspuren auf der Serviette und verzog den Mund, »war sein Mörder. Die beiden haben gegessen, dann hat der Kerl Braeker diese K.-o.-Tropfen ins Bier gekippt. Sie sind gegangen, und als das Zeug gewirkt hat, konnte er Boris Braeker zum Fluss verfrachten und in aller Ruhe mit ihm tun und lassen, was er wollte.«

»Das«, nickte Schröder, »wäre denkbar.«

Der Kellner erschien.

»Die Herren waren zufrieden?«

»Aber sicher doch«, flötete Zorn und schob ihm seinen Teller entgegen. »War das eigentlich Hengst oder Stute?«

»Da müsste ich in der Küche fragen.«

Falls der Kellner verwirrt war, ließ er es sich nicht anmerken. Er langte nach Schröders Teller, dieser war noch fast voll.

»Ich glaube«, sagte Zorn, »bei ihm war noch ein Stück Huf drin. Oder Sattel.«

»Das«, erwiderte der Kellner ein wenig schnippisch, »kann ich mir nicht vorstellen.«

»Er meint das nicht so«, erklärte Schröder dem Kellner. »Es war lecker.«

»Aber so was von«, murmelte Zorn gedehnt.

»Darf ich den Herren noch etwas bringen? Einen Nachtisch?«

»Was hätten Sie denn im Angebot?«, fragte Zorn. »Iltis vielleicht?«

Der Kellner öffnete den Mund, Zorn kam ihm zuvor.

»Oder Igel?«

Ein stummes Kopfschütteln.

»Zebra? Lurch?«

»Ich glaube nicht, dass …«

»Gegrillten Pinguin? Oder vielleicht …«

»Die Rechnung«, unterbrach Schröder. »Das wäre nett.«

»Sehr wohl.«

Ein letzter, äußerst skeptischer Blick zu Zorn, dann schnürte der Kellner davon, offensichtlich erleichtert, den Tisch verlassen zu können. Zorn sah ihm einen Moment nach, dann ließ er sich ächzend zurücksinken.

»Mir ist schlecht.«

»Du Armer.« Schröder tätschelte seine Hand. »War´s wirklich so schlimm?«

»O ja«, nickte Zorn. »Fast so schlimm wie Fisch.«

»Herrje. Soll ich einen Arzt rufen?«

»Nee. Können wir jetzt gehen?«

»Schaffst du's denn bis ins Präsidium?« Schröder klang besorgt.

»Müssen wir da jetzt hin?«, seufzte Zorn.

»Ins Präsidium? Aber ja. Wir müssen doch arbeiten.«

»Ich hab echt Schmerzen.« Zorn rieb sich den Bauch. »Ich glaube, der Gaul tritt aus.«

»Ach Gott.« Schröder stand auf, zwängte sich am Tisch vorbei und legte Zorn mitfühlend einen Arm um die Schulter. »Soll ich nicht doch lieber einen Arzt holen? Einen Chirurgen vielleicht?«

»Lass mal«, wehrte Zorn ab. Schwerfällig, mit verkniffenem Gesicht stemmte er sich hoch. »Ich krieg das hin. Die Schmerzen sind fürchterlich, aber wir haben eine Aufgabe. Eine Mission. Wir müssen einen Mörder fangen.«

Schröder sah ernst zu ihm auf.

»Du bist ein toller Kollege«, sagte er feierlich. »So selbstlos.«

»Ja«, nickte Zorn. »Selbstlos und tapfer.«

»Genau, tapfer.«

»Ich bin ein Kämpfer.«

»Ein *Fighter*. Ein knallharter Cop.«

»Ein total harter Hund.«

»Du riechst das Verbrechen, bevor es überhaupt begangen wurde.«

»Und wenn ich erst mal Lunte gerochen habe, dann …«

»Jaja, das auch. Und jetzt komm.«

*

Es war kurz vor Feierabend, als Schröder ins Büro kam und seinem *tapferen Kollegen* ein DIN-A4-Blatt in die Hand drückte. Dies, erklärte er, sei eine Anrufliste, die Kriminaltechnik habe die

PIN von Boris Braekers Handy geknackt. Im Moment sähe es so aus, als sei das Handy nur für ein paar Telefonate genutzt worden, es gäbe keinen Vertrag, nur eine Prepaid-Karte.

»Kümmerst du dich drum?«, fragte er.

»Mach ich«, sagte Zorn, der bereits seine Jacke übergestreift hatte.

»Fein«, erwiderte Schröder und fügte hinzu, wie sehr es ihn freue, dass sein ehemaliger Chef ihn nicht mit der Arbeit im Stich lasse, geradezu mannhaft habe er gegen den Schmerz, gegen die Vergiftungserscheinungen angekämpft.

»Du hast ganz, ganz toll durchgehalten, Chef.«

»Allerdings.« Zorn fasste sich zum wahrscheinlich hundertsten Mal an diesem Nachmittag an den Magen und stützte sich am Türrahmen ab. »Du bist mein Vorgesetzter, du musst darauf achten, dass es mir gutgeht. Es ist deine Pflicht, auf die körperliche und geistige Unversehrtheit deiner Untergebenen zu achten.«

»Das stimmt«, nickte Schröder. »Aber ich muss auch darauf achten, dass meine Untergebenen gut arbeiten.«

»Aber das tun sie doch!«, begehrte Zorn entrüstet auf.

»Eben.« Schröder drückte dem verdutzten Zorn das Blatt in die Hand und wandte sich zum Gehen. In der Tür kam ihm Frieda Borck entgegen.

»Ich wollte hören, wie Sie vorankommen.«

Zorn, der spürte, wie er rot wurde, wandte sich ab, während Schröder die Staatsanwältin über den Stand der Ermittlungen informierte. Der Puls pochte in Zorns Schläfen, er ging zum Fenster, hörte, wie Schröder hinter ihm über eine mögliche Verbindung zu dem tödlichen Autounfall vor ein paar Tagen sprach, über die Spur, die in eine Kneipe in der Innenstadt führte, über Anton Braeker, den ahnungslosen Bruder des Opfers, und über die Schwierigkeiten, die die Techniker mit dem Computer von Boris Braeker hatten. Dieser war Schröders Worten zufolge durch ein äußerst kompliziertes Sicherungssystem geschützt –

eine Tatsache, die Claudius Zorn neu war, der er allerdings keine weitere Beachtung schenkte. Er war damit beschäftigt, aus dem Fenster in die sinkende Herbstsonne zu starren und darauf zu hoffen, dass weder die Staatsanwältin noch der dicke Schröder bemerkten, was in ihm vorging. Er hörte, wie sich die beiden voneinander verabschiedeten, wünschte ebenfalls einen schönen Feierabend, ohne sich umzusehen. Die Bürotür fiel ins Schloss, es wurde still. Zorn seufzte, seine Stirn sank gegen das Fensterglas. Er registrierte die Kühle der Scheibe auf der Haut, sah, wie das Glas vor seinem Mund beschlug, ein kreisrunder, nebliger Fleck, der sofort verschwand, um sich im Rhythmus seines Atems wieder zu erneuern. Eine Weile starrte er blicklos ins Leere, dann spürte er, dass er nicht allein war.

»Du siehst nicht gut aus, Claudius.«

Er wandte sich um. Frieda Borck hatte den Raum nicht verlassen, sie lehnte an der geschlossenen Tür.

»Kein Wunder«, sagte er.

Locker bleiben. Lässig. Cool. Wir sind erwachsen.

»Ich hab heute Mittag ein Pferd gegessen.«

Sie sah ihn nur an. Ruhig, abwartend. Eine Weile hielt er ihrem Blick stand, dann nahm er die Brille ab, drehte sie in den Händen und betrachtete die Gläser, als wären sie schmutzig.

»Gehst du mir aus dem Weg?«, fragte sie.

»Wieso?«

Du gehst *mir* aus dem Weg.

»Ich …« Er räusperte sich, bemüht, einen sachlichen Ton anzuschlagen. »Wir haben ziemlich zu tun. Es ist ein ganz schönes Chaos, du hast ja gehört, was Schröder sagt.«

»Ja, ich hab's gehört.«

Sie spielte mit ihrer Halskette. Ein Zeichen, dass sie entweder verunsichert war oder nachdachte. Er kannte die Geste, ebenso wie die Kette. Vor ein paar Tagen hatte Frieda in seinem Bett gelegen, es war das Einzige, womit sie bekleidet gewesen war.

»Du kriegst morgen einen Bericht.«

»Gut.«

Sie nickte. Sah einen Moment zu Boden, dann wieder zu ihm. Es schien, als wolle sie näher treten, sie tat es nicht.

»Gut«, wiederholte sie.

»Ja.«

Ein paar Sekunden Schweigen.

Dann kam der Moment. Selbst Zorn spürte es, er bemerkte, dass genau jetzt dieser eine Augenblick war, es zu sagen. Dass sie ihm wichtiger war, als er selbst gedacht hatte. Dass sie ihm nicht mehr aus dem Kopf ging. Jetzt musste er fragen, wie es weitergehen solle, wahrscheinlich – oder war das Wunschdenken? – war das der Grund, weswegen sie noch hier im Büro stand, er suchte nach Worten, fand sie – wie immer – nicht sofort. Alles, was ihm einfiel, waren alberne, sinnlose Floskeln, und als ihm schließlich klar wurde, dass es egal war, *was* er sagte, dass es nur darum ging, es ihr irgendwie verständlich zu machen, als er nach einer gefühlten Ewigkeit endlich den Mund öffnete, war es zu spät.

Sie straffte sich.

»Tja, dann …«

»Ja, bis morgen.« Er schluckte. »Ich …

vermisse dich

»… bringe dir dann den Bericht.«

Die Tür fiel hinter ihr ins Schloss.

Er lehnte an der Heizung, spürte die aufsteigende Wärme am Hintern. In der Hand hielt er noch immer das Blatt mit der Anrufliste, das Papier war geknickt, nass vom Schweiß seiner Finger. Geistesabwesend faltete er es in der Mitte, legte das Blatt neben seine Tastatur und verließ das Büro. Im Moment hatte er keine Nerven für irgendwelchen Papierkram, er musste raus, brauchte frische Luft. Um die Anrufliste würde er sich später kümmern, das hatte Zeit bis morgen.

Dreizehn

Zweitausendfünf. Ende Februar.

»Sie sind bald da«, sagt Anton.

Boris reagiert nicht. Er sitzt am Küchentisch und ist mit einem Zauberwürfel beschäftigt, den er vor zwei Tagen irgendwo aufgestöbert hat, Anton hat keine Ahnung, wo.

Eine Woche ist seit dem Tod des Vaters vergangen. Als Anton seinem kleinen Bruder die Nachricht überbrachte,

Papa ist tot

hat Boris ihn nur angesehen, gesagt hat er nichts. Dann ist er in sein Zimmer gegangen, nach zwei Stunden kam er wieder heraus, setzte sich auf das Sofa und schaltete die *Simpsons* ein. Ein paar Polizisten waren da, ein Psychologe und eine Frau vom Jugendamt, sie waren nett gewesen, sehr nett sogar. Sie würden eine Pflegefamilie suchen, hatte die Dame vom Jugendamt gesagt, eine dünne Frau mit sanfter Stimme und aschgrauem Zopf, bis dahin würde man sie im Heim unterbringen. Vielleicht würden sie auch dort bleiben. Das klinge schlimmer, als es sich anhöre, sie würden zusammen sein, ein eigenes Zimmer haben, jemanden, der sich um sie kümmere. Und in die Schule könnten sie weitergehen wie zuvor, jedenfalls, wenn sie das wollten.

Anton hatte genickt, während Boris stumm in den Fernseher gestarrt hatte. Die Frau vom Jugendamt hatte sich zu ihm gesetzt und gefragt, ob sie ihm irgendwie helfen könne, worauf Boris mit seiner hellen Kinderstimme erklärte, dass er traurig sei, sehr traurig, dass er das alles nicht verstehe, aber er werde darüber hinwegkommen, solange er bei seinem großen Bruder bleiben dürfe. Die Frau hatte seine Hand genommen und gesagt, dass er vorerst nicht in die Schule müsse, schließlich sei das alles ein furchtbarer Schock. Das, hatte Boris erwidert, stimme, aber die Schule sei okay, er habe dort seine Freunde, die Lehrer seien nett und er würde sich besser fühlen, wenn er in seiner gewohnten Umgebung bleiben könne. Später, als sie allein waren, hatte Anton ihn gefragt, warum er das gesagt hatte, schließlich wusste er, wie sehr Boris die Schule verachtete. Die Antwort war kurz gewesen.

»Weil sie's hören wollte.«

Er ist dreizehn, hatte Anton gedacht. Wie kann ein Kind so abgeklärt sein?

Dass er selbst noch ein Kind war, war ihm nicht in den Sinn gekommen. Er hatte seinen Vater geliebt, wusste, dass auch Boris dies getan hatte. Jetzt, wo der erste Schock vergangen war, spürte er die Trauer, doch irgendwie, warum, wusste Anton nicht, hatte ihn diese Trauer nicht aus der Bahn geworfen. Es musste etwas damit zu tun haben, dass dieses Gefühl nicht neu war, der Tod war, wie es so schön hieß, ein *ständiger Begleiter* ihrer Familie, ein Gast, der immer in der Nähe gewesen war. Zuerst hatte er die Mutter geholt, später die kleine Schwester und dass er nun den Vater genommen hatte, erschien fast folgerichtig. Sie beide waren noch übrig, die letzten Glieder in der kurzen Kette ihrer Familie. Anton hatte keine Zeit für die Trauer, durfte sich nicht gehenlassen, jemand musste den Überblick behalten.

Ob er mit ihm reden wolle, hatte er Boris gefragt.

Nein, hatte dieser erwidert.

Auf Antons Frage, ob er denn nicht wissen wolle, warum ihr Vater sich umgebracht habe, hatte Boris die Achseln gezuckt, seine Antwort hatte in drei Worten bestanden.

»Das war klar.«

Das ist es, was Anton durch den Kopf geht, während er in der Küche an der Spüle lehnt und auf den Kleinbus wartet, der sie abholen und ins Heim bringen soll. Draußen hat es zu schneien begonnen, dicke Flocken torkeln lautlos zu Boden. Boris hat das

Kinn in die Hände gestützt und betrachtet den Würfel. Jede Seite besteht aus neun farbigen Steinen, die in den Raumachsen verdreht werden können. Ziel ist es, die Steine so zu drehen, dass jede Seite des Würfels eine einheitliche Farbe hat.

»Boris?«, fragt Anton sanft.

Keine Antwort. Boris ist in den Anblick des Würfels versunken. Es gibt Milliarden Möglichkeiten, den Würfel zu bewegen. Die Herausforderung dabei ist, in so wenigen Zügen wie möglich die Farben zu ordnen. Ein Geduldsspiel. Eine Frage der Logik. Es gibt seitenweise wissenschaftliche Abhandlungen darüber, vollgestopft mit Formeln und Algorithmen, verfasst von Mathematikern aus aller Welt.

»Sie werden gleich hier sein.«

Anton geht in den Flur. Er hat ihre Sachen gepackt. Nicht viel, zwei Taschen für jeden, dazu ein paar Kartons mit ihren Schulsachen. Wenn sie noch etwas brauchen sollten, können sie es jederzeit holen, hat die Frau vom Jugendamt gesagt. Er bückt sich, öffnet die große Reisetasche, in die er die Sachen seines Bruders getan hat. Anton, der Gewissenhafte, will sichergehen, dass er nichts vergessen hat. Pullover, Unterhosen, Strümpfe, alles ist ordentlich gepackt. Er bemerkt einen rechteckigen Gegenstand in einer Seitentasche, öffnet den Reißverschluss. Eigentlich ist Anton davon ausgegangen, dass Boris nichts weiter mitnehmen will, doch als er das gerahmte Foto bemerkt, stellt er fest, dass er sich geirrt hat. Offensichtlich gibt es doch etwas, das Boris wichtig ist.

Das Foto ist kurz vor Saschas Tod aufgenommen worden. Anton erinnert sich, dass sie Eis essen waren. Wenn man genau hinsieht, erkennt man die Sahnereste in ihren Mundwinkeln. Sie trägt ein weißes, ärmelloses Sommerkleidchen, die Haare sind zu einem blonden Pferdeschwanz gebunden. In der Hand hält sie den Teddy, den sie von Boris zu ihrem vierten Geburtstag geschenkt bekommen hat. Boris hatte darauf bestanden, den Teddy selbst zu bezahlen, monatelang hatte er sein Taschengeld gespart.

Das Plüschtier war ihr ständiger Begleiter, auf dem Foto erkennt man das zerschabte Fell, das linke Knopfauge ist lose. Sie hat diesen Teddy geliebt, selbst beim abendlichen Bad saß er auf dem Wannenrand, und als Sascha starb, presste sie ihn so lange an sich, bis ihr schmächtiger Körper endgültig zerschmettert war.

Anton kniet im Flur, betrachtet das Foto seiner toten Schwester und überlegt, ob er Boris darauf ansprechen soll, fragen, warum er ausgerechnet dieses Bild mitnehmen will. Nach kurzem Nachdenken entscheidet er sich dagegen, irgendwie hat er das Gefühl, dass Boris nicht will, dass jemand etwas davon mitbekommt.

Vorsichtig schließt Anton den Reißverschluss, richtet sich auf. Er selbst hat ein Fotoalbum in die Kiste mit seinen Schulsachen getan, auf den Bildern sind sie alle zu sehen, der Vater, die Mutter. Anton war noch klein, als sie starb, ihr Gesicht verblasst allmählich in seiner Erinnerung.

In der Küche entsteht Bewegung. Anton hört, wie Boris nach dem Würfel greift. Das typische Klackern ertönt, die bunten Plastiksteine werden in ihren Achsen gedreht. Ein paar Sekunden nur, dann wird der Würfel mit einem leisen Knall wieder auf den Tisch gestellt. Anton sieht in die Küche.

»Das ging aber schnell«, sagt er.

Boris hat den Würfel mit ein paar Handbewegungen wieder in die Ausgangslage gebracht, jede Seite in einer Farbe. Stirnrunzelnd betrachtet er den Würfel, kaut nachdenklich auf der Unterlippe.

»Es ist Quatsch, eine Ebene nach der andern zu lösen«, murmelt er. Anton ist Luft für ihn. »Man braucht weniger als achtzig Algorithmen, vorausgesetzt, man löst die ersten beiden gleichzeitig.«

Anton versteht kein Wort. Für ihn ist der Würfel ein Geduldsspiel, er hat es irgendwann einmal probiert und schnell wieder aufgegeben, nach ein paar Stunden hatte er gerade mal eine Seite geschafft.

»Wir müssen los«, sagt er leise.

»Achtundsiebzig«, murmelt Boris. »Davon einundzwanzig Permutationen.«

Draußen brummt ein Dieselmotor, Reifen knirschen im Schnee. Anton tritt hinter seinen dreizehnjährigen Bruder und legt ihm die Hand auf die Schulter, in der Hoffnung, durch die Berührung zu ihm vorzudringen.

»Komm jetzt.«

Boris strafft sich, als erwache er aus einem Traum. Er blickt zu seinem Bruder auf, als sähe er ihn zum ersten Mal. Ein Schleier liegt auf den graugrünen Augen unter den langen Wimpern.

»Wohin?«, fragt er.

Ein paar Minuten später steht Anton vor dem Haus und schließt die Tür. Hinter ihm parkt ein blauer VW-Bus am Straßenrand, der Motor tuckert im Leerlauf. Der Fahrer ist nett, er hat geholfen, ihre Sachen im Kofferraum zu verstauen. Boris hat sich sofort auf den Rücksitz verzogen, er ist mit seinem Würfel beschäftigt. In ein paar Tagen wird er das Interesse verlieren, dann wird er sich anderen Dingen zuwenden, mit denen er seinen brodelnden, sprunghaften Verstand ablenken kann.

Der Schlüssel dreht sich im Schloss. Anton streicht ein letztes Mal über das kalte, reifüberzogene Eichenholz der Haustür. In zwei Jahren ist er volljährig, dann wird er sie wieder öffnen.

Er denkt an den Abschiedsbrief seines Vaters in der Kommode neben dem großen Kachelofen. Daran, wie sehr er seinen Vater hasst. Nicht wegen des Selbstmordes, auch nicht, weil er ihn im Stich gelassen hat. Nein, er hasst ihn aus einem anderen Grund. Wegen der Krankenakte, die im Umschlag mit dem Brief lag. Anton ist klug, klug genug, um zu wissen, dass er niemanden dafür verantwortlich machen kann. Für diese Krankheit, die er womöglich ebenfalls in sich trägt. Es ist diese Entscheidung, vor die ihn sein Vater gestellt hat.

Du musst selbst entscheiden, ob du Gewissheit haben willst.

Du hättest dich einfach aus dem Staub machen sollen, denkt Anton. Reicht es nicht, dass du mich hier allein zurücklässt? Aber nein, du musstest unbedingt dafür sorgen, dass ich davon erfahre! Denkst du, das macht es mir leichter? Ich bin ein Teenager, Herrgott, wie soll ich damit umgehen? Ich will diese Entscheidung nicht treffen! Man kann es nicht behandeln, was nutzt es, wenn ich es weiß?

Hinter ihm ein Hupen. Der Fahrer winkt ihm zu, es wird Zeit. Er ist jung, noch nicht einmal zwanzig, auf dem Kopf trägt er ein umgedrehtes Basecape. Anton geht auf den Bus zu, seine Schritte knirschen auf dem frischen Schnee. Hinter den getönten Scheiben sieht er die Umrisse seines kleinen Bruders. Boris, der so klug ist, gleichzeitig so ahnungslos.

Du musst es ihm sagen, wenn er alt genug ist.

Ich will nicht, denkt Anton. Ich kann nicht.

Dann steigt er ein.

Vierzehn

Jetzt.

Am schlimmsten war der Krach.

Schlimmer als auf jeder Baustelle, fand Claudius Zorn, als er mit Schröder auf den Hallmarkt kam und das Riesenrad gegenüber der Marktkirche erblickte. Sie hatten Edgar in die Mitte genommen, er hielt sie an den Händen und tippelte aufgeregt zwischen ihnen auf die kreisenden Karussells zu.

Abgesehen von dem Gedränge, dem Geruch nach Glühwein, Wurst und altem Bratfett war es der Lärm, den Zorn so verabscheute. Das Quietschen der Karussells, die verzerrten Stimmen der Budenbetreiber, die aus billigen Lautsprechern über den Platz hallten, das Kreischen der Menschen in den rotierenden Gondeln und natürlich das dumpfe, kakophonische Ballern der Musik. Drei, vier Titel prasselten gleichzeitig aus allen Ecken auf ihn ein, je näher sie kamen, desto mehr kam er sich vor wie auf einem Schlachtfeld, unter Beschuss genommen von unzähligen Boxen, die den Lärm ausspien wie Kanonen ihre Kugeln, ein tödliches Sperrfeuer, abgefeuert von den Schlümpfen, Tabaluga und Rolf Zuckowski unter dem Kommando einer zweiköpfigen Hydra aus Nena und Helene Fischer.

Am liebsten hätte Zorn auf dem Absatz kehrtgemacht, doch das ging nicht, er war nicht zum Spaß hier. Er hatte Verpflichtungen. Es gab jemanden, den er glücklich machen musste. Edgar.

Ja, glücklich war der Kleine. Mit der linken Hand umklammerte er den Zeigefinger seines Vaters, mit der rechten den von Schröder, er zerrte die beiden auf seinen kurzen Beinen auf das lärmende, bunte Chaos zu, dazu plapperte er unaufhörlich, als wolle er sämtliche Worte, die er kannte, auf einmal aussprechen. Alles, was in seinem Blickfeld erschien, wurde kommentiert, egal, ob Auto, Karussell, Pferd oder Luftballon.

Atto! Sell! Ferd! Lubballo!

Zorn stoppte neben einer Würstchenbude, schnappte sich seinen zappelnden Sohn und setzte ihn auf einen Stehtisch.

»Eins müssen wir klarstellen, Edgar«, rief er, um den Lärm zu übertönen. »Dreimal mit dem Karussell, danach gehen wir. Ohne Diskussion!«

Er sah seinem Sohn ernst in die Augen, doch die Worte waren gleichzeitig an Schröder gerichtet, der lächelnd neben ihm stand, die Hände in den Taschen seiner Jacke vergraben.

»Keine Zuckerwatte!«, sagte Zorn streng.

Edgar runzelte die Stirn.

»Uckerwatte?«

Schröder legte den Kopf in den Nacken und sah hinauf zum Riesenrad.

»Vergiss es«, knurrte Zorn, der seinem Blick gefolgt war.

»Ich halte ihn fest«, sagte Schröder. »Es wird ihm gefallen.«

»Ich sagte«, wiederholte Zorn gedehnt, »*vergiss es.*«

Er liebte seinen Sohn über alles, doch nicht einmal diese Liebe hätte ihn dazu gebracht, in eine der abgewetzten Gondeln zu steigen. Es ging mindestens zwanzig, dreißig Meter in die Höhe, schätzte Zorn. Selbst das Zusehen hätte er nicht ertragen, der Gedanke, hier unten zu stehen und hilflos zuzuschauen, wie Schröder und Edgar irgendwo da oben durch die Luft gondelten, war geradezu absurd. Claudius Zorn war ein ängstlicher Mensch, obwohl er mit allen Mitteln versuchte, nach außen hin das Gegenteil zu vermitteln. Allerdings nicht, wenn es um seinen Sohn ging.

»Da!« Edgar streckte die Ärmchen aus und sah ebenfalls nach oben.

»Es ist zu gefährlich, Edgar.«

»Mitfahrn, Ögi!«

»Gratuliere«, murmelte Zorn, an Schröder gewandt, »da hast du wieder was angerichtet.«

Edgar achtete nicht auf ihn, er sah Schröder mit großen Augen an.

»Ögi?«

Der weiß genau, wen er fragen muss, überlegte Zorn. Dieser kleine Kerl ist cleverer, als ich dachte.

»Ich bin hier der Bestimmer«, brummte Zorn, hob Edgar vom Tisch, stellte ihn auf den Boden, ging vor ihm in die Hocke und zog den Anorak glatt. Edgar machte nicht den Eindruck, als ob er sonderlich glücklich sei. Schröder streckte ihm die Hand entgegen, lächelte ihm aufmunternd zu.

»Komm, wir gucken uns die Karussells an.«

Sofort hellte sich das Gesicht des Kleinen auf.

»Sell!«, juchzte Edgar. »Ögi auch!«

Er wollte losflitzen, Zorn hielt ihn am Kragen fest, zog den Reißverschluss bis unter den Hals zu und bedachte Schröder mit einem strafenden Blick.

»Er wird sich erkälten.«

»Er hat einen Pullover drunter.«

Darauf wusste Claudius Zorn keine Antwort. Er erwiderte das, was er immer sagte, wenn ihm die ohnehin spärlich gesäten Argumente ausgingen.

»Trotzdem.«

Irgendwo schrie ein Losbudenbesitzer in breitestem Sächsisch in sein Mikrophon, dass jetzt die einmalige Gelegenheit sei, einen Flachbildfernseher mit einer Bilddiagonale von sage und schreibe *sieeeebzisch Zentimäääätern* zu ergattern, das sei nämlich der Hauptgewinn, wer jetzt kein Los kaufe, der müsse von allen guten Geistern verlassen sein.

»Also.« Zorn gab Edgar einen Kuss (der umgehend mit dem Jackenärmel abgewischt wurde), richtete sich auf und sah Schrö-

121

der an. »Dreimal, mehr nicht. Und keine Zuckerwatte. Sind wir uns einig?«

Edgar zerrte Schröder bereits in Richtung Karussell.

»Ich fragte«, rief Zorn, »ob wir uns einig sind, Ögi!«

Ohne sich umzusehen hob Schröder die Hand und winkte Zorn zu. Im nächsten Moment waren die beiden im Gedränge verschwunden. Zorn seufzte und ging auf die Straßenbahnhaltestelle zu, in der Hoffnung, die nächsten Minuten halbwegs unbelästigt verbringen zu können. Was natürlich nicht funktionieren sollte, er entkam weder den Menschenmassen, noch dem Lärm oder dem fürchterlichen Geruch. Erst recht nicht seinem schlechten Gewissen.

*

Claudius Zorn hatte Schröder noch nie belogen. Jedenfalls nicht ernsthaft. Sicherlich, *geschwindelt* hatte er oft, die Wahrheit ein bisschen verbogen, um seine Ruhe zu haben. Kleinigkeiten, die er verschwiegen hatte, weil er nicht darüber reden wollte. Jetzt war es anders.

Er saß neben einem überquellenden Papierkorb auf einer Bank an der Haltestelle, starrte auf die zerkratzten Spitzen seiner Stiefel und schämte sich.

Boris Braekers Handy. Als Schröder am Morgen gefragt hatte, wie weit Zorn mit der Anrufliste sei, hatte dieser behauptet, die Sache wäre in Arbeit. Was noch keine direkte Lüge gewesen war, eher eine seiner kleinen Schwindeleien, den Ausreden, mit denen sich Claudius Zorn durch seinen dienstlichen Alltag mogelte, schließlich war zu diesem Zeitpunkt nicht das Geringste *in Arbeit* gewesen, Zorn hatte die Liste schlichtweg vergessen gehabt. Zu diesem Zeitpunkt hatte er noch darauf spekuliert, ungeschoren aus dieser Nummer herauszukommen. Erst, als er die Liste nicht fand, bemerkte er, dass er ein Problem hatte. Zunächst hatte er mit wachsender Sorge sämtliche Schubladen durchwühlt und auf Schröders erstaunte Nachfrage erklärt, dass ihm die Unordnung schon lange auf den Geist gehe, es sei ihm ein Rätsel, wie sein werter Herr Vorgesetzter in diesem Chaos überhaupt arbeiten könne. Kurz vor Mittag war er hinunter in die Kriminaltechnik gegangen, um sich die Liste noch einmal ausdrucken zu lassen, eine äußerst clevere Idee, wie er gefunden hatte. Die sich allerdings als nutzlos erweisen sollte, da der Beamte sich krankgemeldet hatte – ein Infekt, hatte sein Kollege wortreich erklärt, irgendwas mit der Blase. Oder mit dem Darm, da war er nicht sicher. In diesem Moment war Hauptkommissar Zorn klargeworden, dass er ernsthaft in Schwierigkeiten steckte.

Die Liste war wichtig, schließlich enthielt sie Hinweise, mit wem der Ermordete in letzter Zeit Kontakt hatte. Sicherlich, Zorn würde problemlos später an die Daten herankommen, allerdings kaum, ohne dass Schröder davon erfuhr. Und dann flog sein Schwindel auf. Dass er wertvolle Zeit vertrödelt hatte, war blöd genug. Schlimmer war, dass er nicht wusste, wie er sich rechtfertigen sollte.

Zorn sah hinauf zur Marktkirche, die Uhr zwischen den Türmen stand auf halb vier. Hier auf dem Jahrmarkt den Boss zu spielen war das eine, Teil ihrer üblichen Rollenverteilung, ein Spiel, das sie beide genossen. Auf Arbeit war es zwar ähnlich, doch den Mist, den er dort baute, musste ein anderer ausbaden. Schröder.

Eine Straßenbahn hielt, eine Schulklasse strömte heraus. Zwanzig Teenager in tiefsitzenden Hosen und wattierten Jacken verschwanden lärmend im Getümmel des Jahrmarktes, ohne den langhaarigen Mann zu beachten, der mit hängenden Schultern auf der Bank saß und mit der Fußspitze eine senfbeschmierte Würstchenpappe hin- und herschob.

Immerhin, dachte Zorn, das Wetter passte. Der Himmel war diesig und grau, ein perfektes Abbild seiner eigenen Gemütslage.

Um sich abzulenken, begann er, die schießschartenähnlichen Fenster des neuen Finanzamtes an der Westseite des Platzes unterhalb der Marktkirche zu zählen, eines der Projekte seines Bruders, erinnerte er sich, Cornelius hatte am Telefon davon erzählt. Zorns Blick wanderte über den schmucklosen Betonklotz, dessen Fassade an den Kühlergrill eines Bulldozers erinnerte. Als er beim vierzehnten Fenster war, wurde er urplötzlich abgelenkt. Edgar kam mit leuchtenden Augen angerannt, sprang auf seinen Schoß und erzählte wild gestikulierend und mit hochrotem Gesicht, was er auf dem *Sell* erlebt hatte.

»Renn-Atto! Ferd!«

Schröder kam ebenfalls näher, setzte sich neben Zorn.

»Und?«, fragte er, »womit sind wir geflogen?«

»Kete!«, rief Edgar.

»Käthe?«, fragte Zorn.

»Ra-kete«, lächelte Schröder.

»Hoch!« Edgar riss die Ärmchen in die Luft. »Nochma, Ögi!«

»Nein«, erklärte Zorn geduldig und nahm das Gesicht seines Sohnes in beide Hände. »Wir hatten ausgemacht …« Er stutzte, dann wandte er sich stirnrunzelnd an Schröder. »Ich dachte, ich hätte mich deutlich ausgedrückt.«

»Das hast du.«

»Keine Zuckerwatte!«

»Richtig.«

»Und?«

»Was, und?«

»Was hat er da am Mund?«

»Wo?«, fragte Schröder unschuldig.

»Tu nicht so!« Zorn strich mit dem Zeigefinger über Edgars verschmierten Mundwinkel, leckte den Finger ab. »Das«, nickte er grimmig, »ist Zucker!«

Die Antwort war knapp.

»*Yes.*«

»Und? Was hast du dazu zu sagen?«

Schröder zuckte die Achseln.

»Nichts.«

»Ich sagte, keine Zuckerwatte, Schröder! Und wenn …«

»Es ist keine Zuckerwatte.«

»Und was«, Zorn hielt Schröder anklagend den Finger entgegen, »ist bitteschön *das*?«

»Jedenfalls keine Zuckerwatte.«

»Sondern?«

»Eine Stange.«

»Eine *was*?«

»Zuckerstange.«

Edgar folgte dem Gespräch mit großen Augen, sein Blick wanderte zwischen ihnen hin und her wie bei einem Tennisspiel.

»Das ist dasselbe!«, schimpfte Zorn.

»Ist es nicht.«

»Zucker ist Zucker!«

»Aber Stange ist nicht Watte.«

»Du verhätschelst ihn, Schröder!«

»Tu ich nicht.«

»Tust du *doch*!«

Sie schwiegen einen Moment.

»Die war nur ganz klein«, sagte Schröder schließlich. »Die Zuckerstange, meine ich. Und außerdem hab ich eine Hälfte davon gegessen.«

»Schwindler«, brummte Zorn.

»Wie bitte?!«

»Heuchler.«

»Also das«, Schröder riss empört die Augen auf, »ist doch eine Frechheit!«

»Lügner«, sagte Zorn.

»Ich bin kein Lügner!«

»Du bist Diabetiker.«

Aus den Augenwinkeln bemerkte Zorn, wie Schröder resigniert die Augen schloss. Er ließ eine genüssliche Pause verstreichen, dann wandte er sich an Edgar, der noch immer auf seinen Knien saß.

»Jetzt«, sagte er, »haben wir ihn überführt, den Ögi. Er ist ein schamloser Lügner. Ein Lügner und Diabetiker.«

»Biatetiker?«, fragte Edgar.

»Genau«, nickte Zorn. »Biatetiker essen keinen Zucker. Wir haben ihn ertappt, den Ögi. Er weiß nicht mehr, was er sagen soll. Wahrscheinlich wird er gleich behaupten, dass es nur eine kleine, harmlose Schwindelei war, aber«, er hob den Zeigefinger, »man darf nicht schwindeln, Edgar. So was macht man nicht. Guck, wie er sich schämt, der Ögi.«

Edgar, dessen knapp zweijähriger Verstand weder den hämischen Unterton in Zorns Worten noch deren Inhalt erfasste, sah zu Schröder, der mit hängenden Schultern neben Zorn auf der Bank saß und schuldbewusst auf seine Hände starrte. Schweigend machte er sich von Zorn los und krabbelte hinüber auf Schröders Schoß, schlang ihm die Arme um den Nacken und vergrub das Gesicht an seinem Hals.

»Mein Ögi«, murmelte er.

»Alles gut.« Schröder streichelte seinen Hinterkopf. »Wir machen nur Spaß.«

»Genau«, bestätigte Zorn eilig, der plötzlich Angst hatte, der Kleine könne in Tränen ausbrechen. »Nur Spaß. Ögi ist kein Schwindler.«

Edgar holte schniefend Luft.

»Papa auch nicht«, sagte Schröder und wiegte ihn tröstend in den Armen. »Er hat gar keine Zeit zum Schwindeln, er muss nämlich arbeiten. Heute zum Beispiel hatte er ganz, ganz viel zu tun.«

Zorn wurde ein wenig mulmig. Er wusste nicht, worauf Schröder hinauswollte, aber ihm schwante nichts Gutes.

126

»Wir haben nämlich ein Telefon gefunden«, fuhr Schröder fort. Er hatte das Kinn auf Edgars Kopf gestützt und sah versonnen in den diesigen Nachmittagshimmel. »Dein Papa hat sich ganz doll angestrengt, weil wir unbedingt wissen müssen, mit wem der Onkel telefoniert hat, dem es gehörte. Es gibt einen Zettel, wo das drauf-steht. Und mit dem war der Papa den ganzen Tag unterwegs.« Ein kurzer Blick zu Zorn. »Stimmt's, Papa?«

»Das, äh … stimmt«, krächzte Zorn.

Das mulmige Gefühl wich einem leichten Stechen in der Ma-gengegend.

»Schwindeln ist wirklich doof«, sagte Schröder zu Edgar. »Der Papa würde so was niemals machen.«

»Niemals«, nickte Zorn und dachte: Scheiße, was wird das hier?

Schröder nahm Edgar auf den Arm und lächelte ihn an.

»Weißt du, was ich glaube? Dein Papa spendiert uns bestimmt noch ein paar Runden mit dem Karussell.«

»Kann ich mir nicht vorstellen«, murmelte Zorn.

Das Gesicht des Kleinen hellte sich auf.

»Drei Runden?«, fragte Schröder.

»Ja!«, krähte Edgar.

»Vergiss es, Schröder, wir …«

»Oder lieber fünf?« Schröder stand auf, stützte den strahlen-den Edgar auf der Hüfte ab und sah auf Zorn hinab. »Für den Anfang, meine ich. Ich weiß ja, wie sehr du Jahrmärkte verab-scheust, aber ich hab hier was, das dich ablenken wird.«

Zorns Ahnung wurde zur bösen Gewissheit, als Schröder mit der freien Hand in die Manteltasche griff. Zorn schloss resigniert die Augen, als er sie wieder öffnete, hielt ihm Schröder die Liste entgegen.

»Hab ich heute Mittag unter deiner Tastatur gefunden.«

»Scheiße«, knurrte Zorn.

»Also bitte«, lächelte Schröder. »Keine Kraftausdrücke. Was soll denn der Junge denken?«

»Scheise!«, plärrte Edgar vergnügt. »Papa Scheise sagt!«
Schröder schüttelte vorwurfsvoll den Kopf.

Und ging mit Edgar davon.

Karussell fahren.

*

Es war gegen halb sieben, als ein äußerst frustrierter Claudius
Zorn seine Wohnung aufschloss, die Stiefel von den Füßen kickte
und mit verkniffenem Mund auf sein Sofa sank.

Den Rest des Nachmittags hatten sie mehr oder weniger schweigend verbracht. Zumindest Schröder gegenüber war Zorn äußerst
schmallippig geblieben – das Schweigen eines eingeschnappten,
beim Stehlen ertappten Schuljungen. Was Edgar betraf, hatte Zorn
sich natürlich nichts anmerken lassen und als er den Kleinen später bei Malina abgab, hatte er das Gefühl gehabt, dass sie etwas
mit ihm besprechen wolle. Zorn allerdings hatte sich schnell verabschiedet und behauptet, arbeiten zu müssen –, was ihm vorher
tatsächlich durch den Kopf gegangen war. Er hatte kurz mit dem
Gedanken gespielt, noch einmal ins Büro zu fahren und sich sofort
um die Liste zu kümmern, sich dann aber dagegen entschieden.
Nein, hatte er beschlossen, er würde morgen zwei Stunden früher
auf Arbeit gehen und wenn Schröder dann käme, würde er ihm
schweigend die Ergebnisse auf den Tisch knallen.

Etwas drückte am Hintern. Zorn stemmte sich halb aus dem
Sofa, langte unter sich und förderte eine von Edgars Playmobilfiguren zu Tage, einen lächelnden kleinen Plastikpolizisten mit
Schlagstock und winziger Pistole im Halfter. Beim Gedanken an
seinen Sohn besserte sich Zorns Laune augenblicklich, er stellte
die Figur auf den Couchtisch, öffnete das Fenster, um zu rauchen.

Ein leichter Nieselregen wehte Zorn entgegen, tief unter ihm
glänzten die Dächer der Stadt. Auf der Hochstraße staute sich
der Verkehr. Zorns Blick folgte dem flimmernden Bandwurm in

Richtung Innenstadt, das Riesenrad drehte sich majestätisch vor den Türmen der Marktkirche, dahinter wirbelten Kettenkarussells und Luftschaukeln mit flackernden Lichtern wild umeinander her. Zorn spürte eine leichte Übelkeit aufsteigen, allein der Anblick der rotierenden Gondeln verursachte ihm Gänsehaut. Dabei ging es ihm nicht einmal um die eigene Person, es war Edgar, den Zorn in seiner Phantasie in einer dieser Höllenmaschinen sitzen sah. Die gemächlich kreisenden Kinderkarussells mit ihren bimmelnden Feuerwehren und den sanft schaukelnden Pferden waren okay, Zorn hatte sich keine Sorgen um Edgar gemacht – zumindest nicht mehr als sonst –, zumal er wusste, dass Schröder den Jungen nicht den Bruchteil einer Sekunde aus den Augen gelassen hatte. Das allerdings war die absolute Obergrenze, alles, was sich schneller als im Schritttempo bewegte und mehr als einen halben Meter vom Erdboden entfernt, gehörte in eine andere, verbotene Kategorie. Tickende Zeitbomben, Ausgeburten der kranken Phantasie durchgeknallter Ingenieure.

Zorn hob fröstelnd die Schultern, langte in die Jackentasche nach seinen Zigaretten. Dabei ertastete er die Liste, sofort sank seine Laune wieder. Missmutig faltete er das Papier auseinander, überflog die Zahlenkolonnen. Oft hatte Boris Braeker das Telefon nicht benutzt, Zorn sah höchstens zwei Dutzend Nummern. Die meisten wiederholten sich, ein paar kannte Zorn, er benutzte sie selbst ab und zu: ein Taxiunternehmen, ein Pizzadienst. Dann fiel sein Blick auf die oberste Nummer.

Er stutzte.

Schüttelte den Kopf.

»Das kann nicht stimmen.«

Es war die letzte Nummer, die von diesem Handy aus gewählt worden war. Die Uhrzeit stand daneben, der Anruf war am Abend des Todes getätigt worden. Der Angerufene hatte das Gespräch entgegengenommen, es hatte eine Minute und siebenunddreißig Sekunden gedauert.

Claudius Zorn kannte die Nummer. Glaubte es zumindest.

»Nee. Das kann einfach nicht sein.«

Mit fliegenden Fingern schaltete er sein Handy ein, rief die Kontakte auf in der Hoffnung, sich geirrt zu haben.

Verglich die Nummern. Einmal. Zweimal.

Stieß einen Fluch aus.

Verglich noch einmal.

Und rannte aus seiner Wohnung, ohne das Fenster zu schließen.

Fünfzehn

Auf der Brücke am Fuße der Burg herrschte Hochbetrieb, in beiden Richtungen standen die Autos Stoßstange an Stoßstange. Der Nieselregen hatte aufgehört, Nebel stieg vom Fluss auf, mischte sich mit den Abgasen zu einem grauen, wabernden Dunst. Plötzlich heulte ein Motor auf, ein schwarzer Volvo scherte aus der Reihe, schwenkte in die Mitte und brauste, begleitet von einem allgemeinen Hupkonzert, auf den Straßenbahnschienen stadtauswärts über die Brücke, bremste dann und bog nach rechts in eine Seitenstraße ab, die in einem scharfen Bogen hinunter zum Fluss führte. Dort gabelte sich die Straße, der Volvo fuhr ohne zu blinken nach links. Zunächst säumten dreigeschossige Jugendstilhäuser die Straße, dann wurde die Gegend teurer, dichte Hecken, Backsteinmauern und mannshohe Zäune zogen vorbei, dahinter verbargen sich die gepflegten Wassergrundstücke mit den großen, herrschaftlichen Villen.

Der Wagen bremste, blieb halb auf dem Bürgersteig unter einer Laterne stehen. Ein dunkelhaariger Mann schwang sich heraus, zündete eine Zigarette an, die er bereits im Mundwinkel hatte. Schnurstracks lief er auf eine Einfahrt zu, die groß genug war, einem Lkw Platz zu bieten. Ein zwei Meter hohes Tor aus geschmiedetem Stahl versperrte den Weg, er warf einen Blick auf das unauffällige Klingelschild, angebracht an einem efeubewachsenen Pfeiler, seufzte und trat die kaum angerauchte Zigarette aus. Drückte die Klingel. Ein paar Sekunden vergingen, dann knackte eine Gegensprechanlage, gefolgt von einer blechernen, anonymen Stimme.

»Ja?«

»Ich bin's. Claudius.«

Pause.

»Das ist aber eine Überraschung. Komm rein, Bruderherz.«

Ein Relais klackte. Surrend glitt das Tor auf.

*

Es war ein unangenehmer Gang, fand Zorn.

Die Einfahrt war ebenso breit wie das Tor, links und rechts flankiert von unsichtbaren, in Abständen von fünf Metern im kurzen Gras verborgenen Scheinwerfern, die mit Bewegungsmeldern gekoppelt waren und der Reihe nach aufflammten, während er sich dem Haus näherte. Zorn kam sich vor wie auf dem sprichwörtlichen Präsentierteller, er stapfte durch das gleißende Licht auf seinen Bruder zu, dessen massige Gestalt sich vor dem hell erleuchteten Eingangsbereich der Villa abzeichnete wie die Silhouette eines mittelalterlichen Schlossbesitzers.

Zorn ergriff die Hand, die Cornelius ihm entgegenstreckte, mit der anderen wurde er durch eine riesige Glastür ins Innere geschoben. Der Eingangsbereich war größer als Zorns gesamte Wohnung – so erschien es ihm jedenfalls – eine cremefarben gestrichene, schmucklose Halle, zwei Stockwerke hoch. Eine Stahltreppe führte hinauf zu einer Empore, von der mehrere Türen abgingen.

»Tja.« Cornelius hob die Arme. »Hier wohne ich also.«

Das klang bescheiden, doch der Besitzerstolz war unüberhörbar. Zorn war zum ersten Mal hier, er wusste zwar, dass sein Bruder das Haus am Fluss gebaut hatte, gesehen hatte er es noch nicht.

»Nett«, brummte Zorn.

»Wird Zeit, dass du mich mal besuchst«, sagte Cornelius.

Er war mindestens fünfzehn Kilo schwerer als sein Bruder. Ein weißes Hemd spannte über seinem Bauch, die schwarze Anzughose wurde von knallroten Hosenträgern gehalten. Seine dunklen Augen funkelten wie früher, doch die tiefen Falten zeigten, dass er auf die fünfzig zuging. Sein Haar war ebenso schwarz wie das seines Bruders, allerdings erheblich dünner, Cornelius trug es streng nach hinten gekämmt und – wie Zorn registrierte – offensichtlich frisch geschnitten.

»Cyrill?«, rief Cornelius plötzlich, seine Stimme dröhnte durch die Halle. Auf der Empore erschien ein schlanker junger Mann in schwarzem Anzug.

»Darf ich vorstellen, Cyrill Heinlein. Mein Assistent«, sagte Cornelius zu Zorn, »wir haben gearbeitet.« Er legte Zorn den Arm um die Schulter, wandte sich wieder nach oben. »Claudius, mein Bruder.«

Der junge Mann war blass, fast bleich. Das helle, farblos wirkende Haar war streng gescheitelt. Ein knappes Nicken, dann verschwand er wortlos in einem der oberen Zimmer. Zorn beschloss, ihn nicht zu mögen.

»Angenehm«, brummte er.

Cornelius deutete einladend auf eine Tür unter der Empore. Zorn folgte ihm in einen langgestreckten Raum, der offensichtlich als Wohnzimmer diente. Ihre Schritte hallten auf dem hellen, mit Kalksteinplatten gefliesten Boden. Ein Feuer flackerte in einem ebenso verkleideten Kamin, die Wand daneben wurde von einem abstrakten, drei mal vier Meter großen Ölbild in dunklen, schlammartigen Farben eingenommen. Eine Ecke war mit grellgelben Spritzern übersäht, als wäre ein Farbbeutel explodiert.

»Fühl dich wie zu Hause, Claudius.«

Die rückwärtige Wand war komplett verglast und gab bei Tageslicht den Blick auf den hinteren Teil des Grundstückes und den angrenzenden Fluss frei. Jetzt allerdings sah Zorn nur sein Spiegelbild und das seines Bruders, der zu einer eindrucksvollen Minibar an der Wand ging und begann, die aufgereihten Flaschen zu studieren.

»Wie geht's Emil?«, fragte er, griff nach zwei Gläsern und füllte sie aus einer Kristallkaraffe. »Ich nehme an, er wächst und gedeiht?«

»Das tut er«, erwiderte Zorn, nachdem ihm klar wurde, dass Edgar gemeint war. Er machte sich nicht die Mühe, seinen Bruder zu korrigieren. Zum einen, weil er ihnen beiden den peinlichen Moment ersparen wollte, zum anderen, weil er wusste, dass Cornelius den Namen seines Neffen sofort wieder vergessen würde.

Cornelius kam näher, in jeder Hand ein Whiskyglas. Eines reichte er Zorn, setzte sich auf eines der beiden weißen Ledersofas und wartete, bis dieser gegenüber Platz genommen hatte. Er prostete seinem Bruder zu, nahm einen Schluck und verzog genießerisch das Gesicht.

»Ich hätte nicht gedacht, dass du dich persönlich um die Sache kümmerst«, sagte er und stellte das Glas auf das polierte Holz eines niedrigen Beistelltischs. »Darf ich mich geehrt fühlen?«

»Ich weiß nicht, was du meinst.«

Zorn stellte sein Glas ebenfalls ab, ohne daraus getrunken zu haben. Die bernsteinfarbene Flüssigkeit schwappte hin und her.

»Mein Wagen«, lächelte Cornelius. »Ich hatte dir davon erzählt. Jemand hat mir die Kühlerhaube eingeschlagen, ich habe Anzeige erstattet. Nun ja«, das Lächeln wurde breiter, »und ich dachte, dass mein kleiner Bruder hergekommen ist, weil er die Angelegenheit zur Chefsache gemacht hat. Obwohl er sicherlich mit wichtigeren Aufgaben beschäftigt ist.«

Zorn kannte den spöttischen Unterton, dieses herablassende, kaum merkliche Schmunzeln. Die überhebliche Art seines Bruders war ihm seit seiner Kindheit vertraut, Cornelius hatte ihn nie ernst genommen. Zorn fühlte sich unwohl, eingeengt, was seltsam war in diesem hohen, weitläufigen Raum. Vielleicht aber gerade deswegen.

»Warum bist du dann hier?«, fragte Cornelius, als Zorn nicht antwortete. »Brauchst du Geld? Entschuldige«, er hob lachend die Hände, eine goldene Armbanduhr blitzte auf, »aber ich kann mir einfach nicht vorstellen, dass du mich ohne Grund besuchst.«

Zorn hatte keine Ahnung von Uhren, doch er schätzte, dass die Uhr mehr kostete, als er in einem halben Jahr verdiente.

»Stimmt«, sagte er. »Was das Geld betrifft, musst du dir keine Sorgen machen, ich komme zurecht.«

Cornelius nickte, als hätte er genau diese Antwort erwartet. Er lehnte sich zurück, schlug die Beine übereinander und sah seinen Bruder abwartend an. Dieser lehnte sich ebenfalls zurück. Fast hätte er das Gleichgewicht verloren, die Polster waren riesig.

»Du guckst wie früher, wenn du heimlich an meinen Schallplatten warst«, sagte Cornelius, dann deutete er auf das Whiskyglas. »Trink einen Schluck, das wird dich auflockern. Ein Glengoyne, über zwanzig Jahre alt.«

»Jetzt nicht.«

»Weil du«, Cornelius malte mit den Fingern ein paar Anführungszeichen in die Luft, »*im Dienst* bist?«

»Ja.«

»Willst du mich verhaften?«

Zorn erwiderte das Lächeln seines Bruders nicht.

»Kennst du einen Boris Braeker?«, fragte er.

Zunächst antwortete Cornelius nicht.

»Claudius«, sagte er schließlich, nachdem er sich seufzend das Haar aus der Stirn gestrichen hatte. »Lass diese Spielchen. Und beantworte meine Frage.«

»Ich hätte ein Foto mitbringen sollen.« Zorn ging nicht auf die Bemerkung ein. »Aber ich bin direkt von zu Hause hergekommen. Er hat früher hier in der Nähe gewohnt. Sein Bruder tut es noch immer, oben, auf den Felsen, direkt an der Kirche. Das«, er hob die Stimme, um Cornelius das Wort abzuschneiden, »ist noch nicht alles. Boris Braeker ist vorgestern Nacht ermordet worden. Und zwar keine fünfhundert Meter entfernt von hier, schräg gegenüber am anderen Flussufer.«

»Natürlich.« Cornelius griff nach seinem Glas, schwenkte es ein wenig, spitzte die Lippen und trank. »Ich hab davon gelesen. Ihr sucht nach Zeugen. Ich hätte es mir denken sollen, entschuldige. Aber in dieser Gegend wollen die Leute ihre Ruhe, niemand interessiert sich sonderlich für den anderen. *Falls* jemandem was aufgefallen wäre, hätte er sich garantiert bei euch gemeldet, und was mich betrifft, habe ich …«

»Ich bin nicht hier, weil ich fragen will, ob du etwas gesehen hast.«

»Sondern?«

»Ich will wissen, woher du Boris Braeker kanntest.«

Klirrend landete das Glas auf dem Tisch.

»Warum um alles in der Welt sollte ich diesen Mann kennen?«

»Weil du der letzte Mensch warst, den er angerufen hat.«

*

»Das ist Schwachsinn, Claudius.«

Zorn beobachtete, wie die anfängliche Verwirrung seines Bruders einem unverhohlenen Ärger Platz machte, eine Reaktion, die er sehr gut kannte. Früher hatte ihn Cornelius mit dieser polternden Arroganz in Schach gehalten, er war der Ältere, damals hatte er im Bewusstsein der eigenen geistigen und körperlichen Überlegenheit automatisch das Kommando übernommen. Nun, diese Zeiten waren seit Jahrzehnten vorbei.

»Kein Schwachsinn«, sagte Zorn. »Und auch kein Zufall. Es ist Fakt, dass du von diesem Telefon aus angerufen wurdest. Wir wissen, dass das Gespräch anderthalb Minuten gedauert hat. So was lässt sich nicht manipulieren. Ich will wissen, woher du ihn kennst. Und worüber ihr geredet habt.«

»Was soll dieser Quatsch?« Cornelius richtete sich auf. Hektische Röte färbte den kräftigen Hals und verteilte sich auf den Wangen. »Was sollen diese dämlichen Fragen?«

»Du hast keine Ahnung, wie dämlich meine Fragen noch werden können.«

Zorn erwiderte den Blick seines Bruders, ohne mit der Wimper zu zucken.

»Ich fass es nicht«, murmelte Cornelius kopfschüttelnd. »Du drohst mir.«

»Ich will eine Erklärung, mehr nicht.«

Cornelius sprang auf, sein Gesicht wutverzerrt.

»Behandle mich nicht wie einen von deinen *Verdächtigen*!«

»Wenn das so wäre, säßen wir jetzt nicht hier«, erwiderte Zorn ruhig. »Sondern in einem Verhörraum.«

Cornelius griff nach dem Whiskyglas, einen Moment schien es, als wolle er es seinem Bruder an den Kopf werfen. Sein massiger Körper bebte, er holte tief Luft, dann ging er an Zorn vorbei zur Bar.

»Das macht dir Spaß, oder?« Zorn drehte sich nicht um, doch er hörte, wie Cornelius sich hinter ihm an der Bar zu schaffen machte. »Du genießt das. Der kleine Claudius zeigt seinem großen Bruder, wo der Hammer hängt.«

Flaschen klirrten, Cornelius kam zurück, das Glas in seiner Hand war halbvoll. Je ruhiger Zorn schien, desto wütender wurde er.

»Willst du mir irgendwas heimzahlen? Ist es das? Wir wissen beide, dass du ein Versager bist, aber gib verdammt nochmal nicht *mir* die Schuld daran, dass du's im Leben zu nichts gebracht hast! Du kommst in mein Haus, ziehst diese dämliche Show ab und tust so, als wärst du sonst was! Soll ich dir sagen, was du bist?« Cornelius deutete mit dem Glas auf Zorn, Whisky schwappte über, bekleckerte das Hemd, tropfte auf den Boden. »Du bist ein kleiner Bulle, Claudius, mehr nicht! Du stehst ganz unten in der Nahrungskette, du bist nicht mehr als ein Haufen warmer Luft! Ein ignoranter Schwätzer, der es nicht mal für nötig hält, bei der Beerdigung seines Vaters zu erscheinen!«

Das saß. Ihr Vater war vor über zwanzig Jahren bei einem Unfall gestorben, Zorn hatte das Grab noch nie besucht. Nicht etwa, weil es ihm egal war. Er schaffte es einfach nicht. Der Gedanke, dass sein Vater irgendwo unter der Erde vermoderte, brach ihm das Herz. Andere hielten das für Ignoranz, in Wahrheit war es pure Hilflosigkeit. Zorn hatte mit niemandem darüber gesprochen, es war sein Problem, es ging niemanden etwas an.

Er sah zu seinem tobenden Bruder auf. Betrachtete die kleinen, geröteten Augen, das verzerrte, aufgedunsene Gesicht. Die hängenden Wangen, die geplatzten Äderchen um die Nase. Dachte daran, wie ähnlich sie sich früher gesehen hatten – jedenfalls hatten das alle behauptet –, dachte daran, dass er in diesem Gesicht die eigene Zukunft betrachtete. Dann fiel ihm ein, dass es längst der Fall war. Dass er genauso aussah. Fünfzehn Kilo leichter zwar und mit vollerem, nur leicht ergrautem Haar. Ohne die albernen Hosenträger und die protzige Uhr, das Geld seines Bruders war ihm schon immer herzlich egal gewesen. Ansonsten aber war er genauso vom Leben gezeichnet wie Cornelius. Ein älterer Mann, egal, ob er es wahrhaben wollte oder nicht.

»Bist du fertig?«, fragte er.

Cornelius warf den Kopf in den Nacken, kippte den Schnaps in einem Zug hinunter und stellte das Glas mit einem Knall auf den Tisch.

»Du kannst mich mal.«

Zorn wartete einen Moment.

»Es ist einfach«, sagte er. »Laut meiner Liste habt ihr vor zwei Tagen telefoniert. Das kann ein Zahlendreher sein, vielleicht hat sich ein Techniker geirrt. Hol dein Handy, wir gucken zusammen nach. Der Anruf muss noch im Verzeichnis stehen.«

Cornelius atmete tief durch, dann schüttelte er den Kopf.

»Das geht nicht.«

»Wieso?«

»Das Handy ist weg.«

Zorn lachte auf. Er konnte nicht anders.

»Das ist jetzt nicht dein Ernst.«

»Ich hab's verloren!«, rief Cornelius. »Herrgott, das passiert jedem mal! Keine Ahnung, vielleicht ist es auch geklaut worden!«

Er war noch immer wütend. Sehr wütend sogar. Doch Zorn bemerkte etwas anderes, etwas, das ihm neu war. Ratlosigkeit. Vor dreißig Jahren hätte Claudius Zorn das womöglich genossen, doch jetzt empfand er keine Genugtuung. Eigentlich, überlegte er, empfand er gar nichts. Nur Leere.

»Was ist?« Cornelius hob die Hände, ließ sie mit einem leisen Klatschen gegen die Oberschenkel fallen. »Was kommt als Nächstes? Verhaftest du mich? Weil ich«, er stieß ein bellendes, freudloses Lachen aus, »mein dämliches *Handy* verloren habe?«

Zorn antwortete nicht.

»Cyrill!«, rief Cornelius plötzlich.

Irgendwo oben klappte eine Tür, Schritte erklangen auf der Treppe. Cyrill Heinlein, der Assistent erschien und blieb auf der Schwelle stehen. Ausdruckslos sah er Zorn an. Auch aus der Nähe war sein Alter schwer zu schätzen. Zorn hatte nicht den Eindruck, dass er sich rasierte. Sein Gesicht war glatt, faltenlos, die Haut hatte die Farbe geronnener Milch, ebenso das weißblonde, gescheitelte Haar. Schwarzer Rollkragenpullover unter ebenso schwarzem, eng geschnittenem Anzug. Wie Heino ohne Sonnenbrille, dachte Zorn unangenehm berührt, dann fiel ihm ein, dass er bereits vor ein paar Minuten entschieden hatte, den jungen Mann nicht zu mögen.

»Der Herr, den ich dir vorhin als meinen Bruder vorgestellt habe, ist von der Polizei«, sagte Cornelius, ohne Zorn aus den Augen zu lassen. »Dass er zufälligerweise mit mir verwandt ist, können wir momentan außen vor lassen. Er verdächtigt mich eines Verbrechens.«

»Davon war mit keinem Wort die Rede«, sagte Zorn.

»Ich denke«, Cornelius ignorierte den Einwand, »ich brauche ein Alibi. Wo war ich vorgestern Abend?«

»Hier«, erwiderte der Assistent sofort.

»Was haben wir gemacht?«

»Gearbeitet.«

»Woran genau?«

»Die Pläne für das Finanzamt. Wir haben die Statik für den zusätzlichen Lastenaufzug im östlichen Bürotrakt besprochen.«

Heinleins Stimme, ein seltsam androgyner, dünner Singsang, klang wie die Ansage eines Navigationsgeräts. Zorn fühlte sich an eine Maschine erinnert, und irgendwie, dachte er, passte dies zur Erscheinung des Assistenten.

»Wo ist mein Handy?«, fragte Cornelius, den Blick noch immer auf Zorn gerichtet.

Die weißen Augenbrauen hoben sich.

»Gestohlen.«

»Wann?«

»Das war …«

»Es reicht jetzt«, unterbrach Zorn.

»Wirklich?« Cornelius sah seinen Bruder an, die Augen zu schmalen Schlitzen verengt. »Ich dachte, du führst hier eine von deinen«, er dehnte die Stimme, »*Ermittlungen* durch. Man hört immer wieder, dass du nicht sonderlich motiviert bei der Arbeit bist, aber wenn es um deinen Bruder geht, scheinst du zur Höchstform aufzulaufen.«

»Hör auf mit der Scheiße, Cornelius.«

»Du hast damit angefangen.«

»Ich hab dir ein paar Fragen gestellt, mehr nicht.«

»Bin ich jetzt verhaftet?«

Zorn antwortete nicht.

»Ich fragte, ob ich verhaftet bin, Claudius.«

Zorn stand auf, Cornelius trat dicht an ihn heran. Hielt ihm die Hände entgegen, als wolle er sich Handschellen anlegen lassen.

Sie waren gleich groß, Zorn roch den Atem seines Bruders, den sauren Geruch des Whiskys. Schüttelte resigniert den Kopf und wandte sich stumm ab.

»Dann gäbe es jetzt nur noch ein Wort zu sagen.«

Cornelius nickte in Richtung Tür.

»Raus.«

*

Die Tür des Volvos fiel ins Schloss, der Motor heulte auf. Krachend wurde der Gang eingelegt, der Wagen raste davon. Nach zweihundert Metern bremste der Volvo abrupt, blieb mitten auf der Straße stehen.

Zorn saß hinter dem Steuer, die Finger um das Lenkrad gekrampft. Es hatte all seine Kraft gekostet, in den letzten Minuten ruhig zu erscheinen, jetzt waren die Reserven verbraucht. Er tastete mit flatternden Händen nach seinen Zigaretten. Die erste entglitt seinen zitternden Fingern, die zweite ebenso. Den ersten Zug der dritten inhalierte er wie ein Ertrinkender, sein Kopf sank zurück, er schloss die Augen, öffnete sie wieder, entspannte sich ein wenig.

Ein paar Sekunden lang starrte er mit leerem Blick durch die Windschutzscheibe. Seufzend schob er die Brille aus der Stirn, rieb sich das Gesicht, seine Finger zitterten noch immer.

»Und nun?«, flüsterte Claudius Zorn. »Was mach ich jetzt?«

Ein Hupen ließ ihn zusammenfahren. Im Rückspiegel sah er Scheinwerfer, ein Auto stand direkt hinter ihm, wahrscheinlich schon seit einer ganzen Weile. Zorn registrierte, dass er mitten auf der Straße zum Stehen gekommen war. Die Scheinwerfer blinkten auf, ein weiteres Hupen.

»Fick dich«, knurrte Zorn.

Legte den Gang ein.

Und fuhr los.

Sechzehn

Anton Braeker hörte das gellende Hupen unten am Flussufer, er achtete nicht darauf. Er saß im Wohnzimmer, vor ihm stand eine Tasse Tee, daneben lagen die Schriftstücke, die sein Vater hinterlassen hatte. Der Umschlag mit dem Abschiedsbrief und den ärztlichen Befunden, daneben ein Stapel Briefe, die sein Vater vor Jahren an ihre Mutter geschrieben hatte. Er kannte sie fast auswendig, diese Schriftstücke aus einer Zeit, in der noch keine E-Mails und kaum Kurznachrichten verschickt worden waren. Immer und immer wieder hatte er die Briefe gelesen, es war tröstlich, in diese Zeit einzutauchen, in der sie glücklich gewesen waren, eine normale, liebevolle Familie, in der noch niemand ahnte, was ihnen bevorstand.

Der kristallene Leuchter unter der getäfelten Decke tauchte den Raum in ein fleckiges, warmes Licht. Anton Braeker trank einen Schluck Tee, griff wahllos in den Stapel und begann zu lesen.

Dresden, 28. Februar 97

Meine geliebte Katja,
ich bin jetzt seit zwei Tagen unterwegs, und doch kommt es mir vor,
als wären Monate vergangen. Als ich heute Morgen allein im Hotel
aufgewacht bin, hatte ich kurz Angst, dass ich die letzten Jahre mit
dir und den Kindern nur geträumt habe. (Ich habe noch immer
nicht verstanden, was Du an einem alten Zausel wie mir finden
konntest. Ich weiß, dass Du das nicht hören willst, aber so ist es nun
einmal.)
Die Probe heute Mittag war gut, ich denke, das Konzert morgen
wird ein Erfolg werden. Zumindest ist die Semperoper ausver-

kauft, die Akustik ist – wie du weißt – hervorragend. Der ›Zara-
thustra‹ ist eine Herausforderung für das gesamte Orchester – vor
allem für uns Blechbläser. Früher hatte ich immer ein wenig Sorge
vor meiner Solostelle (dieser vermaledeite Oktavsprung vom zwei-
zum dreigestrichenen C), jetzt allerdings stelle ich mir vor, dass Du
im Zuschauerraum sitzt, und der Gedanke, dass ich nur für Dich
spiele, lässt meine Trompete strahlen.

Das Hotel ist nett. Das Zimmer klein, aber sauber. Von meinem
Fenster aus kann ich die Frauenkirche sehen. Es ist beeindruckend,
wie weit der Wiederaufbau fortgeschritten ist. Trotzdem ist es kaum
vorstellbar, dass die Kirche tatsächlich in ihrer alten Pracht wieder-
hergestellt werden soll.

Ich habe noch einmal nachgedacht, was Du neulich über Boris
sagtest. Ich glaube nicht, dass wir uns Sorgen um ihn machen müs-
sen. Sicherlich, der Junge ist sprunghaft, seine Launen manchmal
schwer erträglich. Trotzdem bin ich nicht der Meinung, dass wir
einen Psychologen einschalten sollten. Boris verfügt über den
Intellekt eines Erwachsenen, doch momentan ist er gefangen im
Körper eines Fünfjährigen. Er muss selbst lernen, seinen Verstand
unter Kontrolle zu bringen. Du hast recht, er braucht jemanden,
der ihm hilft, seinen Weg zu finden, und vielleicht bräuchte es tat-
sächlich eine etwas härtere Hand bei seiner Erziehung, aber Du
kennst mich, ich bin zu weich.

Ich glaube eher, dass wir auf Anton achten müssen. Er ist ein
schweigsamer, guter Junge, womöglich ein wenig zu still (ich denke,
das hat er von mir). Seine schulischen Leistungen stehen außer
Frage, ich bin sicher, dass wir ihn in ein paar Jahren auf das Gym-
nasium schicken werden. In letzter Zeit habe ich das Gefühl, dass
er nicht weiß, wie er mit seinem jüngeren Bruder umgehen soll.
Boris wird sich mehr und mehr seiner geistigen Überlegenheit
bewusst, und das lässt er Anton spüren. Wir wissen beide, wie ver-
letzend Boris sein kann, auch wenn er dies nicht absichtlich tut.
(Letzten Dienstag habe ich ihn gefragt, ob ich ihm das Trompete-

spielen beibringen soll. Er meinte, dass ihm die Ausdrucksmög-
lichkeiten einer Trompete zu »beschränkt« wären, er wolle sich lie-
ber auf das Klavier konzentrieren, schließlich sei dies ein Instru-
ment, auf dem er – wie er sagte – selbst etwas erschaffen könne. Auf
meine erstaunte Frage erklärte mir unser fünfjähriger Sohn, dass er
eine Klaviersonate im Kopf habe, die nur noch aufgeschrieben
werden müsse. Nun, als pflichtbewusster Vater habe ich ihm natür-
lich gesagt, dass auch das Klavierspielen erlernt sein will, worauf
Boris wortlos in mein Arbeitszimmer ging und mir den kleinen
Trauermarsch von Mozart vorspielte, etwas holprig zwar, aber
trotzdem kannst Du Dir meine Überraschung vorstellen, schließ-
lich verfügt er über keinerlei Notenkenntnisse und hat sich das
Stück allein durch das Hören einer meiner Schallplatten angeeig-
net – zumindest sagte er das. Ich weiß nicht, wann Boris das getan
hat, schließlich steht das Klavier erst seit drei Monaten in meinem
Arbeitszimmer.

Dies alles bleibt Anton natürlich nicht verborgen. Wir müssen
darauf achten, dass er sich nicht zurückgesetzt fühlt. Vielleicht soll-
test Du mit Anton darüber reden, dass er uns genauso wichtig ist
wie sein Bruder. Ich selbst weiß nicht genau, wie man es ihm am
besten erklären kann. Ich bin sicher, Du findest die richtigen Worte.

Draußen wird es bereits dunkel, es hat zu schneien begonnen. Ich
sehe hinaus in den Flockenwirbel und denke an dich. Verzeih die
nicht enden wollenden Zeilen, Katja. Verzeih, wenn ich mich wieder-
hole, wenn ich dir schreibe, wie sehr ich dich liebe. Es fällt mir nicht
schwer, die Worte zu finden. Nein, ich habe nur Schwierigkeiten, sie
auszusprechen, deshalb schreibe ich sie Dir auf. Ich weiß, wie mür-
risch ich Dir oft erscheinen muss. Ich rede nicht viel, aber Du sollst
wissen, wie glücklich Du mich machst. Oft denke ich darüber nach,
was aus mir geworden wäre, wenn ich Dich nicht getroffen hätte. Ich
werde diesen Moment nie vergessen, als ich im Orchestergraben saß
und Dir beim Tanzen zusah, es war magisch, ich habe meinen Ein-
satz verpasst, weil ich nur Augen für Dich hatte. Katja, meine Schwa-

nenkönigin. In meinen kühnsten Träumen hätte ich nicht erwartet, dass Du mich auch nur eines Blickes würdigen könntest, und auch jetzt noch, nach all den Jahren, kann ich noch immer nicht fassen, dass Du bei mir geblieben bist, fern Deiner Heimat. Dass Du Deine Karriere im Stich gelassen hast und dieses langweilige Leben an meiner Seite gewählt hast. Du hast mir Deine Jugend geschenkt, Deine Schönheit, Deine Klugheit. Dafür danke ich Gott und manchmal überlege ich, welchen Preis er irgendwann für dieses Glück verlangen wird.

Ich vermisse Dich. Gib den Jungs einen Kuss, und Sascha einen besonders großen.

Dein Carl

PS: In den Nachrichten kam, dass es kälter wird. Pass bitte auf Euch auf. Vor allem auf Dich, Du musst mir versprechen, dass Du Dich schonst.

Ich liebe Dich, Katja. Das werde ich immer tun, solange ich atme.

Siebzehn

»Du bist schon hier?«

Schröder schloss die Bürotür und streifte die Jacke ab. Der Stoff war feucht, auch seine Glatze glänzte. Es hatte die Nacht durchgeregnet, mit der Dämmerung war ein bleigrauer Novembermorgen angebrochen.

»Ja«, sagte Zorn. Mehr nicht.

Schröder schaltete das Licht ein und nahm Zorn gegenüber Platz. Dieser kniff die Augen zusammen. Zorn war müde, den größten Teil der Nacht hatte er mit Nachdenken verbracht. Zu einem Ergebnis war er nicht gekommen.

»Anton Braeker hat angerufen.« Schröder blies in die klammen Hände und startete seinen Rechner. »Er fragt, wann er seinen Bruder beerdigen kann.«

»Was hast du ihm gesagt?«

»Dass er sich noch gedulden muss. Wir können die Leiche erst freigeben, wenn wir wissen, was genau da passiert ist.«

Zorn brummte zustimmend, zog ein Blatt aus einem Papierstapel neben seiner Tastatur und tat, als würde er es lesen. Sein Blick wanderte über die enggeschriebenen Zeilen, ohne den Inhalt zu erfassen, ein Gesprächsprotokoll wahrscheinlich. Letztendlich war es egal, es ging darum, Zeit zu gewinnen. Zeit, um eine Entscheidung zu treffen. Um eine Antwort zu finden auf Schröders nächste Frage, die in den nächsten Sekunden unweigerlich kommen würde. Es war schon verwunderlich genug, dass Schröder sie nicht schon längst gestellt hatte.

Die Frage nach der Anrufliste.

Ausweichen war nicht möglich. Entweder, er sagte Schröder die Wahrheit. Oder er tat es nicht.

Wenn er es tat, würde Schröder sofort handeln. Es gab eine Spur. Schröder würde dieser Spur folgen, emotionslos, hartnäckig wie ein Terrier. Er würde keine Ruhe geben, bis er wusste, was es mit dieser Verbindung zwischen Cornelius und dem ermordeten Boris Braeker auf sich hatte, und eine Verbindung, da war Zorn sicher, gab es ohne Zweifel, egal, ob er es wahrhaben wollte oder nicht. Schlimmer noch, die Behauptung, dass Cornelius sein Handy verloren hatte, machte ihn geradezu verdächtig. Ein guter Ermittler konnte nicht anders, er *musste* Cornelius mit diesem Verdacht konfrontieren. Dass er womöglich wusste, warum ein junger Mann an einen Baum gefesselt und erdrosselt worden war, nachdem ihm ein Nagel durch den Oberschenkel getrieben worden war. Dass er den Täter vielleicht kannte. Oder dass er es selbst getan hatte. Zorn wusste genau, wie sein dünnhäutiger und cholerischer Bruder auf diese Anschuldigungen reagieren würde. Überheblich, wie Cornelius war, würde er sich immer tiefer hineinreiten. Sie mussten sein Haus durchsuchen, seine Büroräume, sein Alibi überprüfen. Die Pressemeute würde sich auf Cornelius stürzen wie ein aufgescheuchter Hornissenschwarm. Die Schuld an alldem würde Cornelius der Polizei geben, vor allem aber ihm, Zorn, seinem Bruder.

Zorn hörte den melodischen Ton, mit dem sich Schröders Rechner zum Dienst meldete und dachte an die zweite Möglichkeit. Dass er weiter schweigen konnte. Nein, nicht schweigen. *Lügen.* Die Sache vertuschen, bis sie womöglich auf eine andere Spur stießen und in eine andere Richtung ermitteln konnten. Das würde nicht lange gutgehen, Schröder war zu klug, als dass er sich von jemandem wie Zorn an der Nase würde herumführen lassen. Und Zorn selbst? Nein, das würde er nicht schaffen. Ab und zu eine kleine Schwindelei war okay, es gehörte zu ihrer Arbeit wie die täglichen Frotzeleien, aber das hier war anders. Es war Betrug. Betrug an einem Menschen, der ihm vertraute. An Schröder, der ihm von allen am wichtigsten war. Abgesehen davon gab es noch die kleine, aber durchaus nicht zu verachtende

147

Tatsache, dass Zorn zwar relativ oft Mist baute, allerdings immer aus Unvermögen, bestenfalls aus Trägheit. Diesmal würde es bewusst geschehen. *Strafvereitelung im Amt* nannte man das, ein dämlicher, aber äußerst bedrohlich klingender Terminus.

Diese beiden Optionen hatte Claudius Zorn in der vergangenen Nacht immer wieder in Gedanken durchgespielt: die Entscheidung zwischen seinem Bruder – der zwar arrogant und überheblich, aber nach Zorns fester Überzeugung kein Verbrecher war – und seiner Arbeit. (Wobei sich Zorns Pflichtgefühl noch immer in Grenzen hielt, das Schuldbewusstsein Schröder gegenüber war eindeutig stärker.)

Zorn, scheinbar noch immer in das Papier vertieft, hörte, wie Schröder sich räusperte. Als er aufblickte, sah er es Schröders Augen an, dass jetzt die Frage kommen würde.

In diesem Moment hatte Claudius Zorn eine Idee. Er stand auf und griff nach seiner Jacke. Als Schröder den Mund öffnete, brummte Zorn, dass er *kurz was nachgucken* müsse und verließ das Büro.

Es gab eine dritte Möglichkeit. Zorn war nicht sicher, ob es funktionieren würde. Egal, einen Versuch war es wert. Zumindest Zeit würde er gewinnen.

*

Zwanzig Minuten später stieß Claudius Zorn mit der Schulter eine große Glastür auf und betrat ein Shoppingcenter. Die Bezeichnung war ein wenig irreführend, der riesige Bau stand zwar im Zentrum der Stadt, nur ein paar hundert Meter Luftlinie vom Bahnhof entfernt, doch zu *shoppen* gab es hier wenig. Bei der Planung vor zwanzig Jahren war man davon ausgegangen, dass die Geschäfte in der Innenstadt hervorragend laufen würden, doch viel mehr als das Multiplexkino, ein paar Imbisse und ein Nagelstudio waren hier nicht mehr zu finden.

Die Rolltreppe war außer Betrieb. Zorn stapfte nach oben, lief mit hallenden Schritten vorbei an großen, stellenweise abgeklebten Glasscheiben, hinter denen sich früher die Geschäfte befunden hatten. *WIR SIND UMGEZOGEN* las Zorn, ging um die Ecke an einem verlassenen Küchenstudio vorbei. Das Schaufenster war mit der Aufschrift *MARKENDEALS TOP BILLIG!* verziert, dahinter stand ein verstaubter Bürostuhl, umgeben von vergilbten Prospekten. Er erreichte einen Fahrstuhl, die Tür stand offen, trat ein und drückte den Knopf für die oberste Etage. *ZORN – PLANUNG & ARCHITEKTUR* stand darunter.

Die Tür schloss sich, ein Ruck, der Fahrstuhl glitt nach oben. Zorn spürte die leichte Übelkeit im Magen, dachte, wie sinnlos es gewesen war, sich den Kopf zu zerbrechen. Er *musste* Schröder informieren, es ging nicht anders. Vorher allerdings würde er noch einmal mit Cornelius reden, ein paar Minuten würden reichen. Sie waren erwachsen, es musste einfach möglich sein, dass Zorn seinem Bruder den Ernst der Lage klarmachen konnte. Wenn nicht, hatte er es zumindest versucht.

Der Fahrstuhl hielt, die Tür glitt auf. Gleißendes Tageslicht fiel herein, Zorn schloss für einen Moment geblendet die Augen, holte tief Luft und wappnete sich für ein äußerst unschönes Gespräch.

Ein Gespräch, das nicht stattfinden sollte.

*

»Wo ist er?«

Die Frau am Empfang zuckte die Achseln, Zorn stellte die Frage bereits zum zweiten Mal. Wortlos knallte er seinen Dienstausweis auf den Tresen, sie hob die gezupften Augenbrauen und warf einen Blick auf das sternförmige Polizeisiegel.

»Können Sie's mir *jetzt* sagen?«

»Der Chef ist nicht da.« Sie schob den Ausweis mit dem Zeigefinger wieder zurück. Der giftgrün lackierte Fingernagel erinnerte an eine ausgefahrene Papageienkralle. »Mehr darf ich Ihnen nicht sagen.«

»Pass mal auf, Mädel.« Zorn senkte die Stimme. »Ich sehe vielleicht so aus, aber ich bin nicht einer von euren Pizzaboten.«

»Das hat niemand behauptet.«

Der Blick auf Zorns abgewetzte Lederjacke besagte das Gegenteil.

»Dann heb gefälligst deinen Hintern und …«

Eine Glastür öffnete sich. Cyrill Heinlein, Cornelius' Assistent, sah zunächst Zorn, dann die Empfangsdame an.

»Gibt's ein Problem?«

»*Noch* nicht«, knurrte Zorn. »Aber gleich.«

Cyrill Heinlein starrte Zorn ausdruckslos an. Bei Tageslicht wirkte er noch farbloser, nur die vollen, weiblich wirkenden Lippen bildeten einen seltsamen Kontrast, sie leuchteten wie Blutegel auf dem bleichen Gesicht.

»Danke, Melanie«, sagte er, an die Empfangsdame gewandt. Eine knappe, einladende Geste zu Zorn, dann verschwand er im Inneren des Büros.

»Bis gleich, Melanie«, nickte Zorn und folgte Heinlein in einen großen, lichtdurchfluteten Raum. Das Büro nahm fast die gesamte obere Etage ein, die deckenhohen Fenster gaben den Blick auf die Stadt unter dem grauen Herbsthimmel frei. Zorn zählte mindestens ein Dutzend Menschen, die konzentriert auf die Flachbildschirme ihrer Computer starrten. Cyrill Heinlein ging auf eine halbrunde, gläserne Wand zu, hinter der sich offensichtlich das Büro von Cornelius befand. Er wartete, bis Zorn eingetreten war, dann schloss er die Tür.

»Es wäre schön, wenn das Personal so wenig wie möglich mitbekommt.«

»Wovon?«

Zorn verschränkte die Arme vor der Brust und lehnte sich an

die Kante des großen Schreibtischs, der fast die gesamte Fläche des Büros einnahm. Er bemerkte die Jalousien an der verglasten Trennwand, sie waren geöffnet. Wahrscheinlich, vermutete Zorn, damit Cornelius seine Angestellten immer im Blick hatte.

»Ihr Bruder ist nicht da«, sagte Heinlein.

»Ach nee.«

Zorn sah sich um. An der Wand hinter dem Schreibtisch hing eine Kohlezeichnung der Marktkirche von Lyonel Feininger, daneben ein gerahmtes Foto, das einen lächelnden Cornelius mit dem Ministerpräsidenten zeigte.

»Normalerweise ist Herr Zorn der Erste im Büro.« Cyrill Heinlein stand steif vor einem Garderobenständer, die Hände vor dem Jackett gefaltet. »Jedenfalls, wenn er keine Termine hat.«

»Hat er einen?«

»Einen Termin? Nein.«

»Und Sie wissen nicht, wo er sein könnte?«

Ein unmerkliches Kopfschütteln.

»Kommt das öfter vor?«

»Nein.«

Natürlich nicht, dachte Zorn. Cornelius ist ein Kontrollfreak, er würde diesen Laden niemals unbeaufsichtigt lassen, jedenfalls nicht ohne Grund.

»Haben Sie versucht, ihn zu erreichen?«

»Natürlich.«

»Ich denke, sein Handy ist verschwunden?«

Die Frage kam schnell. Die Antwort ebenso.

»Es ist nicht das einzige. Herr Zorn achtet darauf, immer erreichbar zu ein. Er hat ein weiteres Handy, das er ausschließlich dienstlich benutzt. Und natürlich ein Festnetztelefon in seiner Wohnung. Er meldet sich unter keinem der Anschlüsse.«

Zorn kratzte sich im Nacken. Er musste sich die Nummern geben lassen, vor allem die des zweiten Handys. Womöglich würden sie Cornelius darüber orten können.

Scheiße. Herrgott, lass es bloß nicht dazu kommen.

»Gestern Abend«, sagte er, »haben Sie ihm ein Alibi gegeben.«

»Das ist richtig.«

»Und Sie bleiben dabei?«

»Wir haben die gesamte letzte Woche bis spät in die Nacht gearbeitet. Meistens bis in die frühen Morgenstunden.«

»Kann das noch jemand bestätigen?«

Ein Kopfschütteln.

»Ihnen ist klar, dass Sie das womöglich vor Gericht wiederholen müssen?«

»Nein, das ist es nicht. Es sei denn, Sie erklären mir, worum es hier geht.«

Wenn ich das wüsste, dachte Zorn.

Heinlein starrte ihn aus seinen wässrigen Augen an, nichts verriet, was in ihm vorging. Ein androgynes Wesen, wie einem alten James-Bond-Film entsprungen. Kurz überlegte Zorn, ob er sich die Haare färbte, dieses seltsame weißliche Blond konnte kaum natürlich sein.

»Seit wann arbeiten Sie für meinen Bruder?«

»Seit drei Jahren.«

»Wenn er hier auftaucht, werden Sie ihm etwas ausrichten.« Zorn machte eine Pause, in der Hoffnung, seinen Worten so etwas wie Bedeutung zu verleihen. »Sie werden ihm sagen, dass er in Schwierigkeiten ist. Dass er sich bei mir melden soll. Und zwar sofort. Ich will ihn nicht in die Scheiße reiten, ich will ihn da rausholen. Haben Sie das verstanden, Cyrill?«

Ein leises, melodisches Klingeln ertönte. Cyrill ging dicht an Zorn vorbei, beugte sich über den Schreibtisch, nahm das Telefon ab und meldete sich knapp. Zorn sog unwillkürlich die Luft ein, und während Cyrill Heinlein direkt neben ihm der blechernen Stimme im Hörer lauschte, stellte Zorn fest, dass er absolut nichts roch. Kein Parfum, keine Seife, keinen Schweiß.

»Ich kümmere mich darum«, sagte Heinlein und legte auf.

Dann wandte er sich an Zorn. »Fahren Sie einen schwarzen Volvo?«

Zorn antwortete nicht. Heinlein deutete auf das Telefon.

»Das war der Hausmeister. Sie parken in der Feuerwehrzufahrt.«

»Ach ja?« Zorn trat dicht an Heinlein heran. »Ich *bin* die Feuerwehr.«

Ein letzter, eindringlicher Blick. Zorn wandte sich ab. Im Gehen streifte er den Garderobenständer, stutzte. Betrachtete einen roten Schal, daneben hing eine dunkle Lederjacke.

»Wem gehört die? Meinem Bruder?«

Claudius Zorn hatte kein gutes Gedächtnis. Später würde er nicht sagen können, warum er sich ausgerechnet an dieses Detail erinnert hatte. Als Schröder es erwähnte, hatte Zorn kaum zugehört, er war damit beschäftigt gewesen, eine Pferderoulade im Magen zu behalten. Sie hatten über Boris Braeker gesprochen. Darüber, dass er am Abend vor seinem Tod in dieser Kneipe gegessen hatte. Dass er nicht allein gewesen war, wahrscheinlich in Begleitung seines Mörders. Die Kellner hatten den Mann nicht beschreiben können, nur seine Jacke war auffällig gewesen. Genauer gesagt, der Kragen.

»Ich fragte, ob die meinem Bruder gehört!«

»Ja«, nickte Cyrill Heinlein.

Zorn wurde blass. Nahm die Jacke vom Haken, strich über die hellen, flaumigen Aufschläge an den Ärmeln. Der Kragen war ebenso gefüttert.

Lammfell.

Achtzehn

»Er ist mein Bruder, Schröder. Ich wollte einfach noch einmal mit ihm reden, bevor wir ihn in die Mangel nehmen.«

Zorn war noch ein wenig außer Atem. Nach dem Gespräch mit Heinlein hatte er keine Sekunde gezögert, er war zurück ins Präsidium gefahren und hatte Schröder alles erzählt. Dieser hatte ihm stumm zugehört, ohne auch nur eine Miene zu verziehen.

»Mir ist klar, dass das Blödsinn war«, beendete Zorn seine Beichte. »Angefangen damit, dass ich diese dämliche Liste verbuddelt habe, und als ich dann die Nummer von Cornelius erkannt habe, da dachte ich … ich wollte das einfach nicht wahrhaben«, seufzte er. »Mit einem Wort: Ich hab Scheiße gebaut.«

»Falsch.«

»Wieso?«

»Das sind vier Worte.«

Schröder griff nach einem Kugelschreiber, drehte ihn nachdenklich in den Händen. Zorn rutschte unruhig auf seinem Stuhl hin und her, er kam sich vor wie ein Viertklässler, der beim Abschreiben erwischt wurde und hofft, dass er mit einer kleinen Verwarnung davonkommt.

»Wie viel Zeit haben wir verloren?«, fragte Schröder schließlich.

»Ich verstehe nicht, was du …«

»Vorgestern«, unterbrach Schröder ruhig, »habe ich das Handy in Boris Braekers Wohnung gefunden. Hätten wir ordentlich gearbeitet, wären wir noch am Abend auf den Namen deines Bruders gestoßen. Wir haben über dreißig Stunden vertrödelt.«

»Ja«, sagte Zorn.

Mehr fiel ihm nicht ein.

»Dein Bruder war wütend, als du ihn zur Rede gestellt hast?«

»Ich hätte das wissen müssen«, nickte Zorn. »Er hat mich noch nie für voll genommen, für den war ich schon immer der kleine Loser, der Trottel, der ...«

»Das ist irrelevant.«

»Dass ich ein Trottel bin?«

Schröder antwortete zunächst nicht. Er verschränkte die Hände unter dem Kinn und sah Zorn über den Schreibtisch an.

»Was denkst du?«, fragte er dann.

»Keine Ahnung, was du meinst.«

»War er's?«

»Du meinst, ob Cornelius der Mörder ist?« Zorn schüttelte den Kopf. »Ich kann mir nicht vorstellen, dass ihn viele Menschen sympathisch finden, Cornelius ist ein Choleriker, und wenn's um seine Geschäfte geht, kennt er keine Gnade. Aber der würde niemals jemanden umbringen.«

Ein weiteres Kopfschütteln. Der Gedanke war einfach *zu* absurd.

»Glaubst du, dass du ihn objektiv einschätzen kannst?«, fragte Schröder.

»Klar kann ich das.«

Oder?

Schröder lehnte sich zurück, sein Stuhl reagierte mit einem gequälten Knarren. Eine Weile starrte er an Zorn vorbei auf die gegenüberliegende Wand, dann wurde sein Blick wieder klar, richtete sich auf Zorn.

»Du meinst, dass dein Bruder unschuldig ist?«

»Nee, das meine ich nicht.«

»Was meinst du dann?«

»Ich ... Scheiße, ich weiß es nicht, Schröder.«

Zorn fuhr sich mit den Händen durchs Haar, seine Fingernägel gruben sich in die Kopfhaut auf der Suche nach einem klaren Gedanken. Erfolglos, wie Zorn frustriert feststellen musste, nur sein Schädel brannte wie Feuer.

»Er wohnt schräg gegenüber vom Tatort«, stellte Schröder fest.

»Ja«, nickte Zorn.

»Das Opfer hat mit ihm telefoniert.«

»Stimmt.«

»Der Mann, mit dem Boris Braeker vor seinem Tod gegessen hat, trug eine auffällige Jacke. Soweit wir wissen, könnte sie deinem Bruder gehören.«

»Das«, seufzte Zorn, »stimmt auch.«

»Und du glaubst, dass er nichts mit dem Mord zu tun hat?«

Zorn schloss für einen Moment die Augen. Öffnete sie wieder.

»Das muss ich, Schröder. Er ist mein Bruder.«

Schröder erwiderte Zorns Blick. Ruhig. Ernst.

»Was sollten wir deiner Meinung nach tun?«, fragte er.

»Cornelius wird wieder auftauchen, dann reden wir mit ihm. Nein«, korrigierte sich Zorn, »*du* redest mit ihm.«

»Was ist, wenn er nicht auftaucht?«

»Warum sollte er …«

Zorn stockte. Wurde blass.

Scheiße.

»Wenn er untergetaucht ist«, murmelte er, »dann deshalb, weil ich ihn gewarnt habe.«

»Ja«, sagte Schröder nur.

Kein Vorwurf. Eine Feststellung.

»Und jetzt?«, fragte Zorn.

»Sag du's mir«, antwortete Schröder.

»Du bist die Obergurke.«

»Das bin ich.«

»Ich hab Mist gebaut, du könntest ein riesiges Fass aufmachen.«

»Das könnte ich.«

»Du könntest mir«, Zorn verdrehte die Augen, »den Fall entziehen. Das hättest du sowieso längst tun müssen, schließlich bin ich persönlich verwickelt. Mir endlich mal zeigen, wo der Hammer hängt, damit ich anfange, meinen Job ernstzunehmen.«

»Auch das«, nickte Schröder ernst, »könnte ich.«

»So richtig den Chef raushängen lassen, mit allem Drum und Dran. Inklusive Dienstaufsichtsbeschwerde. Oder«, Zorn zuckte die Achseln, »du suspendierst mich.«

Zorn wartete auf Schröders Reaktion. Ein kurzes Lachen vielleicht. Oder zumindest ein Lächeln. Ach, ein kleines Schmunzeln würde schon reichen, ein winziges Heben der Mundwinkel zum Zeichen, dass Schröder die Sache mal wieder auf sich beruhen lassen würde.

Ein paar Sekunden vergingen.

Mach schon, dachte Zorn. Du kannst ruhig ein bisschen rummeckern, das musst du wahrscheinlich sogar. Wasch mir ruhig den Kopf, ich hab's verdient. Hauptsache, danach ist alles wieder beim Alten.

Schröder tat Zorn den Gefallen nicht.

Wortlos stand er auf und verließ das Büro.

*

»Hast du Cornelius erreicht?«

Melanie, die Empfangsdame erschien in der Tür des Chefbüros. Cyrill Heinlein hatte den Raum nicht verlassen, er stand am Fenster und sah hinaus.

»Nein«, sagte er, ohne sich umzusehen.

»Dieser … Polizist.« Sie kam näher, ihre hohen Absätze klackerten auf dem Linoleum. »Was will er von Cornelius?«

»Nichts weiter.«

»Er sah aber nicht so aus. Er wollte alle Telefonnummern, die ich von Cornelius habe. Außerdem seine sämtlichen Termine. Er meinte, dass er mit einem Durchsuchungsbefehl wiederkommt. Ich glaube, wir sollten …«

»Weißt du, was *ich* glaube?« Heinlein wandte sich um. »Wir sollten dafür sorgen, dass niemand was mitbekommt.«

Sie blinzelte verwirrt.

»Die Leute sind hier, um zu arbeiten«, sagte er und deutete durch die gläserne Trennwand hinüber in das Großraumbüro. »Dafür werden sie von Cornelius bezahlt. Wir haben mehr als genug zu tun. Ich will nicht, dass irgendwelche Gerüchte die Runde machen.«

»Dieser Polizist behauptet, dass Cornelius immer als Erster im Büro wäre.«

»Und?«

»Ich meine, er kommt ja ab und zu später. Ohne, dass jemand weiß, warum. Das ist auch sein gutes Recht, er ist der Chef. Aber ich verstehe nicht, wieso du dem Polizisten dann sagst, dass …«

»Das musst du auch nicht, Melanie.« Langsam ging Heinlein auf sie zu. Im Gehen strich er mit dem Zeigefinger über die Kante des Schreibtischs. »Mein Job ist es, dafür zu sorgen, dass der Laden läuft. Deine Aufgabe ist es, mich dabei zu unterstützen.«

»Sicherlich, aber …«

»Wie ich das tue, muss dich nicht interessieren.«

Der Assistent stand dicht vor ihr. Unwillkürlich wich sie einen Schritt zurück.

»Bist du so lieb und machst mir einen Kaffee?«

Er öffnete die Tür, deutete einladend nach draußen. Mit unbewegtem Gesicht beobachtete er, wie sie zwischen den Schreibtischen davonstöckelte, dann schloss er die Tür wieder. Vergrub die Hände in den Taschen seiner Anzughose und murmelte etwas. Zwei Worte nur, ohne die Lippen zu bewegen.

»Dämliche Schlampe.«

Neunzehn

Es war um die Mittagszeit, als Claudius Zorn den Volvo vor dem Haus seines Bruders parkte. Er warf einen kurzen Blick auf den Mannschaftswagen schräg gegenüber, dann lief er durch das halb offen stehende Tor auf das Grundstück.

Er war sauer. Auf sich selbst, logisch, schließlich hatte er allen Grund dazu. In den letzten zwei Stunden allerdings hatte sich diese Wut allmählich auch auf Schröder gerichtet. Dieser hatte das Büro nicht mehr betreten, nachdem er verschwunden war, gemeldet hatte er sich auch nicht. Zorn hatte den Rest des Vormittags auf glühenden Kohlen gesessen, schließlich war ihm der – von Natur aus sowieso äußerst dünne – Geduldsfaden gerissen, er hatte Schröder auf dem Handy angerufen und gefragt, wo der *feine Herr* sich gerade rumtreibe. Auf dem Grundstück eines Verdächtigen, hatte Schröder knapp geantwortet und aufgelegt, bevor Zorn etwas erwidern konnte.

Tja. Und da war er jetzt. Claudius Zorn war schließlich nicht dumm, er hatte sofort gewusst, wen Schröder gemeint hatte.

Die Sonne stand als blassgelber Fleck hinter einer blaugrauen Wolkenschicht. Bei Tageslicht wirkte das Anwesen noch imposanter. Die Villa, ein zweigeschossiges, weiß gestrichenes Gebäude im Bauhausstil, war perfekt in das Gelände eingebettet. Riesige Platanen spendeten im Sommer Schatten, an den Seiten verbargen dichte Hecken das Anwesen vor den Blicken neugieriger Nachbarn.

Zorn lief über die Einfahrt auf die Villa zu. Bemerkte die offenstehende Tür, Uniformierte gingen ein und aus. Unschlüssig blieb er stehen, drehte sich einmal um die eigene Achse und sah dann eine kleine, glatzköpfige Gestalt in Kapitänsjacke weiter unten am Ufer neben einem zusammengefalteten Sonnenschirm. Zorn ging zwischen abgedeckten Gartenmöbeln über den kurzgeschnittenen, abschüssigen Rasen auf Schröder zu. Dieser wandte ihm den Rücken zu, er reagierte nicht, obwohl er die näherkommenden Schritte hören musste. Eine Weile standen sie stumm nebeneinander, Schröder hatte den Kragen hochgeschlagen und die Arme vor der Brust verschränkt, sein Blick blieb auf das andere Ufer gerichtet. Schließlich zündete sich Zorn eine Zigarette an, inhalierte gierig und atmete ruckartig aus.

»Weißt du, was mich richtig nervt?«

Keine Antwort. Der Rauch trieb dicht an Schröders unbewegtem Gesicht vorbei und verlor sich im Nichts.

»Es ist völlig okay, dass du sauer bist. Und es ist auch okay, dass du«, Zorn wedelte mit der Hand durch die klamme Luft, »*Konsequenzen ziehen* musst. Aber es ist absolut bescheuert, dass du mich hier schmoren lässt wie ein Kindergartenkind, ohne ein Wort zu sagen. Ist das deine Art, mich zu bestrafen? Indem du mich ignorierst?«

»Es ist meine Art, mit der Situation umzugehen.« Schröders Blick blieb auf das andere Ufer gerichtet. »Ich bin nicht sauer wegen dem, was du getan hast. Ich bin sauer, weil du mich in diese verfickte Lage gebracht hast. Und ich bin sauer auf mich, weil ich die Anrufliste nicht selbst geprüft habe. Ich habe keine Lust, über irgendwelche Konsequenzen nachzudenken, jedenfalls nicht, was dich betrifft. Es gibt Wichtigeres zu tun.«

Eine Windböe kräuselte das Wasser, verfing sich in Schröders spärlichem Haar, wehte ihm eine Strähne ins Gesicht. Sorgfältig strich er sie mit den flachen Händen zurück an ihren angestammten Platz quer über der Glatze, dann verschränkte er wieder die Arme vor der Brust. Zorn kratzte sich an der Schläfe.

»Hast du gerade *verfickt* gesagt?«

»*Yes.*«

Zorn schnippte die Zigarette ins Wasser, beobachtete, wie sie langsam von der Strömung davongetragen wurde und ein paar Meter weiter zwischen den Aluminiumstäben eines Anlegestegs verschwand. Ein weißes Sportboot dümpelte träge auf dem trüben Wasser.

Schröder murmelte etwas. Es klang wie ein leiser Fluch.

»Was sagst du?«, fragte Zorn.

»Ich sagte«, seufzte Schröder resigniert, »dass du froh sein kannst, dass ich dich kenne. Jedem anderen hätte ich den Kopf abgerissen. Mindestens. Ich meine, hast du denn auch nur den Bruchteil einer Sekunde nachgedacht?« Er sah Zorn kopfschüttelnd an, dann deutete er nach schräg gegenüber zum anderen Ufer. »Ein Mensch wird dort drüben an einen Baum gefesselt, er wird gefoltert und erdrosselt. Jahrelang war er abgetaucht, wir wissen so gut wie nichts über ihn. Dann erfahren wir endlich etwas, finden Spuren, die uns weiterbringen könnten. Und was machst du? Nichts.«

Das Grundstück lag genau in der Flussbiegung, links von ihnen strebte der Fluss dem Wehr zu. Zorns Blick folgte Schröders pummeligem Zeigefinger, der zu der Wiese schräg gegenüber unter den hohen Bäumen deutete, Reste der Absperrbänder hingen an den dicken, knotigen Stämmen. Zorn sah die mächtige Buche, an die Boris Braeker gefesselt worden war, der Baum hatte mittlerweile fast vollständig das Laub verloren. Direkt davor saß ein Angler in Tarnhose und gefütterter Weste auf einem Klappstuhl und starrte teilnahmslos ins Wasser.

Zorn dachte an den Moment, an dem er Cornelius zum ersten Mal in Verbindung mit dem Mord gebracht hatte. Kurz, nachdem die Leiche gefunden worden war, hatte Zorn drüben an der Böschung gestanden und festgestellt, dass der Kopf des Toten in Richtung der Villa seines Bruders gewandt war. Anfangs hatte er diesem Fakt keine weitere Bedeutung beigemessen, jetzt überlegte Zorn kurz, ob er Schröder darauf hinweisen sollte, ließ es dann aber bleiben. Zufall, mehr nicht.

Der Angler war aufgestanden und holte die Schnur ein. Die Trommel klemmte, offensichtlich war etwas verknotet. Zorn beobachtete, wie der Mann sich umständlich an der Leine zu schaffen machte, fragte sich, wie ein halbwegs vernunftbegabter Mensch auf den Gedanken kommen konnte, am helllichten Tage in Tarnklamotten mitten in der Stadt am Flussufer rumzuhängen und zu *angeln*, und als der Mann schließlich aufgab und die Schnur mit einer Zange zerschnitt, kam Claudius Zorn eine andere Idee.

Er sah nach links, wo das Boot seines Bruders leise gegen den Steg polterte. Betrachtete die dicke Schnur, die am Bug befestigt, um einen Poller geschlungen und dort verknotet worden war.

»Scheiße, wir müssen prüfen, ob …«

»Hab ich schon.« Schröder war Zorns Blick gefolgt. »Es ist derselbe Knoten, mit dem Boris Braeker an den Baum gefesselt war. Ein Palstek.«

Verdammt, dachte Zorn.

»Für sich genommen«, fuhr Schröder fort, »würde ich das nicht weiter beachtenswert finden. Es gibt Tausende Menschen, die Seemannsknoten verwenden. Aber in Anbetracht dessen, was wir bisher wissen, ist es ein weiteres Indiz. In einer Kette, die immer länger wird.«

»Wie meinst du das?«, fragte Zorn.

Schröder deutete über die Schulter zur Villa. Zorn sah ihre Spiegelbilder in den Panoramafenstern, ein langer, schlaksiger Kerl neben einem rundlichen kleinen Mann. Schemenhafte Gestalten huschten im Inneren hin und her, das Haus wurde gründlich durchsucht.

»Habt ihr was gefunden?«, fragte Zorn, als Schröder nicht antwortete.

»Ich bin noch nicht sicher.«

»Worüber?«

»Das lass ich gerade prüfen.«

»*Was* lässt du gerade prüfen?«

Keine Antwort.

Na gut, dachte Zorn. Dann lass mich halt zappeln.

Er schob mit der Stiefelspitze einen Stein beiseite, kickte ihn ins Wasser. Ein Glucksen, dann war es wieder eine Weile still.

»Wie geht's jetzt weiter?«, fragte Zorn dann.

»Mit dir?«

Diesmal war es Zorn, der keine Antwort gab.

»Ich kann's nicht unter den Tisch kehren«, sagte Schröder.

»Und ich will's auch nicht. Aber eine Entscheidung will ich auch nicht treffen.«

»Wer …«, Zorn räusperte sich, »wer dann?«

Schritte erklangen hinter ihnen. Schröder wandte sich um. Zorn folgte seinem Beispiel. Wurde blass, als er erkannte, wer auf ihn zukam.

Frieda Borck.

*

»Und was mach ich jetzt?«

Sie stellte die Frage bereits zum zweiten Mal. Auch diesmal antwortete Zorn nicht, er stand vor ihr, die Hände tief in den Jackentaschen vergraben, weil er nicht wusste, wohin mit ihnen.

»Ich hab dich was gefragt, Claudius.«

Ihre Stimme zitterte ein wenig. Nicht vor Wut, es war etwas anderes. Hilflosigkeit. Resignation und Trauer. Sie sah mit glänzenden Augen zu ihm auf, er hielt ihrem Blick nicht stand, bemerkte, wie Schröder hinter ihr mit kurzen Schritten auf die Villa zulief. Frieda hatte ihm nur kurz zugenickt, es war klar gewesen, dass sie bereits miteinander gesprochen hatten. Über ihn, Zorn, den Problemfall. Das schwarze Schaf. Den Versager. Die Schlafmütze.

»Was hat er dir erzählt?«, fragte er.

»Du weißt selbst, was los ist. Dass ihr Mist gebaut habt.«

»*Ich* hab Mist gebaut.«

»Das ist mir klar. Er wollte dich in Schutz nehmen. Wie immer.« Sie hob die Schultern, als wäre ihr kalt. »Wenn irgendwas davon an die Öffentlichkeit kommt, kann ich mich frisch machen.«

Mein Bruder, dachte Claudius Zorn, tötet keine Menschen. Er flößt niemandem K.-o.-Tropfen ein, um ihn später mit einem Nagel zu foltern und danach zu erdrosseln. Abgesehen davon isst er keine so abartigen Sachen wie Pferderouladen. Ich wollte nur mit ihm reden, ich hatte das Recht dazu, diese Fragen zu stellen. Egal, ob ich ein guter oder schlechter Bulle bin, zunächst mal bin ich ein ganz normaler Mensch. Ich wollte Gewissheit haben. Nein, ich bin nicht der Einzige, der so reagiert hätte.

Dies alles hätte Zorn aussprechen können, es waren stichhaltige Argumente. Er tat es nicht, es war nebensächlich. Zorn spürte weder Wut noch den sattsam bekannten infantilen Trotz, da war nur eine seltsame Distanz zu dem, was passiert war. Er sah Frieda an, wie sie vor ihm stand, zart, zerbrechlich, und dachte daran, dass er nicht hier sein wollte. Nein, er wollte weg hier, irgendwo anders hin. Mit ihr.

»Ich kann dich nicht gegen deinen eigenen Bruder ermitteln lassen«, sagte sie. »Völlig egal, ob er unschuldig ist oder nicht. Im Moment müssen wir tun, was nötig ist. Die Fahndung auslösen, es wird eine Gegenüberstellung mit dem Kneipenpersonal geben, wir müssen seine Fingerabdrücke vergleichen, irgendwann werden wir an die Presse gehen.«

Sie sprach leise, fast vorsichtig. Als habe sie Angst, dass Zorn mit einem seiner kindischen Wutanfälle reagieren könne. Und da war noch etwas, wie Zorn verwundert feststellte: Frieda Borck war den Tränen nah.

Das letzte Laub rieselte von der Platane auf sie hinab, Zorn sah, wie die Blätter zu Boden torkelten wie betrunkene Libellen, und suchte nach den richtigen Worten.

»Es ist okay«, sagte er leise.

»Nichts ist hier okay.«

»Du … du musst deinen Job machen. An deiner Stelle würde ich wahrscheinlich dasselbe tun.«

»Du?«

Sie lachte auf. Womöglich war es auch ein Schluchzen.

»*Du?*«, wiederholte sie. Sah ihn an, als hätte er den Verstand verloren. »An *meiner* Stelle?«

»Frieda, ich …«

»Tu nicht so, als könntest du dich in meine Lage versetzen! Als ob du auch nur die geringste Ahnung hättest, was es bedeutet, so was wie Verantwortung zu übernehmen! Es interessiert dich einen *Scheiß*, Claudius!«

Zorn blickte hinauf zur Villa, zwei Beamte lehnten rauchend neben der Terrassentür und sahen zu ihnen herüber. Als sie seinen Blick bemerkten, wandten sie sich ab. Zorn war nicht sicher, ob sie etwas mitbekamen, aber einen Teil, fürchtete er, hatten sie verstanden. Frieda war wütend. Und wenn sie wütend war, redete sie laut. Sehr laut.

Kopfschüttelnd wandte sie sich ab, ging davon. Nach ein paar Schritten stoppte sie plötzlich, kam noch einmal zurück.

»Was soll ich mit jemandem wie dir?« Tränen glänzten in ihren langen Wimpern. »Ich brauche jemanden, der auf mich aufpasst! Stattdessen renne ich dir hinterher und gucke, dass du keine Scheiße baust! »Ich dachte«, sie schniefte, wischte sich mit dem Handrücken die Nase ab wie ein unglückliches Kind, »du würdest irgendwann erwachsen werden, aber …«

Ihre Finger flatterten. Oben bei der Villa gesellte sich Schröder zu den beiden Uniformierten. Einer der beiden reichte ihm eine durchsichtige Plastiktüte der Spurensicherung, ein kleiner Metallgegenstand blitzte darin, ein Schlüssel vielleicht.

»Ich kann mich ändern«, sagte Zorn. Ein selten dämlicher Spruch, aber ein besserer fiel ihm nicht ein.

»Das hab ich auch gedacht«, murmelte sie. »Sonst wäre ich wohl kaum mit dir … sonst wäre das alles nicht passiert.«

Es ist ihr genauso ernst wie mir, überlegte Zorn. Sie ist nicht so abgebrüht, wie ich dachte. Er wehrte sich dagegen, doch irgendwie erfüllte ihn dieser Gedanke mit einer gewissen Befriedigung.

Sie lief davon. Schröder kam ihr entgegen, sie wechselten einen kurzen Blick. Wieder dachte Zorn, wie zerbrechlich sie war, und als Schröder sich zu ihm gesellte, sagten sie zunächst nichts. Schweigend sahen sie ihr nach. Ihre hohen Absätze versanken im feuchten Rasen, sie knickte um, ruderte mit den Armen, fand das Gleichgewicht wieder und verschwand schließlich hinter der Villa.

»Sie ist sauer«, sagte Zorn schließlich.

»Nein. Sie ist unglücklich.«

In diesem Moment wurde Zorn klar, dass Schröder wusste, was zwischen ihm und Frieda war. Kurz fragte er sich, ob sie miteinander gesprochen hatten oder ob Schröder es von allein mitbekommen hatte. Im Endeffekt, entschied er, war es egal. Reden wollte er sowieso nicht darüber.

Er kramte nach seinen Zigaretten, dabei fiel sein Blick auf die Tüte in Schröders Hand.

»Was ist das?«

»Ein Schlüssel.«

»Das sehe ich, Schröder.«

Irgendwo flussaufwärts erklang ein Dröhnen, eine Straßenbahn donnerte über die Brücke am Fuß der Burg.

»Er lag in einem Schubfach im Arbeitszimmer deines Bruders.« Schröder hob die Tüte, der Schlüssel darin erinnerte an einen Autoschlüssel. »Er funktioniert elektronisch, mit einem Chip. Ein seltenes, kaum verbreitetes Modell. Die Villa hat eine mechanische Schließanlage, da passt er nirgendwo. Allerdings war ich neulich in einer Wohnung, die genau mit einem solchen Schloss gesichert war.«

Zorn, der ahnte, was kommen würde, wurde blass.

»Das kann Zufall sein.«

»Natürlich. Deshalb habe ich einen Kollegen hingeschickt, um das zu prüfen.«

»Willst du damit sagen, dass …«

»Genau das will ich«, unterbrach Schröder ihn ruhig. »Ich will damit sagen, dass wir im Schreibtisch deines Bruders den Schlüssel zu Boris Braekers Wohnung gefunden haben.«

»Scheiße.« Zorn stöhnte auf.

»Besser hätte ich's nicht ausdrücken können.«

Schröder verstaute die Tüte in seiner Jacke. Dann sah er Zorn an. Nichts verriet, was er dachte.

»Wir … ich meine«, Zorn schluckte, dann verbesserte er sich, »*du* musst Cornelius zur Fahndung ausschreiben.«

»Das habe ich gerade.«

»Und das Büro. Das muss durchsucht werden.«

»Auch das«, beschied Schröder knapp, »ist in Arbeit.«

*

»Du solltest bleiben, wo du bist.«

Cyrill Heinlein schirmte das Telefon mit der Hand ab. Er sprach leise, obwohl er allein im abgetrennten Teil des Großraumbüros war. Sein Blick war durch die gläserne Trennwand hinüber ins Büro gerichtet, dort herrschte rege Betriebsamkeit. Die Angestellten standen ratlos vor ihren Schreibtischen, uniformierte Beamte liefen umher, wühlten in Schubladen. Melanie, die Sekretärin, stöckelte entgeistert durch das Chaos wie ein verirrtes Huhn.

»Nein, das ist ein Rat«, sagte Cyrill. »Ich weiß nicht, was genau hier los ist. Fakt ist, dass du sofort verhaftet wirst, wenn du auftauchst. Sie haben einen Durchsuchungsbeschluss. Und sie fahnden nach dir.«

Sein blasses Gesicht blieb unbewegt, nur seine starren, toten Augen verfolgten jede Bewegung im Nebenraum.

»Das kann ich dir nicht sagen. Es ist deine Entscheidung. Brauchst du Geld?«

Er senkte lauschend den Kopf, betrachtete seine Fingernägel.

»Natürlich bestätige ich dein Alibi.«

Heinlein sah auf. Nebenan erschien ein kleiner dicklicher Mann in Zivil. Sein rundliches Gesicht wirkte gutmütig, harmlos. Obwohl ihn sämtliche Anwesenden um Haupteslänge überragten, richtete sich die Aufmerksamkeit sofort auf ihn, umgehend war klar, dass er hier das Sagen hatte, bevor er auch nur ein Wort gesprochen hatte. Die Empfangsdame tippelte aufgeregt auf ihn zu, er unterbrach sie mit einer ruhigen Frage, sie deutete durch die Scheibe auf den Assistenten.

»Ich muss Schluss machen.«

Cyrill Heinlein beendete das Gespräch, ohne auf eine Antwort zu warten, öffnete die Glastür und ging dem kleinen Polizisten entgegen.

»Ich leite das Büro«, erklärte er, nachdem sie sich einander vorgestellt hatten. »Falls Sie Fragen haben, können Sie sich jederzeit an mich wenden.«

»Das werde ich sicherlich tun.«

»Einer Ihrer Kollegen hat die Jacke von Cornelius mitgenommen. Ich verstehe nicht, was …«

»Das müssen Sie auch nicht«, unterbrach der Kleine freundlich. »Zunächst würde ich gern wissen, wann Sie zuletzt mit Ihrem Vorgesetzten gesprochen haben. Und ob Sie eine Ahnung haben, wo er sich aufhalten könnte.«

»Das«, erwiderte Cyrill Heinlein, »habe ich bereits Ihren Kollegen gesagt. Ich habe Cornelius gestern Abend zuletzt gesehen.«

»Danach hatten Sie keinerlei Kontakt mehr?«

Der rostfarbene Schnauzbart des Polizisten hob sich ein wenig, ein Lächeln umspielte die Mundwinkel. Es wirkte harmlos, naiv,

doch das täuschte. Nichts, aber auch gar nichts entging den tief-
blau blitzenden Augen des kleinen Kommissars.

Cyrill Heinlein ließ einen Moment verstreichen, als wolle er
den folgenden Worten mehr Gewicht verleihen.

»Nein«, sagte er dann. »Ich habe nicht mehr mit ihm gesprochen.«

Zwanzig

Zweitausendsieben. Anfang April.

»Hast du alles?«

Eine blöde Frage, denkt Anton Braeker noch im selben Moment, als er sie ausspricht. Boris steht neben dem Gartentor, die schwarze Reisetasche hängt über seiner Schulter. Mehr haben sie nicht dabei, ihre restlichen Sachen werden am Nachmittag gebracht.

Der blaue VW-Bus – es ist derselbe, der sie vor mehr als zwei Jahren hier abgeholt hat – hupt zum Abschied, dann verschwindet er um die Ecke. Anton holt die Schlüssel aus der Tasche, geht auf sein Elternhaus zu. Der Vorgarten ist verwildert, Unkraut wuchert zwischen den Gehwegplatten. Die Rollläden sind geschlossen, er steigt die Stufen zum Eingang empor, sieht sich noch einmal um.

»Kommst du?«

Boris wendet ihm den Rücken zu, er hat die Tasche abgestellt, den Kopf in den Nacken gelegt und sieht hinauf in den strahlenden Frühlingshimmel. Er ist groß geworden, in den letzten Wochen hat er einen regelrechten Schub gemacht. Seine Schultern sind breiter, die abgewetzte Jeansjacke, die er sich in einem Secondhandladen in der Neustadt gekauft hat, ist ihm mittlerweile ein paar Nummern zu klein. Das blonde Haar hängt ihm weit über die Schultern, er weigert sich seit Monaten, zum Friseur zu gehen. Anton hat ihn gewähren lassen, Boris wird sechzehn, er ist jetzt ein junger Mann. Ein äußerst gutaussehender junger Mann, er erinnert ein wenig an Kurt Cobain. Nicht nur wegen der langen Haare, er hat ein ähnlich markantes Gesicht mit hohen

Wangenknochen und diesen abwesenden, irgendwie gelangweilten Blick unter langen, mädchenhaften Wimpern.

Dass sie Brüder sind, ist allenfalls zu erahnen, denkt Anton, der noch immer mit seiner Akne zu kämpfen hat. Er hat sich einen Schnauzbart wachsen lassen, hat die alte Brille gegen eine neue mit modernem Edelstahlrahmen getauscht. Seine Haare sind fettig, obwohl er sie täglich wäscht. Er würde sie gern schneiden, doch zumindest vorn geht das nicht, Anton braucht sie, um die Pickel auf der Stirn zu verbergen. Ein albernes Unterfangen, denn Mädchen interessieren sich nicht für ihn, für sie ist er Luft. Im Gegensatz zu Boris, er ist, wie es scheint, ein Frauentyp, die Mädchen im Heim haben ihn regelrecht *angeschmachtet*. Anton hat genau registriert, wie sie auf seinen jüngeren Bruder reagieren, das Tuscheln, das alberne Kichern, die geröteten Gesichter, als ob ein Popstar an ihnen vorbeilaufen würde. Boris hingegen ist das alles egal – *falls* er etwas davon mitbekommt (was Anton nicht glaubt), lässt er sich nichts anmerken. Komischerweise scheint sein Desinteresse die Mädchen noch weiter anzustacheln, je abwesender er erscheint, desto hysterischer reagieren sie auf ihn.

»Boris?«

Keine Antwort.

Boris hält das Gesicht in die Sonne, neben ihm zeichnet sich sein Schatten scharf auf dem Gehweg ab. Antons Blick streift nach gegenüber, wandert am schlanken Turm der Backsteinkirche nach oben. Er scheint ihm kleiner, als er ihn in Erinnerung hat, als wäre der Turm in den letzten sechsundzwanzig Monaten geschrumpft. Die goldenen Uhrzeiger stehen auf kurz vor halb zehn.

Anton schiebt die Brille zurecht, seufzt leise. Er hat keine Ahnung, was in seinem Bruder vorgeht, Boris wird immer schweigsamer. Anfangs hat Anton versucht, mit ihm über ihre verstorbenen Eltern zu reden, über Sascha, ihre tote Schwester.

Boris' Reaktion bestand in einem mürrischen Schweigen. Der Heimpsychologe hatte erklärt, dass dies normal sei, jeder Mensch reagiere anders auf solche Schicksalsschläge, wichtig sei vor allem, dass Anton, der Ältere, in seiner Nähe bleibe. Gerhard, der Psychologe, war nett gewesen, ein jungenhafter, sympathischer Kerl Anfang dreißig, er hatte darauf bestanden, dass Anton ihn duzte. Anton hatte schnell Vertrauen zu Gerhard gefasst, er hatte ihm mehr von Boris erzählt, von seiner geradezu beängstigenden Intelligenz und seiner Sorge, dass er irgendwann nicht mehr zu seinem jüngeren Bruder vordringen werde. Diese Befürchtungen, hatte ihn Gerhard beruhigt, seien wahrscheinlich grundlos, doch er hatte versprochen, sich näher mit Boris zu beschäftigen. Tatsächlich stabilisierten sich seine schulischen Leistungen in den nächsten Monaten, Boris ging regelmäßig zum Unterricht, schrieb ausschließlich Einsen und Zweien. Ein Intelligenztest ergab, dass sein IQ zwar hoch, aber nicht außergewöhnlich war. Boris sei schweigsam, erklärte der Psychologe, ein stiller, zurückhaltender Junge. Überdurchschnittlich intelligent, aber unauffällig. Schon damals ahnt Anton – nein, er *weiß* es –, dass genau das das Ziel seines Bruders ist, dass er seine Fähigkeiten verbirgt, um nach außen hin normal zu erscheinen. *Unauffällig* eben. Wahrscheinlich, um seine Ruhe zu haben, jeglicher Kontakt mit anderen, »normalen« Menschen langweilt ihn, auch dessen ist sich Anton sicher. Er hat noch einmal versucht, mit Boris darüber zu sprechen, das war kurz vor Weihnachten gewesen, ein knappes Jahr, nachdem sie ins Heim gezogen sind.

Du hast diesen Intelligenztest manipuliert, hat Anton Boris damals auf den Kopf zu gesagt, du willst nicht, dass andere über dich Bescheid wissen. Er habe keine Ahnung, wovon Anton spreche, hat Boris lächelnd erwidert, und Anton, der sich beherrschen musste, seinem kleinen Bruder dieses überhebliche, wissende Lächeln nicht aus dem Gesicht zu schlagen, erkannte in diesem Moment, dass Boris jetzt wusste, wozu er in der Lage war. Dass seine Fähigkeiten weit über denen eines Normalsterblichen lagen, und dass er beschlossen hatte, dieses Wissen mit niemandem zu teilen.

Nur du weißt es, hatte dieses kurze Lächeln gesagt, aber du bist der Einzige. Erzähl den anderen, was du willst, großer Bruder, aber *ich* bestimme, was mit mir geschieht. Niemand kann mir das Wasser reichen. Auch du nicht.

Danach sprachen sie nie wieder darüber.

Die Turmglocke schlägt. Einmal, noch einmal. Die Töne vibrieren in der Frühlingsluft, verhallen über dem Fluss.

Morgens halb zehn in Deutschland, denkt Anton und überlegt, aus welchem Werbespot der Spruch stammt.

»Komm jetzt«, sagt er.

Lauter jetzt. Ungeduldig.

Sie müssen das Haus säubern. Staub wischen, die Rollläden öffnen, die Tücher von den Möbeln nehmen. Es gibt eine Menge zu tun in einem Haus, das über zwei Jahre leer gestanden hat.

Im Garten auch, denkt Anton im Bewusstsein seiner Verantwortung. Er ist jetzt volljährig. Bestimmt jetzt über sein eigenes Leben. Und über das von Boris. Keine Sekunde hat Anton daran gedacht, Boris im Heim zu lassen, sie sind Brüder, es ist seine Pflicht, sich um ihn zu kümmern. Jetzt ist er sein Vormund, er wird auf ihn aufpassen, bis er achtzehn ist.

Boris hat die Tasche aufgehoben und kommt langsam herbei, den Blick zu Boden gerichtet, das Gewicht der Tasche zieht seinen Oberkörper nach rechts. Fast unmerklich zieht er ein Bein nach, das Hinken ist so gut wie verschwunden. Wortlos will er an Anton vorbeischlurfen, dieser hält ihn auf.

»Alles okay?«

»Klar.«

Das Haar hängt Boris bis zum Kinn, er wirft es mit einer knappen, mittlerweile oft ausgeführten Kopfbewegung aus dem Gesicht. Sein Lächeln wirkt unsicher.

»Wir kriegen das hin«, sagt Anton.

»Klar«, wiederholt Boris.

Anton gibt ihm einen kumpelhaften Klaps auf die Schulter, lässt ihm mit einem aufmunternden Grinsen den Vortritt. Beobachtet, wie Boris im Dunkel des Hauses verschwindet. Hört, wie die schwere Tasche mit einem dumpfen Knall im Wohnzimmer abgestellt wird, und denkt daran, dass sie jetzt allein sind. Sie werden zurechtkommen, davon ist Anton überzeugt. Eine Sache allerdings gibt es, und beim Gedanken daran entfährt ein tiefer Seufzer seiner schmalen Brust.

Der Abschiedsbrief ihres Vaters. Der Befund. Die Nachricht von dem Gift, dass in ihrer Familie existiert, weitergegeben von einer Generation zur nächsten. Dass dies nicht unbedingt zwangsläufig geschieht, macht die Sache noch schlimmer.

Du musst es ihm sagen, wenn er alt genug ist.

Du hättest mir mitteilen müssen, denkt Anton und spürt die alte Wut auf seinen Vater aufsteigen, wann genau man alt genug ist. Ich selbst bin's nämlich immer noch nicht. Ich habe keine Ahnung, wie ich damit umgehen soll. Woher soll ich denn wissen, was ich Boris raten soll? Das muss ich nämlich, ich kann's ihm ja schließlich nicht einfach nur sagen.

»Wir lüften erst mal richtig durch!«, ruft er. »Danach bestell ich uns Pizza!«

Anton Braeker klingt entspannt und locker. Ein wenig *zu* locker.

Drinnen knarren Schritte auf der Treppe, Boris geht hinauf in sein Zimmer. Anton bleibt noch einen Moment in der Tür stehen, schließt die Augen. Spürt die Wärme der Sonne im Gesicht. Denkt daran, wie unfair das alles ist. Wie sehr er Boris manchmal hasst. Seine Arroganz. Sein Aussehen. Seine Wirkung auf Mädchen. Seine Ahnungslosigkeit.

Wenn du wüsstest, denkt Anton Braeker. Wenn du nur wüsstest.

Dann folgt er seinem kleinen Bruder.

Die schwere Haustür fällt hinter ihm ins Schloss.

Bumm.

Einundzwanzig

Jetzt.

Als Claudius Zorn an diesem spätherbstlichen Tag nach Feierabend seinen Volvo Richtung Innenstadt steuerte, fühlte er sich, als habe er einen Marathonlauf über eine dünne Eisdecke absolviert. Sein Kopf dröhnte, der Rücken schmerzte, das Nachdenken, die Anspannung hatten ihn geradezu körperlich erschöpft. Noch immer hatte Zorn nicht den Hauch einer Ahnung, was er denken oder fühlen, geschweige denn, wie er sich verhalten sollte.

Cornelius, sein Bruder, stand auf der Fahndungsliste. Immer und immer wieder musste Zorn sich diese Tatsache ins Gedächtnis rufen. Jedes Mal, wenn er sein gemartertes Hirn damit konfrontierte, schwankte seine Reaktion zwischen Entsetzen, Wut und ungläubigem Kopfschütteln.

Im Moment war Letzteres der Fall. Das ist ein Missverständnis, redete Zorn sich ein, Cornelius ist ja erst seit ein paar Stunden weg. Er ahnt nicht, dass wir ihn suchen, wer weiß, wo er sich rumtreibt. Er wird bald auftauchen, dann wird sich alles aufklären. All diese Indizien, diese Hinweise.

Das Telefonat. Die Lederjacke. Der Schlüssel.

Aber wie?

Warum um alles in der Welt hat er den Schlüssel zur Wohnung des Toten?, fragte sich Zorn und bremste an einer Ampel. Warum haben sie telefoniert? Was hat es mit dieser dämlichen Jacke auf sich? War Cornelius tatsächlich mit Boris Braeker essen? Woher kannten die sich überhaupt?

Die Ampel sprang auf grün. Zorn gab Gas und bog nach rechts auf eine vierspurige Ausfallstraße in Richtung Norden.

Was Schröder betraf, hatten sie den Rest des Tages mehr oder weniger schweigend verbracht. Natürlich hatte Zorn mitbekommen, wie Schröder einen Beamten mit der Lederjacke und einem Foto von Cornelius in die Gaststätte geschickt hatte, in der Boris Braeker mit einer zweiten Person am Abend seiner Ermordung gegessen hatte – ergebnislos, wie der Beamte wenig später telefonisch mitteilte, noch immer konnte sich das Personal der *Pferderouladenkaschemme* (wie Zorn die Kneipe mittlerweile getauft hatte) an kein Gesicht erinnern, bei der Jacke allerdings war man unsicher gewesen. Möglich, hatte es geheißen.

Schröder hatte mit dem Labor telefoniert, die Fahndung überwacht, hatte seine Arbeit getan, ohne sich mit Zorn zu besprechen. Andererseits hatte er auch keinen Versuch unternommen, etwas vor Zorn zu verbergen. Er war höflich gewesen wie immer, über den Fall an sich hatte er kein Wort verloren. Zorn hatte keine Ahnung, ob er Cornelius für schuldig hielt oder nicht.

Der Volvo fuhr parallel zum Bahnhofsgelände, vorbei an leerstehenden, mit Graffiti besprühten S-Bahn-Zügen. Die schmutzigen Backsteinmauern der alten Verwaltungsgebäude zogen vorbei, leere Fensteröffnungen klafften in den verdreckten Fassaden wie ausgeschlagene Zähne. Zorn näherte sich der Brücke am Wasserturm, in der Kurve ragte eine würfelförmige Werbetafel, groß wie ein Einfamilienhaus, in die Dämmerung. Die Straße führte direkt auf die riesigen, plump animierten Graphiken auf der monströsen LED-Wand zu, Zorn schaltete zurück in den dritten Gang, lauschte dem protestierenden Kreischen des Getriebes und sah plötzlich eine grelle, meterhohe Aufschrift direkt über sich aufflackern – offensichtlich nicht ganz ausgereift, einige Buchstaben fehlten.

JETZT DURC STAR EN IN EI E NEUE DIMEN ION

Claudius Zorn schloss geblendet die Augen, und während der Volvo mit unverminderter Geschwindigkeit über die Brücke fuhr, fragte sich Zorn, ob es sich um einen Werbespruch der städtischen

Müllabfuhr oder der Zeugen Jehovas handelte, kam allerdings zu keinem Ergebnis. Als er die Augen wieder öffnete, brannte die Schrift noch immer auf seiner Netzhaut. Er zwinkerte, überlegte, ob es sich womöglich um einen ausländischen Werbeträger (womöglich einen tschechischen Telefonanbieter) handelte, bemerkte die plötzlich aufflackernden Lichter zwischen den noch immer in seinem Blickfeld flimmernden Buchstaben und tat etwas äußerst Seltenes: Hauptkommissar Zorn traf instinktiv die richtige Entscheidung, indem er mit voller Kraft auf die Bremse trat, noch bevor sein ohnehin schon überfordertes Hirn registrierte, dass es sich diesmal nicht um eine weitere, ungelenk animierte Graphik, sondern um die Bremslichter eines Lkws handelte.

Der Volvo kam ins Schlingern, Zorn riss das Lenkrad in die Gegenrichtung und kam schließlich schräg hinter dem Laster zum Stehen, die Stoßstangen nur Zentimeter voneinander entfernt.

Ein paar Sekunden stierte er ins Leere, schließlich wurde sein Blick klar, er sah das aufragende Heck des Lasters direkt vor seiner verschmutzten Frontscheibe, das linke Bremslicht flackerte, das rote Plastik war an der Ecke gesplittert. Daneben prangte ein Aufkleber auf der Stoßstange, diesmal hatte Zorn keine Mühe, die Schrift zu entziffern.

ALLES SCHLAMPEN AUSSER MUTTI

Zorn spürte, wie ihm unter der Lederjacke der Schweiß an den Achseln hinabbrann. Zunächst registrierte er, dass er direkt am Wasserturm an einer roten Ampel stand. Dann bemerkte er den einsetzenden Regen. Im Rückspiegel leuchteten die Lichter der Werbetafel, spiegelten sich im feuchten Asphalt.

Zorn umklammerte das Lenkrad, wartete auf die Wut auf den Idioten in der Stadtverwaltung, diesen Blödmann, der die Genehmigung für dieses blinkende Ungetüm direkt an einer Schnellstraße erteilt hatte, doch sosehr er auch in sich hineinlauschte, da war nichts. Nicht mal ein müdes Aufflackern.

Nur Ruhe.

Vor ihm erbebte der Lkw. Krachend wurde ein Gang eingelegt, mit einem Zischen lösten sich die hydraulischen Bremsen. Zorn straffte sich, wieder fiel sein Blick auf den Aufkleber auf der Stoßstange, er las, ohne den Inhalt zu registrieren. Nur das letzte Wort:

MUTTI

Es erzeugte ein leises, unangenehmes Echo in seinem Kopf.

Cornelius war verdächtig, die Polizei musste sein Umfeld durchleuchten. Was die Familie betraf, war dieses Umfeld ziemlich klein, es gab nur ihn, Claudius. Und Renate, ihre Mutter. Die Kreise, sie würden sich weiter ziehen, es war nur eine Frage der Zeit, bis man sie befragen würde, und dann musste er, Claudius, ihr gegenübertreten. Sie würde Erklärungen verlangen. Fragen stellen, die er beantworten musste. Entweder als Polizist oder als Bruder, beides war gleichermaßen unangenehm.

Der Laster hustete eine Dieselwolke aus, setzte sich rumpelnd in Bewegung. Zorn legte den Gang ein, ignorierte das Ächzen der Stoßdämpfer, mit dem der Volvo über die Straßenbahnschienen holperte, überquerte die Gegenfahrbahn und fuhr in eine der schmalen Straßen, die sternförmig hinab zur Kirche auf dem Hasenberg führten. Der Regen wurde stärker, er schaltete die Scheibenwischer ein. Langsam näherte er sich dem Kreisverkehr, wie immer um diese Zeit standen die Autos Stoßstange an Stoßstange. Zorn machte sich nicht die Mühe, nach einem Parkplatz zu suchen, er lenkte den Volvo auf den Bürgersteig, und als er ausstieg, schloss er weder den Wagen ab, noch griff er nach der üblichen Zigarette. Eilig strebte er auf eine der Gründerzeitvillen zu, dachte nicht an seine Mutter, nicht an Cornelius, auch nicht an die Fische, die vor ein paar Jahren hier vom Himmel gefallen waren und den Platz um die Kirche in ein blitzendes Meer zuckender Leiber verwandelt hatten.

Der Bürgersteig war glatt. Laub überzog das nasse Kopfsteinpflaster mit einer schlüpfrigen Schicht. Zorn stolperte, stützte sich an einem Papierkorb ab, die letzten Meter rannte er fast. Als

179

er schließlich den Klingelknopf über dem Messingschild drückte, ging sein Atem schwer.

Der Summer ertönte. Im selben Moment erwachten die Laternen rings um den Platz flackernd zum Leben.

*

Anton Braeker stand am Küchenfenster und sah hinaus in die Dämmerung. Gegenüber strahlte die Kirche im Licht der versteckten Scheinwerfer, reflektiert von den Windschutzscheiben der gepflegten Mittelklassewagen am Straßenrand. Ein Windstoß fegte vorbei. Weitere folgten, rissen das letzte Laub von den Bäumen, Blätter tanzten über das uralte Kopfsteinpflaster, das Gartentor schwang in den eisernen Angeln.

All dies sah Anton Braeker, doch er registrierte es nicht. Der kurze Plattenweg, der vom Hauseingang über das schmale Rasenstück zum Tor führte, musste gefegt werden, Laub türmte sich zwischen den Mülltonnen, hatte sich in der Hecke verfangen. Der Briefkasten quoll über, musste dringend geleert werden. Unordnung machte sich breit auf dem Grundstück hoch oben auf dem Felsen, etwas, das Anton Braeker zuwider war. Normalerweise hätte er sich umgehend darum gekümmert, doch er tat es nicht. Seine Gedanken waren woanders.

Der kleine Kommissar mit den intensiv blauen Augen war vor Stunden gegangen. Dieses zweite Gespräch hatte nicht lange gedauert, die Fragen waren präzise gewesen, ohne höfliche Umschweife, obwohl der Polizist ebenso freundlich gewesen war wie bei seinem ersten Besuch.

Anton hatte diese Fragen beantwortet, ebenso knapp, wie sie vorgetragen wurden. Einige davon hatte der Kommissar schon einmal gestellt gehabt. Wann genau Anton Boris zuletzt gesehen habe, ob er tatsächlich nicht gewusst habe, dass sein Bruder wieder in der Stadt sei, ob es womöglich andere Menschen gäbe, mit denen Boris im Ausland oder nach seiner Rückkehr Kontakt gehabt haben könnte. Geduldig hatte Anton wiederholt, dass er leider nicht helfen könne, der Polizist hatte genickt, ohne zu zeigen, ob er Anton glaube oder nicht.

Ob sie denn neue Erkenntnisse hätten, hatte Anton dann gefragt, eine Erklärung, wer diesen furchtbaren Mord begangen habe. Es gäbe Hinweise, hatte der Kommissar ausweichend erwidert, dann hatte er Anton das Foto gezeigt und gefragt, ob er diesen Mann kenne.

Anton hatte das Bild sehr genau betrachtet und dabei die Augen des Kommissars auf sich gespürt, hellblaue Eiskristalle, die in seltsamem Kontrast zur weichen Stimme des kleinen Mannes standen.

Zunächst hatte Anton verneint. Doch, hatte er sich dann korrigiert, das Gesicht käme ihm bekannt vor, er habe es womöglich einmal in der Zeitung gesehen, vielleicht auch im Fernsehen, sicher sei er nicht. Der Kommissar hatte den Namen des Mannes genannt, ein bekannter Architekt mit Verbindungen in die höchsten Kreise der Stadt. Das, hatte Anton erwidert, sei wohl der Grund, warum ihm der Mann bekannt vorkäme, vielleicht sei er ihm sogar schon einmal begegnet, auf einem Empfang womöglich. Persönlich allerdings kenne er ihn nicht.

Draußen knatterte ein Moped vorbei. Ein Windstoß fegte gegen das Haus, das Fenster klapperte. Fröstelnd zog Anton die Schultern hoch, raffte die Strickjacke vor der Brust und wandte sich um. Er lief zum Herd, um Tee aufzusetzen, und während das Wasser in den Teekessel rauschte, dachte er an die letzten Worte des Kommissars.

Ob er sicher sei, hatte er gefragt, es gäbe eindeutig eine Verbindung zwischen Boris und diesem Mann. Antons Frage, ob es sich um den Mörder seines Bruders handle, war ignoriert worden, stattdessen hatte der Polizist ihn gebeten, sich das Foto noch einmal genau anzuschauen.

Nein, hatte Anton gesagt. Er kenne diesen Mann nicht.

Ob er sicher sei, hatte der Polizist wiederholt.

Ganz sicher, hatte Anton genickt.

Der Hahn quietschte, Anton drehte das Wasser ab. Stellte den Kessel auf die Flamme und stellte zum wiederholten Mal fest, dass der Wasserhahn dringend ausgewechselt werden musste. Nahm die Porzellankanne aus dem Schrank, und als das Wasser zu brodeln begann, dachte er daran, wie er dem Kommissar das Foto mit einem bedauernden Kopfschütteln zurückgegeben hatte und der Bemerkung, er habe nie in seinem Leben mit diesem Mann zu tun gehabt.

Und noch etwas dachte Anton Braeker.

Er hatte gelogen.

Zweiundzwanzig

Zeit, das wusste Claudius Zorn, ist dehnbar. Als Kind hatte er oft
vor der großen Standuhr im Wohnzimmer seiner Eltern gestanden, dem monotonen Ticken gelauscht und sich gefragt, warum
sie mal schneller, mal langsamer verging. Später hatte er festgestellt, dass es an der subjektiven Wahrnehmung lag, nicht umsonst
hieß es, dass die Zeit wie im Fluge vergeht, allerdings nur – und das
fand auch der erwachsene Claudius Zorn äußerst unfair –, während der schönen Momente. Zorn hatte diese Tatsache als Bestandteil der menschlichen Natur akzeptiert. Auch mit dem
Gegenteil hatte er sich abgefunden, den Situationen nämlich, in
denen sich Sekunden zu Ewigkeiten dehnen, allerdings nur in
Zeiten des Unglücks und das, fand Zorn, war *noch* ungerechter.
Er kannte das Unglück in allen denkbaren Variationen, sein
Leben schien ausschließlich aus einer Aneinanderreihung manchmal trauriger, oft schmerzhafter, meist äußerst peinlicher Momente zu bestehen. Zorn war kein gläubiger Mensch, doch ab
und an fragte er sich, warum der liebe Gott es nicht einfach um-
gekehrt eingerichtet hatte. Wenn er das Unglück schon zuließ,
konnte er doch dafür sorgen, dass es wenigstens schnell vorbei
war. Mit dem Glück ging's doch auch. Die Frage nach der Exis-
tenz Gottes stellte sich Claudius Zorn schon lange nicht mehr,
doch *falls* es ihn gab, würde er ihm eines Tages gegenübertreten.
Wann genau das geschehen würde, lag nicht in Zorns Hand, trotzdem hatte er sich fest vorgenommen, ein ernsthaftes Wörtchen
mit dem feinen Herrn dort oben zu wechseln.

Zorn kniete im Flur, das Gesicht im Haar seines Sohnes vergraben. Edgar war ihm entgegengekommen, er war ihm regelrecht in die Arme geflogen, und jetzt, da Zorn am Boden hockte,

den Duft des Kindes in seinen Armen roch – Puder, Kaugummi und frische Wäsche –, kam ihm ein neuer Gedanke. Manchmal war es egal, ob die Zeit schnell oder langsam verging. Es gab Momente, in denen sie unwichtig wurde. Momente wie diesen, in denen man die Zeit vergisst. Vielleicht stand sie auch still? Aber auch das war egal, entschied Zorn, wiegte seinen Sohn sanft hin und her, spürte seinen Herzschlag.

»Papa«, murmelte Edgar.

Zwei Silben. Nichts war wichtiger.

»Du kommst spät, Claudius.«

Malina lehnte in der Tür zum Wohnzimmer, die Arme vor der Brust verschränkt. Ihre Worte hatten nicht vorwurfsvoll geklungen, eher wie eine nüchterne Feststellung.

»Ja«, nickte Zorn. »Tut mir leid.«

Er wollte sich aufrichten, Edgar klammerte sich schweigend an seinen Hals. Prustend stemmte sich Zorn in die Höhe, streckte die Arme und hielt seinen Sohn ein Stück von sich.

»Echt jetzt, Kumpel.« Er schüttelte vorwurfsvoll den Kopf, seufzte übertrieben. »Du wirst immer schwerer. Bist du schon wieder gewachsen?«

Edgar kiekste vergnügt, strampelte mit den Beinen und langte nach Zorns Brille.

»Hol deine Schuhe.« Zorn stellte ihn auf den Boden. »Wir müssen los.«

Edgar tippelte zur Garderobe, dann fiel ihm etwas ein.

»Ögi?«, fragte er.

»Der muss arbeiten«, sagte Zorn. »Aber wir sehen ihn bald.«

»Bald«, wiederholte Edgar. »Ögi.«

Beim Gedanken an Schröder hellte sich sein kleines Gesicht auf. Die Schuhe waren vergessen, er klatschte in die Hände, lief an Malina vorbei in sein Zimmer, wo er sich umgehend seinem Spielzeug widmete.

»Habt ihr Stress?«, fragte Malina.

184

»Kann man so sagen.«

Sie sah ihn an, wartete, dass er fortfuhr. Zorn überlegte einen Moment und stellte fest, dass er keine Lust hatte, über seinen Bruder zu reden, es würde ewig dauern, bis er ihr erklärt hatte, was geschehen war. Er beschloss, es auf morgen zu verschieben, dann würde sie das meiste sowieso in der Zeitung gelesen haben.

»Ich erzähl's dir später, Malina.«

Zorn ging zu ihr, gab ihr einen Kuss auf die Wange. Eine selbstverständliche, ungezwungene Geste. Was auch immer zwischen ihnen gewesen war, es war nicht vorbei. Sicherlich, das *Körperliche* (Zorn fand kein anderes Wort dafür) hatte keine Bedeutung mehr, doch die Verbindung war noch da, auf einer anderen, tieferen Ebene. Das lag natürlich an Edgar, er schweißte sie zusammen, doch da war noch mehr. Was genau, konnte Zorn ebenfalls nicht erklären. Liebe. Zuneigung. Freundschaft. Nichts davon traf es wirklich. Es war eben anders, hatte Zorn irgendwann entschieden, und obwohl weder er noch Malina darüber sprachen, wussten beide, was sie einander bedeuteten.

»Kommst du kurz rein?«

Sie deutete hinter sich ins Wohnzimmer. Leise Jazzmusik drang durch die angelehnte Tür, mischte sich mit Edgars heller Stimme, der nebenan aufgeregt auf seine Playmobilfiguren einplapperte.

»Nee«, sagte Zorn, »ich will eigentlich gleich …«

»Nur kurz«, unterbrach sie.

Sie klang wie immer. Doch in ihrem Blick lag etwas anderes. Eine gewisse Unsicherheit.

»Okay«, nickte Zorn.

Sie ging voraus. Er hörte, wie sie auf dem Sofa Platz nahm, Leder knarrte. Gläser klirrten, dann schien sie etwas zu sagen. Was genau, konnte Zorn nicht verstehen, ihre Stimme ging in den wilden Tönen unter, die ein offensichtlich wahnsinniger Gitarrist in atemberaubender Geschwindigkeit seinem Instrument entlockte.

»Aber nur wenn du die Musik ausmachst!«, rief Zorn ihr nach und streifte die Schuhe von den Füßen. »Ich kann mit dem Kram nix anfangen, wahrscheinlich bin ich zu blöd, aber für mich klingt das wie 'n Schimpanse auf Speed!«

Er hängte die Jacke an die Garderobe, warf einen kurzen Blick ins Kinderzimmer. Edgar saß auf dem Boden, offensichtlich hatte er das Interesse an seinen Playmobilfiguren verloren, er redete jetzt mit einem Legostein.

Im Wohnzimmer verstummte die Musik.

»Danke«, nickte Zorn. Seine Jacke war zu Boden gefallen, er bückte sich, hängte sie wieder auf, ohne seinen Redefluss zu unterbrechen. »Ich hab wirklich versucht, dieses Zeugs zu verstehen, das weißt du, Malina. Es hat nicht geklappt, aber immerhin hab ich's halbwegs gesund überstanden. Wir müssen an Edgar denken«, er senkte die Stimme, kam ins Wohnzimmer, »wer weiß, ob der Junge womöglich Schaden nimmt, vielleicht …«

Zorn verstummte.

Malina hatte die Wohnung vor anderthalb Jahren bezogen. Zorn kam regelmäßig her, meist allerdings nur kurz, um Edgar zu holen. Manchmal blieb er etwas länger, dann saßen sie auf dem Sofa, redeten ein wenig, tranken Wein. Er kannte ihr Wohnzimmer, und auf den ersten Blick erschien es unverändert. Die Grünpflanzen in den Fenstern standen dort, wo sie zuletzt gestanden hatten. Auch das Ikearegal war noch da, rechts neben der Tür, vollgestopft mit Büchern, oben drauf die kleine Stereoanlage. Daneben der Hocker mit dem alten Röhrenfernseher. Die wackelige Stehlampe mit den albernen Fransen stand unverändert in der Ecke, etwas schief, so, wie Zorn es in Erinnerung hatte. Die geflochtenen Bastmatten auf den abgeschliffenen Dielen, das gerahmte Buster-Keaton-Poster, alles an seinem Platz.

Auch das Sofa. Links lag das rote Samtkissen mit den Konterfeis von Ernie und Bert, rechts die gelbe Tagesdecke, ordentlich

186

gefaltet wie immer. Dazwischen saß Malina, die Hände im Schoß, etwas steifer als sonst zwar, trotzdem da, wo sie hingehörte.

Eigentlich alles wie gewohnt. Abgesehen von der Tatsache, dass etwas hinzugekommen war. Wobei es sich nicht um ein Möbelstück handelte, der Grund, warum Claudius Zorn wie ein hypnotisiertes Eichhörnchen in der Tür verharrte, war ein anderer. Kein neuer Schrank.

»Das ist Rufus«, sagte Malina.

Auch kein neuer Sessel.

»Es wird Zeit, dass ihr euch kennenlernt.«

Ein Mann. Ebenfalls neu.

Und jung, wie Zorn zunächst feststellte. Mindestens zehn, fünfzehn Jahre jünger als er, höchstens dreißig also. Jeans, weißes, kurzärmeliges T-Shirt, darunter ein offensichtlich guttrainierter Oberkörper. Kräftige Arme. Volles, dunkles Haar, kurzgeschnittener Vollbart. Intensive, grün schimmernde Augen unter dichten Brauen.

Zorn stand in der Tür, die Klinke in der Hand. Spürte das Messing, feucht vom Schweiß seiner Haut und wusste nicht, was er sagen sollte. Die ersten Worte waren wichtig. Etwas Unverfängliches. Nicht zu nett, nicht zu abweisend.

»Hallo, Rufus.«

Zorn suchte nach Ähnlichkeiten zwischen sich und dem jungen Mann dort neben Malina auf der Couch, fand keine. Nun ja, eine Sache war da vielleicht.

Rufus, dachte Claudius Zorn. Der arme Kerl. Sie hat offensichtlich ein Faible für Männer mit dämlichen Vornamen.

Der junge Mann nickte ihm zu, er schien weder verlegen, noch machte er den Eindruck, dass Zorn ihn einschüchterte. Malina saß neben ihm, den Blick aufmerksam auf Zorn gerichtet, ihre Finger tasteten über Rufus' Oberschenkel, schlossen sich um seine Hand. Aus dem Kinderzimmer erklang ein langgezogenes Heulen.

HUIIIEEEHUIIIEEEHUIIIEEEE!

Edgar war jetzt offensichtlich mit seiner Feuerwehr beschäftigt.

»Ja«, sagte Zorn, »dann, äh …«

»Ich zieh ihn mal an.«

Malina stemmte sich hoch. Als sie an Zorn vorbeiging, streifte ihn der Saum ihres Kleides. Zorn hörte, wie sie im Flur Edgars Sachen zusammensuchte, lehnte sich gegen den Türrahmen und verschränkte die Arme vor der Brust, in der Hoffnung, einen halbwegs entspannten Eindruck zu machen.

»Du bist also ihr … Freund.«

»Ja.«

»Was machst du so?«

»Sitzen.« Rufus lehnte sich zurück, breitete die Arme auf der Lehne aus. »Und«, er deutete auf das Glas auf dem Tisch, »Wein trinken.«

»Und was«, fragte Zorn, »machst du sonst? Wenn du keinen Wein trinkst?«

»Beruflich?«

Zorn nickte.

»Ich bin Kinderarzt.«

Angeber, dachte Zorn im ersten Moment. Im zweiten wurde ihm bewusst, dass das Schwachsinn war. Der alte *Zornsche* Reflex auf alles, was auch nur entfernt mit einer akademischen Ausbildung zu tun hatte.

Rufus nahm die Arme von der Sofalehne, stützte die Ellbogen auf den Knien ab und betrachtete ihn aufmerksam.

»Mir geht das genauso auf die Nerven wie dir«, sagte er. »Und ich werde nicht versuchen, hier den netten Kerl zu spielen, nur damit du beruhigt bist.«

Er hatte die Stimme gesenkt, damit Malina ihn im Flur nicht hörte. Zorn war noch immer nicht sicher, was er von ihm halten sollte.

»Ich hasse Smalltalk«, sagte Rufus.

Noch etwas, das sie gemeinsam hatten. Neben ihren hirnrissigen Vornamen.

Die Tür wurde aufgestoßen, Edgar stürmte herein. Die Jacke hatte er bereits angezogen, der linke Fuß steckte halb in einem roten Gummistiefel. Malina folgte ihm, den anderen Schuh in der Hand. Sofort änderte sich die Stimmung im Raum, die Anspannung verschwand, als wäre ein Schalter umgelegt worden. Zorn nahm Malina den Stiefel aus der Hand, schnappte sich seinen zappelnden Sohn und zog ihn an.

»Er muss in die Badewanne«, sagte Malina.

»Echt?« Zorn rieb die Nase am Hals seines kichernden Sohnes. »Tatsächlich«, schnüffelte er, »er riecht wie ein Wallach.«

»Wallach?«, fragte Edgar.

»Ein Pferd«, erklärte Zorn ernst.

»Hü!«, schrie Edgar, machte sich los und hoppelte um den Tisch. »Galopp!«

»Gib deiner Mama einen Kuss«, sagte Zorn.

Er richtete sich auf, sein linkes Knie reagierte mit einem empörten Knacken. Edgar sprang Malina in die Arme, küsste sie auf die Nase und flitzte zur Tür. Zorn setzte zu einer knappen Verabschiedung an, stockte jedoch, als Edgar plötzlich kehrtmachte. Mit wachsender Verwunderung beobachtete Zorn, wie sein Sohn mit erhobener Hand zum Sofa lief, wo Rufus ebenfalls die Hand gehoben hatte und den Kleinen grinsend abklatschte.

»Tschüss!«, rief Edgar. »Rufus!«

»Mach's gut, mein Großer.«

Zorns anfängliche Verwunderung wich einer sprachlosen Verblüffung, als Rufus Edgars Gesicht in die Hände nahm, seine Stirn an die des Kleinen legte und ihre Nasen aneinanderrieb, eine Geste, die absolut selbstverständlich erschien. Rufus flüsterte Edgar etwas ins Ohr, gab ihm einen Klaps auf den Po zum Zeichen, dass er zu Zorn solle.

Das tat Edgar. Und während sich seine kleinen Finger um den Daumen seines Vaters schlossen, stellte dieser innerhalb kürzester Zeit drei Dinge fest.

Sie kennen sich gut, dachte Zorn. Wahrscheinlich schon seit einer ganzen Weile. Edgar mag ihn.

Das waren die ersten beiden Punkte, doch der dritte war mit Abstand am wichtigsten. Rufus hatte sich nur kurz von Edgar verabschiedet, doch die Art, wie er es getan hatte, war besonders gewesen. Ohne Hintergedanken, Rufus hatte weder Zorn noch Malina gefallen wollen. Auch er mochte den Kleinen. Und diese Zuneigung kam von Herzen, nichts war gespielt. Selbst Zorn, der normalerweise kein Auge für solche kleinen, zwischenmenschlichen Dinge hatte, im Falle seines Sohnes allerdings wachsam wie ein nervöser Schießhund war, hatte dies festgestellt.

»Papa?«

Zorn kehrte in die Realität zurück, registrierte, dass seine Kinnlade noch immer heruntergeklappt war, schloss den Mund und sah hinab zu Edgar, der ungeduldig an seinem Finger zerrte.

Na gut, dachte Zorn. Er ist mein Sohn. Kein Wunder, dass ihn alle lieben.

»Dann los.«

Er schob Edgar in Richtung Tür. Malina trat zur Seite, um ihnen Platz zu machen. Zorn registrierte ihren Blick, ein unmerkliches Blinzeln in Richtung Sofa. Er kannte sie lange genug, um zu wissen, was diese wortlose Aufforderung bedeutete.

Sag was, Claudius. Was Nettes.

Zorn, der mit dem Rücken zum Zimmer stand, verdrehte stumm die Augen.

Muss das sein?

Malinas Augen verengten sich.

Allerdings, Freundchen.

Er seufzte. Wandte sich gehorsam um.

»Na dann …«, er räusperte sich. »Schönen Abend noch, Rufus.«

Rufus hatte sein Weinglas in der Hand, prostete ihm zu.

»Tschüss.« Ein kleines Lächeln. »Claudius.«

Zorn überlegte, ob er das Lächeln erwidern sollte. Hörte, wie Edgar draußen nach ihm rief. Beschloss, dass es für ein Lächeln noch eindeutig zu früh war, entschied sich für ein knappes Nicken und ging.

Dreiundzwanzig

»Miststück.«

Schröder stieß sich von der Schreibtischkante ab, der Bürostuhl rollte nach hinten und stieß mit einem Poltern gegen die Wand. Stirnrunzelnd lehnte er sich zurück und betrachtete den Grund seines ungewöhnlichen Ausbruches, einen Computer. Genauer gesagt den iMac, der in der Wohnung des ermordeten Boris Braeker sichergestellt worden war und dessen schwarzes Retinadisplay ihm stumm entgegenschimmerte.

Es war kurz nach Mittag gewesen, Schröder war gerade von seinem Besuch von Anton Braeker zurückgekehrt und damit beschäftigt gewesen, sich Notizen über dieses zweite Gespräch zu machen, als sein Dienstapparat klingelte. Ein völlig entnervter Kriminaltechniker hatte angerufen und erklärt, dass er am Ende mit seinem Latein sei, drei Tage habe er versucht, diese dämliche Kiste zum Laufen zu bringen. Er habe schon viel in seinem Leben gesehen, aber die Art, wie dieses Teil geschützt sei, übersteige seinen Verstand. Es folgte eine wütende, mit diversen Flüchen unterlegte Tirade über unlogische Quellcodes, Algorithmen, die keinerlei Sinn ergäben, und gekapselte Daten. Nach und nach hatte sich der Techniker in Rage geredet, man könne ihn gerne für unfähig halten, das sei ihm schnurzegal, er habe die Schnauze so was von gestrichen voll, wahrscheinlich sei eh nur unwichtiges Zeug auf der Festplatte, sollten sich doch die Pfeifen vom BKA darum kümmern, die hätten sowieso immer die große Fresse, sollten die doch mal zeigen, was sie draufhätten, für ihn sei Schluss, aus, Ende Gelände. Der Herr Hauptkommissar könne das Ding auch gerne bei ihm abholen, hatte er mit einem saftigen Fluch hinzugefügt, aber gefälligst schnell, er sei nämlich kurz davor, dieses Miststück von Rechner aus dem Fenster zu schmeißen, samt Netzkabel übrigens, und mit einer letzten Verwünschung, in die er Gott, die Welt und zu guter Letzt seinen kotzdämlichen Scheißjob einschloss, hatte er aufgelegt, bevor Schröder etwas erwidern konnte.

Fünfzehn Minuten später hatte der Mac bei Schröder im Büro gestanden. Jetzt, vier Stunden später, stand er immer noch da. Ein kühles, elegantes Stück Plastik, mehr nicht. Schröder war nicht unbedingt das, was man als *Nerd* bezeichnen würde –, das hätte bedeutet, dass sich sein Wissen auf den Umgang mit Computern beschränkte, was definitiv nicht seinen Fähigkeiten entsprach. Was allerdings abstraktes Denkvermögen und mathematische Intelligenz betraf, brauchte er sich vor keinem Programmierer zu verstecken.

»Frechheit«, brummte Schröder.

Er geriet selten in Wallung, und wenn, ließ er es sich nicht anmerken. Jetzt, allein mit Boris Braekers Computer, ließ er seinem Groll freien Lauf, frustriert nach stundenlangen, ergebnislosen Versuchen. Ähnlich wie der erboste Kriminaltechniker (der übrigens ein erfahrener, hervorragender Spezialist war) nahm er dieses Scheitern persönlich. Ein Reflex, vor dem selbst ein außergewöhnlicher Mensch wie Schröder nicht gefeit war.

Sein Verstand arbeitete auf Hochtouren. Nachdenklich kaute er auf der Innenseite seiner Wange, starrte auf den dunklen Bildschirm, als wolle er den Mac hypnotisieren. Schließlich beugte er sich vor, streckte den Zeigefinger aus.

»Ich krieg dich. Wenn nicht heute, dann morgen, ich …«

Ein Klopfen drang ins Büro, die Tür wurde geöffnet. Schröder richtete sich auf, registrierte zunächst, dass die Dämmerung angebrochen war. Dann wandte er sich an die Gestalt in der Tür.

»Würden Sie bitte das Licht anmachen?«

Die Neonröhre flackerte auf.

»Man hat mir gesagt, dass ich Sie hier finde.«

Cyrill Heinlein schien unsicher, ob er nähertreten sollte. Schröder blinzelte kurz, dann stemmte er sich aus dem Sessel, bat Heinlein mit einer Handbewegung herein und schloss die Tür hinter ihm. Wortlos ging er an Heinlein vorbei und lehnte sich abwartend an die Schreibtischkante.

»Ich möchte eine Aussage machen.«

Die Gesichtszüge des Assistenten waren maskenhaft wie immer. Seine farblosen Augen allerdings irrten umher, die Finger spielten nervös mit den Knöpfen an den Aufschlägen des dunklen Wollmantels.

»Ich … ich habe nachgedacht.«

»Das ist fein, Herr Heinlein.«

»Ich habe einen Fehler gemacht. Die Tatsache, dass ich sowohl meiner Firma als auch meinem Vorgesetzten zur Loyalität verpflichtet bin, sollte mich entlasten. Trotzdem möchte ich mich nicht in Schwierigkeiten bringen. So, wie sich die Dinge entwickeln …«

»Kommen Sie bitte zur Sache, Herr Heinlein.«

»Natürlich.«

Heinlein nestelte am Mantelkragen, lockerte den Schlips.

»Es geht um eine Aussage, die ich bereits gemacht habe.«

Schröder hob stumm die Augenbrauen.

»Ihrem Kollegen gegenüber, dem Bruder meines Chefs. Wobei ich anmerken muss, dass mir zu diesem Zeitpunkt nicht klar war, dass es sich um eine polizeiliche Ermittlung handelt. Die Information, die ich Ihrem Kollegen an diesem Abend gegeben habe, war Bestandteil eines persönlichen Gesprächs und wurde nicht im Rahmen einer offiziellen Vernehmung erteilt, womit die strafrechtliche Relevanz …«

»Was das betrifft«, unterbrach Schröder freundlich, »dürfen Sie die Entscheidung über den genauen Terminus getrost meiner Person überlassen.«

Heinlein nickte steif.

»Trotzdem möchte ich, dass Sie das zu Protokoll nehmen.«

Schröder ging nicht darauf ein. Er stieß sich vom Schreibtisch ab, trat dicht an Heinlein heran, verschränkte die Hände auf dem Rücken und sah zu ihm auf.

»Was genau«, fragte er leise, »wollen Sie mir mitteilen, Herr Heinlein?«

»Ich ... ich ...«

»Sie haben gelogen, richtig?«

Heinlein wich Schröders Blick aus, schluckte. Fuhr mit der Zunge über die fleischigen Lippen. Öffnete den Mund, als wolle er widersprechen. Schloss ihn wieder.

Und nickte.

*

»Du musst dich nicht bedanken, Malina.«

Zorn stand in der Küche und rührte in einer Pfanne, das Telefon am Ohr.

»So meine ich das nicht«, sagte Malina.

»Wie dann?«

Er neigte den Kopf, klemmte das Handy zwischen Ohr und Schulter und kippte gehackte Zwiebeln auf die brutzelnde Jagdwurst.

»Ich meine ...« Sie überlegte einen Moment. »Ich bin froh, dass du das so locker nimmst.«

»Was hast du erwartet?«

Er ging zur Tür und warf einen Blick ins Wohnzimmer. Edgar saß auf dem Sofa, in der einen Hand seine Plastikfeuerwehr, in der anderen einen Wachsmalstift. Seine Aufmerksamkeit galt dem kleinen Fernseher, dort lief eine Halloween-Folge der Simpsons. Zorn widerstand dem Impuls, dem Kleinen einen Kuss zu geben, und ging zurück in die Küche.

»Du hattest Schiss, dass ich mich danebenbenehme, stimmt's?«

»Logisch. Ich kenne dich, Claudius.«

Das Lächeln in ihrer Stimme war unüberhörbar.

»Er ist Arzt?«

»Ja. Warum fragst du?«

Weil er so jung ist, dachte Zorn. Er sieht aus wie ein Student, nicht wie ein Arzt.

»Nur so.« Er drehte das Gas kleiner. »Wie lange geht das schon? Mit euch beiden, meine ich.«

Scheiße, ich klinge wie ihr Vater.

»Eine Weile.«

Zorn spürte, dass sie nicht darüber reden wollte.

»Er mag Edgar«, sagte sie.

»Ja«, nickte Zorn. »Und Edgar mag ihn.«

»Ich wollte, dass du das siehst.« Sie atmete aus, ihre Erleichterung war unüberhörbar. »Ich hab mir wirklich Zeit gelassen. Ich hätte nie … ich meine«, sie stockte kurz, »wenn ich gemerkt hätte, dass Rufus und Edgar, wenn das nicht funktioniert, ich hätte nie …«

»Das weiß ich, Malina.«

»Er ist wirklich lieb zu ihm.«

»Ich hab's gemerkt.« Ein Zischen, Dampf stieg auf. Zorn kippte etwas Rotwein in die Pfanne, so, wie er es im Kochbuch gelesen hatte. »Er muss keinen Schiss vor mir haben.«

»Hat er nicht.«

»Nee?«

»Er ist vorsichtig.«

»Warum?«

»Du hast nicht unbedingt den Ruf, ein umgänglicher Mensch zu sein, Claudius.«

Nebenan wurden Schreie laut. Homer Simpson bekam offensichtlich einen seiner üblichen Tobsuchtsanfälle.

»Kann sein, dass ich ein bisschen kompliziert bin.« Zorn griff nach der gekörnten Brühe. »Ich bin halt ein äußerst sensibler Kerl.«

»Stimmt. Teilweise jedenfalls.«

»Wie meinst du das?«

»Ein komplizierter Mensch bist du wirklich. An deiner Sensibilität könntest du allerdings noch arbeiten. Die ist ausbaufähig.«

Zorn goss Ketchup in die Pfanne. Taxierte die halbleere Flasche, runzelte unschlüssig die Stirn, kippte den Rest ebenfalls hinzu. Der Inhalt der Pfanne mutierte zu einer klumpigen Masse, er begann eifrig zu rühren.

»Wir wollen zusammenziehen«, sagte Malina.

»Ach.«

Zorns Herzschlag setzte aus.

Die gehen weg, dachte er, legte den Löffel beiseite und lehnte sich an den Küchentisch. Nach Berlin. Oder noch weiter, Malina will zurück nach Zagreb, sie hat nur auf den richtigen Kerl gewartet, ich werde Edgar kaum noch sehen, er wird irgendwo im Ausland groß, vielleicht in Timbuktu, ich …

»… na ja, und meine Wohnung ist ja groß genug.«

Malina hatte weitergesprochen. Es dauerte einen Moment, bis ihm der Sinn ihrer Worte klar wurde. Die Woge der Erleichterung war fast körperlich spürbar, als würde eine warme Dusche über ihm aufgedreht.

»Aber das ist doch toll, Malina!«

»Was?«

»Ich sagte, dass …«

»Ich hab dich schon verstanden«, unterbrach sie ruhig. »Verarsch mich nicht, Freundchen. Es reicht, wenn du Rufus akzeptierst. Ich nehme dir ab, dass du dir Mühe geben wirst. Aber spiel hier nicht den Selbstlosen, der dem *jungen Glück* nicht im Wege stehen will.«

Zorn hörte ihren ruhigen Atem, dachte an seine größte Angst. Dass er tatenlos zusehen müsste, wie sie mit Edgar wegging. Dass er keine Ahnung hatte, wie er in diesem Fall reagieren würde.

»Du bist Edgars Vater«, sagte Malina. »Das wird immer so bleiben.«

»Danke«, sagte er.

»Wofür?«

Aus dem Wohnzimmer drang dramatische Musik. Bart Simpson kicherte, Homer schrie etwas.

»Papa!«, rief Edgar hinüber. »Fehrlich!«

Zorn verstand nicht, was Edgar meinte.

»Ja!«, rief er trotzdem. »Wir essen gleich!«

Er warf einen Blick in die brodelnde Pfanne. Blasen stiegen auf, zerplatzten mit einem fettigen Schmatzen an der Oberfläche. Spritzer flogen umher und verteilten sich auf der Herdplatte.

»Was kochst du?«, fragte Malina am Telefon.

»Nudeln.«

»Nimm nicht zu viel Ketchup.«

»Ich doch nicht.«

Er griff nach dem Pfeffer.

»Mach's nicht so scharf, Claudius.«

Der Pfeffer landete wieder im Regal.

»Denk an die Badewanne«, sagte sie.

Nebenan schwoll die Musik an, brach plötzlich ab. Edgar meldete sich wieder, er klang beunruhigt.

»Fehrlich, Papa!«

»Ich muss Schluss machen«, sagte Zorn. »Der junge Mann hat Hunger.«

»Gib ihm einen Kuss.«

»Hab ich schon. Mindestens dreimal.«

»Gib ihm noch einen.«

Kaum hatten sie aufgelegt, klingelte es an der Tür. Zorn lief in den Flur, sah im Vorbeigehen seinen Sohn im Wohnzimmer wie gebannt auf die Mattscheibe starren, öffnete die Tür.

»Störe ich?«, fragte Schröder.

»Nee, warum?«

»Du siehst aus, als wärst du beschäftigt.«

»Das bin ich auch.«

»Mit einer Messerstecherei?«

Schröder deutete vielsagend auf Zorns Brust. Das T-Shirt war übersät mit einer roten, klebrigen Masse.

»Ich koche«, erklärte Zorn förmlich.

Schröder musterte ihn mit zusammengekniffenen Augen. Legte den Kopf schief und lauschte dem Lärm, der jetzt aus der Wohnung drang. Schüsse, unterlegt mit den Schreien der Bewohner Springfields.

»Für mich klingt's eher nach einem Massaker. Du gestattest?«

Schröder drängte sich an Zorn vorbei ins Wohnzimmer. Edgar hatte sich in eine Ecke des Sofas verzogen und verfolgte gebannt, wie ein spitzzähniges Alien Homer Simpson den Kopf abbiss. Der Bildschirm wurde schwarz, Schröder hatte die Fernbedienung gegriffen und setzte sich neben Edgar, der weiter verträumt auf die dunkle Mattscheibe starrte, nur seine Hand tastete suchend über das Sofa, bis sich seine Finger schließlich um Schröders Hand schlossen.

»Ögi!«, sagte er in die plötzlich eingetretene Stille.

Schweigend legte Schröder seinen Arm um Edgars Schulter, dieser holte tief Luft, deutete mit seinem kleinen Zeigefinger auf den Fernseher.

»Kopf ab! Bumm! Bumm!«

»Hattest du Angst?«, fragte Schröder sanft.

Edgar nickte so heftig, dass ihm das blonde Haar in die Stirn flog. Zorn stand ein wenig ratlos in der Tür, beobachtete, wie Edgar auf Schröders Schoß krabbelte, und konstatierte, dass a) die Simpsons offensichtlich nicht unbedingt für das Gemüt eines knapp Zweijährigen geeignet waren und b) die Tatsache, dass Zorn selbst die Serie lustig fand, in diesem Falle keine Rolle spielte.

»Fehrlich«, murmelte Edgar.

»Ja«, nickte Schröder, »es war ein bisschen gefährlich.«

Jetzt endlich erkannte Zorn, was Edgar die ganze Zeit gemeint hatte, und stellte wieder einmal fest, dass c) wohl niemand außer Schröder seinen Sohn besser verstand.

»Es war nur ein Film.« Schröder stellte Edgar auf seine Oberschenkel. »Weißt du was? Ich hab Hunger. Du auch?«

»Hunger«, bestätigte Edgar ernst.

»Papa hat gekocht. Es riecht toll, oder?«

»Ich bin nicht sicher«, erklärte Zorn gespreizt, »ob's für alle reicht.«

Eine durchaus nachvollziehbare Feststellung, schließlich verteilte sich ein Großteil der Soße über Zorns T-Shirt, während der Rest höchstwahrscheinlich auf der Herdplatte pappte.

Zorn schnupperte und erkannte, dass sich diese Frage womöglich erübrigt hatte. Es duftete nach Fleisch, Zwiebeln und Tomaten.

Vor allem aber roch es verbrannt.

*

»Er schläft.«

Zorn kam in die Küche, noch immer auf Zehenspitzen. Schröder hatte die Ärmel seines karierten Hemdes hochgekrempelt, ein Geschirrtuch schlang sich um die massigen Hüften. Schweigend widmete er sich dem Abwasch, während Zorn das Fenster aufriss und sich eine Zigarette anzündete.

Wie zu erwarten, war das Essen ein Reinfall gewesen. Zorn hatte sich alle Mühe gegeben, sogar Papierservietten auf dem Tisch verteilt. So schlimm, hatte er zumindest anfangs gedacht, sah es gar nicht aus, und als Edgar sich standhaft geweigert hatte, von seinem Teller zu kosten, hatte Zorn – ganz im Bewusstsein seiner väterlichen Erziehungspflichten – darauf bestanden, dass er zumindest ein paar Nudeln probierte. Schröder hatte

Zorn zunächst unterstützt. Guck, hatte er zu Edgar gesagt und seine volle Gabel in den Mund geschoben, es schmeckt ganz toll, er hatte zweimal gekaut und war bleich geworden. Ein kurzer, fast entsetzter Blick zu Zorn, dann hatte er zunächst seinen und dann Edgars Teller geschnappt, die Nudeln darauf wortlos in den Mülleimer geleert und dem Kleinen ein Leberwurstbrot geschmiert.

»Hast du keinen Aluschwamm?«

Schröder stand über den Herd gebeugt und schrubbte die Kochplatte.

»Nimm ein Messer«, knurrte Zorn.

Sie hatten gestritten, wer Edgar ins Bett bringen dürfe. Das hatte eine Weile gedauert und erst, nachdem sie sich darauf geeinigt hatten, dass Schröder den Jungen baden dürfe, hatte er nachgegeben.

»Zum Anbraten nimmt man Öl und keine Butter.« Schröder widmete sich den Fliesen über dem Herd. »Jedenfalls nicht bei hohen Temperaturen. Knoblauch verbrennt, wenn man ihn zu scharf anbrät, und Zwiebeln«, er wandte sich kurz um, »kann man durchaus schälen, bevor man sie zubereitet.«

Aus dem Wohnzimmer drang leise Klaviermusik. Vor ein paar Wochen hatte Schröder einen Stapel seiner Klassik-CDs mitgebracht und vorgeschlagen, diese Edgar zum Einschlafen vorzuspielen. Zorn war skeptisch gewesen – er hatte längst nicht den Zugang zu klassischer Musik wie der feinsinnige Schröder. Andererseits, hatte er schließlich entschieden, war es einen Versuch wert, solange man seinen Sohn nicht mit atonalem Jazzgeklimper traktierte. Wie sich herausstellte, mochte Edgar die Musik. Bald folgte ein abendliches Ritual, in dem Zorn nach dem Zähneputzen die CDs vor Edgar auf dem Teppich ausbreiten musste, der sich immer für die Klaviersonaten von Mozart entschied. (Wahrscheinlich, weil das Cover am buntesten war. Claudius Zorn allerdings führte diese Entscheidung auf den ausgeprägten

Musikgeschmack seines Sohnes zurück, den er natürlich von seinem sensiblen Vater geerbt hatte.)

»Ich sollte mich nach einer neuen Wohnung umgucken«, sagte er. »Edgar braucht ein eigenes Zimmer.«

»Vor allem braucht er jemanden, der auf seinen Fernsehkonsum achtet.«

»Jaja, ich hab's gemerkt«, verteidigte sich Zorn. »Außerdem guckt er nie länger als 'ne halbe Stunde.«

Schröder legte den Lappen zur Seite, sein Blick fiel auf das Gewürzregal über dem Herd. Er stieß ein Schnauben aus und hielt Zorn mit spitzen Fingern das Glas mit Gemüsebrühe entgegen.

»Was ist das?«

»Wonach sieht's denn für dich aus?« Zorn neigte den Kopf und blies den Rauch aus dem Mundwinkel hinaus in die Dunkelheit. »Brühe, würde ich sagen.«

Schröder schüttelte den Kopf.

»Glutamat.«

»Na und?«, fragte Zorn trotzig.

Schröder betrachtete das Glas, als wäre es radioaktiv verseucht. Dann trug er es am ausgestreckten Arm zum Mülleimer, worin es mit einem satten Plopp verschwand.

»Das ist meine Küche«, sagte Zorn.

»Das gibt dir nicht das Recht, andere zu vergiften.«

»Mach doch deinen Imbiss wieder auf, Mister Oberkoch.«

Schröder löste das Geschirrtuch von der Hüfte, wischte ein letztes Mal schwungvoll über die Spüle und setzte sich an den Tisch.

»Das könnte ich«, nickte er ernst. »Ehrlich gesagt, ist der Gedanke verlockend. Es spricht einiges dafür. Bis auf die Tatsache, dass jemand die Arbeit erledigen muss.«

»Ich darf's nicht«, sagte Zorn.

Und ich könnte es auch nicht, fügte er in Gedanken hinzu. Jedenfalls längst nicht so gut wie du.

Ein kalter Windstoß fegte in die Küche. Zorn zog ein letztes Mal an der Zigarette, schnippte sie hinaus, schloss das Fenster und nahm Schröder gegenüber Platz.

»Ich weiß, dass sein Handy aus ist, trotzdem habe ich Cornelius ständig angerufen. Es lässt mir keine Ruhe, egal, wie ich mich ablenke. Ich hab wirklich alles versucht.« Zorn schüttelte den Kopf, kratzte mit dem Fingernagel einen Rest Tomatensoße von der Tischdecke. »Ich hab sogar *gekocht*, um auf andere Gedanken zu kommen.«

Sie schwiegen eine Weile.

»Glaubst du, dass er schuldig ist?«, fragte Schröder dann.

»Das hast du neulich schon gefragt.«

»Ich weiß.«

Zorn sah auf, ihre Blicke trafen sich über dem Tisch.

»Nein«, sagte er leise.

»Hast du eine Ahnung, wo er sein könnte?«

»Dir ist hoffentlich klar, wie dämlich diese Frage ist?«

»Natürlich«, nickte Schröder. »Ich muss sie trotzdem stellen.«

»Bist du deshalb hier? Um ein *Verhör* mit mir zu führen?«

»Ich bin hier, weil ich Edgar sehen wollte. Dich übrigens auch.« Schröder lehnte sich lächelnd zurück. »Ein bisschen zumindest.«

»Aber jetzt«, beharrte Zorn, »verhörst du mich.«

»Ich rede mit dir über die Arbeit.«

»Das darfst du nicht.«

»Ich habe Dienstschluss. Was ich in meiner Freizeit tue, ist meine Sache.«

Die Musik im Wohnzimmer war verstummt. Wahrscheinlich schon seit einer ganzen Weile, Zorn hatte es nicht bemerkt.

»Cyrill Heinlein war bei mir«, sagte Schröder. »Er hat seine Aussage widerrufen.«

Zorn schluckte. Er wusste, was Schröder meinte.

»Welche Aussage?«, fragte er trotzdem.

»Er hatte behauptet, dass er in der Mordnacht bei deinem Bruder in der Villa war. Das war gelogen. Cornelius hat kein Alibi.«

Plötzlich wurde Zorn wütend auf Schröder. War dieser verdammte Tag nicht beschissen genug gewesen? Zorn dachte an Edgar, der nebenan schlief und ihm Kraft gegeben hatte, zumindest die nächsten Stunden wären halbwegs ruhig verlaufen, doch was machte Schröder? Er hatte nichts Besseres zu tun, als in seine Wohnung zu platzen und Dinge zu sagen, die Zorn nicht wissen wollte. Später vielleicht, es hätte gereicht, wenn er es morgen früh erfahren hätte, aber nicht heute, er konnte sowieso nichts tun.

»Es tut mir leid«, sagte Schröder.

Zorn begriff, dass Schröder recht hatte. Es war zwecklos, die Augen zu schließen. Die Dinge geschahen, ob er es wahrhaben wollte oder nicht.

»Das ist noch nicht alles, oder?«, fragte er.

»Nein.«

»Dann sag's mir, Schröder.«

»Die Fußspuren in Boris Braekers Wohnung. Sie stammen von Schuhen, die wir in der Villa deines Bruders gefunden haben.«

Zorn schloss die Augen.

»Gibt es irgendwas, das Cornelius entlastet?«

Schröder schüttelte stumm den Kopf.

»Das ist ein Irrtum«, sagte Zorn.

»Dann hilf mir, es zu beweisen.«

»Ich?« Zorn lachte freudlos auf.

»Ich habe nachgedacht«, sagte Schröder.

»Mit welchem Ergebnis?«

»Dass ich keine Lust mehr habe, die Arbeit ständig selbst zu erledigen.«

»Aber das machst du doch im …«

»Nein«, unterbrach Schröder, »das habe ich immer *gemacht.* Das ist vorbei. Vergangenheit. Präteritum. Ich habe entschieden, dass es jetzt reicht.«

»Okay.« Stuhlbeine schabten über die Fliesen. Zorn stand auf, stützte sich mit den Händen auf die Lehne und sah auf Schröder hinab. »Ein etwas ungünstiger Zeitpunkt, findest du nicht?«

»Wie meinst du das?«

»Du verlangst, dass ich meine Arbeit mache. Obwohl wir beide wissen, dass ich nicht gegen meinen eigenen Bruder ermitteln kann.«

»Es reicht, wenn du ein bisschen mitdenkst.«

»Das«, Zorn wedelte mit der Hand, »ist für mich kein Unterschied. Du kennst mich. Denken ist für mich genauso anstrengend wie Bierkästen schleppen. Ich weiß, dass du das seit Jahren erwartest …«

»… dass du Bierkästen schleppst?«

»Dass ich meinen Job erledige. Aber weißt du, was ich nicht verstehe? Dass du's mir ausgerechnet an dem Tag sagst, an dem ich nicht mehr arbeiten *darf.*«

Darüber dachte Schröder einen Moment nach.

»Das«, gab er schließlich zu, »ist richtig. Aber ich bin der Chef.«

»Und der Chef bestimmt, wo's langgeht.«

»*Si, señor.*«

Zorns Finger klapperten auf der Stuhllehne.

»Willst du'n Bier?«, fragte er.

»Nein.«

»Gibt's sonst noch was Neues?«

»*Nothing.* Dein Bruder ist spurlos verschwunden, auch bei dem überfahrenen Obdachlosen sind wir keinen Schritt weiter.« Schröder seufzte und strich mit Daumen und Zeigefinger über den rostfarbenen Schnurrbart. »Wir wissen nicht mal, ob es ein Unfall oder Mord war. Ich bin sicher, dass es eine Verbindung zu Boris Braeker gibt, sonst hätte er diesen Zeitungsartikel über den

Unfall nicht aufbewahrt. Sein Computer würde uns weiterhelfen, aber wir konnten ihn bisher nicht knacken.«

»Gut«, nickte Zorn ernst. »Den nehme ich mir morgen früh als Erstes vor. Sollte kein Problem sein. Abgesehen von der Tatsache, dass ich nicht mal die Batterien einer Fernbedienung gewechselt krieg, ohne mir die Finger zu brechen.«

Sie sahen sich an. Schröder war der Erste, der lächelte. Dann wurden sie wieder ernst.

»Wenn dein Bruder bis morgen früh nicht auftaucht«, sagte Schröder, »müssen wir bundesweit fahnden. Trotzdem sollten wir uns bei der Suche auf die Stadt konzentrieren. Es gibt jemanden, den wir noch nicht befragt haben, und ich denke, das solltest du übernehmen. Obwohl ich weiß, dass dir das nicht sonderlich gefällt.«

»Das«, seufzte Zorn, »ist eindeutig untertrieben.«

»Ich weiß.«

Zorn ging zum Fenster, lehnte sich an die Heizung.

»Okay«, sagte er. »Gleich morgen früh, bevor es in der Zeitung steht.«

Schröder stand auf. Hob den Stuhl an, um keinen Lärm zu machen, und schob ihn unter den Tisch.

»Darf ich noch einmal zu ihm?«, bat er. »Ich will nur gucken, ob er ordentlich zugedeckt ist.«

Zorn runzelte die Stirn, als müsse er eine wichtige Entscheidung treffen.

»Na gut«, sagte er schließlich. »Aber wenn du ihn weckst, hack ich dir die Locken kurz.«

»Darf ich davon ausgehen«, Schröder ordnete die Reste seines Scheitels, »dass das als Metapher gemeint ist?«

»Nee. Als Drohung.«

»Ich habe keine Locken.«

»Das ist mir nicht entgangen, Schröder.«

»Du hast aber eben gesagt, dass …«

»Wir können hier gerne die ganze Nacht rumstreiten!«

Das taten sie dann doch nicht.

Der folgende Wortwechsel endete ausnahmsweise unentschieden. Zunächst schien es, als würde Schröder den Raum als Sieger verlassen, er nutzte geschickt seinen intellektuellen Vorsprung, indem er sich wortreich über die Definition des Begriffes *Metapher* auließ. Zorn versuchte gar nicht erst, Schröders Worten zu folgen, und konterte mit der knappen Feststellung, dass er *dem feinen Herrn* anstelle des strähnigen Kopfhaares auch den bekloppten Schnäuzer entfernen könne, der sei zwar nicht lockig, aber ästhetisch gesehen eine absolute Zumutung. Schröder reagierte mit einem beleidigten Schniefen, Zorn nutzte die Gelegenheit, um mit einem hämischen Grinsen in Richtung Badezimmer zu deuten und setzte zu der Bemerkung an, Schröder könne gerne seinen Rasierapparat benutzen und das Elend – ratzfatz – ein für allemal beseitigen, das sei im Interesse aller. Zorn kam nicht dazu, diesen letzten, finalen Hieb auszuführen, denn als er die Worte aussprechen wollte, hatte Schröder sich bereits wieder gefangen und erwiderte mit einem ruhigen Lächeln, dass er sich seinen Bart gerne abnehmen würde, allerdings erst, wenn sein ehemaliger Chef in der Lage sei, eine halbwegs genießbare Tomatensoße herzustellen. Das, fügte er hinzu, sei womöglich nicht im Interesse aller, in jedem Falle aber im Interesse eines wehrlosen, unschuldigen Kindes, Edgars nämlich, von dem er sich jetzt verabschieden würde und zwar *mit* Schnäuzer, ob es Zorn gefalle oder nicht. Mit diesen Worten ging er ins Wohnzimmer, und als er kurz darauf zurückkehrte, schien es, als habe Schröder das letzte Wort in diesem Scharmützel, doch Zorn gönnte ihm diesen Triumph nicht. Er griff zu einem abschließenden, unfairen Schachzug und beendete die Partie mit einem Remis, indem er zunächst mit einem scheinheiligen Nicken behauptete, er akzeptiere, dass Schröder seine liebevoll gekochten Nudeln verschmäht habe, irgendwie sei es verständlich, dass ein erfahrener und höchst sensibler Gourmet das Essen eines einfachen Mannes Scheiße fände, doch *wenn* dem schon so wäre – Zorn holte zum letzten, entscheidenden Schlag aus und drückte seinem sichtlich pikierten Vorgesetzten zum Abschied einen vollen Müllbeutel in die Hand –, dann könne er den Mist gefälligst auch selbst entsorgen.

Vierundzwanzig

Die Nacht wurde stürmisch. Am nächsten Morgen würde der
Wind wieder abflauen, doch die Stunden davor verliefen unruhig.
Dunkle Wolken rasten nach Westen, ab und zu tauchte der Vollmond auf, eine käsige Scheibe von der Farbe geronnener Milch,
bleiches Licht huschte über die Dächer der schlafenden Stadt.
Die meisten Menschen schlummerten in ihren Betten, doch es
gab einige, die keine Ruhe fanden.

Claudius Zorn zum Beispiel. Nachdem Schröder gegangen
war, hatte er noch eine Weile am Bett seines schlafenden Sohnes
gesessen, Edgars Nähe genossen, seinem regelmäßigen Atem
gelauscht und vergeblich darauf gewartet, dass etwas von der
Ruhe des Kleinen auf ihn überging. Immerhin war er müde geworden, Schlaf fand er allerdings kaum. Er wälzte sich im Bett,
zerbrach sich den Kopf über seinen Bruder. Ab und zu döste er
ein, träumte von Cornelius, Schröder und Edgar. Bilder der Menschen, die ihm etwas bedeuteten, zogen in einem Reigen an ihm
vorbei, und jedes Mal, wenn Frieda Borck an der Reihe war, sah
Zorn im Halbschlaf auf sein Handy, das griffbereit neben dem
Bett auf seinen zerknüllten Jeans lag.

Die junge Staatsanwältin verbrachte den größten Teil der
Nacht in einem Ohrensessel vor dem stummgeschalteten Fernseher. Die Beine hatte sie hochgelegt, ihre Füße ruhten auf einem
niedrigen Tisch neben einem halbvollen Glas Rotwein. Sie hatte
es kaum angerührt, der Wein trocknete bereits an den Rändern.
Ihr Blick war starr auf *die schönsten Bahnstrecken Deutschlands*
gerichtet, allerdings ohne etwas davon zu registrieren. Ihre Gedanken waren woanders, bei dem Brief, den sie aus der Landes-
hauptstadt erhalten hatte, und der Entscheidung, die sie seit einer

Woche vor sich herschob und in den nächsten Tagen treffen musste. Frieda Borck hatte ihre Karriere genau geplant, bisher hatte sie sich in ihren Überlegungen stets von sachlichen Argumenten leiten lassen. Jetzt allerdings war alles anders, und die Tatsache, dass eine gemeinsame Nacht mit einem alternden Polizisten sie dermaßen durcheinanderbrachte, machte sie unsicher und wütend zugleich. Sie stand vor der Wahl zwischen einem unberechenbaren Mann und ihrer beruflichen Zukunft, es gab niemanden, mit dem sie reden konnte, selbst Schröder konnte ihr nicht helfen. Erst recht nicht der ahnungslos durch ihr Leben stolpernde Claudius Zorn, der nur ein paar Kilometer entfernt in seinem Bett lag und an die Decke starrte, mit einem Ohr dem Heulen des Windes lauschend, während das andere jedes kleinste Geräusch seines Sohnes registrierte, das durch die offene Tür von nebenan aus dem Wohnzimmer zu ihm drang.

Cyrill Heinlein, der am Abend zuvor seine Aussage widerrufen hatte, saß währenddessen allein im Großraumbüro in der Innenstadt an seinem Schreibtisch und erledigte die Dinge, zu denen er tagsüber nicht gekommen war. Eine Menge Arbeit hatte sich aufgestaut, und so nutzte er die Nacht, um seiner Pflicht als Büroleiter nachzugehen. Stundenlang beantwortete er Mails, wies Gehälter an, korrigierte Dienstpläne, schrieb Rechnungen und Bauanfragen. Kurz nach drei Uhr morgens gönnte er sich eine kurze Pause, und während der Herbststurm seinem Höhepunkt entgegentobte, stand Cyrill Heinlein am Fenster, nippte an einem Espresso und beobachtete, wie die entfesselten Winde hinter der verglasten Fassade über der Stadt wüteten.

Als er wieder zurück an seine Arbeit ging, vibrierte sein Handy. Die Nummer auf dem Display war unterdrückt. Es war nicht das erste Mal in dieser Nacht, und über ein halbes Dutzend weitere Anrufe würden folgen. Cyrill Heinlein wusste genau, wer immer wieder versuchte, ihn zu erreichen. Trotzdem nahm er nicht ab.

Eine halbe Stunde später stand das Sturmtief direkt über der

Stadt. Der Wind fegte über den menschenleeren Marktplatz, heulte zwischen den Türmen der Kirche. Ein Teil der kupfernen Dachverkleidung wurde aus seiner Verankerung gerissen, quer über den Platz hinüber zum alten Stadthaus geweht und krachte schließlich in eine der Buntglasscheiben über dem reichverzierten Eingangsportal, nur knapp einen Meter über dem von zwei steinernen Löwen gehaltenen Stadtwappen. Am anderen Ende duckten sich die Jahrmarktsbuden im Windschatten der spätgotischen Kirche, seitlich geschützt durch die Gründerzeitfassaden der umstehenden Häuser. Gegenüber der Kirche löste sich eine Bauplane von der Rüstung um den Rohbau des neuen Finanzamtes, flatterte davon, verfing sich mit lautem Knattern in den stählernen Speichen des Riesenrades und landete schließlich auf dem Dach einer Losbude.

Der Wind flaute ab, der Sturm zog weiter nach Westen. Zunächst erreichte er den Fluss, ein Ausflugsdampfer wurde aus seiner Vertäuung gerissen, trieb steuerlos stromabwärts und verkeilte sich schließlich zwischen den steinernen Streben einer Brücke. Da war der Orkan bereits weiter über die Neustadt gefegt und näherte sich dem Stadtwald, wo Schröder in seinem kleinen Haus am Ufer des Sees vor dem siebenundzwanzig Zoll großen Retinadisplay des iMacs von Boris Braeker saß, den er am Abend aus dem Präsidium zu sich nach Hause hatte schaffen lassen.

Schröder war ein geduldiger Mensch – was Claudius Zorn betraf, hatte er dies oft genug bewiesen. In Bezug auf seine Arbeit jedoch war das anders, vor allem, wenn er das Gefühl hatte, dass die Zeit drängte. So war es nicht verwunderlich, dass Schröder so ziemlich der Einzige war, der in dieser Nacht aus eigenem Antrieb wach blieb. Er achtete nicht auf den Sturm, der um das Haus am Waldrand tobte und wütend an dem großen Fenster vor der Terrasse rüttelte. Dahinter bogen sich die Kiefern im Wind, zwischen den Stämmen schäumte der aufgepeitschte See. Schröders Denken blieb ausschließlich auf das verborgene Innenleben des Computers fokussiert. Er hatte den Mac mit einer externen Festplatte verbunden, diese wiederum war an seinen Laptop angeschlossen. Ab und zu tippte er einen Kurzbefehl ein, scrollte durch die Zahlenkolonnen, die in Windeseile über den kleinen Bildschirm huschten, und als der Sturm schlagartig abflaute, registrierte er auch dies nur am Rande.

Fast schien es, als wäre kein größerer Schaden angerichtet worden, doch an der Bundesstraße in Richtung Autobahn verharrte der Sturm, stemmte sich in einem letzten, fast beiläufigen Aufbäumen gegen einen Baukran, der nach kurzem Schwanken in eine Aral-Tankstelle krachte, begleitet vom Tosen des Windes, das wie höhnischer Beifall klang.

Schröder war zu weit entfernt, um etwas davon mitzubekommen, auch die folgende Explosion spürte er nur als leichtes Beben unter den Füßen. Trotzdem sprang er in genau diesem Moment auf, stieß ein leises Knurren aus und streckte Boris Braekers Computer triumphierend den Mittelfinger entgegen, der flackernd vor ihm zum Leben erwachte.

Fünfundzwanzig

keine ahnung, welchen sinn ein tagebuch macht. vor allem bei mir,
ich werde mir's garantiert nie wieder durchlesen. die vergangenheit ist unwichtig. es wird der vorgang an sich sein. das aufschrei-
ben hilft, die gedanken zu ordnen. nicht, um etwas aufzuarbeiten
(SCHEISS DRAUF) ich muss mich entscheiden, wie ich weitermache.
was ich noch tun will in meinem beschissenen leben. ich weiß
nicht, ob es was nutzt, diese buchstaben in die tastatur zu hacken.
das wird sich zeigen. warum ich das alles abspeichere, weiß ich
auch nicht. es ist sinnlos, aber irgendwie erscheint es mir noch
sinnloser, es nicht zu tun. obwohl es niemand je lesen wird. dazu
muesste man meinen rechner knacken. das schafft keiner.

»Das«, murmelte Schröder, »war ein Irrtum, mein Lieber.«

Es gab mehrere Ordner auf dem Rechner, diese waren extra
durch Passwörter geschützt. Das Dokument mit dem Tagebuch
Boris Braekers befand sich auf dem Schreibtisch, es war das
einzige, das sich problemlos mit einem Doppelklick öffnen ließ.
Das Programm, mit dem es erstellt wurde, kannte Schröder nicht,
die Werkzeugleiste war übersät mit unverständlichen Symbolen.
Wahrscheinlich hatte Boris Braeker den Code selbst geschrieben
und seinen Bedürfnissen angepasst. Offensichtlich legte er weder
Wert auf Groß- und Kleinschreibung, noch auf die Verwendung
von Umlauten. Die Aufzeichnungen waren nicht durchgängig
datiert, aus den Statistiken erkannte Schröder allerdings, dass das
Dokument als eines der ersten auf dem Computer erstellt wurde,
also kurz, nachdem Boris Braeker wieder in der Stadt aufgetaucht war.

Draußen war es noch immer windig. Vor dem Haus schwank-
ten die Kiefern, der See weiter hinten war noch nicht zur Ruhe

gekommen. Schröder sah auf die Uhr. Vier Uhr morgens, doch er spürte keinerlei Müdigkeit. Er stemmte sich halb aus dem Stuhl, überlegte, ob er sich einen Tee kochen solle. Ließ es dann aber bleiben, sank zurück und widmete sich wieder den Aufzeichnungen eines jungen Mannes, der – ohne es zu ahnen –, die letzten Monate vor seiner Ermordung dokumentiert hatte.

spanien war noch am besten. das muss am wetter liegen, die leute sind entspannter als diese spießigen englaender und die franzosen mit ihrer falschen freundlichkeit. ich haette dort bleiben koennen, aber es langweilt mich alles so schnell. die menschen unterscheiden sich in ihren temperamenten, ansonsten sind sie alle gleich oede, so leicht durchschaubar. beschaeftigt mit kleinkram, der mich einen dreck interessiert. ich bin hier abgehauen, weil ich ein ZIEL finden wollte. einen SINN. etwas, womit ich meinen geist laenger als ein paar stunden beschaeftigen kann. aber egal, wo ich war, ueberall dasselbe Mittelmaß. nichts, das mich auf die dauer gefesselt haette. auch nicht die frauen. selbst sex wird irgendwann ermuedend, wenn man nichts dafuer tun muss.
ich hab ruhe gesucht. aber die finde ich nicht in der ferne. nur in mir selbst. der grund fuer meine langeweile ist mangelnde kommunikation. oberflaechlich gesehen kann ich mich anderen durchaus verstaendlich machen, doch sobald es um dinge geht, die mich interessieren, die mir WICHTIG sind, koennen mir die menschen nicht mehr folgen. weil sie nicht über meine faehigkeiten verfügen. klingt arrogant. aber es ist eine tatsache. all die monate des herumreisens moegen im nachhinein keinen sinn ergeben. zumindest habe ich die erkenntnis gewonnen, dass bescheidenheit ein verzichtbarer charakterzug ist, jedenfalls was mich betrifft.

Schröder lehnte sich stirnrunzelnd zurück. Die Überheblichkeit dieses jungen Mannes sprang ihm aus jeder Zeile entgegen. Er hatte Boris Braeker nie persönlich kennengelernt, trotzdem erzeugten diese selbstgefälligen Ergüsse eine tiefe Antipathie. Schröder wehrte sich dagegen, nach allem, was sie bisher über

Boris Braeker erfahren hatten, war diese Arroganz, dieses Bewusstsein der eigenen Überlegenheit womöglich berechtigt. Im Endeffekt, dachte Schröder, war unwichtig, was er für Boris Braeker empfand. Es ging darum, seinen Mörder zu finden. Jemanden, der fähig war, einen wehrlosen Menschen stundenlang zu quälen, an einen Baum zu fesseln und schließlich zu erdrosseln. Es ging darum, die Ursache für diese unglaubliche Brutalität zu finden, für diesen Hass – und *Hass*, da war Schröder sicher, musste der Auslöser sein. Boris Braekers Mörder war weder wahnsinnig, noch hatte er im Affekt gehandelt, dazu war er viel zu kontrolliert vorgegangen. Nur eines konnte ihn dazu veranlasst haben, seinem Opfer ein dreißig Zentimeter langes Metallstück durch den Oberschenkel zu treiben: rasender, abgrundtiefer Hass.

Doch auch der musste eine Ursache haben. Dort allein lag das Motiv, und Hinweise darauf konnten sich in den Aufzeichnungen des Toten verstecken.

Schröder seufzte unbehaglich und wandte sich wieder dem Rechner zu.

ich weiß nicht, wann ich das letzte halbwegs interessante gespraech gefuehrt habe (gab es das jemals?), am ehesten wohl mit diesem durchgeknallten ehemaligen philosophieprofessor in bruessel, der arme kerl hatte so lange ueber die unendlichkeit nachgedacht, bis er den verstand verlor (jedenfalls einen großen teil davon).
scheiß drauf. ich bin wieder hier. diese stadt ist genauso gut (oder schlecht) wie jeder andere ort auf der welt. ich habe eine wohnung. eher ein loch, aber ich werde dort nicht lange bleiben. ich habe die dinge gekauft, die mir wichtig sind, keinen wertlosen kram. es ist absurd, dass jemand wie ich ueber geld nachdenken muss, aber das muss ich. es ist naemlich bald alle. dieses daemliche geld, das mir mein pflichtbewusster bruder als anteil am haus ueberwiesen hat. ich kann es noch immer nicht fassen, aber ich habe tatsaechlich auf die MIETE geachtet, als ich die wohnung ausgesucht habe. es kotzt

mich an, aber ich muss darueber nachdenken, wie ich zu geld komme. meinen daemlichen LEBENSUNTERHALT bestreite.

anton will ich nicht fragen. er weiß nicht, dass ich zurueck bin. und das wird so bleiben. vorerst jedenfalls. keine lust auf seine vorwuerfe. du musst was aus deinem leben machen, blablabla. ich will mich nicht rechtfertigen, auch nicht vor ihm. er wuerde mir einen job an seiner uni besorgen wollen. allein der gedanke ist zum kotzen.

ich koennte an jedem institut dieser welt arbeiten. an jeder universitaet. all diese menschen. ich muesste mit ihnen reden. ihre dummheit ertragen. mich unterordnen. sie wuerden mir sagen, was ich zu tun habe. andere koennen damit umgehen, menschen wie anton. aber ich? lachhaft. keinen tag wuerde ich das durchhalten. keine sekunde.

ich koennte buecher schreiben, die keine sau kapiert. theaterstuecke. opern. alles sinnlos. es geht mir nicht um anerkennung – das wuerde voraussetzen, dass jemand VERSTEHT, was ich meine. klar, ich koennte mein leben als unverstandenes(!) mittelloses(!!!) genie(!!!!) vergeuden, aber dazu bin ich nicht selbstlos genug.

es gibt kaum was, das mich mit anderen menschen verbindet. egoismus zaehlt offensichtlich dazu, haha.

ich will machen, worauf ich bock habe. lesen. pornos gucken. dazu noch irgendwas, das mich laenger beschaeftigt. physik vielleicht. quantenfeldtheorien. kosmologische konstante. kondensierte materie. alle schwafeln drueber, aber niemand kapiert genau, was da abgeht. so was koennte mich reizen. mir ist egal, was es anderen bringt. es geht um MICH. Wenn ich dabei eines der groeßten raetsel der menschheit loese, ist es vielleicht ein netter nebeneffekt. aber mehr nicht.

ich muss unabhaengig sein. brauche niemanden. nur geld, damit ich ruhe habe. ich werd es nicht auf die herkoemmliche art verdienen. es muss schnell gehen. unkompliziert. das geht nur, wenn ich mich nicht mit moralischem kleinkram aufhalte. das heißt nicht, dass ich mich über irgendwelche gesetze stelle. ich werde mich

»… einfach nicht darum kümmern.«

Die letzten Worte las Schröder laut. Dann verharrte er einen Moment lang, sein rundes Gesicht schimmerte fahl im blassen Schein des Monitors. Seine Augen schlossen sich, fast schien es, als würde er einschlafen. Plötzlich stand er auf, ging zum Fenster.

Schröder liebte diesen Blick. Die knorrigen Kiefern, den dunklen See. Der Wind hatte sich gelegt, das Schilf bewegte sich nur noch sacht. Schröder achtete nicht darauf, seine Gedanken waren bei Boris Braeker.

Da war sie, die Spur. Der Hinweis.

Vage nur, eine Andeutung.

Die ersten Vögel erwachten, ein Reiher flog direkt vor dem Fenster vorbei und verschwand zwischen den Bäumen. Schröder blieb noch eine Weile stehen, dann wandte er sich wieder dem Computer zu und vertiefte sich in die Gedankenwelt Boris Braekers.

*

Auch Anton, Boris Braekers Bruder, sollte in dieser Nacht keinen Schlaf finden, obwohl er in den letzten Tagen kaum ein Auge zugemacht hatte. Diesmal allerdings lagen die Gründe nicht in der Vergangenheit, etwas anderes hatte die Gedanken an die Toten in seiner Familie verdrängt. Es ging nicht um den Selbstmord des Vaters oder den Unfalltod der Schwester, auch nicht um den Mord an Boris, seinem Bruder. Selbst die Tatsache, dass er die Polizei belogen hatte, war nebensächlich geworden, weil Anton Braeker sich am späten Abend doch noch durchgerungen hatte, den Briefkasten zu leeren. Er hatte gewusst, dass der Brief irgendwann kommen würde, und als er ihn schließlich vor seinem sturmumtosten Haus in den zitternden Händen hielt, war die Vergangenheit schlagartig vergessen gewesen, die Trauer der letzten Jahre wich einer lähmenden Angst vor der Zukunft. Mit weichen

Knien war Anton zurück ins Haus gewankt, dann hatte er sämtliche Rollläden geschlossen und verbrachte die Nacht im Dunkel des Hauses, gefangen wie in einem Sarg.

Der Brief lag ungeöffnet auf dem Kaminsims.

Sechsundzwanzig

Zweitausendneun. Anfang März.

Es ist kalt.

Eine unangenehme, feuchte Kälte, wie eine Glocke hängt sie über dem Friedhof, schwebt zwischen den knorrigen Kiefern, über den verzweigten Pfaden und Wegen, den dichten Hecken. Ein eisiger Hauch steigt aus dem Boden über den Gräbern, überzieht die Pfützen mit einer dünnen Eisschicht, lässt das Gras gefrieren. Ein letzter, stummer Gruß der Toten.

Das Grab der Familie Braeker liegt abseits am südlichen Ende. Anton Braeker bewegt die Zehen in den Spitzen der schwarzen Lackschuhe, seine Füße werden allmählich taub. Es ist Sonntag, und es ist noch früh, auf dem Weg hierher ist er kaum jemandem begegnet, nur ein paar alten, dick vermummten Frauen, die wie in Zeitlupe grußlos an ihm vorbeischlurften.

Anton ist jetzt zwanzig. Die Pickel auf seiner Stirn sind verschwunden, er ist erwachsen geworden in den letzten beiden Jahren. Ein angehender Akademiker mit hageren Gesichtszügen und dünnem, frühzeitig ausfallendem Haar.

Er hat Boris nicht gefragt, ob er ihn begleiten würde. Sie reden kaum noch miteinander, außerdem kennt Anton die Antwort. Boris war noch nie hier, warum sollte es heute anders sein? Er hat die ganze Nacht vor seiner Playstation gesessen, jetzt schläft er in seinem Zimmer, vor Mittag wird er nicht aufstehen.

Die Gräber sind einfach und schmucklos. Zwei efeubewachsene Rechtecke, eingefasst von grauem Bruchstein. Unter dem größeren liegen seine Eltern, unter dem kleinen Sascha. Dazwischen ein kurzer Pfad aus weißen Kieselsteinen. Die Grabsteine sind aus schwarzem Granit, nur die Namen stehen darauf, darunter ein paar Zahlen.

Anton steht etwas rechts vor dem kleineren Grab. Sein Kopf ist gesenkt, Kinn und Mund verschwinden in den Falten eines grauen Wollschals. Sein Atem dampft durch die Maschen, nachdenklich streift sein Blick über den Grabstein, den Namen seiner Schwester und die Daten darunter. Den Tag, an dem sie geboren wurde. Den Tag, an dem sie starb. Er denkt an die Zeit, die dazwischen lag. Ein paar Jahre nur, ein Witz. Kaum geboren, schon wieder weg. Ein kurzer, flüchtiger Besuch auf Erden, mehr nicht.

Anton Braeker ist kein gläubiger Mensch. Er ist angehender Wissenschaftler, ein rationaler junger Mann. Die Toten zu seinen Füßen, davon ist er überzeugt, spüren nicht, dass er hier ist. Verfallenes Fleisch in modernden Särgen. Was Sascha betrifft, noch nicht einmal das. Anton war dabei, als sie starb. Er war vierzehn, selbst noch ein Kind. Die Unfallstelle wurde tagelang abgesucht, doch er hat mitbekommen, dass nicht alles gefunden wurde. Dass nur Teile seiner kleinen Schwester beerdigt werden konnten.

Trotzdem kommt er regelmäßig her. Nicht, um seine toten Eltern zu ehren. Auch nicht, um Zwiesprache mit ihnen zu halten. Katja, seine Mutter, ist bereits in seiner Erinnerung verblasst, und mit Carl, seinem Vater, hat Anton Braeker nichts mehr zu bereden. In den vier Jahren, die seit dem Selbstmord vergangen sind, hat er oft genug darüber nachgedacht. Es ist alles gesagt. Geholfen hat es Anton nicht, noch immer weiß er nicht, wie er mit dem verfluchten Erbe seines Vaters umgehen soll, mit der Krankheit, die Boris und er womöglich in sich tragen. Nur die Wut ist geblieben über diesen Mann, der ihn mit diesem Wissen im Stich gelassen hat, doch die Zeiten, in denen Anton seinem Vater diese Wut ins Gesicht brüllen wollte, sind vorbei.

Den Tod seiner Eltern hat Anton verarbeitet, den der Schwester nicht. Die Verantwortlichen sind nie belangt worden, es gab niemanden, der sie zur Rechenschaft gezogen hat. Der Einzige, der sich darum hätte kümmern können, war ihr Vater gewesen, doch Carl war viel zu sehr mit den eigenen Depressionen beschäftigt, zu schwach, um zu kämpfen.

Das ist es, was Anton umtreibt. Er weiß, dass es Boris ebenso geht, obwohl sie nie darüber reden. Anton hat Sascha geliebt (wer hätte das auch *nicht* tun können?), doch die Verbindung zwischen ihr und Boris war tiefer gewesen, vielleicht, weil der Altersunterschied zwischen ihnen geringer war. Boris ist von Beginn an auf seine Art mit dem Verlust umgegangen, er schweigt verbissen, zeigt seine Trauer nicht, doch sein Zimmer ist vollgestopft mit Erinnerungen. Saschas Foto steht auf seinem Schreibtisch, unter seinem Bett stapeln sich ihre Kinderbücher, ihre Puppen, Hefte, vollgekritzelt mit krakeligen Zeichnungen.

Ein leichter Wind weht, die kahlen Baumwipfel bewegen sich sacht. Anton bückt sich, zupft einen abgebrochenen Ast vom Grab seiner Schwester. Der Efeu bildet eine dichte, gleichmäßige Matte. Es sieht schön aus, findet Anton, wie eine Decke. Deshalb allerdings hat er den Efeu nicht pflanzen lassen, es vereinfacht die Pflege. Ein einfacher, pragmatischer Gedanke. Es ist wichtig, dass alles seine Ordnung hat.

Anton Braeker hat Pläne. Er wird sein Studium beenden, danach eine Referendarstelle antreten, vielleicht ein Lehramt. Den klapprigen Skoda wird er noch eine Weile fahren müssen, doch in ein paar Jahren wird er sich ein neues Auto leisten, einen Audi vielleicht, er hat die Raten schon durchgerechnet. Er hat eine Frau kennengelernt, Carola, sie studiert einen Jahrgang unter ihm. Sie ist etwas unscheinbar, doch sie ist klug, und der Sex mit ihr ist für den unerfahrenen Anton ein neues, faszinierendes Erlebnis. In ein paar Monaten wird sie Schluss machen und eine Beziehung mit einem Sportstudenten beginnen, aber das weiß Anton in diesem Moment noch nicht.

Seine Ziele sind klar. Jedenfalls seine eigenen. Was seinen Bruder betrifft, weiß Anton nicht, was er tun soll.

Boris kapselt sich immer mehr ab. Anton hat längst aufgegeben, zu ihm vorzudringen, er weiß nicht, was genau Boris nächtelang in seinem Zimmer treibt, entweder lesend oder vor dem Computer sitzend. In die Schule scheint er noch zu gehen, zumindest verlässt er morgens das Haus, und Beschwerden hat Anton nicht erhalten. Trotzdem glaubt Anton nicht, dass er sein Abitur beenden wird, und wenn er ehrlich ist, muss er sich eingestehen, dass es ihn nicht mehr interessiert. Es ist, als würde er mit einem Phantom zusammenleben. Boris versucht längst nicht mehr, sein Desinteresse zu verbergen, an seiner Umwelt, an anderen Menschen. Und an ihm, Anton.

Es ist nicht so, dass Anton Dank erwarten würde. Doch er hat es satt, sich um alles kümmern zu müssen. Das Haus, die Einkäufe. Boris ist siebzehn, alt genug, um selbst Verantwortung zu übernehmen, doch alles, was er zu ihrem Leben beiträgt, ist Unordnung. Es ist Anton, der das Klo schrubbt, den Abwasch macht, die zerknüllten Socken seines Bruders aufsammelt und nebenbei noch die laufenden Rechnungen für das Haus bezahlt. Boris weiß das natürlich, doch er nimmt dies alles wie selbstverständlich hin, als wäre Anton sein Dienstbote. So behandelt er ihn auch, mit einer beiläufigen, herablassenden Ignoranz, die Anton das Gefühl gibt, überflüssig zu sein, bestenfalls *geduldet*.

In ein paar Monaten wird Boris volljährig. Bis dahin wird sich Anton seiner Verantwortung stellen, danach allerdings muss sich etwas ändern. Sie sind Brüder, doch sie existieren auf unterschiedlichen Planeten. Sie können nicht ewig zusammenleben, irgendwann schlagen sie sich die Köpfe ein. Einer von ihnen muss das Haus verlassen, nur einer hat das Recht zu bleiben, und zwar derjenige, der sich um alles gekümmert hat. Natürlich wird Anton seinen Bruder nicht drängen, aber er hofft, dass Boris diese Entscheidung allein fällen wird.

Anton zieht fröstelnd die Schultern hoch. Der Mantel ist warm, doch die Kälte kriecht von den Füßen über seine Beine nach oben.

Er hätte seine Winterstiefel anziehen sollen, dickere Strümpfe ebenfalls.

Doch das ist nebensächlich, denkt Anton, er wird nicht mehr lange bleiben. Er ist hier, weil er etwas beschließen muss. Ihr Vater ist seit vier Jahren tot, fast ebenso lange weiß Anton von der Krankheit. Vier Jahre, in denen er immer wieder darüber nachdachte, wann er es seinem Bruder sagen würde. Irgendwann hatte er sich für den Tag entschieden, an dem Boris volljährig würde, doch in der letzten Zeit hatte er immer mehr das Gefühl, dass er es nicht mehr aufschieben kann.

Nein, denkt Anton, ich *will* es nicht mehr aufschieben.

Sein Blick wandert über das Grab seiner Schwester. Er fragt sich, ob sie es ebenfalls in sich hatte, dieses Gift. Nach kurzem Überlegen stellt er fest, dass es unwichtig ist, zumindest *das* ist ihr erspart geblieben.

Anton strafft sich, schlägt den Mantelkragen hoch. Langsam geht er davon, den Blick zu Boden gerichtet. Er erreicht einen der Hauptwege, dann nimmt er eine Abkürzung über eine Wiese. Die gefrorenen Grashalme knirschen unter seinen Sohlen wie berstendes Glas, er läuft schneller, weiß jetzt, dass der Entschluss schon gefasst war, bevor er hergekommen ist.

Er wird es Boris sofort sagen. Gleich, nachdem er nach Hause kommt. Anton selbst hat beschlossen, dass er es nicht wissen will. Boris soll allein entscheiden. Er ist alt genug, auf ein paar Monate kommt es nicht an.

Das ist Anton Braekers Plan. Er wird nicht aufgehen, denn als er zwanzig Minuten später nach Hause kommt, ist Boris verschwunden, ohne eine Nachricht hinterlassen zu haben.

Siebenundzwanzig

Jetzt.

Boris Braeker hatte seine Aufzeichnungen nur unregelmäßig geführt, zwischendurch klafften tagelange Lücken. Seitenweise Ausführungen über Kunst, Naturwissenschaft und Philosophie wechselten mit kurzen, belanglosen Notizen, teilweise jammernd, teilweise euphorisch vorgetragen, doch stets durchdrungen vom festen Bewusstsein der eigenen Genialität.

brauche kein fernsehen. kein internet. alles in meinem kopf.

Nicht immer konnte Schröder den Worten Boris Braekers folgen, dessen Stimmungslage offensichtlich ebenso sprunghaft gewesen war wie sein Denken. Eines allerdings war offensichtlich: Selbstzweifel mussten dem jungen Mann fremd gewesen sein.

Es war sechs Uhr morgens, Schröder hatte die ganze Nacht kein Auge zugetan. Trotzdem verspürte er keine Müdigkeit, er scrollte durch das Dokument, widerstand dem Drang, einzelne Worte zu überfliegen. Allmählich schlossen sich die Kreise, der Tote nahm Gestalt an, und der Plan, der womöglich zu seiner Ermordung geführt hatte, trat langsam zutage.

drei tage rumgesessen. kafka gelesen (geiler typ). muss mich bewegen. fahrrad gekauft. ein gutes natuerlich, fast die haelfte der letzten kohle ist weg. scheiß drauf. weiß noch nicht, wie ich's anstelle, hab ein paar varianten im kopf. eine fette aktion genuegt, aber es muss mindestens eine halbe million rausspringen.

Der Eintrag war undatiert. Trotzdem wusste Schröder sofort, dass er genau einen Monat vor dem Mord erfolgt war. Vieles von den Unmengen an Fakten und Zahlen, die unter Schröders akribisch gepflegter Glatze abgespeichert waren, erwies sich später als unnütz, doch nicht alles. Zunächst besann er sich auf das Rennrad, das in Boris Braekers Wohnung gestanden hatte, dann an die Quittung in der Schublade. Es dauerte zwei Sekunden, bis er sich das Datum darauf in Erinnerung gerufen hatte.

Die nächsten Seiten waren in einem seltsamen Kauderwelsch aus Französisch und Englisch geschrieben. Es ging um Chemie, darauf deuteten jedenfalls die endlosen Zahlenreihen und Formeln. Die Notizen brachen abrupt ab, Boris Braeker hatte das Interesse verloren, mitten im Wort geendet und war übergangslos zu einer kruden philosophischen Abhandlung übergegangen.

realitaet: das, was man sieht. was man NICHT sieht, geschieht nicht. ich werde wohl das tun, was die oeffentlichkeit als verbrechen bezeichnet. aber es wird nicht ans licht kommen. ein verbrechen ist ein verbrechen ist ein verbrechen. aber nur, wenn es jemand sieht. wenn nicht, geschieht es nicht.

Der Eintrag schloss mit einer Bemerkung über das Wetter.

scheiße

*

Zorn lag auf der Seite, die Bettdecke klemmte zwischen seinen nackten Beinen. Sein Atem ging ruhig, die Augen waren geschlossen, doch von Schlaf konnte noch immer keine Rede sein. Kurz, nachdem sich der Wind gelegt hatte, war er in eine Art Dämmerschlaf gefallen, ein zielloses Schweben zwischen den Welten. Seine Pupillen zuckten hinter den geschlossenen Lidern, als wollten sie den Bildern folgen, die sein ruheloses Hirn in seinem Kopf entstehen ließ. Er murmelte etwas, sprach im Traum mit Malina, die ihm gerade erklärte, dass sie einen Job in Zagreb angenommen habe. Rufus erschien hinter ihr, er hielt einen Koffer in der Hand. Seine Hand lag auf Edgars Schulter, der seinem Vater zum Abschied zuwinkte. Zorn, mit seiner größten Angst konfrontiert, wälzte sich hin und her, das Kopfkissen fiel neben dem Handy zu Boden. Das Display leuchtete auf, als wäre dies ein Signal gewesen. Es dauerte eine Weile, bis das Brummen des Telefons in Zorns Traumwelt vordrang, dieser lag jetzt auf dem Bauch, ein dünner Schweißfilm trocknete auf seinem Rücken, während sich seine Züge langsam entspannten. Zorn lächelte im Schlaf, seine Finger tasteten neben dem Bett über den Teppich, schlossen sich um das Handy.

»Frieda«, murmelte Zorn mit geschlossenen Augen, noch immer ein seliges Lächeln um die Mundwinkel. »Ich bin gleich bei dir.«

Eine Männerstimme antwortete. Es waren nur ein paar Silben, doch Zorn war schlagartig wach, bevor sie geendet hatten. Er fuhr hoch, als sei neben ihm der Blitz eingeschlagen.

»*Wer* ist da?«

»Du hast mich verstanden«, sagte die blecherne Stimme am anderen Ende. »Ich muss dich sehen. Sofort.«

*

Konzentriert kämpfte Schröder sich durch das Tagebuch, verbissen bemüht, die seltenen konkreten Hinweise herauszufiltern, die ebenso unvermittelt, wie sie zwischen den Zeilen auftauchten, wieder abbrachen.

anton beim baecker gesehen. hat mich nicht erkannt. besser so.

Allmählich fügte sich das Bild über die letzten Tage Boris Braekers zusammen, das Puzzle nahm Gestalt an. Noch immer rätsel-
haft, doch die Lücken schlossen sich. Das ständige Brüten über
die Zukunft schien Boris Braeker mehr und mehr zuzusetzen, er
klang zunehmend gereizter, schrieb über seine Schlaflosigkeit,
über nächtliche Streifzüge durch die Stadt. Dann beschrieb Braeker, was er auf einem dieser Ausflüge beobachtet hatte.

der typ war sofort tot. armes schwein. kopf zerquetscht, nur noch
matsch. krass. keine zeugen. nur ich. kurz ueberlegt, ob ich die
bullen rufe. habs nicht gemacht. spaeter vielleicht. will erst rauskriegen, wem das auto gehoert. die karre sah teuer aus. das arschloch hat nicht mal gebremst. faehrt jemanden ueber den haufen
und haut einfach ab. das schwein gehoert bestraft. vorher finde
ich raus, ob er kohle hat. wenn nicht, geht er in den knast. wenn
ja, wird er meine probleme loesen.

Schröder richtete sich kerzengerade auf. Las die Zeilen noch einmal und stieß einen leisen Pfiff aus. Der Vorhang begann sich zu
heben.

*

Es war Viertel vor sieben, als Zorn das Wehr erreichte. Mit häm-
merndem Puls hastete er über die Wiese, das Gras, feucht vom
nächtlichen Tau, benetzte seine Schuhe, den Saum seiner Jeans.
Abgebrochene Zweige und Äste lagen überall verstreut, Überbleibsel des Sturmes, der mittlerweile den Harz erreicht hatte
und dort sein Leben aushauchte, kaum mehr als ein laues Lüftchen in den dunklen Wäldern.

Fast eine Stunde war seit dem Anruf vergangen, es hatte eine
Weile gedauert, bis Zorn seinen schlummernden Sohn aus dem
Bettchen geholt und ihm die Sachen übergestreift hatte. Genau

wie sein Vater war Edgar ein Langschläfer, und Zorn, der sehr gut wusste, wie der Kleine sich fühlte, hatte sich seine Ungeduld nicht anmerken lassen. Wie auf glühenden Kohlen hatte er am Küchentisch gesessen und zugesehen, wie Edgar müde in seinen Cornflakes rührte, in der einen Hand den Löffel, in der anderen sein aktuelles Lieblingsauto (einen silbernen *Beh-Ämm-Weh* mit abnehmbarem Dach und bunten Aufklebern auf den Türen). Zorn hatte gewartet, bis der Kleine wie immer den letzten Rest Milch ausgeschlürft, das Auto neben der Kaffeemaschine geparkt und seine Biene-Maja-Schüssel umständlich im Geschirrspüler verstaut hatte. Der Kindergarten öffnete um halb sieben, sie waren die Ersten gewesen, und erst nachdem Zorn seinen verschlafenen Sohn zum Abschied geküsst und einer ebenso verschlafenen Erzieherin in den Arm gedrückt hatte, war er im Stechschritt zum Auto gerannt und mit quietschenden Reifen davongebraust.

Er hatte die Landspitze am Wehr erreicht, blieb neben einem überquellenden Papierkorb stehen, um zu verschnaufen. Vor ihm teilte sich der Fluss, geradeaus schoss das Wasser über das Wehr, nach rechts bog ein schmaler Seitenarm, überspannt vom steinernen Bogen einer alten Fußgängerbrücke aus Stahlbeton, die hinüber auf eine kleine, verwilderte Insel führte.

Die Morgendämmerung setzte ein. Zorn sah nach oben und erkannte die massige Gestalt, die im fahlen Licht auf dem Scheitelpunkt des Brückenbogens am Geländer lehnte und hinab auf den Fluss sah. Der elegante Halbkreis der Brücke spiegelte sich im dunklen Wasser und vervollständigte das Bild zu einem leicht verschobenen Oval.

Zorns Handy vibrierte. Er sah auf das Display, erkannte Schröders Nummer. Ohne zu zögern verstaute er das Telefon wieder in der Lederjacke, dabei schlossen sich seine Finger um die Zigarettenschachtel. Ein Feuerzeug flackerte auf, Zorn inhalierte gierig, stieß den Rauch heftig aus. Ein weiterer Zug, die Zigarette flog in ein Brombeergestrüpp. Zorn straffte sich, kurz darauf hallten die steinernen Brückenstufen unter seinen Stiefeln.

Claudius Zorn ging hinauf zu seinem wartenden Bruder.

＊

Schröder legte das Handy zur Seite. Scrollte zurück, las noch einmal, wie Boris Braeker seinen Plan fasste, in die Tat umsetzte. Seine Lippen bewegten sich unmerklich, immer schneller überflog er die Zeilen. Kurz vor dem Ende des Dokuments stieß er auf einen Eintrag, dieser war einen Tag vor Boris Braekers Tod datiert, bestand nur aus einem Wort.

bingo.

»Bingo«, wiederholte Schröder leise.

Hastig sprang er auf, schaltete den Drucker ein. Dann ging er zum Fenster, lauschte dem Surren des Druckers und während der Stapel im Papierfach hinter ihm immer größer wurde, sah Schröder hinaus in den erwachenden Morgen.

Achtundzwanzig

»Du hast niemandem was gesagt?«

Cornelius hatte die Unterarme auf das Geländer gestützt, sein Blick war hinab auf das Wasser gerichtet.

»Niemandem«, sagte Zorn. Er lehnte hinter Cornelius am Geländer. Das Metall vibrierte noch von seinen Schritten.

»Du hast es versprochen«, sagte Cornelius.

»Das hab ich.«

Sie mussten laut reden, schräg unter ihnen rauschte der Fluss über das Wehr. Eine junge Birke hatte sich zwischen den stählernen Sperrpfeilern verkeilt, schäumend schoss das Wasser flussabwärts.

»Wir fahnden nach dir«, sagte Zorn. »Alles, was Beine hat, ist …«

»Ich hab dich nicht angerufen, weil du Polizist bist«, unterbrach Cornelius.

»Sondern?«

»Weil du mein Bruder bist.«

»Ja«, nickte Zorn. »Das bin ich.«

Und ich wünschte, es wäre anders, fügte er in Gedanken hinzu.

Als Kinder hatten sie oft hier gespielt. Waren in ihren kurzen Lederhosen über die halbkreisförmige Brücke getobt, hatten gewettet, wer zuerst drüben auf dem verwilderten Eiland war, das durch den Seitenarm abgetrennt wurde. Cornelius hatte immer gewonnen, mühelos, drei, vier Stufen auf einmal nehmend, hatte er den kleinen Claudius abgehängt. Das Bild, wie Cornelius grinsend am anderen Ende der Brücke auf seinen japsenden Bruder wartete, hatte sich Claudius Zorn fest ins Gedächtnis gebrannt.

Fast vierzig Jahre war das jetzt her. Vierzig Jahre, die Welt hatte sich gedreht. Alles war anders. Nur das Rauschen des Flusses klang genau wie damals.

Zorn verlagerte das Gewicht von einem Bein auf das andere. Wartete schweigend, dass Cornelius weitersprach. Dieser wandte ihm weiter den massigen Rücken zu. Zorn sah das kurzgeschnittene Haar im Nacken, Wassertropfen glänzten auf den Schultern des schweren Wollmantels.

»Ich habe Boris Braeker nie gesehen«, sagte Cornelius schließlich.

»Woher kennst du dann seinen Namen?«

»Aus der Zeitung.«

»Und da hast du ihn dir gemerkt?«

»Ich stehe mit dem Rücken zur Wand. Da merkt man sich eine Menge, Bruderherz.«

Zorn verschränkte die Arme vor der Lederjacke. Noch immer hatten sie sich nicht angesehen, Cornelius stand gebeugt vor ihm und starrte an seinen gefalteten Händen vorbei hinab auf das dunkle Wasser.

»Warum bin ich hier?«, fragte Zorn.

Cornelius hob den Kopf, ohne sich umzusehen.

»Da drüben«, sagte er nach einer Weile, »war unser Versteck.«

Zorn folgte dem Blick seines Bruders über das schäumende Wehr hinüber zur Ruine der alten Papiermühle. Der dunkle Backsteinbau verschwand fast zwischen den wildwuchernden Bäumen am anderen Ufer. Dahinter stieg das Gelände steil an, die Kuppe des felsigen Hügels färbte sich rot. Die Sonne ging auf.

»Weißt du noch, wie wir das Lagerfeuer gemacht haben?«, fragte Cornelius.

Wir?, dachte Zorn. *Du* hast das Feuer gemacht. Ich musste zugucken, im besten Fall durfte ich Holz sammeln. Den Rest hast wie immer du bestimmt, großer Bruder.

»Das Feuerzeug hatte ich in der Garage geklaut«, fuhr Cornelius fort. »Sie hatte es uns verboten. Wir haben alles abgestritten, aber sie hat's gerochen. Ich werde nie vergessen, wie sie uns den Arsch versohlt hat.«

Wie immer sprach er den Namen ihrer Mutter nicht aus.

»Warum«, wiederholte Zorn ruhig, »bin ich hier?«

Cornelius umfasste das Geländer, streckte die Arme. Der Stoff des Wollmantels spannte am Rücken.

»Weil du mir helfen musst.«

»Das versuche ich die ganze Zeit.«

»Echt?« Cornelius wandte sich um. »Das muss mir entgangen sein. Gemerkt habe ich davon nämlich nichts.«

»Wie auch?« Zorn klang ruhig. Doch seine Hände in den Jackentaschen waren zu Fäusten geballt. »Du bist abgetaucht. Hast dich verpisst wie ein Schwerverbrecher.«

»Ich hatte meine Gründe.«

Sie lehnten einander gegenüber am Geländer. Zorn bemerkte die Ringe unter den Augen seines Bruders, die Stoppeln auf den Wangen. Schließlich war es Cornelius, der weitersprach.

»Ich kenne Boris Braeker nicht.«

»Du wiederholst dich.«

»Ich habe diesen Menschen nie in meinem Leben getroffen.«

»Ihr habt telefoniert«, sagte Zorn. »Kurz vor seiner Ermordung. Du warst in seiner Wohnung, wir haben deine Fußspuren.«

»Das ist manipuliert.«

»Klar doch.« Zorn lachte auf. »Eine Verschwörung.«

»Verdammt nochmal, Claudius!« Cornelius kam näher, Zorn roch seinen sauren Atem, den Schweißgeruch. »Ich weiß selbst, dass alles gegen mich spricht! Ihr denkt, ich war mit ihm essen, ihr habt seinen Wohnungsschlüssel bei mir gefunden, ihr …«

»Woher weißt du von dem Schlüssel?«, unterbrach Zorn ihn scharf.

Cornelius blinzelte, trat einen Schritt zurück.

»Ich habe meine Quellen.«

»*Welche* Quellen?«

Keine Antwort.

»Ich hab dich was gefragt, Cornelius. Ich will wissen ...«

»Darum geht's nicht! Kapierst du das nicht? Diese Beweise gegen mich, jeder einzelne ist manipuliert! Jemand will mich vernichten! Du musst rausfinden, wer dahintersteckt! Du bist mein *Bruder*, verdammte Scheiße! Willst du, dass ich im Knast verrotte?«

Die letzten Worte hatte Cornelius beinahe geschrien, Speichel spritzte aus seinem Mund. Rechts von ihnen flatterte ein Krähenschwarm auf, krächzend verschwanden die aufgeschreckten Vögel in den Baumwipfeln.

»Wir klären das«, sagte Zorn ruhig. »Aber dazu musst du mitkommen.«

»Ich hab dir gesagt, dass das nicht geht.« Cornelius schüttelte den Kopf. »Was erwartest du? Dass ich mich einbuchten lasse und tatenlos zugucke, wie alles immer schlimmer wird? Nein«, ein weiteres heftiges Kopfschütteln, »ich warte ab. Hier in der Stadt kann ich nicht bleiben, ich verschwinde eine Weile. Und zwar so lange, bis du geklärt hast, was hier los ist.«

Das war keine Bitte. Es war eine Anweisung. Wie früher, keine Diskussion duldend. Der gleiche, befehlsgewohnte Ton des älteren Bruders, damals mit heller Kinderstimme, jetzt im sonoren Bariton des erfolgreichen Unternehmers.

»Wir sind hier nicht in einem deiner Meetings«, sagte Zorn. »Hier geht's auch nicht um einen von deinen Aufträgen. Es geht um Mord. Du kannst nicht einfach deine Beziehungen spielen lassen. Oder irgendeinen von deinen Leuten losschicken, der dir den Weg freiräumt.«

»Ich frage nicht irgendjemanden. Ich frage *dich*.«

Zorn hielt dem Blick seines Bruders stand, äußerlich unbewegt. Doch in den Jackentaschen vergruben sich seine Fingernägel in den Handballen.

»Ich bin nicht dein Laufbursche, Cornelius. Früher vielleicht, jetzt nicht mehr.«

»Und was«, zischte Cornelius, »bist du jetzt?« Sein Gesicht verfärbte sich, Röte überzog die fülligen Wangen. »Dir war immer egal, was aus dir wird. Du hattest nie ein Ziel, das war schon als Kind so. Nichts, was du angefangen hast, hast du jemals zu Ende gebracht. Ich hab mich nie in dein Leben eingemischt, es ist deine Sache, was du draus machst. Aber soll ich dir sagen, was ich von dir halte?« Cornelius senkte die Stimme. Sein Gesicht war verzerrt von einer Wut, die sich seit Jahrzehnten angestaut hatte. »Du bist eine *Null*, Claudius. Ein kleiner Provinzpolizist, mehr nicht.«

»Tja.« Zorn zuckte die Achseln. »Da hast du wohl recht. Wie immer.«

Er sah auf die Uhr. Zwei Minuten vor sieben.

»Ich hab nie verstanden, warum du zur Polizei gegangen bist.« Cornelius holte tief Luft, wurde ruhiger. »Ich kenne dich, Vorschriften kotzen dich an. Regeln, Bürokratie, all diese Dinge sind dir zuwider.«

»Auch damit«, nickte Zorn, »hast du recht. Es ist ein beschissener, langweiliger Job.«

»Du könntest das ändern, Claudius.«

»Indem ich dir helfe?«

»Indem du zeigst, was du draufhast.«

Zorn lauschte dem Rauschen des Wehres. Sein Blick wanderte über die Schulter seines Bruders hinüber zur alten Papiermühle. Er war nie wieder dort gewesen. Nur einmal, als sie vor ein paar Jahren die ausgeblutete Leiche einer ehemaligen Deutschlehrerin auf einer Bank am Ufer gefunden hatten. Zorn erinnerte sich an das Gesicht, an die fehlenden Augen, die Krähen hatten sich an der Toten zu schaffen gemacht.

»Glaubst du, dass ich ein Mörder bin?«, fragte Cornelius. »Dass ich dazu fähig bin, jemanden zu töten?«

»Nein«, sagte Zorn.

»Dann hilf mir.«

»Das tue ich.«

Irgendwo hinter ihnen heulte ein Motor auf.

»Ich hab dich noch nie um was gebeten«, sagte Cornelius. »Vergiss deine dämlichen Vorschriften. Sie bedeuten dir eh nichts.«

Zorn öffnete den Reißverschluss seiner Jacke, holte die Zigaretten hervor.

»Ich will, dass du dich stellst, Cornelius.«

»Auf keinen Fall.«

Zorn schirmte das Feuerzeug mit der Hand ab. Seine Finger blieben ruhig, zitterten nicht.

»Ich fürchte, du hast keine Wahl«, sagte er leise.

Cornelius runzelte schweigend die Stirn.

»Du hältst mich für einen Versager.« Zorn blies den Rauch aus. »Du denkst, mir wäre alles egal. Aber weißt du was? Menschen ändern sich.«

Cornelius setzte zu einer Erwiderung an. Zorn unterbrach ihn mit einer Kopfbewegung, deutete mit dem Kinn nach links. Reifen knirschten auf Kies, Blaulicht flackerte zwischen dem Brombeergestrüpp am Fuß der Brücke. Cornelius wurde blass. Seine Augen weiteten sich, halb vor Schreck, mehr jedoch vor Erstaunen.

»Du *verhaftest* mich?«

Zorn nickte schweigend.

»Du ...« Cornelius schüttelte verwirrt den Kopf. »Du hast versprochen, dass du allein kommst. Dass du mich gehen lässt.«

Zorn antwortete nicht. Er schnippte die Kippe über das Geländer, nahm seinen Bruder am Arm, führte ihn sanft die Stufen hinab. Cornelius ließ es geschehen, jegliche Kraft hatte ihn verlassen. Langsam, Schritt für Schritt, schlurfte er auf die Beamten zu, die am Fuß der Brücke Aufstellung genommen hatten. Auf der letzten Stufe blieb er noch einmal stehen, drehte sich um. Er schwankte, verlor das Gleichgewicht, hielt sich am Geländer fest und sah zu Zorn auf.

»Du … du bist mein Bruder.«

Zorn musste die Worte von den Lippen ablesen, die Stimme ging im Rauschen des Wassers unter. Ein Beamter näherte sich von hinten, wollte Cornelius abführen. Zorn hielt ihn mit einem knappen Kopfschütteln zurück.

»Du hast es versprochen.«

»Ja, das hab ich«, erwiderte Zorn. Seine Stimme klang sanft. Weich, als wolle er sich entschuldigen. Seine Augen hingegen waren hart. »Das war gelogen.«

Neunundzwanzig

»Ich hab ein paarmal versucht, dich zu erreichen«, sagte Schröder.

»Das hab ich gesehen.«

Die Bürotür fiel hinter Zorn ins Schloss, er sank gegen den Rahmen, rieb sich erschöpft die Augen. Schröder schien kurz vor ihm gekommen zu sein, er stand vor seinem Schreibtisch und war im Begriff, seine Jacke aufzuknöpfen.

»Du bist nicht rangegangen.«

»Nein«, erwiderte Zorn. »Das bin ich nicht.«

»Warum?«

»Ach, da gibt's verschiedene Gründe. Manchmal habe ich keine Lust, mit dir zu reden. Manchmal schlafe ich, und manchmal, wie heute Morgen, bin ich einfach nur beschäftigt.«

»Damit, deinen Bruder zu verhaften.«

Die Nachricht hatte sich wie ein Lauffeuer im Präsidium herumgesprochen. Zorn überlegte, ob er das Licht einschalten sollte, ließ es dann sein. Der schmutziggraue Dunst vor dem Fenster passte hervorragend zu seiner Stimmung und verwandelte das Büro in ein konturloses Loch.

»Ja«, sagte Zorn. »Er hat mich aus dem Bett geklingelt und wollte sich mit mir treffen. Nur er und ich, ein Gespräch unter Brüdern. Viel mehr hat er nicht gesagt, er war fix und fertig. Ich hab ihm versprochen, dass ich ihm eine Chance gebe, alles zu erklären. Hab ihm hoch und heilig *geschworen*, dass ich ihn gehen lasse. Soll ich dir sagen, was ich als Erstes gemacht habe, nachdem ich aufgelegt hatte?«

»Ich nehme an, das ist eine rhetorische Frage.«

»Ich hab ein Einsatzkommando bestellt. Keine drei Sekunden,

nachdem das Gespräch beendet war. Dann hab ich Edgar fertig gemacht und in den Kindergarten gebracht. Als du angerufen hast, stand ich unten am Wehr.« Zorn lehnte noch immer an der Tür, er hatte den Kopf in den Nacken gelegt und starrte an die Decke. »Ich hatte eine Entscheidung getroffen. Dass ich mich ausnahmsweise mal an die Fakten halte und nicht an meine Gefühle.«

»Das war richtig.«

»Ich hab ihn verarscht«, seufzte Zorn. »Hab ihn nach Strich und Faden belogen und betrogen, damit ich ihn am Ende in eine Zelle verfrachten kann.«

Schröder streifte die Jacke ab, hängte sie über die Stuhllehne und setzte sich.

»Ich hatte gehofft, er würde sich freiwillig stellen«, fuhr Zorn leise fort. »Dass ich ihn überreden kann. Aber er nimmt mich nicht ernst. Das hat er noch nie. Einmal kleiner Bruder, immer kleiner Bruder.«

Draußen auf dem Flur erklangen Schritte, Zorn spürte, wie das Türblatt in seinem Rücken vibrierte. Er war müde, unendlich müde. Obwohl er wusste, dass er richtig gehandelt hatte, fühlte er sich schäbig, wie ein Betrüger. Schröder riss ihn aus seinen Gedanken.

»Machst du das Licht an?«

Zorn gehorchte. Das Neonlicht flackerte auf, er schlurfte mit hängenden Schultern zum Schreibtisch und ließ sich in seinen Stuhl fallen. Schröder sah ihn schweigend an.

»Du guckst, als hätte ich Mist gebaut«, sagte Zorn nach einer Weile.

»Hast du nicht.«

»Nee?«

»Ich sagte, dass du alles richtig gemacht hast.«

»Und mehr«, fragte Zorn, »hast du nicht zu sagen?«

Schröder hob fragend eine Augenbraue.

»Was denn zum Beispiel?«

»Na ja.« Zorn strich mit den Fingern über die Stuhllehne. »Ich will dir nicht reinreden, du bist hier der Boss. Aber ein kleines Lob wäre angebracht. Ich fühle mich gerade ziemlich Scheiße. Du musst mir ja nicht gleich um den Hals fallen, aber als mein Vorgesetzter könntest du ruhig was Nettes sagen. So was wie«, er hob die Hände, deutete mit den Fingern zwei Anführungszeichen an, »toll gemacht. Gute Arbeit. Super. Spitze. Irgendwas, das mich ein bisschen aufbaut. Muss ja nicht auf Deutsch sein, von mir aus auch auf Russisch.«

Schröder antwortete nicht. Sein Blick war auf Zorn gerichtet, doch seine hellen Augen waren leer, abwesend, sahen durch ihn hindurch. Es war offensichtlich, dass er mit seinen Gedanken woanders war, die Synapsen hinter seiner kahlen Stirn arbeiteten auf Hochtouren. Zorn öffnete den Mund, um seinen *werten Vorgesetzten* zu bitten, ihn an seinen wichtigen Gedanken teilhaben zu lassen, doch Schröder kam ihm zuvor.

»Er sagt, er wäre unschuldig?«

»Ja.«

»Glaubst du ihm?«

»Ja. Nein. Ich weiß nicht.« Zorns Schädel brummte. Er massierte die Schläfen mit den Fingerknöcheln. »Ich kann's einfach nicht beurteilen. Jeden anderen auf der Welt würde ich sofort einbuchten, selbst, wenn wir nur halb so viel gegen ihn hätten. Aber Cornelius ist nun mal nicht *jeder andere.*«

»Hast du ihm gesagt, was wir alles gegen ihn in der Hand haben?«

»Ja«, nickte Zorn. »Er behauptet, das wäre manipuliert.«

»Von wem?«

Zorn zuckte die Achseln. Das Neonlicht spiegelte sich auf der Tischplatte, er schirmte die Augen mit der Hand ab. Die Kopfschmerzen wurden stärker, das Blut pochte in seinen Schläfen wie dickflüssige Säure.

»Der Schlüssel von Boris Braekers Wohnung«, sagte er. »Weiß

irgendjemand, dass wir den bei Cornelius gefunden haben? Außerhalb des Präsidiums, meine ich.«

»Nein.« Schröder schüttelte den Kopf. »Warum fragst du?«

»Weil Cornelius es wusste.«

Schröder horchte auf.

»Woher?«

»Keine Ahnung«, seufzte Zorn.

»Das«, murmelte Schröder, »ist interessant. Ich bin gespannt, wie dein Bruder das erfahren haben will, wenn er tatsächlich unschuldig ist, wie er behauptet.«

»Ich will noch mal mit ihm reden«, sagte Zorn. »Bevor du ihn vernimmst.«

»Warum?« Schröder langte nach unten, öffnete seine Aktentasche und zog einen Stapel Papiere heraus. »Willst du dich entschuldigen?«

»Nee. Ich will ihm erklären, dass ich keine Wahl hatte.«

Schröder hielt den Papierstapel in beiden Händen, klopfte die Kante auf den Tisch, um die Blätter zu ordnen. Dabei sah er Zorn nachdenklich an.

»Gut«, sagte er. »Aber du musst dich keine Sekunde lang rechtfertigen.«

»Wird das jetzt ein Lob?«

»Wofür?« Schröder erwiderte Zorns Lächeln nicht. »Du hast dir einen Riesenärger erspart. Was denkst du, was ich gemacht hätte, wenn du dich heimlich mit einem dringend Verdächtigen getroffen und ihn dann wieder hättest gehen lassen?«

»Ich nehme an, das ist …«

»… ebenfalls eine rhetorische Frage, richtig. Die Antwort gebe ich dir trotzdem.« Schröder schob mit dem Ellbogen die Tastatur seines Rechners zur Seite, legte den Papierstapel vor sich auf den Tisch, dann sah er Zorn an. »Ich hätte dich in der Luft zerrissen. Hätte dich zusammengefaltet, auseinandergenommen, zur Schnecke gemacht. Ich sag's dir gern auf Russisch, wenn's dir was hilft.

Ich hätte dir die Leviten gelesen, den Marsch geblasen und die Hölle heiß gemacht.«

»Gleichzeitig?«

»Ich bin nicht sicher, ob das technisch möglich ist«, erwiderte Schröder knapp. »Fakt ist, dass du deinen Bruder verhaftet hast. Das musstest du auch, nach allem, was du heute Morgen wusstest. Obwohl das«, Schröder faltete die Hände über dem Papierstapel, »noch längst nicht alles ist.«

Zorn runzelte die Stirn.

»Wie meinst du das?«

»Bisher hatten wir einen Haufen Indizien«, sagte Schröder. »Beweise, von denen dein Bruder behauptet, sie wären durch die Bank manipuliert.«

Zorn nickte stumm.

»Jetzt sind wir einen Schritt weiter. Das hier«, Schröders Zeigefinger tippte auf das vor ihm gestapelte Papier, »ist das Tagebuch von Boris Braeker.«

»Woher …«

»Ich habe seinen Computer geknackt.«

»Wie hast du …«

»Das ist nebensächlich«, unterbrach Schröder. »Dein Bruder sagt, er kannte Boris Braeker nicht?«

»Das behauptet er.«

»Hier«, Schröder deutete auf den Papierstapel, »steht das Gegenteil. Sie haben sich getroffen, haben miteinander telefoniert. Alles, was wir vermutet haben, bestätigt sich. Aber das ist nicht alles. Hier steht auch, *warum* sie sich getroffen haben. Worum es in den Gesprächen ging.«

Zorn hatte sich aufgerichtet. Die Kopfschmerzen waren verschwunden, zumindest achtete er nicht darauf. Seine Aufmerksamkeit galt einzig und allein Schröders Worten, verbissen bemühte er sich, deren Bedeutung zu verarbeiten, und wappnete sich gleichzeitig für das, was noch folgen würde.

»Wir haben ein Motiv«, sagte Schröder. »Dein Bruder hat Boris Braeker nicht nur gekannt. Er hatte auch gute Gründe, ihn zu ermorden.«

Dreißig

Zorn betrat den Verhörraum, ohne Cornelius eines Blickes zu würdigen. Er nickte dem uniformierten Beamten zu, der in der Tür gewartet hatte, dieser verließ den Raum. Wortlos stellte Zorn zwei Pappbecher mit Kaffee auf den grauen Plastiktisch, griff einen der an der Wand aufgereihten Stühle, stellte ihn mit einem leisen Knall vor den Tisch und nahm Platz. Umständlich schob er den Stuhl nach hinten, wieder ein Stück vor, lehnte sich zurück und streckte die Beine aus.

Cornelius folgte jeder seiner Bewegungen mit den Augen. Die Handschellen waren ihm abgenommen worden, doch seine Hände hingen zwischen den massigen Oberschenkeln, als wären sie noch immer gefesselt. Zorn wehrte sich gegen den Gedanken, doch die Art, wie sein Bruder mit gestrecktem Rücken und gespreizten Beinen auf der Vorderkante des Stuhls hockte, erinnerte an einen Mann, der die letzten Stunden mit einer Verstopfung auf dem Klo verbracht hat.

Eine Weile saßen sie schweigend da und sahen sich an, Cornelius mit unverhohlener Wut, Zorn hingegen wirkte gelassen.

»Ich werde mich nicht bei dir entschuldigen«, begann er schließlich. »Es kotzt mich an, mit dir in einer Verhörzelle zu sitzen. Aber ich kann nichts dafür. *Du* bist es, der uns in diese beschissene Lage gebracht hat. *Ich* bin es, der jetzt in einem beschissenen Raum beschissene Fragen stellen und dabei«, Zorn deutete auf die Becher, »beschissenen Kaffee trinken muss.«

Cornelius antwortete zunächst nicht. Im harten Licht der Leuchtstoffröhre schien sein Gesicht noch bleicher, als es ohnehin schon war. Die Schatten unter den geröteten Augen wirkten wie Blutergüsse.

»Du genießt das, oder?«, sagte er dann. »Die Macht, die du über mich hast. Hast du als Kind so sehr gelitten, dass du's mir auf diese Art heimzahlen musst?« Er deutete zur Tür. »Die haben mir meinen Gürtel weggenommen, meine Schnürsenkel auch!«

»Das ist Vorschrift.«

»Klar.« Cornelius lachte auf. »Ich wette, das hast du veranlasst. Es reicht dir nicht, mich zu belügen, du musst mich auch noch erniedrigen. Oder wolltest du mich weichklopfen, bevor du mich diesem armseligen Verhör unterziehst?«

»Du bist mein Bruder, ich darf dich nicht verhören. Das ist ein Besuch, außerhalb des Protokolls.«

»Scheiß auf deinen Besuch, Claudius. Scheiß auf *dich*.«

»*Du* bist es, der in der Scheiße steckt. Deswegen bin ich hier, um dir das klarzumachen. Verdammt nochmal, du steckst so tief drin, dass dir die Kacke aus den Ohren quackert!«

Zorns Worte hallten von den Wänden wider. Er war kurz davor, die Beherrschung zu verlieren, also begann er, innerlich zu zählen. Er musste sich sammeln, die Gedanken ordnen. Als er bei fünf war, ging es ihm keinen Deut besser, trotzdem redete er weiter. Zumindest seine Stimme hatte er wieder unter Kontrolle.

»Hast du auch nur die leiseste Ahnung, was hier los ist?«, fragte er. »Wessen du hier beschuldigt wirst?«

Cornelius ließ sich zurücksinken, der Stuhl ächzte unter seinem Gewicht.

»Ich sage hier gar nichts mehr«, erklärte er förmlich. »Wenn ihr was wissen wollt, redet mit meinen Anwälten.«

Plural. Ein Anwalt reichte nicht, es mussten mehrere sein. Zorn hasste diesen Spruch, eine abgedroschene Phrase aus amerikanischen Fernsehserien. Je größer die Macht eines Menschen, desto höher die Zahl seiner Anwälte.

»Du kannst hier 'ne Armee auffahren«, sagte er. »Du kannst sämtliche Juristen aus der Gegend in einen Bus stecken und rankarren lassen, aber keiner von deinen Winkeladvokaten wird dich hier rausholen. Du kannst mit deinem Geld um dich schmeißen, du kannst deine Beziehungen spielen lassen. Nichts davon wird dir helfen.«

»Das werden wir sehen.«

»Ich fass es nicht«, murmelte Zorn kopfschüttelnd. »Was bist du nur für ein arrogantes Arschloch.«

»Das Gespräch ist hiermit beendet.«

»Dann lasse ich dich in deine Zelle bringen.«

»Tu, was du nicht lassen kannst. Ich werde nicht lange drinbleiben.«

Cornelius hatte die Hände vor dem Bauch gefaltet, die Daumen umkreisten einander wie fleischige Maden. Sie hatten ihm auch den Schlips abgenommen, das Doppelkinn hing über dem offenen Hemdkragen. Schweißflecken zogen sich von den Achseln bis über den breiten Brustkorb.

»Ich werde dein Spielchen nicht mitmachen. All diese Beweise, die ihr angeblich habt. Ich weiß jetzt, wer dahintersteckt. Es muss jemand sein, der die Möglichkeit hat, Beweise zu manipulieren. Ein Polizist zum Beispiel. Du, Claudius.«

»Was?!«

»Ich muss zugeben, du hast es clever angestellt.« Cornelius legte den Kopf schief, musterte Zorn aus zusammengekniffenen Augen. »Dieses angebliche Telefonat, meine Fußspuren, selbst den Wohnungsschlüssel hast du bei mir deponiert, damit …«

»Woher, verdammt nochmal, weißt du von dem Schlüssel?«, rief Zorn.

»Die Frage ist eine andere.« Cornelius schüttelte den Kopf. »Wie blöd muss man sein, jemanden umzubringen und seinen Wohnungsschlüssel zu behalten?«

Das hatte Zorn sich ebenfalls schon gefragt.

»Du brauchtest ihn noch. Du hattest nicht gefunden, was du gesucht hast. Das Telefon, es war der Beweis, dass du mit Boris Braeker telefoniert hast, du …«

»Schwachsinn!« Cornelius richtete sich auf, er bebte vor Wut. »Ich habe keinen Menschen getötet! Wie kann man …«

»Nicht *einen* Menschen, sondern zwei!«

Zorn sprang auf, hieb mit der Faust auf den Tisch. Die Pappbecher hüpften, Kaffee, mittlerweile kalt geworden, ergoss sich über die Tischplatte. Keuchend starrte Zorn auf Cornelius hinab, der mit offenem Mund zu ihm aufsah.

»Du hattest einen Grund, Boris Braeker zu töten«, knurrte Zorn.

Er wusste, dass er einen Fehler machte. Nicht er, sondern Schröder musste Cornelius mit diesen Dingen konfrontieren und zwar langsam, methodisch. Eine Frage nach der anderen. Doch Claudius Zorn konnte nicht anders, er hatte die mühsam aufrechtgehaltene Kontrolle verloren. Selbst, wenn er innerlich bis hundert gezählt hätte, die Wut und das Entsetzen über das, was sein Bruder getan hatte, überdeckten alles.

»Boris Braeker hat beobachtet, wie du einen Menschen überfahren hast.«

Cornelius hockte wie gelähmt auf seinem Stuhl. Kaffee tropfte auf seinen rechten Oberschenkel.

»Er hat dich erpresst«, sagte Zorn. »Deshalb musste er sterben.«

*

»Sind Sie sicher, dass das eine gute Idee war?«, fragte Frieda Borck.

»Nein«, erwiderte Schröder, »das bin ich nicht. *Wenn* ich sicher wäre, hätte ich Sie nicht hergebeten.«

Die Staatsanwältin saß auf Zorns Platz hinter dem Schreibtisch. Nachdenklich sah sie zu Schröder hinüber, die Hände im Schoß gefaltet.

»Er hat ein Recht darauf«, sagte Schröder. »Er hat eben erfah-

246

ren, dass sein Bruder ein sadistischer Mörder ist. Jedenfalls deutet immer mehr darauf hin. Wir wissen beide, wie labil er ist. Irgendwie muss er damit umgehen, und es wird ihm helfen, wenn er noch einmal mit seinem Bruder reden kann. Im Moment geht es nicht darum, ein Geständnis zu bekommen. Es geht um Zorn, er muss das erst mal verarbeiten.«

Sie schwieg, noch immer zweifelnd.

»Ein Wort von Ihnen«, Schröder deutete auf sein Festnetztelefon, »und ich lasse ihn aus dem Verhörraum holen.«

»Nee«, seufzte Frieda Borck. »Ich denke, Sie haben recht. Außerdem kennen Sie ihn besser als ich.«

»Tu ich das?« Schröder lächelte.

Die Staatsanwältin öffnete den Mund, schloss ihn wieder. Ein paar Sekunden sah sie Schröder an, dann schüttelte sie resigniert den Kopf.

»Sie sind der Einzige, mit dem ich darüber reden würde«, murmelte sie, drehte einen schmalen Goldring an ihrem Zeigefinger. »Aber selbst, wenn ich wollte, ich wüsste nicht, was ich sagen soll. Es ist …«

»… kompliziert?«, half Schröder.

»Na ja.« Sie neigte den Kopf, erwiderte schüchtern Schröders Lächeln. »Eher, als wäre ich in einen Wirbelsturm geraten. Ich habe keine Ahnung, warum ich das angefangen habe. Erst recht nicht, wo das hinführen soll. Hat er …«, sie zögerte kurz, »mit Ihnen gesprochen? Über uns. Ihn und mich.«

»Nein. Aber ich weiß, wie viel Sie ihm bedeuten.«

»Er ist ein Kind. Ein großer, naiver Junge. Ständig muss man auf ihn aufpassen. Warum ist er uns so wichtig?«

»Vielleicht gerade deshalb? Weil wir ihn schützen wollen?«

Frieda Borck hatte das Kinn in die Hand gestützt, kaute am Nagel ihres kleinen Fingers und dachte nach. Offensichtlich ohne zu einem Ergebnis zu kommen, denn sie stemmte sich schließlich hoch und schob Zorns Stuhl unter den Schreibtisch.

»Richten Sie ihm aus, dass ich mit ihm reden will?«

»Dienstlich oder privat?«

»Keine Ahnung, wahrscheinlich beides.« Sie ging zur Tür, drehte sich noch einmal um und hob hilflos die Arme. »Oder keines von beidem.«

*

»Du wärst beinahe davongekommen.« Zorn stand noch immer über seinen Bruder gebeugt am Tisch. Er stützte die Hände ab, um nicht den Halt zu verlieren. »Wir hatten kaum Spuren, nur ein bisschen Lack und ein paar Splitter. Wir wussten nur, dass es sich um einen dunklen Geländewagen handelt. Niemand hat gesehen, wie du den armen Kerl überfahren hast. Das dachten wir zumindest, bis wir die Aufzeichnungen von Boris Braeker gelesen haben. Er hat haarklein aufgeschrieben, wie es abgelaufen ist.«

Cornelius war nach vorn gesunken, starrte schweigend auf seine Hände.

»Warst du besoffen?« Zorn ließ ihn keine Sekunde aus den Augen. »Du hast nicht mal gebremst.«

Cornelius schüttelte stumm den Kopf. Der Hemdkragen spannte im Nacken, scheuerte über die Haut. Zorn sah, wie sich seine Schulterblätter unter dem dünnen Hemdstoff bewegten.

»Der Mann hieß Paulus Gernhardt«, sagte Zorn. »Du hast ihn im Rinnstein verrecken lassen. Er war sofort tot, aber das konntest du nicht wissen. Anstatt ihm zu helfen, bist du in die nächste Werkstatt gefahren und hast deinen verdammten Jeep neu lackieren lassen.«

Zorns Mund war trocken. Er griff nach dem Pappbecher, trank einen Schluck. Er bemerkte weder, dass der Kaffee kalt war, noch, dass es sich überhaupt um Kaffee handelte.

»Ich habe dich nicht verstanden.«

Zorn beugte sich weiter vor. Cornelius hatte etwas gemurmelt.

»Die ... die Motorhaube«, wiederholte er, etwas lauter jetzt. Noch immer sah er zu Boden, auf einen Punkt irgendwo zwischen seinen Händen. »Jemand hatte mir ...«

»... die Motorhaube zerdeppert«, beendete Zorn und lachte auf. »Sicher doch, du hast es mir am Telefon erzählt. Mit einem Vorschlaghammer, stimmt's?«

Keine Antwort.

»Hörst du dir eigentlich zu? Merkst du, was du hier für 'ne Scheiße laberst?« Zorn schüttelte den Kopf. »Ich bin weiß Gott nicht der Cleverste in diesem Laden, aber selbst *mir* ist klar, dass du dir selbst den nächstbesten Hammer geschnappt hast. Und in der Werkstatt hast du dann gleich die Stoßstange mit austauschen lassen. Hast du den Schaden bei deiner Versicherung abgerechnet? Sicher hast du das, jemand wie du nimmt jeden Cent mit, den er verdienen kann. Du riechst die Kohle auf meilenweite Entfernung und erst, wenn du sie in der Tasche hast, gibst du Ruhe, du ...« Zorn brach ab, atmete tief durch, dann fuhr er mit leiser Stimme fort. »Ich lasse deine beschissene Angeberkarre auseinandernehmen. Die Typen von der Spurensicherung sind nicht die hellsten, aber irgendwas werden die finden.«

Cornelius hob den Kopf. Es war das erste Mal, dass er Zorn ansah. Seine Augen waren geweitet. Verwirrung lag in seinem Blick. Resignation. Und Angst. Pure, nackte Panik.

»Claudius, ich ...«

»Was?«

Cornelius sah zur Seite, schüttelte den Kopf.

»Boris Braeker hatte dich in der Hand«, sagte Zorn. »Er hat gedroht, dich zu verpfeifen. Fünfhunderttausend Euro sind 'ne Menge Geld, selbst für jemanden wie dich. Er hat alles genau geplant, bis ins letzte Detail. Jede Kleinigkeit war bedacht, aber eines hat er vergessen. Er hat nicht damit gerechnet, wozu du fähig bist.«

Zorn stieß sich vom Tisch ab, richtete sich auf. Die Abdrücke seiner schweißnassen Hände zeichneten sich zwischen den Kaffeeflecken ab, verschwanden allmählich, als würden sie in die Tischplatte gesogen.

»Hattest du Zweifel? Wie lange hast du gebraucht, bis du dich entschieden hattest? Stunden? Tage? Oder war dir sofort klar, dass du ihn töten würdest?«

Zorn stellte die Fragen nicht als Polizist. Es ging ihm nicht darum, einen Fall abzuschließen oder einen Mörder zu überführen. Im Moment erwartete er auch keine Antworten. Es war, als würde ein anderer reden, Zorn lauschte der eigenen Stimme, hörte sich selbst all diese bizarren, ungeheuerlichen Dinge aussprechen und versuchte gleichzeitig zu begreifen, was er da sagte, und dass der, an den seine Worte gerichtet waren, sein eigener Bruder war.

»Braeker war vorsichtig. Er hat einen öffentlichen Ort für die Geldübergabe bestimmt. Warst du es, der das Essen ausgesucht hat? *Pferderoulade?*«

Schweigen.

»Ich hab dich was gefragt!«

Wieder hieb Zorn mit der Faust auf den Tisch. Cornelius fuhr zusammen, starrte Zorn aus leeren Augen an. Seine Zunge fuhr über die fleischigen Lippen, er blinzelte, knetete die Hände im Schoß.

»Ich … ich hab dich nicht verstanden, ich …«

»Du hast ihm K.-o.-Tropfen gegeben, kurz, bevor ihr gegangen seid«, presste Zorn hervor. »Bist ihm gefolgt, und als er sich nicht mehr wehren konnte, hast du ihn runter zum Fluss geschafft. Dort hast du ihn in aller Ruhe fertiggemacht. Er hat behauptet, dass er sich abgesichert hat. Du wolltest wissen, womit, und als er's dir nicht gesagt hat, hast du ihn ein bisschen gefoltert. Und dann bist du in seine Wohnung gegangen, aber gefunden hast du nichts, stimmt's?«

Auch jetzt erwartete Zorn keine Antwort. Stattdessen versuchte er, sich in Erinnerung zu rufen, wer da vor ihm saß. Ein gebrochener Mann, der mit bebenden Lippen nach Worten rang, der Blick irrte durch den Verhörraum, als würde sich irgendwo an den gepolsterten Wänden eine Antwort finden. Nichts erinnerte mehr an den cholerischen, selbstbewussten Unternehmer, den bärenstarken, wortgewandten Menschen, mit dem er aufgewachsen war.

Sie hatten ihr Kinderzimmer geteilt. Sie hatten die gleichen Eltern. Sie waren Brüder. Trotzdem empfand Zorn kein Mitleid. Auch keine Genugtuung. Nur Wut. Nackte, grenzenlose Wut.

»Was hast du mir zu sagen, Cornelius?«

»Ich habe nichts damit zu tun.«

Ein tonloses Flüstern.

»Klar doch«, lachte Zorn, es klang wie das Bellen eines Kampfhundes. »Du bist völlig unschuldig. *Ich* bin ja hier der Versager. Natürlich hast du recht, wie immer. Ich hab alles arrangiert, jetzt kann ich's ja zugeben.«

Zorns Finger umklammerten die Stuhllehne. Plötzlich ein Ruck, und während der Stuhl in hohem Bogen quer durch den Raum flog, begann Claudius Zorn, aus vollem Hals zu schreien.

»Weil ich ja nichts anderes zu tun habe, als meinen eigenen Bruder für den Rest seines Lebens in den Knast zu bringen!«

Der Stuhl krachte gegen die Wand, polterte zu Boden.

»Meinen eigenen, gottverdammten *Bruder*!«

Zorns Stimme überschlug sich. Sein Zeigefinger durchstieß die stickige Luft und deutete zitternd auf Cornelius, der wie gelähmt vor ihm saß.

»Ich ... ich bin unschuldig.«

Cornelius weinte. Zorn wunderte sich, dass er ihn nur verschwommen wahrnahm, und stellte fest, dass er selbst ebenfalls kurz davor war, in Tränen auszubrechen.

»Du kannst mich mal, du krankes Arschloch.«

Cornelius rieb sich die Augen. Zorn bemerkte, wie schmutzig

die sonst so gepflegten Fingernägel waren. Kurz fragte er sich, wo sein Bruder sich in den letzten Tagen versteckt hatte, schob den Gedanken allerdings umgehend beiseite. Allein die Tatsache, dass er es getan hatte, war entscheidend.

Cornelius straffte sich plötzlich, als sei ihm etwas eingefallen. Er räusperte sich, dann sah er auf.

»Ich habe ein Alibi.«

»Ein *was*?«

Cornelius wiederholte den Satz.

»Klar«, nickte Zorn ernst. »Das Alibi, das hatte ich ja völlig vergessen, dämlich wie ich bin. Ein Glück, dass du mich dran erinnert hast. Kein Wunder, du bist mir halt überlegen, auch als Bulle. Wahrscheinlich wärst du längst Polizeipräsident, während ich«, Zorn hob die Arme, »als armselige kleine Kripopfeife in Rente gehen werde.«

»Hör auf mit dem Scheiß«, murmelte Cornelius.

»Natürlich, entschuldige.« Zorn seufzte übertrieben. »Jetzt hätte ich dich doch tatsächlich fast als Doppelmörder abgestempelt. Wie früher, da musstest du ja auch alles ausbaden, wenn ich Scheiße gebaut habe.«

Zorn klang tatsächlich, als wolle er sich entschuldigen. Doch hinter dem Lächeln lag noch immer die kalte, unveränderte Wut.

»Tja«, erklärte Zorn fröhlich, »da muss ich dich wohl laufen lassen.«

Irritiert verfolgte Cornelius, wie sein Bruder zur Tür ging, plötzlich innehielt und sich theatralisch an den Kopf fasste.

»Da fällt mir ein … eine Kleinigkeit wäre da noch.« Zorn wandte sich um. »Wie hieß noch mal dein Assistent? Dieser farblose Hampelmann? Richtig«, nickte er, bevor Cornelius den Mund öffnen konnte, »Cyrill Heinlein.«

»Was … was ist mit ihm?«

»Nichts.« Zorn zuckte die Achseln. »Bis auf die Tatsache, dass er gestern hier aufgetaucht ist. Soll ich dir sagen, was er wollte?«

Cornelius stöhnte leise auf.

»Er hat seine Aussage zurückgezogen«, sagte Zorn ruhig. »Korrigiere mich, falls ich mich irre, aber dein Alibi ist in etwa so viel wert wie 'ne Sechs-Euro-Münze.«

Es war, als hätte Cornelius einen Schlag ins Gesicht bekommen. Er sackte nach vorn, presste die Hände an die Schläfen. Als er den Kopf hob, war sämtliche Farbe aus seinem Gesicht gewichen.

»Claudius, ich …«

Sein Blick war trüb, das letzte, mühsam aufrechterhaltene Fünkchen Selbstvertrauen war verschwunden, als wäre eine Kerze hinter seinen Pupillen erloschen. Zorn registrierte die pure Verzweiflung in den Augen seines Bruders. Und noch etwas, eine stumme Bitte. Um Hilfe wahrscheinlich, vielleicht auch um Verzeihung oder Verständnis, es interessierte Zorn nicht. Sein Geist war seltsam klar. Er lauschte in sich hinein, doch er fühlte nichts. Nur Kälte. Und Leere.

»Ich kann dich nicht mehr sehen«, sagte er.

Und er wollte es auch nicht.

Nie, nie wieder.

*

»Ich will nicht mit Ihnen reden.«

Anton Braeker stand in der Tür, das Telefon in der einen, eine Aktentasche in der anderen Hand. Der Anruf war gekommen, als er das Haus gerade verlassen wollte.

»Und ich werde mich nicht mit Ihnen treffen.«

Braeker klang entschlossen, doch die Anspannung in seinem Tonfall war unüberhörbar.

»Nein, *Sie* hören *mir* zu. Es gibt nichts zu besprechen. Absolut nichts.«

Er presste das Handy ans Ohr, lauschte mit zusammengebissenen Zähnen.

»Wenn das eine Drohung sein soll, trifft sie den falschen. Ich war Ihnen nie etwas schuldig und bin es auch jetzt nicht. Lassen Sie mich gefälligst in Ruhe!«

Das Handy glitt in die Manteltasche. Braeker lehnte sich mit dem Rücken an die Wand. Sein Kopf sank nach hinten gegen die Garderobe, er schloss die Augen. Ein paar Sekunden später öffnete er sie wieder, es schien, als habe er sich wieder gefasst. Doch als er kurz darauf die Haustür abschloss, zitterten seine Finger so sehr, dass er drei Versuche brauchte, bis der Schlüssel im Schloss steckte.

Einunddreißig

Kurz vor Mittag. Zorn saß auf seinem Stammplatz, einer versteckten Bank an der Stirnseite des Präsidiums, verborgen hinter dem dichten Gestrüpp eines Wacholderstrauchs. Ohne nachzudenken war er aus dem Verhörraum gestürmt, wie er hier gelandet war, wusste er nicht, ebenso wenig, seit wann er hier war. Jegliches Zeitgefühl hatte er verloren, nur das halbe Dutzend zertretener Kippen zwischen seinen Füßen deutete darauf hin, dass eine Weile vergangen war.

Es begann zu nieseln. Zorn bemerkte es nicht, er hockte auf der Bank, in der einen Hand die letzte Zigarette, in der anderen sein Feuerzeug.

Klack.

Sein Daumen bewegte das Rad über dem Feuerstein.

Klack.

Immer und immer wieder.

Klack.

Funken flogen, erloschen.

Klack.

Zorns Daumen war gerötet, er tat das schon seit geraumer Zeit.

Klack.

Hinter ihm teilte sich die Hecke. Schritte kamen näher. Schuhe tauchten in seinem Blickfeld auf, weinrote Damenstiefel mit hohen Absätzen. Zorns Blick blieb auf das Feuerzeug gerichtet.

Klack.

Mantelstoff raschelte, die Bank bewegte sich unter dem Gewicht einer zweiten Person. Eine Hand legte sich sacht auf Zorns Oberschenkel.

»Es tut mir leid«, sagte Frieda Borck.

Er antwortete nicht. Stattdessen ließ er das Feuerzeug fallen, seine Finger schlossen sich um ihre Hand.

»Schröder wird sich um alles kümmern«, sagte sie. »Er will sich in Ruhe vorbereiten, heute Nachmittag beginnt er mit der Vernehmung.«

»Gut«, sagte Zorn. Mehr nicht.

Ihre Finger streichelten sanft über seinen Handrücken.

»Kann ich irgendwas für dich tun?«

»Du könntest mich ohnmächtig schlagen«, murmelte er. »Damit ich diese ganze Scheiße vergesse.«

»Ich kann's versuchen«, erwiderte sie ernst. »Aber ich glaube nicht, dass es viel bringt.«

Hinter ihnen entstand Bewegung. Stimmen drangen durch das Gebüsch, Türen klappten, ein Motor sprang an. Ein Streifenwagen fuhr davon.

»Du hast mir gefehlt«, sagte sie.

Er hob kurz den Kopf.

»Echt?«

Sie nickte.

»Das ist gut«, murmelte er und sah wieder auf seine Hände.

»Ich bin nicht sicher, ob *ich´s* gut finde«, seufzte sie.

Der Regen wurde stärker. Der Kies vor der Bank glänzte feucht, bald würden sich die ersten Pfützen bilden. Ein paar Minuten lang saßen sie schweigend nebeneinander, jeder in seine Gedanken vertieft. Schließlich ließ Zorn ihre Hand los und stand auf. Er hielt das Gesicht mit geschlossenen Augen in den Himmel. Regen tropfte von seiner Brille, rann ihm über die Wangen.

»Ich muss los«, sagte er.

»Wohin?«

»Jemanden besuchen. Ich hätte es schon längst tun müssen, wahrscheinlich ist es zu spät.«

Langsam ging er davon. Nach ein paar Schritten blieb er stehen, drehte sich noch einmal zu ihr um.

»Ich will, dass du Edgar kennenlernst, Frieda.«

Sie sah zu ihm auf. Der Regen glitzerte in ihren Locken, auf den Schultern ihres gelben Wollmantels. Ihr Blick wanderte über sein Gesicht, als wolle sie sich jede Falte, jede Bartstoppel einprägen.

»Gut«, sagte sie dann.

Zorn senkte zufrieden den Kopf, als habe er mit ihrer Antwort gerechnet. Stirnrunzelnd betrachtete er seine abgewetzten Stiefelspitzen, als überlege er, ob er etwas vergessen habe. Schließlich kam er zu dem Ergebnis, dass alles gesagt sei, er nickte ihr noch einmal zu und schlurfte davon.

*

Die schwere Stahltür fiel ins Schloss. Das Krachen hallte zwischen den gefliesten Wänden wider wie ein Schuss, ein endgültiger, abschließender Ton, wie der letzte Paukenschlag in einem Film.

Cornelius stand in der Zelle und lauschte in die aufkommende Stille. Der Raum war winzig, der größte Teil wurde von der Schlafstelle eingenommen, einer dünnen, mit grauem Kunststoff überzogenen Matratze auf einem niedrigen, ebenfalls gefliesten Podest. Gegenüber war ein Hocker im Boden verankert, daneben hing das Klo aus blitzendem Edelstahl, es war weder mit einer Klappe noch mit einem Deckel ausgerüstet. Eine Leuchtstoffröhre tauchte die Zelle in gleißendes Licht, der Raum wirkte klinisch, steril, ein Eindruck, der durch den Geruch nach Desinfektionsmitteln noch verstärkt wurde.

Eine Weile stand er da, reglos, als wolle er den Raum auf sich wirken lassen. Sein Gesicht war starr, die Lippen, fest aufeinandergepresst, ein farbloser Strich. Dann trat er einen Schritt vor, ließ sich auf die Matratze sinken, strich mit der Hand über den glatten Kunststoff.

»Nein«, murmelte er.

Ein Kopfschütteln. Er sah sich um, mit ungläubigem, fast erstauntem Blick. Als würde ihm erst jetzt bewusst, wo er sich befand.

»Nein, nein, nein.«

*

»Du hättest anrufen sollen, Claudius.«

Zorn blieb auf dem Treppenabsatz stehen, die Hand noch auf dem Geländer. Seine Mutter erwartete ihn vor der Wohnung, ihre schlanke Gestalt lehnte in der Tür, sie hatte die Arme vor der Brust verschränkt und sah zu ihm hinab.

»Ja, das hätte ich.«

Er ging die letzten Stufen hinauf, gab ihr einen Kuss auf die Wange. Sie ließ es geschehen, ohne die Arme vom Oberkörper zu nehmen. Zorn roch ihr Parfum, augenblicklich wurde er vierzig Jahre zurück in die Vergangenheit gesogen, ihr Duft hatte sich seit seiner Kindheit nicht verändert.

»Du rauchst zu viel«, sagte sie.

»Ich weiß.«

Die übliche Begrüßung. Zorn folgte ihr in den Flur, zog die Schuhe aus. Hörte, wie sie sich in der Küche zu schaffen machte und hängte seine Jacke an die gedrechselte Holzgarderobe. Er warf einen Blick ins Wohnzimmer, der Fernseher lief, der Ton war stummgeschaltet. Sein letzter Besuch war Jahre her, trotzdem hatte sich nichts verändert. Alles so, wie er es in Erinnerung hatte. Die schweren Gardinen, die dunklen Möbel. Die roten Samtkissen auf dem Sofa. Der gläserne Couchtisch mit den Messingbeinen, die Spitzendeckchen.

»Hast du was gegessen?«

»Ja«, log Zorn und ging in die Küche.

Sie stand vor der Kaffeemaschine, füllte Pulver in den Filter.

Im Frühjahr wurde Renate Zorn dreiundsiebzig, doch man sah ihr das Alter nicht an. Ihre Bewegungen waren schnell, kontrolliert, ihre Stimme noch immer so klar und kühl wie vor zwanzig Jahren. Auch das Haar trug sie wie früher, ein kurzer, sportlicher Schnitt mit blondgefärbten Strähnen.

»Wie geht's Edgar?«

»Er wächst und gedeiht.«

Zorn zog mit dem Fuß einen Stuhl heran und setzte sich an den Küchentisch. Er wusste, dass sie auf ihre Frage nach Edgar keine tiefgründige Antwort erwartet hatte, ebenso gut hätte sie nach dem Fernsehprogramm oder dem Wetterbericht fragen können. Bisher hatte sie ihren Enkel einmal gesehen, das war kurz nach Edgars Geburt gewesen. Es war nicht so, dass ihr der Kleine egal war, Zorn war sicher, dass sie ihn liebte. Auf ihre eigene Art allerdings, kühl, distanziert, immer einen gewissen Abstand bewahrend. So, wie sie ihre eigenen Kinder erzogen hatte.

Zorn kannte seine Mutter gut, er wusste, dass sie keinen Wert auf seine Besuche legte, sie war gern allein, lebte zufrieden in ihrer eigenen Welt. Das war so ziemlich der einzige Charakterzug, den Claudius Zorn mit seiner Mutter gemeinsam hatte und obendrein, fand er, äußerst nützlich. Die Tatsache, dass sie nicht auf ihn angewiesen war, kam seiner eigenen Trägheit entgegen. Abgesehen davon musste er auch kein schlechtes Gewissen haben.

Fauchend erwachte die Kaffeemaschine zum Leben. Renate Zorn öffnete ein Schränkchen über der Spüle, deckte den Tisch. Zorn schob einen Stapel Illustrierte beiseite, warf einen Blick auf ein angefangenes Kreuzworträtsel, während seine Mutter das Geschirr verteilte. Geschwungene Porzellantassen mit goldverzierten Rändern, dazu passende Teller, eine Zuckerdose. Wieder wurden Kindheitserinnerungen wach, Zorn war schuld, dass das Milchkännchen fehlte. Wann genau er es damals zerdeppert hatte, wusste er nicht mehr. Er musste sieben gewesen sein, vielleicht acht. An die Strafe allerdings erinnerte er sich gut, drei Tage

Stubenarrest und eine Woche Fernsehverbot. Und eine Ohrfeige, allerdings nicht von seinen Eltern. Die hatten ihn nie geschlagen. Es war Cornelius gewesen. Heimlich, als sie allein in ihrem Zimmer waren. *Damit du's dir merkst,* hatte er seinem weinenden Bruder erklärt. *Und wenn du weiter plärrst, kriegst du noch eine.*

»Kekse?«

»Nee«, wehrte Zorn ab.

»Ich weiß, dass du noch nichts gegessen hast, Claudius.«

Kein Vorwurf, eine sachliche Feststellung. Offensichtlich war ihr das Thema keine weitere Erörterung wert, sie öffnete eine Schublade, holte Servietten und Kaffeelöffel und nahm ihrem Sohn gegenüber Platz.

»Hast du was von deinem Bruder gehört?«

Zorns größte Sorge war gewesen, dass sie bereits von der Verhaftung wusste. Die *BILD*-Zeitung hatte Cornelius den kompletten Lokalteil gewidmet, in Ermangelung aktueller Fotos hatte man als Aufmacher ein Archivbild von der Grundsteinlegung des neuen Finanzamts benutzt, auf dem Cornelius gemeinsam mit dem Bürgermeister beim ersten Spatenstich zu sehen war. *DAS DOPPELLEBEN DES SKRUPELLOSEN MÖRDERS – WAS WUSSTE UNSER BÜRGERMEISTER?,* stand in fetten Großbuchstaben darunter.

»Ja«, nickte Zorn.

Er hatte sich die Worte nicht zurechtgelegt. Sicher war nur, dass sie es von ihm erfahren musste, und nicht am Nachmittag, wenn sie sich beim Bäcker die Zeitung kaufte.

»Wie geht's ihm?«, fragte sie.

Auch jetzt klang sie nicht sonderlich interessiert.

»Nicht gut«, sagte Zorn. »Überhaupt nicht gut.«

*

Cornelius hockte auf dem schmalen Bett, das Gesicht in den Händen vergraben. Ein Murmeln drang zwischen seinen Fingern hervor, unverständliche, gestammelte Worte, kaum hörbar herausgepresst aus blutleeren, schmalen Lippen. Aus dem charismatischen Hünen war ein bebendes, gebrochenes Ding geworden.

Cornelius stand auf. Sein schwerer Körper hinterließ eine Vertiefung in der Matratze, er schwankte, stützte sich an der Wand ab und beobachtete, wie sich der graue Kunststoff allmählich glättete, dann glänzte die Matte im Neonlicht, als habe nie jemand darauf gesessen.

»Alles kaputt«, murmelte er. »Alles.«

Die Hose hing tief um die massigen Hüften, seine Finger verhakten sich in den leeren Gürtelschlaufen, das Hemd rutschte heraus. Ein fiebriges Leuchten lag in seinen gequollenen Augen, er zwinkerte, schüttelte den Kopf, als wäre ihm schwindlig. Er lockerte den Hemdkragen. Sein Blick fiel auf die Tür.

»Das lasse ich nicht mit mir machen.«

Er ballte die Fäuste. Hob sie. Plötzlich ein Keuchen. Flammende Röte überzog sein Gesicht, er rang nach Atem. Fasste sich an die Brust. Erstarrte. Stammelte etwas, ein Wort nur.

Es war der Name seines Bruders.

Dann brach er zusammen, als hätte ihn der Blitz getroffen.

*

»Das ist nicht wahr.«

Renate Zorn saß wie versteinert da. Mit großen Augen starrte sie ihren Sohn an, nur ihre Finger tasteten über den Tisch, den Teller, das Besteck. Ungesteuerte Bewegungen, als suche sie etwas, woran sie sich festhalten könne. Ihre Goldringe klapperten leise gegen das Porzellan.

»Sag, dass das nicht wahr ist, Claudius.«

Zorn hatte seine Mutter noch nie so erlebt. Selbst auf der

Beerdigung seines Vaters hatte sie Haltung bewahrt, eine unnahbare Frau, die ihre Gefühle nie zeigte.

»Ich wollte nicht, dass du's aus der Zeitung erfährst«, sagte er leise.

Die Kaffeemaschine stieß ein letztes, röchelndes Husten aus, verstummte.

»Deshalb bist du hier? Du wolltest es mir selbst sagen?«

»Ja. Ich dachte, es …«

»Ich weiß, was du dachtest.«

Sie rang um Fassung, mit allen Kräften bemüht, die Fassade aufrechtzuhalten, mit der sie sich ein Leben lang umgeben hatte. Es gelang ihr nicht, das schrille Klirren in ihrer Stimme war unüberhörbar.

»Du bist hier, weil du mir ins Gesicht sehen willst. Es reicht dir nicht, das Leben deines Bruders zu zerstören, nein, du musst mir die Nachricht auch noch persönlich überbringen. Du willst deinen Triumph genießen.«

Zorn schüttelte den Kopf. Genau das hatte Cornelius zu ihm gesagt. Wort für Wort.

»Das ist nicht wahr«, sagte er. »Und das weißt du.«

Es ist so ungerecht, dachte er. So unfair. Ich habe nichts getan, ich überbringe nur die Nachricht. Sie müsste wütend auf *ihn* sein, nicht auf mich.

»Cornelius würde so etwas nie tun«, sagte sie. »Wir wissen beide, wie absurd das alles ist. Trotzdem kommst du her und behauptest …«

»Ich behaupte gar nichts«, unterbrach er ruhig. »Im Gegenteil, ich habe versucht, ihn zu schützen. Aber ich muss meine Arbeit machen. Wenn ich's nicht tue, macht's ein anderer. Es ist längst nicht erwiesen, dass er schuldig ist, und abgesehen davon«, Zorn senkte den Kopf in der Hoffnung, dass sie ihm seine Verunsicherung nicht ansah, »glaube ich es auch nicht. Ich wollte ihm helfen.«

»Indem du ihn ins Gefängnis bringst?« Ihre Finger schlossen sich um eine Kuchengabel. Die dünne Haut auf ihrem altersfleckigen Handrücken spannte sich über blauschwarzen Adern. »Deinen eigenen Bruder? Indem du ihn an den Pranger stellst, damit sich die Leute das Maul über uns zerreißen können? Ich weiß, dass dir das egal ist, deine Familie war dir nie wichtig. Aber jetzt zerstörst du uns. Erwarte nicht, dass ich dir um den Hals falle, weil du«, sie senkte die Stimme, »*deine Arbeit* tust.«

»Ich werde mich nicht bei dir entschuldigen.«

Sie hob die Brauen. Dünne, sorgfältig gezupfte Striche über eisgrauen Augen.

»Du hast dich noch nie für etwas entschuldigt. Warum solltest du jetzt damit anfangen?«

Es wurde still. Nur die Kaffeemaschine tröpfelte leise vor sich hin.

»Lass mich allein, Claudius.«

Zorn zögerte. Sie schien um Jahre gealtert, er sah die ungesunde Blässe in ihrem Gesicht, die senkrechten Fältchen über der dezent geschminkten Oberlippe, die pergamentartige Haut über den hohen Wangenknochen.

»Ich will, dass du gehst. Sofort.«

Noch immer war Zorn unschlüssig. Sie irrte sich. Es war sinnlos, sie davon überzeugen zu wollen, Renate Zorn war eine störrische Frau. Trotzdem wollte Zorn es versuchen, schließlich war sie seine Mutter, doch als er den Mund öffnete, klingelte sein Handy, und als er gehört hatte, was geschehen war, blieb ihm nichts anderes übrig, als Hals über Kopf aus der Wohnung zu stürmen und mit Vollgas davonzurasen.

Zweiunddreißig

»Ich hatte Ihnen gesagt, dass Sie mich in Ruhe lassen sollen!«

Anton Braeker stand telefonierend am Fenster. Es war dämmrig in dem Haus auf den Felsen über dem Fluss, das Display des Handys leuchtete fahl an Braekers Ohr.

»Ich lasse mich nicht unter Druck setzen, weder von Ihnen, noch von …«

Anton Braeker wurde unterbrochen. Er lauschte der Stimme am anderen Ende der Leitung, die dünn und ein wenig verzerrt zu ihm drang.

»Nein!« Ein heftiges Kopfschütteln. Das dünne Haar flog ihm aus der Stirn. »Wir haben *keine* Abmachung! Ich bin Ihnen nichts schuldig!«

Speichel spritzte aus seinem Mund, benetzte das Fenster. Gegenüber, am Fuße des Felsens, flammten Scheinwerfer auf, die Burgruine erstrahlte im Licht.

»Was wird das? Eine Erpressung?« Anton Braeker senkte die Stimme zu einem Flüstern. »Dann tun Sie, was Sie nicht lassen können, Sie Dreckschwein.«

Er beendete das Gespräch. Starrte eine Weile blicklos ins Leere. Das Handy entglitt seinen Fingern, landete polternd zwischen seinen Füßen auf dem Parkett. Braeker erwachte aus seiner Versunkenheit, seufzend nahm er die Brille ab, rieb sich mit zitternden Händen das Gesicht.

»Nein«, murmelte er. »Nicht mit mir.«

Er raffte die Strickjacke vor der mageren Brust. Als er sich umwandte, stieß er mit dem Fuß gegen das Telefon. Sein Gesicht verzog sich zu einer Grimasse, er bückte sich, dann riss er das Fenster auf.

Das Handy segelte in einem hohen, majestätischen Bogen durch die Luft, drehte sich mehrmals um die eigene Achse, und im selben Moment, als es weit unten mit einem leisen Platschen in den dunklen Fluten des Flusses versank, ertönte oben auf den Felsen ein Wutschrei, der abrupt vom Krachen des zufallenden Fensters beendet wurde.

*

»Er lebt.«

Schröder stand in der Zellentür, als wolle er Zorn den Weg versperren.

»Wo ist er?«, fragte Zorn.

»Auf der Intensivstation. Lass uns im Büro weitersprechen, wir …«

Zorn ließ Schröder nicht ausreden, er schob ihn wortlos zur Seite und betrat die Zelle. Sein Blick wanderte über die weißen, bis zur Decke gefliesten Wände, die Pritsche, die blitzende Metalltoilette. Den hölzernen Hocker. Die ölig glänzende Lache, dort, wo der Hocker im Boden verankert war.

Zorn wankte zurück, schloss die Augen. Hörte das Rauschen des Blutes in seinem Kopf, und noch etwas anderes. Ein Geräusch, als würde Luft aus einer defekten Heizung entweichen. Dumpf, klagend, langsam anschwellend. Zorn registrierte nicht, dass es sein eigenes Seufzen war.

Jemand fasste ihn an der Schulter, drückte ihn sanft nach unten. Er sank auf etwas Weiches, sah auf und bemerkte Schröder, der ihn zur Pritsche geführt hatte.

»Er hatte einen Herzinfarkt«, sagte Schröder leise. »Er ist gestürzt, dabei ist er mit dem Kopf auf der Kante aufgekommen.«

Zorn starrte auf den Hocker. Ein hölzerner Quader ohne Lehne. Glattes, poliertes Kiefernholz. Drei Bretter als Sitzfläche, dick, mit versenkten Schrauben befestigt. Etwas Blut war über die Kante gelaufen, trocknete an den Seiten. Das Blut seines Bruders, also auch sein eigenes.

Der Wachmann, ein untersetzter Beamter in schlechtsitzender Uniform, erschien in der Tür, sah sich unsicher um.

»Ich habe streng nach Vorschrift gehandelt«, sagte er. »Ich habe das Essen gebracht, und als …«

»Später«, unterbrach Schröder knapp.

»Als ich eintraf, war der Inhaftierte nicht bei Bewusstsein«, erklärte der Wachmann förmlich. »Ich habe umgehend die geeigneten Maßnahmen ergriffen und Alarm geschlagen.«

Zorn hörte die Stimme des Wachmannes wie aus weiter Ferne, der Sinn erschloss sich ihm nicht. Sein Blick war noch immer auf den Hocker gerichtet, die Kanten der Sitzfläche waren sorgfältig geschliffen, etwas abgerundet, doch die Ecken an der Vorderseite waren spitz. Zorn war nicht sicher, doch es schien, als sei die rechte Ecke ein wenig gesplittert.

»Der Inhaftierte ist mit der Schläfe direkt auf die Sitzkante geprallt«, fuhr der Wachmann fort, ohne auf Schröders warnenden Blick zu achten. »Er lag seitlich vor der Pritsche …«

»Still!«, unterbrach Schröder.

»Ich glaube«, murmelte Zorn nachdenklich, »den sollte man saubermachen.«

»Wen?«, fragte der Wachmann.

»Den Hocker.«

»Ich bin hier nicht für die Reinigung verantwortlich«, brummte der Wachmann pikiert.

Zorn ignorierte die Bemerkung. Ein paar Sekunden vergingen, dann wandte er sich an Schröder.

»Können wir jetzt gehen?«, fragte er, kleinlaut wie ein Kind. »Bitte?«

*

266

Den Rest des Tages erlebte Claudius Zorn wie einen absurden Traum. Sein Verstand weigerte sich hartnäckig, die Ereignisse der letzten Stunden als real zu akzeptieren, gleichzeitig spürte er, dass er sich all diesen Dingen stellen musste und sie nicht – wie er es sonst oft tat – einfach beiseiteschieben und verdrängen durfte.

Die Stunden im Büro dehnten sich, immer wieder rief er im Krankenhaus an, wo ihm eine Stationsschwester mit kühler Professionalität ein ums andere Mal erklärte, dass sie keinerlei Auskünfte geben könne, solange die Notoperation laufe.

Er sprach mit Schröder, gemeinsam gingen sie den Mord an Boris Braeker Punkt für Punkt durch, suchten nach Lücken, Hinweisen, die Cornelius entlasteten. Erfolglos, jedes Indiz passte, jede Spur, das Motiv war glasklar: Cornelius hatte einen Menschen überfahren, Boris Braeker hatte ihn dabei beobachtet, erpresst und war deshalb von Cornelius ermordet worden.

Zorn versuchte, sich an diesen Fakten zu orientieren, ohne auf seine Gefühle zu achten. Teilweise gelang ihm das auch, er schaffte es, irgendwie zu funktionieren, wenn auch mechanisch, wie ferngesteuert. Als würde er einen Film sehen, einen langen, quälenden Film, in dem er selbst die Hauptrolle spielte. Er hörte sich nüchtern sagen, dass der Jeep von Cornelius noch auf Spuren untersucht werden müsse, eine Formsache zwar, aber angesichts eines bevorstehenden Mordprozesses unverzichtbar.

Sachliche, logische Dinge eigentlich. Man durfte sich nur nicht in Erinnerung rufen, wen sie betrafen.

Zorn war wie in Trance. Immer wieder hatte er Aussetzer, als würde dieser schreckliche Film vorgespult. Irgendwann saß er im Auto, telefonierte mit Malina und fragte, ob sie Edgar aus dem Kindergarten abgeholt habe; er konnte sich nicht erinnern, was sie verabredet hatten. Ihre verwunderte Frage, ob alles in Ordnung sei, bekam er nur am Rande mit, doch er hörte Edgar im Hintergrund krähen und wusste, dass er sich zumindest in diesem Punkt keine Sorgen machen musste.

Später stand er vor der Intensivstation, ein Arzt erklärte ihm, dass der Herzinfarkt eine Folge großer mentaler Belastung gewesen sei, sie hätten den Verletzten stabilisiert, mehr lasse sich im Augenblick nicht sagen. Er sprach von Geduld, künstlichem Koma und davon, dass man die Hoffnung nicht aufgeben dürfe. Zorn hörte die Worte, nickte ab und zu an den richtigen Stellen, ständig auf das Klingeln eines Weckers gefasst, der ihn aus diesem Albtraum zurück in die Realität holte, stellte ein paar Fragen, hörte Antworten, die er nicht verstand, denn als er sie bekam, hatte er seine Fragen bereits vergessen.

Als Claudius Zorn dann abends irgendwann in seinem Bett lag, wusste er nicht, wie er nach Hause gekommen war. Schweren Herzens machte er sich auf eine lange, schlaflose Nacht gefasst, doch bereits wenige Minuten, nachdem sein Kopf in die Kissen gesunken war, schlief er ein. Er träumte nicht, doch sein Hirn arbeitete weiter. Die Rädchen drehten sich, werteten Fakten aus, und als er am nächsten Morgen erwachte, tat er dies mit der vagen Erkenntnis, dass etwas nicht stimmte. Was genau das war, konnte er nicht sagen, die Sachlage schien klar. Sie hatten das Puzzle zusammengesetzt, das Gesamtbild lag vor ihnen. Doch es war *zu* glatt. *Zu* eindeutig. Als habe eine unsichtbare Hand die Teile zurechtgeschoben. Und irgendwo hakte etwas.

Es war nur ein Gefühl. Eine Ahnung, die sich in dieser Nacht in Zorns Unterbewusstsein bildete und dort irgendwo verhakte. Es widersprach jeglicher Logik, allem, was sie herausgefunden hatten, doch er spürte, dass es kein Wunschdenken war, jedenfalls nicht nur.

Etwas stimmte nicht. Aber was?

Dreiunddreißig

Sechs Uhr morgens.

Die Schranke des Parkhauses unter dem Multiplexkino glitt lautlos nach oben, ein schwarzer Audi rollte herein. Scheinwerfer huschten über kahle, unverputzte Wände, Reifen knirschten auf dem betonierten Boden. Das Parkhaus, ursprünglich geplant für Hunderte Besucher, hatte die Größe eines Fußballfeldes, doch höchstens ein Dutzend Mittelklassewagen stand verloren auf der riesigen Fläche. Tagsüber gesellten sich ein paar Angestellte der verbliebenen Läden dazu, abends verirrten sich vereinzelte Kinobesucher hierher, die meisten Anwohner allerdings parkten in den engen, mit Kopfstein gepflasterten Seitenstraßen rund um den Boulevard.

Der Audi umrundete einen Pfeiler, hielt neben einem Kassenautomaten. Der Fahrer blieb noch einen Moment sitzen, sein blasses Gesicht leuchtete fahl im Widerschein der Armaturen. Schließlich wurde der Motor ausgeschaltet, dann hallte das Geräusch der zufallenden Tür durch die Stille wie ein Kanonenschlag in einem verlassenen Bunker.

Cyrill Heinlein streifte die Lederhandschuhe ab, knöpfte den schwarzen Wollmantel zu. Öffnete die Hintertür, nahm einen Dokumentenkoffer vom Rücksitz. Seine Bewegungen waren knapp, zielstrebig. In den letzten Tagen hatte er kaum ein Auge zugemacht, doch er brauchte wenig Schlaf. Später würde er es vielleicht nachholen, jetzt durfte er keine Zeit verlieren. Er hatte nicht mit dieser Gelegenheit gerechnet, aber sie war da. Und er würde sie nutzen.

Cyrill Heinlein war ein kühler, emotionslos planender Mensch. Nichts verriet, was hinter seiner blassen Stirn vor sich ging, die wässrigen Augen zeigten nie eine Regung, sein Gesicht, glatt, faltenlos, behielt immer den gleichen, unbeteiligten Ausdruck. Schon als Kind war er wegen seines Aussehens ein Außenseiter gewesen, *Mein Schatz* hatten die anderen Kinder ihn genannt – nicht etwa, weil sie ihn mochten, sie hatten die Herr-der-Ringe-Filme gesehen, und Gollum, fanden sie, sah Cyrill Heinlein zum Verwechseln ähnlich. In der Grundschule hatten sie ihn *Albino* getauft, und später, während des Architekturstudiums, nannten sie ihn *Muräne*, natürlich nur hinter seinem Rücken. Seine Mitstudenten waren Feiglinge gewesen, Duckmäuser, wie die meisten Menschen. Doch der Name, den sie ihm gegeben hatten, hatte ihm irgendwie gefallen.

Ein weiterer Knall, diesmal etwas leiser. Die Hintertür fiel ins Schloss, die Zentralverriegelung des Audi rastete ein. An der Wand leuchtete ein schmutziges Warnschild im Schein der aufflackernden Blinker, irgendein Witzbold hatte drei Buchstaben abgekratzt.

NICHT MIT DEM   PUFF ZUR WAND PARKEN

Heinlein warf einen Blick hinüber zu der verglasten Loge neben der Schranke, sie war leer. Der Wachschutz war schon vor Monaten abgezogen worden, um Kosten zu sparen. Die Kameras unter der Decke funktionierten längst nicht mehr, bei Problemen, wurde man auf einer Tafel neben der Einfahrt informiert, solle man die Notruftaste an einem der Kassenautomaten betätigen.

Heinlein strich über die Motorhaube. Der Audi glänzte im Schein der Neonröhren, die in langen Bändern neben den viereckigen Lüftungsschächten unter der niedrigen Decke hingen. Der Wagen war geleast, gehörte der Firma. Bald würde er einen eigenen haben. Einen größeren, vielleicht einen Mercedes.

Nein, er hatte nichts gegen Cornelius. Es gab keine offene Rechnung, keine verletzten Gefühle. Es ging um Macht. Einfluss. Geld. Cyrill Heinlein hatte sich direkt nach dem Studium bei Cornelius beworben, er hatte sich nicht unbedingt die größte

Firma ausgesucht, doch die einflussreichste, mit dem meisten Potential. Der Job als Assistent war alles andere als erfüllend gewesen, doch darum war es Heinlein nie gegangen. Er hatte die Arbeit als Rampe betrachtet, als eine erste Phase, in der er Erfahrungen für die eigene Zukunft sammeln würde. Nach und nach hatte er Cornelius' Vertrauen erworben, hatte seine Anweisungen ausgeführt, wortkarg zwar, doch zuverlässig wie ein Schweizer Uhrwerk. Dann war ihm klargeworden, dass Cornelius sich irgendwann zur Ruhe setzen würde, in zehn, fünfzehn Jahren vielleicht. Eine lange Zeit, doch Cyrill Heinlein war ein geduldiger Mensch, und der Gedanke, die Firma übernehmen zu können, war verlockend gewesen.

Das war der Plan gewesen. Abwarten. Über zwei Jahre lang hatte Cyrill Heinlein das getan. Cornelius, der dicke Fisch, der Hecht im Karpfenteich, war immer fetter geworden, doch Anzeichen von Müdigkeit hatte er nie gezeigt. Im Gegenteil, er hatte sein Revier noch vergrößert, ein Raubfisch, der die Köder nicht schluckte, sondern selbst welche auswarf. Heinlein sah zu und lernte, hielt sich im Verborgenen, und als die Gelegenheit kam, die Wartezeit zu verkürzen, nutzte er sie. Blitzschnell schnappte er zu und verschwand wieder dort, wo er sich am liebsten aufhielt. Im Schatten.

Heinlein, die Muräne.

Er lief auf den Fahrstuhl zu, mit großen, weit ausgreifenden Schritten. Irgendwo hinter ihm ertönte ein Knacken, Heinlein achtete nicht darauf, er war in Eile. In zwei Stunden kamen die Angestellten, es gab einiges zu erledigen. Noch existierte die Firma, niemand war gekündigt. *Noch* nicht, doch es war eine Frage der Zeit. Die Polizei hatte sämtliche Büroräume auf den Kopf gestellt, gefunden hatten sie – jedenfalls, soweit Heinlein es wusste –, nichts.

Heinlein selbst war seit Tagen mit etwas anderem beschäftigt. Cornelius war kein begnadeter Architekt, er war ein Sammler, ein Organisator. *Das* war es, was die Firma erfolgreich machte, Cornelius, der früher selbst bei der Stadt gearbeitet hatte, verfügte über Verbindungen zu allen erdenklichen Stellen, ein Netzwerk, angefüllt mit Informationen aller Art. Einen Teil davon hatte Heinlein bereits sichergestellt. Er hatte Akten kopiert, Listen mit Ansprechpartnern in den unterschiedlichsten Behörden, von denen Cornelius die Angebote der Konkurrenzfirmen erhalten hatte, um diese unterbieten zu können, Handynummern von Dienststellenleitern, die öffentliche Ausschreibungen verhindern konnten.

Jeder Idiot kann heutzutage ein Haus bauen, hatte Cornelius einmal gesagt. Die Frage ist, ob man die Gelegenheit dazu bekommt. Und wie viel man daran verdient.

Nun, Cyrill Heinlein war entschlossen, *eine Menge* zu verdienen, jetzt, wo Cornelius aus dem Weg war. Er würde die Firma nicht übernehmen. Nein, er würde eine eigene gründen.

Heinleins Schritte hallten von den kahlen Betonwänden wider, im Gehen strich er das weißblonde Haar aus der Stirn. Irgendwo wurde eine Tür geschlossen, wahrscheinlich, tippte Heinlein, jemand vom Reinigungsdienst. Viel taten sie nicht, sie fegten die Treppenhäuser, leerten die Papierkörbe. Mehr gab es auch nicht mehr zu erledigen in diesem riesigen, größtenteils verlassenen Komplex.

Eine Bruchbude, dachte Heinlein und schürzte verächtlich die Lippen, eine Investruine. Er würde neue Räume mieten, irgendwo in der Nähe des Marktes, mit direktem Blick auf das Rathaus. Dazu brauchte er Geld. Auch dafür war gesorgt, das Startkapital würde er bald in den Händen halten, sehr bald.

Er wich einem zerbeulten Einkaufswagen aus, einem Überbleibsel des Supermarkts, der seine Pforten vor einem halben Jahr geschlossen hatte. Ein gelbes Schild flackerte über seinem Kopf, die Lampe war defekt.

MOTOR ABSTELLEN VERGIFTUNGSGEFAHR

Heinlein erreichte den Fahrstuhl, blieb vor der zerkratzten Tür stehen, drückte den Knopf für die oberste Etage. Sein Blick fiel auf das schmale Firmenschild daneben: *Zorn – Planung & Architektur*. Was Namen betraf, war Cornelius nicht sonderlich kreativ.

Ein Poltern, oben im Schacht setzte sich die Kabine in Bewegung. Heinlein öffnete die dünne Mappe, vergewisserte sich, dass die Büroschlüssel an ihrem Platz waren.

Einen Namen für seine Firma hatte er bereits gefunden. *Heinlein Solutions*, das klang gediegen, nicht zu provinziell. Ein Logo musste er sich noch überlegen, vielleicht ein stilisiertes Fenster, weinrot auf weißem Grund. Oder eine griechische Säule? Keine schlechte Idee, fand Heinlein, eine Säule vermittelte Stabilität und Zuverlässigkeit, gleichzeitig Kreativität und Handwerkskunst.

Ein Luftzug streifte seinen Nacken. Womöglich, dachte Heinlein und schlug den Kragen hoch, war eine Säule doch nicht das Richtige, passte eher zu einer Steinmetzfirma. Er runzelte zweifelnd die Stirn, doch er kam nicht dazu, den Gedanken zu Ende zu bringen.

Der erste Stich traf die linke Niere.

Zunächst spürte Heinlein keine Schmerzen. Trotzdem fuhr er zusammen, es war der Schock, der ihm buchstäblich in alle Glieder fuhr, der Schreck über die plötzliche Berührung. Wie ein Kind, das im Dunkeln angestupst wird.

Der zweite Stich war kräftiger, mit voller Wucht ausgeführt. Etwas höher angesetzt, das Messer bohrte sich weiter oben in Heinleins Rücken, traf den Lungenflügel.

Der Schmerz schoss durch die Nervenbahnen nach oben, doch Heinleins Hirn registrierte ihn nur am Rande, noch immer damit beschäftigt, den Schock zu verarbeiten. Ein flammend rotes Fragezeichen pulsierte in seinem Kopf. Irgendwo, in weiter Ferne, arbeitete Heinleins Verstand mechanisch weiter wie eine auslaufende Turbine an der Frage, ob eine Säule tatsächlich ein passendes Firmenlogo darstelle.

Die Ledermappe fiel zu Boden, Heinlein stolperte gegen die Fahrstuhltür, seine Hände pressten sich gegen das kühle Metall. Er sank auf die Knie. Stahl blitzte in seinem Rücken, das Messer sauste ein drittes Mal herab, diesmal von oben. Die Klinge drang unterhalb des Nackens in Heinleins Rückgrat. Er wurde zurückgerissen, spürte, wie sein Angreifer erfolglos versuchte, das Messer wieder herauszuziehen, die Klinge hatte sich zwischen zwei Wirbeln verhakt. Ein Knirschen, Heinlein wurde geschüttelt wie eine Puppe. Dann brach die Klinge, er sackte nach vorn, seine Stirn krachte gegen die Fahrstuhltür. Die Messerspitze ragte aus seinem Rücken wie eine winzige Flosse.

Jetzt kam der Schmerz. Ein brüllendes Tier, eine Welle aus flüssigem, weißglühendem Stahl. Heinlein öffnete den Mund zu einem letzten Schrei, doch das Kreischen erklang nur in seinem Kopf, verpuffte zu einem blubbernden Grunzen. Gurgelnd rang er nach Atem, Blutblasen platzten auf seinen Lippen.

Heinlein versuchte, den Kopf über die Schulter nach seinem Angreifer zu drehen, ein letzter Instinkt menschlicher Neugier. Es gelang ihm kurz, doch seine Augen versagten den Dienst, er sah nur einen schimmernden, senkrechten Strich. Die Waffe in der Hand seines Mörders – ein Steakmesser mit gezackter Klinge und einem Griff aus poliertem Kirschbaum – erkannte er nicht. Selbst wenn, es wäre ihm egal gewesen.

Cyrill Heinlein hatte jetzt andere Probleme. Er starb.

Er kniete vor dem Fahrstuhl, die Hände neben dem Kopf an die Tür gepresst wie ein Betender. Plötzlich ein Rucken, das Metall bebte unter seinen Fingern, die Türen glitten auseinander. Licht fiel durch den allmählich größer werdenden Spalt aus der Kabine, Heinlein hob den Kopf, stierte aus leeren Augen nach oben.

Manche Menschen – so wird zumindest behauptet –, sehen im Angesicht des Todes ihr Leben noch einmal vorbeiziehen. Andere erblicken ein gleißendes Licht hinter einer geöffneten Tür.

Letzteres traf auch auf Cyrill Heinlein zu, in seinem Fall handelte es sich um eine verstaubte, vier Jahre alte Osram-Energiesparlampe, die hinter einer Milchglasscheibe in die Kabinendecke eingelassen war.

Ein paar Sekunden vergingen.

Dann setzte sein Herz aus, und Cyrill Heinlein starb, wie er gelebt hatte, mit starrer Miene, die Gesichtszüge wie aus Porzellan gegossen.

Sein Oberkörper sank in die Kabine, im selben Moment wurde er an den Waden gepackt und rückwärts aus dem Fahrstuhl gezogen. Kaum dreißig Sekunden waren seit dem Angriff vergangen, trotzdem hatte Heinlein eine Menge Blut verloren. Ein großer Teil tränkte den Rücken seines schwarzen Wollmantels, der Rest versickerte allmählich im porösen Beton, kaum zu unterscheiden von den Öllachen, Bremsspuren und Resten getrockneter Rostschutzfarbe, mit denen der Boden des Parkhauses übersät war.

Kurz darauf öffnete sich die Schranke der Ausfahrt, ein schwarzer Audi rollte davon. Es war derselbe, der vor ein paar Minuten in das Parkhaus gefahren war. Der Fahrersitz war noch warm vom Körper Cyrill Heinleins, jetzt allerdings steuerte ein anderer den Wagen, während Heinleins zusammengekrümmte Leiche allmählich im Kofferraum erkaltete.

Vierunddreißig

»Wer sollte es sonst getan haben?«

»Ich weiß es nicht, Schröder.«

Zorn saß telefonierend auf dem Bett und zog die Strümpfe an, das Handy klemmte unter seinem Kinn. Er hatte Schröder direkt nach dem Aufwachen angerufen, ohne weiter darüber nachzudenken.

»Ich weiß es nicht«, wiederholte er verschlafen. »Es ist … ich meine, es passt irgendwie *zu* gut zusammen. Und … ich hab's schon ein paarmal gesagt, ich kann mir einfach nicht vorstellen, dass Cornelius jemanden umbringt. Nicht auf diese bestialische Art und Weise.«

»Kannst du's nicht? Oder willst du 's nicht?«

»Keine Ahnung. Wahrscheinlich beides.«

Schröders Atem drang durch den Hörer, Zorn hörte, wie ein Wasserhahn aufgedreht wurde.

»Wo bist du?«, fragte er.

»Im Büro. Ich mache Kaffee.«

»Du trinkst keinen Kaffee.«

»Aber du.«

Zorn klaubte sein zerknülltes T-Shirt vom Teppich. Roch daran, verzog das Gesicht und warf es unter die Heizung.

»Was genau«, fragte Schröder, »willst du mir eigentlich sagen?«

»Dass wir alles noch mal durchgehen sollten. Klar, Cornelius hatte ein Motiv, aber warum hat er Boris Braeker nicht einfach irgendwo verscharrt? Er hat ihn an einen Baum gefesselt, an einem öffentlichen Ort, in Sichtweite seiner eigenen Villa. Er hat ihn regelrecht zur Schau gestellt. Warum?«

»Als Warnung. Vielleicht hatte Boris Braeker einen Kompli-
zen.«

»Wen?«

»Das«, erwiderte Schröder, »ist eine gute Frage.«

»*Gracias*, Chef.«

»*De nada*.«

»Da ist noch was.« Zorn stand auf und ging zum Kleider-
schrank. »Cornelius ist clever. Er hat alles genau bedacht, hat sogar seinen Wagen lackieren lassen, nachdem er den Obdachlosen
überfahren hat. Nirgendwo Fingerabdrücke, keine Faserspuren.
Trotzdem soll er so blöd gewesen sein, seine Fußspuren am Tatort
und in Boris Braekers Wohnung zu hinterlassen? Die passenden
Stiefel, warum behält er die? Und warum hat er den Schlüssel
nicht versteckt?«

»Er war im Stress.«

»Und packt den Schlüssel in seinen Schreibtisch, wo ihn jeder
finden kann? Und überhaupt, woher wusste er, dass wir ihn da
gefunden haben? Nee, Schröder, da haut was nicht hin, ich ...
Scheiße!«

»Was ist?«

»Ich bin auf einen Legostein getreten.«

»Du Armer.«

Zorn sog zischend die Luft ein, rieb die schmerzende Fußsohle.
Die Socke war ein wenig steif vor Schmutz, er bückte sich, wühlte
eine frische Unterhose und neue Strümpfe aus dem Schrank,
warf sie hinter sich auf das Bett.

»Hältst du mich für bekloppt?«, fragte er.

»Weil du auf einen Legostein getreten bist?«

»Du weißt, was ich meine.«

Ein leises, melodisches *Pling!* ertönte am anderen Ende der
Leitung, Schröder fuhr seinen Rechner hoch.

»Du hast offensichtlich lange nachgedacht«, sagte Schröder.

»Ist das ein Lob?«

»*Yes*.«

»Eigentlich«, seufzte Zorn, »hab ich das gar nicht. *Nachgedacht*, meine ich. Es war einfach in meinem Kopf, als ich vorhin aufgewacht bin. Und ich hab dich angerufen, bevor ich's vergesse.«

»Und du glaubst, da ist was dran?«

»Sag du's mir. *Du* bist hier das Superhirn. Der Kopf sozusagen.«

»Ich bin von uns beiden der Kopf?«

»Ja.«

»Und wer bist du dann?«

»Keine Ahnung«, Zorn zuckte die Achseln, »der Arsch vielleicht?« Er schlurfte zurück zum Bett, setzte sich auf den Rand. »Du bist von uns beiden der Analytiker, ich denke halt eher mit dem Bauch.«

»Interessanter Ansatz. Anatomisch gesehen.«

»Ich habe keine Lust, jetzt über Bäuche zu streiten, Schröder.«

»Das brauchen wir nicht. Meiner ist sowieso größer.«

»Darüber«, Zorn nahm kurz das Telefon vom Ohr, streifte ein frisches T-Shirt über den Kopf, »müssen wir nun wirklich nicht diskutieren.«

Sie schwiegen einen Moment.

»Wir müssen mit deinem Bruder reden«, sagte Schröder schließlich. »Solange er im Koma liegt, kommen wir nicht weiter.«

»Da ist noch was, das ich komisch finde.« Zorn kratzte sich im Nacken. »Boris Braeker, nach allem, was wir wissen, war er ein Genie. Ein Typ, dem niemand das Wasser reichen konnte. Ich meine, der hatte doch alle Möglichkeiten der Welt, um an Kohle zu kommen. Wenn er wirklich so superschlau war, wieso hat er dann nicht einfach 'ne Bank gehackt? Oder so was? Stattdessen erpresst er jemanden. Jeder Idiot weiß, wie riskant das ist. Abgesehen davon hat er sich ziemlich dämlich angestellt, er geht mit seinem Opfer essen, lässt sich übertölpeln, an einen Baum fesseln und dann erwürgen. Selbst *ich* würde das cleverer hinkriegen. Und das will was heißen.«

Zorn streckte sich, angelte mit der Fußspitze nach seinen Jeans.

»Verstehst du, was ich meine?«, fragte er.

»Ja.«

»Und was sagst du dazu?«

»Dass du offensichtlich nicht nur lange, sondern auch gründlich nachgedacht hast.«

»Gib's zu«, sagte Zorn, »das ist dir auch schon aufgefallen.«

»Allerdings.«

»Und jetzt?«

Zorn hörte, wie Schröder sich setzte, Papiere raschelten.

»Jetzt«, sagte Schröder, »lese ich mir den endgültigen Obduktionsbericht von Boris Braeker durch. Der liegt nämlich auf meinem Schreibtisch. Und wenn du im Büro bist, gehen wir alles durch und ...«

Er stockte.

»Was ist?«, fragte Zorn.

Keine Antwort. Nur ein nachdenkliches Brummen, Papiere wurden umgeblättert.

»Schröder?«

»Hier steht etwas von einer Erbkrankheit«, murmelte Schröder.

»Boris Braeker war krank?«

»Huntington. Ein erbliches Nervenleiden, äußerst selten.«

»Nie gehört.«

»Ich auch nicht.«

»Bringt uns das irgendwie weiter?«, fragte Zorn.

»Dazu müssten wir mehr über diese Krankheit erfahren.«

Zorn hatte eine Idee. Er nahm das Telefon in die andere Hand.

»Hast du die Kaffeemaschine schon angestellt?«, fragte er.

»Nein«, erwiderte Schröder verdutzt. »Warum?«

»Weil ich ein bisschen später komme. Mit deiner Erlaubnis natürlich.«

»Was willst du …«

»Das erklär ich dir später.«

Zorn legte auf. Das Handy landete neben ihm auf dem Kopfkissen. Er wollte die Jeans hochziehen, stutzte. Bemerkte die Mitteilung auf dem Display:

Du musst Geduld mit mir haben. Ich will deinen Sohn wirklich gern kennenlernen, aber ich hab ein bisschen Angst, dass ich's versaue. Ich hab keine Erfahrung mit Kindern. Frieda.

Die Nachricht war bereits kurz nach Mitternacht eingegangen. Da hatte Zorn tief und fest geschlafen, und als er Schröder angerufen hatte, war er zu müde gewesen, um es zu bemerken. Zorn tippte die Antwort ein, ohne zu überlegen.

Du musst keine Angst haben. Kinder beißen nicht.

Die Morgendämmerung hing vor dem Fenster wie ein ungewaschenes Laken. Zorn putzte sich hastig die Zähne, und als er zwei Minuten später im Hausflur auf den Fahrstuhl wartete, kam Friedas Antwort.

Bist du sicher?

Die Fahrstuhltür glitt auf. Zorn blockierte die Lichtschranke mit dem Fuß, während er zurückschrieb.

Was Edgar betrifft, ja. Er meckert zwar manchmal, aber gebissen hat er noch nie.

Fünfunddreißig

Es war kurz nach acht, trotzdem war jeder Platz im Warteraum der Kinderstation besetzt. Über ein Dutzend Frauen saß auf den Metallbänken an den Wänden, die meisten wirkten müde, gestresst. Ihre Kinder hockten apathisch auf ihren Schößen, starrten aus fiebrig glänzenden Augen ins Leere, manche schliefen.

Zorn wartete jetzt seit zehn Minuten. Er lehnte etwas abseits an einer Säule neben einem leeren Kinderwagen und betrachtete die immer größer werdende Schlange vor der Patientenaufnahme. Die korpulente Krankenschwester hinter dem verglasten Empfangstresen kontrollierte die Versicherungskarten besorgter Mütter, nahm Anrufe entgegen und warf Zorn gelegentlich einen argwöhnischen Blick zu, den dieser geflissentlich ignorierte.

Die Tür zur Kinderstation glitt mit einem hydraulischen Zischen zur Seite. Fast hätte Zorn Rufus nicht erkannt, denn der Arzt, der mit wehendem Kittel und federnden Schritten auf ihn zukam, hatte wenig gemein mit dem legeren jungen Mann, den er vor zwei Tagen in Malinas Wohnzimmer kennengelernt hatte. Zorn griff die Hand, die ihm entgegengestreckt wurde, spürte den kühlen, kräftigen Druck.

»Ich hab Malina angerufen«, sagte er. »Sie hat erzählt, dass du hier bist.«

Die Antwort bestand in einem ruhigen, abwartenden Blick aus grün schimmernden Augen.

»Ich muss mit dir reden«, fuhr Zorn fort.

»Das dachte ich mir.«

Es war das erste Mal, dass sie einander gegenüberstanden. Rufus war ein paar Zentimeter größer als Zorn, fast einen Meter neunzig.

»Ich hab 'ne Menge zu tun.« Rufus deutete auf den vollen Warteraum. »Falls das ein …«, er zögerte kurz, »*Männergespräch* werden soll, ist der Zeitpunkt ziemlich ungünstig.«

»Es geht nicht um Malina. Auch nicht um Edgar. Wenn ich das Gefühl hätte, dass da was schiefläuft – mit dir und Edgar, meine ich –, würde ich das anders klären.«

»Mit den Fäusten?«

»Ich würde dir sämtliche Knochen brechen«, nickte Zorn ernst. Sie sahen einander an. Keiner von ihnen verzog eine Miene.

»Es geht um meinen Job«, sagte Zorn. »Ich brauche ein paar Informationen.«

Falls Rufus überrascht war, ließ er es sich nicht anmerken. Er warf einen Blick auf die Uhr über dem Stationseingang, kratzte sich an der bärtigen Wange, überlegte kurz.

»Ich geb drinnen Bescheid«, sagte er dann. »Wir treffen uns in der Cafeteria, schräg gegenüber der Röntgenstation. In zehn Minuten. Tust du mir einen Gefallen?«

Zorn hob fragend eine Augenbraue.

»Die Stationsschwester«, Rufus deutete auf die korpulente Frau hinter der Patientenaufnahme, »denkt wahrscheinlich, ich wäre in kriminelle Machenschaften verstrickt. Sie ist ziemlich schwatzhaft, in ein paar Stunden verbreitet sie die Nachricht im gesamten Krankenhaus. Erklärst du ihr, dass du nicht hier bist, um mich zu verhaften?«

Die Schlange vor dem Empfangstresen war länger geworden. Als Zorn vor einer Viertelstunde eingetroffen war, hatte er sich einfach vorgedrängelt, mit wichtiger Miene seinen Dienstausweis gezeigt und erklärt, dass er Rufus auf der Stelle sprechen müsse, die Sache sei dringend und dulde keinen Aufschub.

»Okay.«

Zorn wandte sich ab, ging auf die Patientenaufnahme zu. Nach zwei Schritten hielt Rufus ihn zurück.

»Warte.«

»Was ist?«, fragte Zorn.

Rufus hatte die Hände in den Kitteltaschen vergraben. Er sah Zorn mit ernster Miene an, nur seine Augen funkelten ein wenig.

»Das war ein Scherz.«

Es dauerte einen Moment, bis Zorn verstand. Er musterte Rufus von oben bis unten.

»Witzig«, knurrte er. »Sehr, sehr witzig, Herr Doktor.«

*

»Ich bin Kinderarzt«, sagte Rufus. »Erbkrankheiten sind nicht unbedingt mein Spezialgebiet.«

Sie saßen an einem runden Metalltisch direkt an der verglasten Außenfassade des Krankenhauses, trübes Morgenlicht sickerte in die leere Cafeteria.

»Erzähl mir einfach, was du darüber weißt.«

Zorn rührte in einem lauwarmen Milchkaffee. Er hatte Rufus angeboten, ihm ebenfalls etwas zu holen, dieser hatte mit einem Kopfschütteln abgelehnt.

»Früher nannte man es Veitstanz.« Rufus lehnte sich zurück, der Kittel spannte über seiner breiten Brust. »Die Hirnzellen degenerieren, man verliert nach und nach die Kontrolle über den Körper. Es beginnt mit leichten Zuckungen, spontanen Muskelkontraktionen. Sprachverlust, die Menschen lallen, als wären sie betrunken. Die Persönlichkeit verändert sich, es kommt zu Wutausbrüchen, Wahnvorstellungen, Depressionen. Das Ende ist absolute Hilflosigkeit, der totale Verfall. Körperlich und geistig.«

»Gibt's eine Therapie?«

»Nein.« Rufus schüttelte den Kopf, strich sich über das dichte schwarze Haar. »Es ist ein Gendefekt, weitergeben von einer Generation auf die andere. Man lebt jahrelang damit, scheinbar völlig gesund. Irgendwann bricht es aus, meist im Alter zwischen dreißig und vierzig. Dann bleiben noch ein paar Jahre. Das Ende ist der Tod.«

Es hatte zu nieseln begonnen. Dünne Schlieren liefen am Fenster hinab, dahinter schimmerten die grauen Betonstelzen der Hochstraße im Dunst wie die Schlote eines gestrandeten Ozeanriesen.

Zorn trank einen Schluck Kaffee. Er war nicht sicher, ob es einen Zusammenhang gab. Boris Braeker war krank gewesen, todkrank. Aber wie hing das mit seiner Ermordung zusammen? Gab es überhaupt eine Verbindung? Oder war es Zufall?

Rufus riss ihn aus seinen Gedanken.

»Und jetzt würde ich gern wissen, warum du eigentlich hier bist.«

»Keine Ahnung, was du meinst.«

»Mir ist egal, was du von mir hältst«, sagte Rufus. »Aber ich lasse mich nicht von dir verarschen.«

»Ich will hier niemanden …«

»Dann erklär mir, was das hier soll. Ich kenne mich mit Polizeiarbeit nicht aus, aber ich kann mir beim besten Willen nicht vorstellen, dass sich ein Ermittler bei medizinischen Fragen zu einer seltenen Erbkrankheit an einen Kinderarzt wendet. Ich wette, ihr habt eine Unmenge Spezialisten, mit denen ihr zusammenarbeitet.«

»Stimmt«, nickte Zorn. »Aber ich war zufällig in der Nähe.«

Selbst Zorn spürte, wie albern das klang. Nach einer dämlichen Ausrede. Kein Wunder, das war es ja auch.

»Du wolltest mich abklopfen.« Rufus beugte sich vor. Wieder registrierte Zorn ein leises, amüsiertes Funkeln in seinen grünen Augen. »Ein bisschen unter die Lupe nehmen. Sichergehen, dass ich kein Hochstapler bin.«

Zorn nippte schweigend an seinem Kaffee. Er musterte Rufus über den Rand seiner Tasse und verengte die Augen in der vergeblichen Hoffnung, seinem Blick etwas Geheimnisvolles, Bedrohliches zu verleihen.

»Malina meint, du wärst manchmal ein bisschen aufbrausend«, sagte Rufus.

»Ach, sagt sie das?«

»Ich soll mich vor dir in Acht nehmen.«

»Das solltest du tatsächlich.«

»Es ist zwar schon 'ne Weile her, aber ich war Landesjugendmeister im Boxen«, erklärte Rufus ernst. »Und ich kann Judo.«

»Ich auch«, log Zorn.

Wieder trafen sich ihre Blicke über dem Tisch. Zorn bemerkte die Fältchen um Rufus' Augenwinkel, ein paar graue, versteckte Haare im kurzen Vollbart. Rufus war ein paar Jahre älter, als Zorn anfangs gedacht hatte.

»Die Sache mit Malina ist mir ernst«, sagte Rufus leise.

»Das hoffe ich für dich.«

»Wir werden zusammenziehen.«

»Das weiß ich.«

»Ich habe nicht vor, dir was wegzunehmen. Aber ich werde dir weder erzählen, was du hören willst, noch werde ich etwas tun, nur, weil ich dir gefallen will.«

Rufus schob den Ärmel seines Kittels zurück, sah auf die Armbanduhr, ein schmuckloses Modell aus schwarzem Carbon.

»Hast du Kinder?«, fragte Zorn.

»Bisher nicht. Jetzt schon.«

Rufus stand auf, wollte sich abwenden. Zorn hielt ihn mit einer Handbewegung zurück.

»Ich werde dich im Auge behalten«, sagte er. »Sollten mir irgendwelche Klagen zu Ohren kommen, mach ich dich fertig. Ich bin Bulle, ich weiß, wie das geht.«

»Davon bin ich überzeugt.«

»Edgar ist sensibel, das hat er von mir. Er wird weder angeschrien noch irgendwie anderweitig unter Druck gesetzt. Fernsehen nicht länger als eine Stunde, nach dem Sandmännchen ist Schluss. Spätestens halb acht liegt er im Bett.«

»Einverstanden«, nickte Rufus. »Sonst noch irgendwelche Anweisungen?«

»Kein Jazzgeklimper. Der Junge soll keinen Schaden nehmen.«

»Was ist mit Klassik?«

»Das ist okay. Mozart mag er.«

»Sonst noch was?«

»In letzter Zeit isst er seine Popel.«

»Das«, seufzte Rufus, »klingt verdammt ernst. In Edgars Alter ist das Immunsystem noch ziemlich angreifbar. Man darf die Bakterienübertragung nicht unterschätzen, das führt im Handumdrehen zu einer Infektion der Atemwege. Und wenn er die Popel tatsächlich isst, droht womöglich ein Darmverschluss. Hat er das auch von dir?«

»Das Popeln?« Zorn kratzte sich an der Nase. »Ich bin nicht sicher. Auf jeden Fall muss man's ihm abgewöhnen.«

»Dem kann ich als Arzt nur zustimmen«, bestätigte Rufus und hob die Hand zum Abschied. »Auf Wiedersehen, Herr Hauptkommissar.«

»Auf Wiedersehen, Herr Doktor.«

Rufus lief mit wehendem Kittel davon, ein paar Sekunden später war er hinter der Glastür verschwunden. Zorn blieb noch eine Weile sitzen, starrte in seine halbleere Kaffeetasse und dachte nach.

Nicht über Rufus. Der war ein netter Kerl, egal, wie sehr sich Zorn auch dagegen gesträubt hatte. Auch nicht über Boris Braeker und diese seltsame Krankheit, darüber würde er später mit Schröder sprechen. Selbst Frieda und Edgar waren im Moment nicht wichtig.

All diese Menschen, die ihm nahestanden. Einer davon war hier, am anderen Ende dieses riesigen Gebäudes. Sinnlos, ihn zu besuchen, er lag im Koma.

Zorn tat es trotzdem. Er lief über die endlosen, verzweigten Gänge des Krankenhauses zur Intensivstation, und als er schließlich am Bett von Cornelius saß, wusste er nicht, warum er hier war. Er lauschte dem Piepsen der Überwachungsinstrumente, betrachtete die reglose Gestalt seines Bruders, nur von Maschinen am Leben erhalten. Das Gesicht lag im Schatten, der Körper war bis zum Hals von einem Laken bedeckt, als wäre er aufgebahrt.

Dann kam die Angst. Der Moment, in dem nur noch eines wichtig wurde, egal, was geschehen war. Zorn spürte den Kloß in seinem Hals, wehrte sich gegen die Tränen. Es gelang ihm nicht.

»Wach auf«, murmelte Claudius Zorn. »Bitte wach wieder auf.«

Sechsunddreißig

»Ich habe versucht, Sie zu erreichen, Herr Braeker.«

Schröder trat sich sorgfältig die Schuhe ab und folgte Anton Braeker, der mit müden Schritten ins Wohnzimmer schlurfte.

»Ich hab mein Handy verlegt«, erwiderte Braeker, ließ sich in den Ohrensessel sinken und deutete einladend auf das Sofa. »Wahrscheinlich habe ich's im Institut vergessen.«

Schröder ignorierte den angebotenen Platz. Er stand auf der Türschwelle, sein Blick wanderte durch den hohen, düsteren Raum, strich über die Wände, den Kachelofen, die geschwungene Kommode, den dunklen, goldgerahmten Ölschinken, blieb an den Fotos daneben hängen.

»Ich dachte, Sie wären krankgeschrieben?«, sagte er. Beiläufig, den Blick weiter auf die Bilder gerichtet.

»Das stimmt. Der Kollege, der gestern meine Vorlesung übernehmen sollte, hatte kurzfristig abgesagt.«

»Ach, wie ärgerlich.«

»Also habe ich sie selbst gehalten.«

Schröder antwortete nicht. Er ging zur Wand, das Parkett ächzte unter seinem Gewicht. Aufmerksam, die Hände auf dem Rücken verschränkt, studierte er die alten Familienbilder, eines nach dem anderen, als befände er sich in einem Museum.

»Sie können das gerne prüfen«, sagte Anton.

»Das habe ich bereits.«

Auch jetzt wandte Schröder sich nicht um. Mit wachsender Verwunderung beobachtete Anton, wie Schröder eines der Fotos – eine Schwarzweißaufnahme, auf der Braekers Vater mit der Trompete am Mund bei einem seiner Konzerte zu sehen war –, vom Haken nahm, das helle Rechteck auf der Tapete dahinter musterte, das Bild wieder an seinen Platz hängte und nach einem weiteren Foto griff. Es zeigte Sascha Braeker, die ernst, ihren Teddy unter den Arm geklemmt, in die Kamera sah. Eis klebte an ihrem Mundwinkel, ein unschuldiges, ahnungsloses Kind. Schröder fuhr mit dem Finger über den violett schimmernden, lasierten Rahmen, warf einen kurzen Blick auf die Rückseite, einen weiteren auf die Tapete, dann hängte er das Bild wieder zurück und wandte sich an Anton, der offensichtlich nicht die leiseste Ahnung hatte, was Schröder bezweckte.

»Dazu«, Schröder deutete auf die Fotos an der Wand, »kommen wir später.«

Ihre Blicke trafen sich.

»Sie sehen müde aus«, sagte Schröder und ging zum Fenster. Braeker, der mit dem Rücken zum Fenster saß, musste den Kopf wenden, um mit ihm zu reden.

»Ich habe in letzter Zeit wenig geschlafen.«

Braeker wischte sich mit einer fahrigen Bewegung über den Mund. Bisher hatte sein Gesicht im Schatten gelegen, jetzt konnte Schröder jede kleinste Regung genau erkennen. Auch das nervöse Zittern der Finger entging ihm nicht.

»Nun«, lächelte Schröder, »ich hoffe trotzdem, dass Sie mir ein paar Fragen beantworten können.«

*

Zorn saß unterdessen wieder im Büro. Schröder hatte ihm eine kurze Nachricht hinterlassen, einen Zettel, auf dem er mitteilte, er sei *in einer wichtigen Angelegenheit* unterwegs. Zorn solle nicht auf ihn warten, hatte er in seiner typischen, akkuraten Handschrift geschrieben und hinzugefügt: *Ich habe dir ein wenig Arbeit auf deinen Platz gelegt. Nicht, dass du dich langweilst.*

Auf Schröders Seite des Schreibtischs lag ein Stapel mit Quittungen, Zorn hatte einen kurzen Blick darauf geworfen und festgestellt, dass es sich um Papiere handelte, die in der Wohnung des ermordeten Boris Braeker sichergestellt worden waren. Offensichtlich hatte Schröder die Papiere noch einmal durchgesehen. Ganz oben lag eine Rechnung über Bilderrahmen. Schröder hatte das Datum eingekreist, dann schien er das Büro ziemlich überstürzt verlassen zu haben, er hatte sich nicht einmal die Mühe gemacht, die Papiere wieder zu ordnen.

Schröders Nachricht lag auf dem Stapel mit den Ausdrucken von Boris Braekers Tagebuch. Zorn hatte sich einen Kaffee gekocht, jetzt trank er einen Schluck, holte tief Luft, als wolle er seine Kräfte sammeln. Dann straffte er sich, trommelte mit den Fingern auf den Tisch und griff nach den Aufzeichnungen des Toten, um sie sich ein zweites Mal zu Gemüte zu führen.

*

»Ich habe gelesen, dass Sie einen Verdächtigen verhaftet haben«, sagte Anton Braeker. »Diesen Mann, nachdem Sie mich neulich schon fragten.«

»Richtig«, nickte Schröder.

»Ist er tatsächlich der …«

»Das wird sich herausstellen«, unterbrach Schröder. Sein Oberkörper zeichnete sich als gedrungene Silhouette vor dem Fenster ab, dahinter thronte die Burgruine im grauen Novemberhimmel.

»Ich bin aus anderen Gründen hier«, fuhr Schröder fort. »Fangen wir mit dem ersten an. Es geht um eine Krankheit. Das Huntington-Syndrom, um genau zu sein. Sie wissen, wovon ich rede?«

Ein Seufzen drang aus Braekers Brust, vielleicht auch ein Stöhnen. Sein Kopf sank in die Lehne.

»Sie sind ein kultivierter Mensch, Herr Braeker. Es wäre nett, wenn Sie mich ansehen, während ich mit Ihnen rede. Ein Gebot der Höflichkeit.«

Braeker wandte Schröder wieder das Gesicht zu. Langsam, als müsse er ein Gewicht stemmen.

»Ich weiß nicht, seit wann es in unserer Familie ist«, begann er stockend. »Meinen Vater hat es in den Selbstmord getrieben. Ich war sechzehn, als sie seine Leiche gefunden haben. Nackt, erfroren, drüben am Galgenberg. Er hat mir einen Brief hinterlassen. Es war eine Routineuntersuchung, er war beim Arzt, weil er sich das Zittern in den Fingern nicht erklären konnte. Kurz darauf hat er die Diagnose bekommen. Besser gesagt«, Anton Braeker schluckte, der Adamsapfel hüpfte in seinem dünnen Hals, »das Todesurteil. Mein Vater war depressiv, ob es eine Folge der Krankheit ist, weiß niemand genau.«

Anton verstummte. Schröder wartete schweigend, dass er fortfuhr.

»Was hat das mit dem Mord an Boris zu tun?«, fragte Braeker.

»Ihr Bruder ist obduziert worden. Er hatte die Krankheit ebenfalls.«

»Herrgott.«

Braeker bedeckte das Gesicht mit den Händen.

»Wir haben eine Art Tagebuch entdeckt«, fuhr Schröder fort. »Auf seinem Computer. Boris hat über alles Mögliche geschrieben, die Krankheit allerdings erwähnt er nie.«

»Er ... er wusste nichts davon. Es gab ... einen ...«

»Würden Sie bitte etwas lauter sprechen?«

Braeker straffte sich, sah zu Schröder auf.

»Der Brief meines Vaters«, sagte er, etwas lauter jetzt, doch sichtlich um Fassung ringend, »darin schreibt er über die Krankheit. Er hat es mir überlassen, Boris davon zu erzählen. Ich ... ich habe es jahrelang vor mir hergeschoben, und als ich mich endlich dazu durchgerungen hatte, war es zu spät. Keine Ahnung, was es war. Zufall vielleicht, oder«, ein nachdenkliches Kopfschütteln, »Schicksal. Am selben Tag, als ich es Boris sagen wollte, ist er verschwunden.«

»Er hat es nie erfahren?«

»Jedenfalls nicht von mir.«

»Ihr Bruder hatte finanzielle Probleme. Er hat einen Weg gefunden, diese Probleme zu lösen. Dieser Weg, Herr Braeker, hat ihn womöglich in den Tod geführt.«

»Wie ... wie meinen Sie das?«

»Boris hat einen Unfall beobachtet. Ein Obdachloser wurde überfahren, der Täter ist geflüchtet. Ihr Bruder hat den Mann erpresst.«

»Woher wissen Sie ...«

»So steht es in seinen Aufzeichnungen.«

Braekers Augen weiteten sich.

»Warum sollte er so etwas getan haben?«

»Diese Frage stellen wir uns auch. Ihr Bruder war ein besonderer Mensch. Er hatte alle Möglichkeiten, um Geld zu verdienen. Es gibt eine weitere Frage, die nur Sie beantworten können. Sie sind der einzige Mensch, der ihn kannte. Ich will wissen, ob Sie ihn dazu für fähig halten.«

»Nein.«

Die Antwort kam prompt.

»Sind Sie sicher?«

»Ja.«

Ein Zögern. Kaum wahrnehmbar, doch Schröder hatte es bemerkt.

»Denken Sie noch einmal nach«, sagte er.

Irgendwo im Obergeschoss schlug eine Standuhr, ein altmodisches Geräusch, wie aus einer anderen, längst vergangenen Zeit.

»Herr Braeker?«

Anton knetete die Hände im Schoß.

»Ich weiß es nicht«, murmelte er. »Ich habe keine Ahnung, wozu Boris fähig war.«

*

Es ging auf Mittag zu. Trotzdem hatte Zorn das Licht im Büro eingeschaltet, der Himmel vor dem Fenster war grau, die Sonne hinter den Wolken allenfalls als verwaschener Fleck zu erahnen.

Auch beim zweiten Lesen verstand Zorn nur einen Bruchteil. Er konzentrierte sich darauf, zwischen den – zumindest für einen Normalsterblichen – wirren Gedankengängen eines ermordeten Genies konkrete Anhaltspunkte zu finden, Hinweise, die sich mit ihren Ermittlungsergebnissen deckten. Eine Quälerei für den ungeduldigen Claudius Zorn, die sprichwörtliche Suche nach den Nadeln im Heuhaufen. Erst auf den letzten Seiten verdichteten sich die Fakten.

er heißt cornelius zorn. bauunternehmer. gut im geschaeft, hat das neue finanzamt geplant. villa am fluss, passt zum dicken auto. ein steinreiches dreckschwein. gut so.

Der Eintrag war einen Tag nach dem Autounfall datiert. Wie genau Boris Braeker mit Cornelius Kontakt aufgenommen hatte, stand nicht in den Aufzeichnungen. Zorn kramte die Anrufliste von Braekers Handy hervor, fand drei Anrufe, die an diesem Tag mit dem Telefon geführt worden waren. Ein Gespräch mit einem Taxiunternehmen, ein weiteres mit einem Pizzadienst. Die dritte Nummer kannte Zorn, es war dieselbe, die auch als letzte gewählt worden war. Die Nummer seines Bruders.

hat zunaechst alles abgestritten, wollte beweise. habe behauptet, ich haette fotos vom unfall gemacht, mit dem handy. stimmt zwar nicht, aber das hat ihn ueberzeugt. ich musste nicht lange drohen, drei worte haben gereicht. POLIZEI oder KOHLE. er hat sich fuer letzteres entschieden. wahrscheinlich haette ich mehr verlangen sollen. egal. ich hab das arschloch an den eiern.

Boris Braeker hatte keine Zeit verloren. Der nächste Eintrag war bereits am nächsten Tag erfolgt.

morgen abend treffen. oeffentlicher ort, sollte ungefaehrlich werden. kneipe vielleicht. der kerl hat schiss vor mir, haelt mich fuer einen skrupellosen erpresser. bin ich ja auch. haette nie gedacht, dass mir so was spass macht. aber das tut es. und wie.

Der Spaß, dachte Claudius Zorn, ist dir schnell vergangen. Er hat dich nicht nur getötet, sondern auch gefoltert, weil er Beweise wollte, die du gar nicht hattest. Fotos, die nicht existierten.

Zorn lehnte sich seufzend zurück.

Alles stimmte. Die Fakten passten nahtlos zusammen wie Zahnräder, gut geölt, sauber ineinandergreifend.

Vielleicht, überlegte Zorn, ist es tatsächlich Wunschdenken, ich will es einfach nicht wahrhaben. Andererseits …

Sein Handy klingelte. Er kannte die Nummer nicht, nahm trotzdem ab.

»Ich hab mit einem Kollegen gesprochen«, sagte Rufus, ohne sich Zeit für eine Begrüßung zu nehmen. »Da wäre eine Sache, die du vielleicht wissen solltest.«

*

Schröder stand noch immer am Fenster, er hatte die Hände auf dem Rücken verschränkt und sah hinüber zur Burg auf der anderen Seite des Flusses.

»Der Blick ist wirklich atemberaubend.«

Anton Braeker schien seine Worte nicht gehört zu haben, falls doch, ignorierte er sie. Abwesend hockte er im Ohrensessel, starrte zwischen seinen Füßen auf den Teppich, als wolle er sich das zerschlissene Muster einprägen. Schließlich erwachte er aus seiner Versunkenheit, stand auf, räusperte sich.

»Wäre das dann alles? Ich müsste dann …«

»Oh«, Schröder wandte sich um, »ich fürchte, wir sind noch längst nicht fertig. Ich behellige Sie nur ungern, aber leider gibt es da noch ein paar Fragen. Unangenehme Fragen.«

Braeker stand steif neben dem Sessel, seine rechte Hand strich über die Lehne auf der Suche nach etwas, woran er sich festhalten konnte.

»Wir wissen«, fuhr Schröder fort, »dass Ihr Bruder diese Krankheit hatte. Was ist mit Ihnen, Herr Braeker?«

»Ich … ich habe keine Ahnung, was Sie meinen.«

»Doch, die haben Sie. Sie wissen genau, wovon ich rede.«

*

»Es ist ein Gendefekt«, sagte Rufus. »Die Wahrscheinlichkeit, dass er vererbt wird, liegt bei fünfzig Prozent. Man kann einen Test machen, eine einfache Blutuntersuchung. Das Ergebnis bekommt man allerdings erst nach drei Monaten. Das ist gesetzlich vorgeschrieben, um den Menschen Bedenkzeit zu geben. Nicht jeder will wissen, was ihn erwartet.«

Zorn nahm das Telefon in die andere Hand.

»Wie 'ne Zeitbombe«, murmelte er.

»Von der man nicht einmal weiß, ob sie hochgehen wird. Selbst, wenn der Test positiv ist, heißt das nicht, dass die Krankheit auch tatsächlich ausbricht.«

Was würde *ich* tun, überlegte Zorn, wenn es diese Krankheit in meiner Familie gäbe? Würde ich's wissen wollen? Wenn ja, was würde ich tun? Angenommen, der Test wäre positiv, ich würde durchdrehen, wahnsinnig werden. Ich würde mich umbringen.

»Scheiße«, seufzte er leise.

»Das«, erwiderte Rufus, »trifft's wohl am besten.«

*

»Jahrelang habe ich mich gequält, ohne zu einer Entscheidung zu kommen«, sagte Anton Braeker. »Vor ein paar Monaten habe ich mich schließlich dazu durchgerungen. Ich habe die Unsicherheit nicht mehr ertragen.«

Er stand neben dem Sessel, als wäre er festgefroren. Seine Stimme klang leise, stockend. Schröder lehnte am Fensterbrett, er hatte sich vorgebeugt, um jedes Wort verstehen zu können.

»Vorgestern habe ich das Ergebnis bekommen.«

Braeker hob den Kopf. Trübes Tageslicht spiegelte sich in den Gläsern seiner Brille. Er schwieg einen Moment, wartete, dass Schröder die nächste Frage stellen würde, sie lag auf der Hand. Schröder tat es nicht, sah ihn nur an.

»Ich … ich weiß es nicht«, antwortete Braeker schließlich selbst. Er hob die Hand, deutete mit einer hilflosen Geste auf die geschwungene Kommode an der Wand unter den gerahmten Familienbildern. »Der Brief vom Labor liegt da drin. Ich habe ihn noch nicht geöffnet.«

Draußen rauschte eine Straßenbahn über die Brücke. Der kristallene Leuchter schwankte unter der getäfelten Decke, klirrte leise.

»Ich schaffe es einfach nicht«, murmelte Anton. »Verstehen Sie das?«

»Ja«, nickte Schröder. »Aber ich kann Ihnen nicht helfen.«

»Nein, das kann niemand.«

Braeker starrte auf die Kommode. Hass lag in seinem Blick, gleichzeitig Angst. Als läge kein Brief, sondern eine schussbereite Waffe in der Schublade.

»Ich   ich würde jetzt gern allein sein «

»Auch das verstehe ich«, erwiderte Schröder sanft. »Aber ich habe noch eine letzte Frage.«

»Ja?«

»Warum haben Sie gelogen?«

»Was … was meinen Sie damit?«

Anton schob das Kinn vor, strich mit zwei Fingern über den

Hemdkragen, als schnüre ihm etwas die Kehle zu. Blinzelnd, den dünnen Hals vorgereckt, sah er sich um wie ein aufgeschreckter Vogel auf der Suche nach einem Versteck.

»Ich sagte Ihnen doch, dass der Test …«

»Es geht nicht um den Test. Auch nicht um die Krankheit, so bedauerlich das alles auch ist. Es geht um Boris, Ihren Bruder.«

Schröder stieß sich vom Fensterbrett ab, trat einen Schritt vor. Unwillkürlich wich Anton zurück.

»Was soll mit Boris sein?«

»Sie behaupten, Sie hätten ihn seit Jahren nicht gesehen.«

»Und dabei bleibe ich auch.«

»Das«, erwiderte Schröder mit einem leisen Kopfschütteln, »sollten Sie noch einmal überdenken.« Er nahm Anton am Arm, führte ihn sacht zu den Bildern an der Wand. »Sie haben Boris kurz vor seinem Tod getroffen. Ich kann es beweisen.«

*

»Ich muss Schluss machen«, sagte Rufus.

Leises Stimmengewirr drang durch den Hörer.

»Ja«, erwiderte Zorn abwesend. »Gib Edgar einen Kuss von mir.«

»Mach ich.«

»Und denk an die Popel.«

»Sehr wohl, Herr Kommissar.«

»*Haupt*kommissar«, korrigierte Zorn ernst.

Sie schwiegen einen Moment.

»Welchen Gürtel hast du eigentlich?«, fragte Zorn dann. »Im Judo, meine ich.«

»Den schwarzen.«

»Angeber«, knurrte Claudius Zorn und legte auf.

*

»Sie haben lange nicht gemalert.«

Schröder hatte eines der Fotos in der Hand, deutete auf das helle Viereck an der Stelle, an der es gehangen hatte. Noch immer hielt er Anton Braekers Oberarm umfasst, er sprach langsam und deutlich, als rede er mit einem schwerhörigen Kind.

»All diese Bilder sind schon seit Jahren an ihrem Platz, mit einer Ausnahme. Dieses hier«, Schröder griff nach dem Foto von Sascha, Antons Schwester, »hängt erst seit kurzem hier, richtig?«

Anton starrte verwirrt an die Wand. Das Bild hatte keine Spuren auf der vergilbten Tapete hinterlassen.

»Seit ein paar Wochen«, nickte er. »Würden Sie mir erklären, worauf Sie hinauswollen?«

»Dasselbe Foto haben wir in der Wohnung Ihres Bruders gefunden.«

»Das«, Anton schüttelte unwirsch den Kopf, »haben Sie bereits bei Ihrem ersten Besuch festgestellt. Das Bild ist uralt, es lag jahrelang oben in einer Schublade, ich habe es beim Aufräumen wiedergefunden und wieder aufgehängt. Muss ich mich dafür entschuldigen?«

Braeker hatte sich in Rage geredet, er streifte Schröders Arm ab wie ein lästiges Insekt, trat einen Schritt zurück. Schröder ließ es geschehen, sah ruhig zu ihm auf.

»Sie haben Ihre Schwester sehr geliebt?«

»Ja, verdammt! Wir *beide* haben sie geliebt! Es gibt mehrere Abzüge von diesem Foto, Boris hatte einen, ich ebenfalls! Was ist daran so …«

»Das ist kein Abzug.« Schröder hielt Braeker das Bild entgegen. »Es ist eine Kopie, von einem Laserdrucker.«

Anton runzelte die Stirn. Seine Verblüffung war echt.

»Die Rahmen«, sagte Schröder, »sind identisch. Beim Original, das wir bei Ihrem Bruder gefunden haben, und bei diesem hier.« Er strich mit dem Daumen über die violette Lasur. »Handgefertigt.«

Braeker öffnete den Mund, Schröder brachte ihn mit einer Handbewegung zum Schweigen.

»Bitte beleidigen Sie jetzt nicht meine Intelligenz und behaupten, das wäre Zufall. Darf ich Ihnen was zeigen?«

Schröder drehte das Foto um, deutete auf einen Stempel auf der Rückseite. Der Abdruck war undeutlich, trotzdem lesbar. *Kunsthandwerk Bolldorf* stand dort, *gegründet 1976.*

»Ihr Bruder«, sagte Schröder, »hat einiges aufbewahrt. Unter anderem eine Menge Quittungen. Eine davon über zwei Bilderrahmen, ausgestellt von diesem Laden. Die Summe«, er kratzte sich am Kopf, »habe ich nicht mehr genau in Erinnerung, dreiundsechzig Euro, wenn ich mich nicht irre. Eines allerdings habe ich mir gemerkt. Das Datum.«

Anton Braekers Augen weiteten sich.

»Der elfte September«, sagte Schröder. »Vor gut zwei Monaten.«

Er hängte das Foto zurück an seinen Platz. Trat einen Schritt zurück, musterte es mit geneigtem Kopf, dann rückte er es sorgfältig wieder gerade.

»Ich hatte schon bei meinem ersten Besuch eine Ahnung«, murmelte er, den Blick noch immer auf das Foto gerichtet. »Es hat leider etwas gedauert, bis mir die Zusammenhänge klargeworden sind.«

»Ich ... wusste nicht, dass ...«

»Natürlich wussten Sie's nicht.« Schröder wandte sich lächelnd an Braeker. »Jetzt, wo wir es beide wissen, sollten Sie mir erklären, warum Sie gelogen haben. Sie haben Boris kurz vor seinem Tod getroffen. Ich will wissen, warum. Ich will wissen, wie oft. Ich will wissen, worüber Sie geredet haben. Und ich will wissen, ob das Ihre einzige Lüge war.«

Braeker schluckte schweigend. Schröder ließ ihn nicht aus den Augen, sein rosiges Gesicht glänzte heiter. Auch seine Stimme klang fröhlich, ein beschwingter Plauderton, der absolut nicht zum Inhalt seiner Worte passte.

»Ich kann mir die Mühe machen und diesen Laden aufsuchen«, sagte er. »Ich kann mir bestätigen lassen, dass Boris die Bilder dort hat rahmen lassen. Ich kann nachweisen, dass er Ihnen eines davon gegeben hat, und zwar irgendwann innerhalb der letzten zwei Monate, denn wenn ich dieses Bild«, er deutete zur Wand, »ins Labor bringen lasse, werden wir die Fingerabdrücke Ihres Bruders darauf finden.«

Keine Antwort.

»Muss ich das?«, fragte Schröder.

Anton hob den Kopf. Seine Augen glänzten hinter den Brillengläsern. Er zwinkerte, nagte an seiner Unterlippe.

»Nein«, sagte er dann. »Das müssen Sie nicht.«

Siebenunddreißig

Zwei Monate zuvor.

Er hat auf ihn gewartet.

Wie lange, kann Anton nicht sagen, doch als er die Haustür aufschließen will, taucht Boris plötzlich auf. Er steht am Gartentor neben den Mülltonnen, als hätte er sich aus dem Nichts materialisiert.

»Hallo«, sagt Boris.

Wahrscheinlich stand er die ganze Zeit draußen am Zaun, Anton ist achtlos an ihm vorbeigegangen. Er hat ihn nicht bemerkt, war in Gedanken noch im Institut, bei der nächsten Vorlesung. Selbst wenn, erkannt hätte er seinen Bruder trotzdem nicht. Boris ist dünn geworden in den letzten zwei Jahren, regelrecht abgemagert. Er hat sich den Kopf geschoren, das blonde Haar ist nur ein paar Millimeter lang, die Kopfhaut schimmert hindurch. Das blaue Kapuzenshirt ist ein paar Nummern zu groß, die Jeans sind fleckig, ein verwaschener Leinenrucksack baumelt an seiner Schulter. Boris sieht aus wie ein Hip-Hopper. Oder ein Skater.

Ein drogensüchtiger Skater, denkt Anton.

»Du hast die Fassade malern lassen«, stellt Boris fest.

Er nickt anerkennend, sein Blick wandert über das ockerfarben gestrichene Haus. Die Septembersonne scheint ihm direkt ins Gesicht, er kneift die Augen zusammen. Es ist warm, einer der letzten Sommertage in diesem Jahr.

Ja, erwidert Anton. Das sei schon lange nötig gewesen.

Es ist *mein* Haus, denkt er. Jemand muss sich darum kümmern.

Im nächsten Frühjahr wird er das Dach neu decken lassen, die

Gasheizung muss repariert werden. Er wird einen Kredit aufnehmen, zusätzlich zu dem, mit dem er Boris ausgezahlt hat.

»Was willst du?«, fragt Anton.

Er muss laut reden, Boris steht noch immer ein paar Meter entfernt am Gartentor. Durch die Hecke erkennt Anton die Umrisse eines Rennrades, es lehnt außen am Zaun. Der muss ebenfalls dringend erneuert werden, das Holz ist brüchig, die rotbraune Farbe blättert an allen Ecken und Enden.

Boris schweigt einen Moment. Dann zuckt er die Achseln.

»Meinen Bruder besuchen.«

Er kommt näher, er hat das rechte Hosenbein seiner Jeans hochgekrempelt, es sieht ein wenig albern aus. Eine lose Gehwegplatte klappert unter seinen Schritten. Anton schließt wortlos die Tür auf, hängt den Mantel an die Garderobe, zieht die Schuhe aus, stellt seine Aktentasche daneben ab.

»Willst du nicht wissen, wo ich war?«, fragt Boris, als sie im Wohnzimmer stehen. Diesmal ist es Anton, der schweigend die Achseln zuckt. Er bietet Boris keinen Platz an, auch keinen Kaffee.

»Brauchst du Geld?«, fragt Anton.

»Ja«, grinst Boris. »Aber nicht von dir.«

Stirnrunzelnd stellt Anton fest, dass er seine Schuhe nicht ausgezogen hat. Ausgefranste, zerschlissene Tennisschuhe, der linke Schnürsenkel ist offen.

»Was willst du?«, wiederholt er.

Boris vergräbt die Hände in der Bauchtasche seines Kapuzenshirts, der blaue Stoff spannt unter seinen Fäusten. Er sieht sich um, als wäre er zum ersten Mal hier. Seine Augen sind gerötet, wirken riesig in dem hohlwangigen Gesicht. Doch sein Blick ist klar, die Stimme deutlich.

Nein, korrigiert sich Anton im Stillen, Drogen scheint er nicht zu nehmen.

»Ich bin neugierig«, sagt Boris. »Wollte einfach wissen, wie's dir geht. Was du so treibst, Bruderherz.«

Das weißt du ganz genau, denkt Anton. Du hast meinen Rechner gehackt, meine Mails gelesen. Egal, wo du dich all die Monate rumgetrieben hast, du kennst fast jeden meiner Schritte. Wahrscheinlich auch meinen Kontostand.

»Ich bin zufrieden«, sagt Anton.

»Das«, nickt Boris, »glaube ich gern.«

Er lässt sich in den Ohrensessel fallen, der Rucksack landet klatschend neben ihm auf dem Parkett. Sein Blick wandert hinauf zum Kronleuchter, streift über die vergilbte Tapete, den alten Kachelofen. Seine Mundwinkel heben sich, ein spöttisches Lächeln spielt um seine vollen Lippen.

Anton kennt dieses Lächeln. Er weiß, was es bedeutet. Du hast es dir gemütlich gemacht in deiner kleinen, spießigen Welt, heißt es. Du lebst in einem Museum, hast eine mittelmäßige Arbeit, ein Mittelklasseauto und die Frauen, mit denen du verkehrst, sind ebenfalls Mittelklasse.

O ja, Anton kennt dieses Lächeln. Er hasst es.

Und eine Frau hat er auch nicht.

Er öffnet den Mund, um ein drittes Mal zu fragen, was Boris will.

»Ich hab dir was mitgebracht.« Boris kommt ihm zuvor, beugt sich über den Sessel und öffnet den Rucksack. »Ein Geschenk.«

Anton greift nach dem Bild, das Boris ihm entgegenhält. Es riecht nach frischer Farbe und Klebstoff, der Rahmen ist neu. Seine Finger zittern ein wenig, das Bild seiner toten Schwester verschwimmt vor seinen Augen. Er kennt das Foto, Boris hat es damals mit ins Heim genommen.

»Damit du sie nicht vergisst«, sagt Boris.

»Das habe ich nicht.«

»Doch, Anton. Du verdrängst es. Wie alles.«

Anton spürt, wie sich sein Magen zusammenzieht. Er hat nicht gelogen, als er sagte, er sei zufrieden. Er hat seine Ruhe gefunden. *Hatte* sie gefunden. Bis vor ein paar Minuten jedenfalls.

»Das ist erledigt«, sagt er. »Es hat keinen Sinn. Egal, was wir tun, wir können sie nicht lebendig machen.«

»Darum geht's nicht.«

»Ich verstehe nicht, was du von mir willst.«

»Das erwarte ich auch nicht.« Boris schlägt die Beine übereinander, sieht zu ihm auf. »*Niemand* versteht mich, Bruderherz. Früher dachte ich, es sei meine Schuld, aber jetzt weiß ich, dass ihr mir einfach nicht folgen könnt.«

Dieses selbstzufriedene Grinsen, denkt Anton, man müsste es ihm aus dem Gesicht schlagen. Ich bin dabei, meinen Doktor zu machen. Trotzdem redet er mit mir wie mit einem Kleinkind. Oder einem Schimpansen.

»Es ist schön, dass du zufrieden bist, wirklich«, fährt Boris fort. »Mit deinem Leben, deiner Arbeit. In meinen Augen ist es Kinderkram, Zeitverschwendung. Aber auch darum geht's jetzt nicht.«

»Worum dann?«, fragt Anton.

Sein Bauch schmerzt, sein Magen ist jetzt ein heißer, pochender Klumpen.

»Um Sascha«, erwidert Boris. »Wir beide haben gesehen, wie sie gestorben ist. Selbst jemand wie *du* sollte kapieren, dass man sich irgendwann …«

»Halt's Maul!«

Anton beugt sich keuchend über Boris. Betrachtet das Blut, das in einem dünnen Faden aus der Nase seines Bruders läuft. Er muss einen Blackout gehabt haben, kann sich nicht an den Schlag erinnern. Den schmerzenden Knöcheln nach zu urteilen war er äußerst heftig

Boris hebt verwundert die Augenbrauen, lässt sich die Schmerzen nicht anmerken. Sein Gesicht verzieht sich zu einem schiefen Lächeln, die Schneidezähne sind dunkel vor Blut.

»Das wolltest du schon immer, stimmt's?«, fragt er leise.

Ihre Gesichter sind nur ein paar Zentimeter voneinander entfernt.

»Du kleines, arrogantes Arschloch«, zischt Anton. »Ich hab dir jahrelang den Arsch abgewischt. Hab den Dreck hinter dir weggeräumt, aber du hast es nicht mal gemerkt, warst mit deiner eigenen Genialität beschäftigt. Du hältst dich für was Besseres.«

»Ich will dir nicht zu nahetreten«, grinst Boris, »aber ich habe allen Grund dazu.«

»Vielleicht«, nickt Anton. »Aber selbst ein Superhirn wie du sollte sich mit der Tatsache abfinden, dass es im Endeffekt nicht anders ist als alle anderen. Ein Mensch aus Fleisch und Blut.«

»Tu mir einen Gefallen«, seufzt Boris, »und verschone mich mit deiner philosophischen Kinderkacke, ja?«

Anton richtet sich auf. Boris entspannt sich ein wenig, leckt die blutigen Lippen, tastet vorsichtig über die schmerzende Nase. Anton sieht mit starrer Miene auf ihn hinab.

»Was ist?«, fragt Boris mürrisch. »Willst du noch mal zuschlagen? Tu's ruhig, wenn's dir hilft.«

Einen Moment sieht es tatsächlich so aus, als zöge Anton diese Möglichkeit in Betracht. Dann schüttelt er den Kopf, fasst einen Entschluss.

»Ich habe dich immer beschützt«, sagt er.

»Du wiederholst dich, großer Bruder. Es wird langsam ermüdend.«

»Dann sollten wir dich ein wenig wachrütteln.«

Anton wendet sich einer Kommode zu, öffnet eine Schublade.

»Du hast recht«, sagt er. »Du warst mir schon immer überlegen. Aber selbst der dämlichste Hohlkopf weiß manchmal mehr als das größte Genie. Du glaubst, wir hätten nichts gemeinsam. In Bezug auf unsere Fähigkeiten mag das stimmen. Aber wir sind Brüder. Wir sind vom gleichen Blut, ob wir wollen oder nicht.«

Anton dreht sich um, er hat einen weißen Umschlag in der Hand.

»Und wir teilen dasselbe Schicksal.«

*

Ein paar Minuten später ist Boris endlich weg. Er hat den Befund nur kurz überflogen, dann hat er den Brief wieder im Umschlag verstaut, ist aufgestanden und zum Fenster gegangen. Dort blieb er eine Weile, und als er sich umwandte, schien er weder überrascht noch schockiert.

»Huntington«, sagte er, mehr zu sich selbst als zu Anton. »Schöne Scheiße.«

Dann ist er gegangen.

Anton weiß nicht recht, wie er sich fühlen soll. Er selbst hat Monate gebraucht, um sich über die Konsequenzen klarzuwerden, Boris hat es innerhalb von Sekunden erfasst. Er hat sich nichts anmerken lassen, doch das hat nichts zu bedeuten. Anton weiß, dass er ihn aus dem Gleichgewicht gebracht hat, er wehrt sich dagegen, doch er genießt diese Gewissheit.

Es ist ein ungutes Gefühl. Böse. Schmutzig. Ein widerwärtiger Triumph, geboren aus Neid, Missgunst und jahrelang unterdrückter Wut. Gleichzeitig ist Anton erleichtert, er fragt sich, warum er sich so lange gequält hat, wieso er Boris vor der Wahrheit hatte schützen wollen.

Wir sind vom gleichen Blut, ob wir wollen oder nicht.

Anton überlegt, wo Boris jetzt ist. Seit wann er wieder in der Stadt ist, ob er länger bleibt. Er schiebt die Gedanken beiseite, will es nicht wissen. Alles, was er will, ist seine Ruhe, Boris soll wieder verschwinden.

Dann hängt er das Bild von Sascha auf. Die dunklen Kinderaugen seiner toten Schwester sehen ihn ernst an, er versinkt in ihrem Blick und weiß, dass er keine Chance hat. Sosehr er sich auch müht, nichts von dem, was er sich am sehnlichsten wünscht, wird er jemals finden.

Weder Ruhe noch Frieden.

Achtunddreißig

Jetzt.

»Er hat also gelogen«, sagte Zorn.

»Ja«, nickte Schröder.

Zorn musterte Schröder über den Rand seiner Brille.

»Dürfte ich dich was fragen?«

»Aber sicher doch«, erwiderte Schröder, lehnte sich in seinem Stuhl zurück und verschränkte die Arme vor der Brust.

»Du bist der Chef«, begann Zorn, nachdem er einen Moment nachgedacht hatte. »Und ich würde es niemals wagen, deine unendliche Weisheit in Frage zu stellen, aber irgendwie kann ich dir nicht folgen. Wir haben einen Mordfall, wursteln uns seit Tagen durch die Ermittlungen, ohne groß voranzukommen und ...«

»Es gibt einen Verdächtigen«, unterbrach Schröder ruhig. »Dein Bruder liegt im Koma, aber es spricht eine Menge gegen ihn. Ich verstehe, dass dir das nicht gefällt, aber wir können die Beweislage nicht einfach so ignorieren.«

»Das will ich auch nicht.« Zorn schüttelte den Kopf. »Aber du kannst nicht bestreiten, dass wir in 'ne völlig andere Richtung denken sollten. Anton Braeker hat behauptet, seinen Bruder seit Jahren nicht gesehen zu haben. Das war gelogen. Und wenn er in diesem Punkt die Unwahrheit gesagt hat, dann kann er's auch an anderer Stelle getan haben. Richtig?«

Schröder nickte stumm.

»Dann verstehe ich nicht, wieso du einfach wieder abmarschiert bist. Ich meine«, Zorn wedelte mit der Hand durch die stickige Büroluft, »du überführst ihn einer glasklaren Lüge, er gibt es auch noch zu. Und du hast nichts anderes zu tun, als fröhlich auf Wiedersehen zu sagen und zurück ins Präsidium zu hoppeln?«

»Auch das«, bestätigte Schröder, »ist richtig. Allerdings bin ich nicht *gehoppelt*, sondern habe mich von einem Streifenwagen abholen lassen.«

»Warum?«

»Es hat geregnet, ich hatte keinen Schirm dabei.«

»Du weißt, was ich meine, Schröder.«

»Was hätte ich deiner Meinung nach tun sollen?«

»Na ja.« Zorn kratzte sich am Kopf. »Wir sind uns einig, dass Anton Braeker sich zumindest verdächtig gemacht hat. Korrigiere mich, wenn ich mich irre, aber werden Verdächtige nicht verhaftet, wenn man sie direkt vor der Nase hat? Du weißt schon, wie im Fernsehen. Nicht bei den Amis, da werden die Verdächtigen meistens erschossen, aber im *Tatort* werden sie festgenommen.«

»Ich hätte ihn mitnehmen sollen?«

»Das«, nickte Zorn, »wollte ich damit sagen.«

»Und dann?«

»Dann hätten wir ihn vernommen.«

»Und dann?«

»Hätten wir ihn unter Druck gesetzt.«

»Und dann?«

»Ach komm, Schröder!« Zorn trommelte ungeduldig mit den Fingern auf den Schreibtisch. »Du weißt genau, was ich meine!«

Schröder rollte seinen Stuhl zurück, streckte die kurzen Beine.

»Ich sag dir, was passiert wäre. Wir hätten Anton Braeker ein paar Stunden befragt, womöglich eine Nacht hier festgehalten. Spätestens morgen hätten wir ihn laufen lassen müssen, wir haben nichts gegen ihn in der Hand. Kein Motiv, nicht den Hauch einer Spur. Nur ein gerahmtes Foto als Beweis, dass er seinen Bruder kurz vor seinem Tod gesehen hat. Er hat das Treffen verschwiegen, weil er Angst hatte, sich verdächtig zu machen.«

»*Bullshit*«, knurrte Zorn.

»Vielleicht.«

»Gequirlte Scheiße. Der verarscht uns.«

Diesmal gab Schröder Zorn recht, allerdings mit der Bitte, Zorn möge bei Gelegenheit seine Wortwahl überdenken.

Eine Weile herrschte Schweigen in dem engen Büro, nur der Regen prasselte gegen das Fenster. Zorn wartete, dass Schröder fortfuhr, und als das nicht geschah, bat er seinen geschätzten Vorgesetzten, ihn endlich an seinen wichtigen Gedanken teilhaben zu lassen, er verstehe verdammt nochmal nicht, worauf Schröder hinauswolle.

»Du hast dich total zum Trottel gemacht!«

»Darin«, lächelte Schröder, »habe ich Erfahrung. Viele Menschen halten mich für einen Trottel, ich kann damit umgehen. Vor allem, wenn es mich weiterbringt. Anton Braeker glaubt, ich hätte ihm seine Geschichte abgekauft. Das hoffe ich zumindest.«

»Aber er wird …«

»Was genau er tun wird, wissen wir nicht. Aber wir werden es erfahren. Weil wir jeden seiner Schritte beobachten. Beziehungsweise die beiden Kollegen, die seit einer halben Stunde sein Haus überwachen.«

Zorn nahm die Brille ab, hauchte die Gläser an und putzte sie sorgfältig, erst das linke, dann das rechte.

»Das«, murmelte er, »ist clever.«

»Selbstverständlich ist es das.«

Schröder zupfte eine Haarsträhne aus der Stirn, drehte sie einen Moment zwischen den Fingern.

»Vor allem ist es logisch«, fuhr er fort. »Wir behalten Anton Braeker im Auge. Gleichzeitig werden wir den Fall noch einmal durchgehen, von vorn bis hinten. Wir werden jedes Indiz auf eine Verbindung zu Anton Braeker prüfen, eines nach dem anderen. Und wenn er Dreck am Stecken hat, dann kriegen wir das raus. Nicht sofort, aber sukzessive.«

Zorn räusperte sich, setzte die Brille wieder auf.

»Nach und nach«, ergänzte Schröder.

»Ich weiß, was *sukzessive* heißt!«, log Zorn.

Schröder hob entschuldigend die Hände, dann ließ er sie mit einem Klatschen auf den Schreibtisch fallen.

»Es gibt eine Menge zu tun«, sagte er. »Wir sollten anfangen.«

»Ja«, nickte Zorn. »Das sollten wir.«

Die Frage ist, dachte er, womit?

Schröder wandte sich seinem Rechner zu. Zorn wollte es ihm gleichtun, um wenigstens den Anschein zu erwecken, einen Plan zu haben. Dabei fiel sein Blick auf den Stapel mit den ausgedruckten Aufzeichnungen von Boris Braeker.

»Ich hab das komplett durchgelesen«, sagte er nachdenklich. »Von Anfang bis Ende, ich hab mich gequält, trotzdem hab ich höchstens die Hälfte kapiert.«

»Ich auch«, erwiderte Schröder abwesend. Sein Blick konzentrierte sich auf den Monitor, seine Finger flitzten über die Tastatur. »Boris Braeker war ein stinknormaler Erpresser, aber geistig war er jedem Normalsterblichen überlegen. Wir können gar nicht alles verstehen, was er aufgeschrieben hat.«

»Ich meine was anderes.«

»Und was?«

»Was er *nicht* aufgeschrieben hat.«

Schröder sah auf, das Klackern der Tastatur verstummte.

»Es ist ein Tagebuch«, begann Zorn. »Zwischen all diesem ganzen kruden Gedankenzeugs hat er aufgeschrieben, was er erlebt hat. Vielleicht hab ich's übersehen, aber eigentlich bin ich sicher«, er klopfte mit dem Fingerknöchel auf die Aufzeichnungen, »dass ich kein Wort über ein Treffen mit seinem Bruder gelesen habe. Du etwa?«

Schröders Augenbrauen senkten sich.

»Nein«, sagte er. »Aber die Aufzeichnungen sind wirr, unregelmäßig geführt. Manchmal hat er tagelang nichts geschrieben.«

Das stimmte.

»Na ja«, seufzte Zorn, »war nur 'ne Idee.«

»Wir sollten das im Hinterkopf behalten. Kein schlechter Gedanke.«

»*Gracias*«, murmelte Zorn.

»*De nada*«, erwiderte Schröder und wandte sich wieder seinem Rechner zu.

*

Ich wollte das alles nicht, dachte Anton Braeker.

Er saß am Küchentisch. An der Stirnseite, da, wo Boris früher gesessen hatte. Der kleine Kommissar war schon vor einer Weile gegangen. Er hatte nicht mehr viel gesagt, die Verabschiedung war freundlich und unverbindlich gewesen. Keine weiteren Fragen, weder nach Boris noch nach Sascha. Als wäre das alles nicht wichtig, doch Anton wusste, dass dieser kleine Mann längst nicht so naiv war, wie er tat. Diese blauen, intensiven Augen, sie würden Anton auf Schritt und Tritt verfolgen.

Doch das war nicht wichtig.

Anton Braeker schüttelte den Kopf.

Ich kann nichts dafür, dachte er. Selbst, wenn ich gewollt hätte, es war nicht zu ändern. Es liegt in unserer Familie. Alles endet im Schmerz.

Er fuhr mit den Fingerspitzen über die rissige Tischplatte. Betrachtete die Fettflecken, die dunklen, kreisförmigen Abdrücke der Kaffeetassen, die sich im Laufe der Jahre tief in das Holz gefressen hatten. Die Kratzer, hinterlassen vom Messer, das ihr Vater beim Abendessen benutzt hatte, um das Brot für die Familie zu schneiden. Spuren aus einer längst vergangenen Zeit. Sie alle waren gegangen, der Tisch war immer leerer geworden und jetzt war er der Letzte, der hier saß.

Es ist Schicksal, dachte er. Eine böse, dunkle Bestimmung. Ein

Schatten, der schon immer auf meiner Familie gelegen hat. Es ist nicht nur diese Krankheit, es ist mehr, viel mehr. Man kann sich nicht wehren gegen diesen Fluch, der sie alle in den Tod getrieben hat, einen nach dem anderen.

Vater. Mutter. Sascha. Boris.

Und ich, dachte Anton, werde ebenso enden.

*

»Was machst du da eigentlich?«, fragte Zorn.

»Googeln.«

Schröder starrte konzentriert auf seinen Monitor. Nickte kurz und hieb schwungvoll mit dem Zeigefinger auf die Enter-Taste. Hinter ihm erwachte der Drucker zum Leben.

»Sascha Braeker«, sagte er, »die Schwester der beiden.«

Zorn hob fragend die Augenbrauen.

»Das Mädchen auf den Fotos«, erklärte Schröder. »Sie ist vor über zehn Jahren gestorben. Es war ein Unfall, aber der hat womöglich etwas zu bedeuten. Es muss einen Grund geben, warum Boris seinem Bruder das Bild kurz vor seinem Tod gegeben hat.«

Der Drucker verstummte. Schröder langte hinter sich, nahm ein paar Blätter aus dem Papierfach.

»Die Polizei hat in der Sache ermittelt. Die Akte ist nicht digitalisiert, wir müssen sie aus dem Archiv anfordern. Du wirst dich bestimmt daran erinnern, damals hat so ziemlich jede Zeitung über den Unfall berichtet. Aber jetzt«, Schröder reichte Zorn die Ausdrucke über den Tisch, »findet sich nur noch das hier im Netz.«

Es war nicht viel. Drei Artikel, einer auf der Titelseite der *BILD*-Zeitung, einer im Mittelteil der *FRAU MIT HERZ* und eine kurze Meldung im *STERN*. Die Länge war unterschiedlich, die Wortwahl allerdings fast identisch, überall war von einer Tragödie die Rede, einer Katastrophe, einem schier unermesslichen Drama.

Zorn überflog die Artikel, ließ die Ausdrucke sinken. Es war lange her, aber selbst jetzt erinnerte er sich noch an das, was damals geschehen war.

»Das war kein Unfall«, murmelte er. »Das war ein gottverdammtes Blutbad.«

Neununddreißig

Zweitausenddrei. Sommer.

Es ist Donnerstag. Ein wunderschöner Nachmittag im Hochsommer. Die Sonne strahlt vom stahlblauen Himmel, ein paar vereinzelte Wolken treiben träge nach Westen.

Auf der Wiese rund um den künstlichen See ist der Jahrmarkt aufgebaut. Es ist heiß, die Luft flimmert zwischen den Karussells, den Achterbahnen, den Hüpfburgen. Kaum ein Lüftchen weht. Rauch schwebt über den Bratwurstständen, die Girlanden in den Trauerweiden am Ufer des Sees hängen schlaff in den Zweigen.

Heute ist Eröffnungstag, noch hält sich der Andrang in Grenzen. Erst am Wochenende wird Hochbetrieb herrschen, das Stadtfest zieht Tausende Menschen an, selbst aus den umliegenden Dörfern strömen sie in Massen herbei. Es wird einen Bootskorso geben, ein nächtliches Höhenfeuerwerk. Auf der Hauptbühne am Flussufer werden die Puhdys spielen, Nena wird auftreten und ein pickliger junger Mann, der bei *Deutschland sucht den Superstar* den vierten Platz erreicht hat.

Die Verkaufsstände entlang der Flusspromenade zur alten Burg werden noch aufgebaut, nur ein paar haben geöffnet. Hier, im Schatten der Bäume, ist die Hitze erträglicher. Zwei Jungen in kurzen Hosen und weißen Hemden kommen herbeigeschlendert, das Mädchen in ihrer Mitte ist ein wenig kleiner.

»Ich hab Durst«, murrt Boris.

Anton verdreht die Augen. Boris nervt schon seit einer halben Stunde, seit sie zu Hause losgegangen sind. Erst hatte er Hunger, dann taten ihm die Füße weh. Jetzt hat er Durst.

»Hör auf zu jammern.«

Sascha läuft zwischen ihnen, ihre Lackschuhe klackern auf dem Fußweg. Bisher hat sie nicht viel gesagt, das tut sie nie. Die Kinder treten aus dem Schatten der Bäume, bleiben vor der schmalen Fußgängerbrücke über den Fluss stehen. Dahinter liegt die Wiese im gleißenden Licht, die Karussells blitzen in der Sonne.

Sascha klemmt ihren Teddy unter den Arm, nimmt ihre Brüder an den Händen und zieht sie vorwärts. Boris schlurft widerstrebend nebenher, bleibt schließlich auf der Brücke stehen.

»Ich will was …«

»… trinken, das wissen wir jetzt!«, beendet Anton genervt.

Boris macht einen Schmollmund. Er trägt eine verspiegelte Sonnenbrille, sie ist viel zu groß für einen Elfjährigen. Anton hat keine Ahnung, wo er das Ding aufgetrieben hat. Es ist ihm auch egal. Er hat einfach keine Lust, sich mit Boris über irgendwelchen Kinderkram zu streiten.

»Los, weiter!«, befiehlt er.

Boris tritt an das Geländer, verschränkt die Arme vor der Brust.

»Du hast mir gar nichts zu sagen!«

Sascha sieht zu ihnen auf, ihr Blick wandert erst zu Boris, dann zu Anton.

»Ich hab auch Durst.«

Schlagartig ist Antons Wut wie weggeblasen. Sascha ist ein schweigsames Kind. Ein mageres, neunjähriges Mädchen, trotzdem reichen ein paar leise Worte, um ihre streitenden Brüder in lammfromme Wesen zu verwandeln. Wie sie das anstellt, weiß Anton nicht, ihre bloße Gegenwart reicht aus.

»Klar«, sagt er. »Drüben kaufen wir dir 'ne Cola.«

»Gut«, nickt Sascha. »Aber ich will auf Papa warten.«

Es war ihr Vater, der vorgeschlagen hatte, auf den Rummel zu gehen. Sie sind zusammen losgegangen, doch irgendwann ist er hinter ihnen zurückgeblieben, wie immer mit den Gedanken woanders. Die Kinder sind daran gewöhnt, ebenso, wie sie es gewohnt sind, ihre Streitigkeiten untereinander zu klären.

»Klar«, wiederholt Anton.

Boris lehnt sich über das Geländer, spuckt gelangweilt ins Wasser. Anton stupst ihm mit den Ellbogen in den Rücken.

»Lass die Scheiße.«

»Du kannst mich mal«, brummt Boris.

Doch auch er klingt längst nicht mehr so wütend wie eben noch.

*

Carl Braeker erscheint unter den Bäumen, tritt blinzelnd in die Sonne. Er ist Anfang fünfzig, doch er sieht älter aus, man würde ihn eher für ihren Großvater halten. Wie immer ist er sorgfältig und etwas altmodisch gekleidet: weißes, kurzärmeliges Hemd über einer gebügelten Anzugshose, als würde er nicht auf den Rummel, sondern zum sonntäglichen Kirchgang unterwegs sein. Er geht gebeugt, den Blick auf die blitzenden Lackschuhe gerichtet, die Kopfhaut schimmert durch das dünne, streng nach hinten gekämmte Haar.

Ein Klingeln reißt ihn aus seinen Gedanken, er hebt den Kopf, und während ein Fahrradfahrer nur Zentimeter entfernt an ihm vorbeirauscht, entdeckt er seine wartenden Kinder auf der Brücke. Wahrscheinlich, tippt Anton, wäre er an ihnen vorbeigelaufen, ohne sie zu bemerken. Carl Braekers kantiges Gesicht hellt sich auf, er kommt näher, tätschelt Saschas Kopf.

»Na? Alles gut?«

Die Kinder nicken schweigend, während ihr Vater unschlüssig vor ihnen steht. Einen Moment scheint es, als wisse er nicht, warum er hergekommen ist, er verschränkt die Hände auf dem Rücken, sieht mit zusammengekniffenen Augen hinüber zum Jahrmarkt. Stimmengewirr hallt herüber, mischt sich mit der Mu-

sik, die aus unzähligen Boxen aus allen Ecken dringt. Carl Braeker verzieht das Gesicht, moderne Musik ist ihm ein Gräuel.

»Papa?« Sascha nimmt seine Hand. »Wir haben Durst.«

Carl Braeker strafft sich, geht vor ihr in die Hocke.

»Ja, mein Schatz.«

Er rückt ihre rosafarbene Haarspange zurecht, zieht die Knie-
strümpfe hoch, erst den einen, dann den anderen. Sascha lässt es
mit ernster Miene geschehen. Er nimmt ihr Gesicht in die Hände,
sein Blick, sonst abwesend, wird klar.

»Ich hab dich lieb«, murmelt er.

»Ich dich auch, Papa.«

Es ist voller geworden auf der engen Brücke, schwitzende
Menschen strömen an ihnen vorbei. Von der Wiese dringt Ge-
schrei herüber, eine Schaukel hängt an einem riesigen Stahlarm
und saust zischend durch die Luft. Carl Braeker richtet sich auf,
wendet sich an Boris.

»Weißt du schon, womit du fahren willst?«

Boris wendet ihnen den Rücken zu, beugt sich über das Geländer und kickt mit den Füßen Kieselsteine durch die Streben hinunter in das trübe Wasser.

»Boris?«

Keine Antwort.

Carl Braeker nestelt am Hemdkragen, rückt den Schlips zurecht. Anton ist vierzehn, doch er hat längst begriffen, dass sein
Vater mit der Erziehung seiner Kinder überfordert ist. Vor allem
ist es Boris, dessen Launen Carl Braeker mehr und mehr hilflos
gegenübersteht.

»Papa hat dich was gefragt«, sagt Anton und gibt seinem Bruder einen Schubs. Boris wendet sich mürrisch um.

»Nee«, brummt er, »weiß ich nicht.«

Die Sonne spiegelt sich in den Gläsern der übergroßen Brille,
er sieht albern aus, wie eine schlechtgelaunte Fliege. Carl weicht
einem Kinderwagen aus, hält sich am Brückengeländer fest.

»Wie wär's mit der Geisterbahn?«, fragt er.

»Kein Bock.«

»Oder das Spiegelkabinett?«

»Kinderkram«, blafft Boris. »Drei Euro Eintritt, damit man vor 'nem konvexen Spiegel irgendwelche Fratzen machen kann. *Ihr* könnt das ja lustig finden, ich nicht.«

Boris hat die Arme vor der schmalen Brust verschränkt, starrt verdrossen auf seine Sandalen. Sascha geht zu ihm, nimmt ihren Teddy in die andere Hand. Sie ist viel zu alt, um noch mit einem Kuscheltier herumzulaufen, doch sie liebt den Teddy. Niemand käme auf die Idee, sie deswegen zu hänseln, selbst Boris nicht. Im Gegenteil, er fühlt sich geschmeichelt, schließlich war er es, der Sascha den Teddy von seinem Taschengeld gekauft hat.

»Wollen wir ein Eis essen?«, fragt sie. »Ich nehm einen Flutschfinger, und du?«

Die Sonnenbrille rutscht Boris von der Nase. Er schiebt sie wieder zurecht, runzelt die Stirn, als denke er angestrengt nach.

»Von mir aus.«

»Gut«, sagt Carl Braeker erleichtert. »Dann holen wir uns ein Eis.«

Seine Mundwinkel heben sich zu einem aufmunternden Lächeln. Sascha drückt ihm ihren Teddy in die Hand, nimmt ihre Brüder bei den Händen und läuft mit wippendem Pferdeschwanz und wehendem Kleidchen los.

*

Carl Braeker folgt seinen Kindern in ein paar Metern Abstand. Sein Mund ist verkniffen, als würde er in eine Schlacht ziehen. So fühlt er sich auch, Menschenansammlungen sind ihm ein Gräuel, doch was bleibt ihm übrig? Sie haben keine Mutter, selbst ein normaler Mensch wäre kaum in der Lage, diesen Platz zu ersetzen, und obwohl Carl Braeker seine Kinder aus ganzem Herzen liebt, weiß er, dass sie im Grunde genommen allein sind, er ist ihnen weder Stütze noch Halt, seine Kraft reicht kaum aus, um für sich selbst zu sorgen.

Sie verlassen die Brücke, gehen über den asphaltierten Weg am Fluss entlang, links und rechts flankiert von Würstchenständen, Losbuden und Anhängern, aus denen Bier verkauft wird. Sascha beginnt, auf einem Bein zu hüpfen, Anton und Boris tun es ihr nach. Anton ist eigentlich zu alt für diese Spielchen, doch er würde alles tun, um Sascha zum Lachen zu bringen. Das tut sie selten, viel zu selten.

Die Sonne strahlt unbarmherzig vom Himmel. Das Hemd klebt an Carl Braekers Rücken, Schweißflecken glänzen unter seinen Achseln. Eine Bank taucht auf, er würde sich gern setzen. Doch er läuft weiter, will die Kinder nicht aus den Augen lassen. Es ist gut, dass nicht so viele Menschen unterwegs sind, trotzdem ist dieser Gang eine Qual, der Geruch, der Lärm, die Helligkeit sind kaum zu ertragen. Doch die Kinder sind glücklich, wenigstens für ein, zwei Stunden.

Ein Clown auf Stelzen kommt ihm entgegen, sein Gesicht ist verschmiert, Schweiß läuft über die weiße Schminke. Eine dicke Frau in weiten, geblümten Röcken bietet Honig und Marmelade an, hinter ihr bindet ein langhaariger Messerwerfer seine Zielscheibe an einen Baumstamm. Ein dreijähriger Junge steht schreiend neben einem überquellenden Papierkorb und verlangt mit schriller Stimme nach einem Luftballon.

Carl ist ein wenig zurückgefallen, er sieht, wie Anton fragend auf ein kleines Karussell deutet. Sascha schüttelt den Kopf, ihr Pferdeschwanz wippt hin und her. Am Sonntag wird er die Kinder abends allein lassen müssen, er muss zum Abschlusskonzert in der Galgenbergschlucht, sie werden Händel spielen. Sorgen macht Carl sich nicht, Anton ist vernünftig, er wird auf seine Geschwister aufpassen. Das tut er immer.

Sie nähern sich dem Zentrum der Wiese, wo die Hauptattraktionen des Rummels in einem großen Kreis aufgereiht sind. Vor einem Kettenkarussell parkt ein riesiger Tieflader, an dessen Ausleger in schwindelerregender Höhe ein Käfig zum Bungeejumping baumelt. Ein gelbes, kranähnliches Ungetüm ragt in den flirrenden Himmel, daneben steht ein spinnenförmiges Gebilde, bunt bemalte Gondeln hängen an stählernen Armen.

Die Kinder sind stehen geblieben. Boris und Anton diskutieren miteinander, ihre hellen Stimmen werden durch den Lärm fast verschluckt. Carl sieht, wie Boris seinem Bruder einen Vogel zeigt.

»Ihr sollt euch nicht streiten, Jungs.«

Das ist eher eine Bitte als ein Vorwurf. Carl ist ein wenig außer Atem, er sieht sich nach einem schattigen Plätzchen um, lockert den Schlips. Weder Boris noch Anton beachten ihn.

»Du traust dich nicht«, sagt Boris zu Anton.

»Blödsinn«, knurrt Anton. »Ich hab einfach keine Lust.«

Boris schiebt das Kinn vor.

»Weil du Schiss hast.«

»Hab ich nicht.«

»Doch, hast du«, grinst Boris. »Bungeejumping ist was für Idioten, jeder Blödmann kann das.« Er deutet auf den Ausleger, der Korb wirkt winzig von hier unten. »Weißt du, was ich glaube?«

»Nee«, blafft Anton. »Und es interessiert mich 'nen Dreck.«

»Du hast Akrophobie«, sagt Boris.

»Jungs«, bittet Carl, »hört auf zu …«

»Ich wette«, unterbricht Boris, »du weißt nicht mal, was das ist.«

Er nimmt die Sonnenbrille ab, sieht zu Anton auf. Sein Blick hat etwas Lauerndes. Anton wird blass unter der sonnengebräunten Haut, seine Stimme bebt vor Wut.

»Leck mich am Arsch.«

»Höhenangst.« Boris reckt triumphierend den Zeigefinger und wiederholt, jede Silbe betonend: »Hö-hen-angst!«

320

»Spring doch selbst, du Großmaul!«

»Ich bin elf.« Boris zuckt die Achseln. »Ich darf nicht.«

»Und ich bin vierzehn, ich darf auch noch nicht!«

»Aber du bist groß genug, niemand will hier 'nen Ausweis sehen. Und außerdem …«

»Es reicht.« Carl räuspert sich in dem vergeblichen Bemühen, seiner Stimme Festigkeit zu verleihen. »Schluss jetzt, oder wir gehen nach Hause.«

Er hat Kopfschmerzen, seine Füße tun weh. Wieder blickt er sich um, sucht einen Platz, an dem er sich ausruhen kann. Sein Blick fällt auf Sascha, sie wendet ihnen den Rücken zu, hat den Kopf in den Nacken gelegt und sieht nach oben.

»Das da«, sagt sie und streckt den Arm in die Höhe. »Ich will damit fahren.«

Sie deutet auf das gelbe, kranförmige Ungetüm. *ECKI'S SUPERBOOSTER* steht in riesigen schwarzen Großbuchstaben senkrecht auf dem Hauptmast. Am oberen Ende ist ein weiterer, etwas dünnerer Mast an einem Gelenk befestigt, an dessen Ende eine kleine Gondel baumelt.

»Sascha«, sagt Carl. »Das ist zu gefährlich, du …«

»Anton kann mitfahren«, unterbricht Boris. Es klingt unschuldig, wie eine beiläufige Feststellung, doch während sein Vater zweifelnd in die Höhe sieht, wirft er seinem Bruder einen hämischen Blick zu.

»Ich hab keine Lust«, sagt Anton. Seine Stimme zittert ein wenig.

Boris grinst ihn an, formt mit den Lippen vier lautlose Silben.

Akrophobie!

»Ich dachte, wir wollen ein Eis essen?«

Carl deutet zum Fluss, im Schatten der Bäume stehen Tische und Bänke am Ufer, daneben döst ein rotgesichtiger Eisverkäufer unter einem orangefarbenen Sonnenschirm.

»Bitte, Papa.«

Sascha sieht mit großen Augen zu ihm auf. Carl kann sich nicht erinnern, wann sie ihn das letzte Mal um etwas gebeten hat, sie ist immer so still, so ernst. So *vernünftig*.

»Sascha, mein Schatz. Ich weiß wirklich nicht, ob das …«

»*Ich* fahre mit.«

Boris legt Sascha den Arm um die Schulter. Ihr Gesicht hellt sich auf, sie schmiegt sich an die Schulter ihres Bruders. Carl öffnet den Mund, doch Boris gibt ihm keine Gelegenheit zu einer Erwiderung. Ein letzter Blick zu Anton

Hosenschisser!

dann nimmt er Sascha am Arm und stakst breitbeinig mit ihr davon, ein Elfjähriger, der das Kommando übernommen hat. Sie tippelt aufgeregt neben ihm her, hüpft über die Furchen, die die Reifen der schweren Laster im Gras hinterlassen haben. In den letzten Tagen hat es viel geregnet, der Boden ist morastig, Schlamm trocknet an den Rändern der Spurrinnen.

Carl seufzte resigniert, hebt hilflos die Arme.

»Lassen wir ihr die Freude.«

Anton presst die Lippen aufeinander. Er hasst diesen kleinen, arroganten Scheißer. Es gibt nichts, das sie verbindet, außer ihre Liebe zu Sascha. Schon immer buhlen sie um ihre Aufmerksamkeit, ein Wettstreit, den er mal wieder verloren hat. Aber das reicht Boris nicht, nein, dieser hinterhältige Knirps musste ihn auch noch bloßstellen.

»Die lassen euch nie im Leben mitfahren!«, ruft er ihnen nach.

*

Der schwitzende Mann in der winzigen Blechbaracke hebt nur kurz den Blick, als Boris vor dem zerkratzten Fenster erscheint. Er sieht nicht, dass der Junge mit der albernen Sonnenbrille auf Zehenspitzen steht, sein Interesse gilt dem zerknitterten Zehneuroschein, der ihm entgegengestreckt wird. Das Geschäft geht

schleppend an diesem Donnerstag, bisher hatte er kaum ein Dutzend Kunden. Schwerfällig stemmt er sich aus seinem Sessel,
zieht eine speckige Cordhose hoch, verlässt die stickige Kabine
und schlurft über die drei Blechstufen hinauf zum Podest mit der
Gondel, um die Sicherungsbügel zu prüfen. Heute Abend werden
die Geschäfte besser laufen, dann wird ein zweiter Mann diese
Aufgabe übernehmen.

Die beiden haben schon Platz genommen. Das Mädchen sitzt
außen, ihre Wangen sind vor Aufregung gerötet. Der Junge mit
der Sonnenbrille beugt sich fürsorglich zu ihr, legt ihr die Gurte
an. Ihre dünnen Beine sind kurz, die Lackschuhe über den weißen Kniestrümpfen schweben ein wenig zu weit über dem gerif-
felten Bodenblech, findet der Mann in der Cordhose. Der Junge
bemerkt seinen skeptischen Blick.

»Sie ist groß genug«, erklärt er und deutet auf die Stirnseite des
Kassenhäuschens. Dort hängt die verblichene Tafel mit dem
Strich, auf dem die Mindestgröße markiert ist. »Wir haben's ge-
messen, sie ist sogar vier Zentimeter größer. Stimmt's, Sascha?«

Das Mädchen nickt stumm.

»Wir haben wochenlang gespart«, fährt der Junge ernst fort.
»Unser gesamtes Taschengeld. Viel kriegen wir nicht, unser Vater
bekommt nur eine kleine Invalidenrente. Er war Vorarbeiter auf
einer Ölplattform, vielleicht erinnern Sie sich an das Unglück vor
der bretonischen Küste, bei der Explosion hat er damals sein
Gehör verloren.«

Der Junge winkt hinüber zum Kettenkarussell, dort steht ein
älterer, gebeugter Herr neben einem weiteren Jungen im Schatten,
die Ähnlichkeit mit dem Jungen in der Gondel ist unverkennbar.
Der ältere Herr winkt zurück, der Knabe neben ihm nicht.

»Unser Bruder hat Leukämie«, erklärt der Junge in der Gondel. »Die Knochenmarkbehandlung ist ziemlich schmerzhaft,
aber zum Glück kriegt er kaum was davon mit. Anton hat Triso-
mie, oder anders ausgedrückt«, der Junge hebt den Zeigefinger,

vollführt eine kreisende Bewegung am Ohr, »er ist ein bisschen plemplem. Wir haben ihn trotzdem lieb, stimmt's?«

Er tätschelt dem Mädchen die Hand. Die Kleine nickt erneut, sie presst die Lippen aufeinander, um das aufsteigende Kichern zu unterdrücken.

Der Mann in der Cordhose kratzt sich die unrasierte Wange. Er ist nicht dumm, weiß genau, dass er auf den Arm genommen wird. Trotzdem prüft er schweigend den Sitz der Gurte, schließt den Sicherheitsbügel und stapft zurück in seine Kabine. Er sieht nicht, dass die Kinder in seinem Rücken versuchen, sich das Lachen zu verkneifen, das Mädchen hält sich sogar die Hand vor den Mund, doch ihr leises Prusten entgeht ihm nicht.

Er ignoriert es.

Die Zeiten sind hart. Geld ist Geld. Zehn Euro sind besser als nichts.

*

»Du kannst dir eins aussuchen. Ein Eis, meine ich.«

Carl Braeker legt Anton einen Arm um die Schulter, drückt ihn kurz an sich. Anton versteift sich, starrt mürrisch zu Boden. Ein Mann in Jogginghose und Basecap schlendert an ihnen vorbei zu einem Getränkestand, bestellt mit etwas lallender Stimme ein Bier. Ein zottiger Schäferhund liegt dösend im Schatten, weiter hinten hockt eine Gruppe rauchender Teenager im zertretenen Gras vor dem Spinnenkarussell.

»Nun sei nicht sauer, Anton.«

Carl setzt sich auf die Stufe vor dem Kassenhäuschen, zieht den widerstrebenden Anton zu sich herab.

»Ich bin nicht sauer.«

Ein Windstoß fegt vorbei, über ihnen klirren die Ketten des Karussells, die Sitze bewegen sich sacht. Staub wirbelt vor ihnen über die Wiese, eine zerknüllte Zeitung weht vorüber, verschwindet hinter der kleinen Blechbude am Fuße des stählernen Ungetüms gegenüber. Ein Schemen erscheint hinter der Scheibe, der Mann in der Cordhose betritt die Kabine. Ein Lautsprecher knackt, dann schallt seine Stimme über den Platz.

ACHTUNG, ES GEHT WIEDER LOS! DER SUPERBOOSTER STARTET!

Carl versteift sich. Die Lautstärke ist ohrenbetäubend, doch außer ihm reagiert kaum jemand. Nur die Ohren des Schäferhundes zucken.

NUR HEUTE, MEINE DAMEN UND HERREN! FÜNF FAHRTEN ZUM PREIS VON VIER! VIERMAL BEZAHLEN, FÜNFMAL FAHREN!

Der Mann mit dem Basecap sieht kurz auf, nippt an seinem Bier.

DER SUPERBOOSTER! SECHZIG METER HOCH! SCHNELL WIE DER SCHALL! ANSCHNALLEN, FESTHALTEN UND ABHEBEN!

Ein Knacken, das Mikro wird ausgeschaltet. Musik setzt ein, ein billiger Technobeat. Carl kneift die Augen zusammen, sieht nach oben. Überlegt einen Moment, sucht nach Worten, um Anton ein wenig aufzumuntern.

»Ganz schön hoch, findest du nicht?«

Keine Antwort.

*

»Alles okay?«, fragt Boris.

»Ja«, erwidert Sascha.

Ihr Atem geht schnell, sie presst den Teddy in ihren Schoß.

»Danke«, sagt sie.

Dann gibt sie Boris einen Kuss auf die Wange. Boris wird rot.

Die Gondel schwankt, setzt sich in Bewegung.

*

Der stählerne Koloss erbebt. In dreißig Metern Höhe springen die Motoren an, die riesige Strebe an der Spitze des Hauptmastes hebt sich. Es ist, als würde sich eine monströse Schere allmählich öffnen. Die Gondel am unteren Ende ist wie ein Skilift gebaut, vier miteinander verschweißte Sitze hängen an einer gebogenen Stahlstange, diese wiederum ist über ein Gelenk mit dem rotierenden Mast verbunden.

Die Gondel schwebt nach oben. Als der Scheitelpunkt erreicht ist, stoppen die Maschinen. Beide Masten stehen jetzt senkrecht übereinander, sind kaum noch voneinander zu unterscheiden. Aus der Entfernung wirkt die Gondel nicht größer als eine Streichholzschachtel, die Sonne steht direkt daneben, wie an den Himmel genagelt.

Carl blinzelt hinauf. Er kann Boris nicht sehen, Sascha verdeckt ihm die Sicht. Sie hat sich aufgerichtet, strampelt mit den Füßen, deutet aufgeregt über den Fluss. Der Blick muss atemberaubend sein, denkt Carl, wahrscheinlich sieht sie den Aussichtsturm am Stadtwald, dort waren sie vor zwei Wochen. Boris beugt sich vor, winkt herab. Eine Wolke treibt hinter ihm vorbei, sie sieht aus wie ein riesiger Hasenschädel.

Carl lächelt, winkt zurück.

Saschas Lachen weht aus der Ferne herab.

Herrgott, wie schön, dass sie glücklich ist, denkt Carl.

Die Musik wird leiser, Lautsprecher knacken.

ES GEHT LOS! DER SUPERBOOSTER STARTET!

»Guck doch, wie sie sich freut!«, sagt Carl.

»Pff!«, macht Anton.

Jemand ruft seinen Namen aus weiter Ferne. Es ist Sascha, doch er sieht nicht auf. Er gönnt ihr die Freude, o ja, das tut er. Doch er ist eifersüchtig, ärgert sich, dass er nicht mitgefahren ist. Boris, der Blödmann, hat Sascha für sich allein. Er wird ihn tagelang damit aufziehen.

ACHTUNG! DIE FAHRT IN DEN WAHNSINN BEGINNT!

Anton spuckt in den Staub zwischen seinen Sandalen.

»Es ist zu gefährlich«, knurrt er.

*

»Das ist der schönste Tag in meinem Leben«, flüstert Sascha.

Es ist windig hier oben. Boris streicht seiner Schwester eine Haarsträhne aus dem Gesicht, das sie mit geschlossenen Augen in die Sonne hält.

»Schade, dass Anton nicht mitfährt.«

»Ja«, nickt Boris. »Schade.«

Unter ihnen knackt ein Relais, Motoren jaulen auf. Er nimmt ihr den Teddy aus der Hand, klemmt ihn auf ihrem Schoß unter den Gurt. Sie öffnet die Augen.

»Ich hab dich lieb, Boris.«

»Ich hab dich auch lieb.«

Sie sehen sich an. Dann sausen sie nach unten.

*

Es ist wirklich nicht ungefährlich, denkt Carl.

Die obere Hälfte des riesigen Stahlmastes neigt sich zur Seite, als würde der Mast in der Mitte geknickt. Die Gondel rast ungebremst nach unten, zischt in einem Bogen hinter dem Kassenhäuschen vorbei und saust wieder hinauf, verlangsamt ein wenig, als sie sich wieder dem oberen Scheitelpunkt nähert. Sascha presst sich gegen die Lehne, umklammert mit ausgestreckten Armen den Sicherungsbügel. Ihre Beine ragen waagerecht nach vorn, das Kleidchen flattert. Der Zopf hat sich gelöst, ihr Haar wirbelt durch die flirrende Luft.

Ich hätte nachsehen sollen, ob sie richtig angeschnallt sind, denkt Carl.

Ein Schrei dringt herab, es ist Boris, der mit sich überschlagender Kinderstimme kreischt, noch nie in seinem Leben *so etwas Geiles* erlebt zu haben. Sascha juchzt zustimmend, ihre Antwort geht im Jaulen der Motoren und der dröhnenden Musik unter.

ZEHN NACKTE FRISEUSEN!, plärrt es aus den Lautsprechern.

Der Mann mit dem Basecap wippt im Takt mit dem Fuß, nippt an seinem Bier.

Es dauert drei Runden, bis das tonnenschwere Ungetüm in Fahrt kommt. Der rotierende Mast verschwimmt zu einem flirrenden Kreis, die Sonne blitzt auf dem Stahl.

Als es beginnt, bemerkt es niemand.

Später wird man feststellen, dass der Untergrund die Ursache war, die Wiese ist trocken und staubig, doch unter dieser dünnen Schicht ist der Boden noch morastig, durchweicht vom Regen der letzten Tage. Die massigen Stützen graben sich nur ein Stück in die Erde, doch es reicht, um die turmhohe Konstruktion aus dem Gleichgewicht zu bringen und so geschieht es, dass sich der dreißig Meter hohe Hauptmast allmählich nach vorn neigt.

Zunächst ertönt ein schnelles, rhythmisches Klirren.

Pling Pling Pling

Carl beachtet es anfangs nicht, hält es für einen Bestandteil der tumb dröhnenden Musik, die er nach Kräften zu ignorieren sucht.

ZEHN NACKTE FRISEUSEN! MIT RICHTIG FEUCHTEN HAAREN!

Das Geräusch wird lauter, gleichzeitig tiefer. Noch rotiert die Maschine zu schnell, um Einzelheiten zu erkennen, noch bringt niemand dieses Geräusch

PLING PLING PLING

mit der Kabine in Verbindung, die ihre vorgeschriebene Bahn verlassen hat und jedes Mal, wenn sie hinter dem Kassenhäuschen vorbeisaust, am Geländer entlangschleift, zunächst nur eine kurze Berührung, für den Bruchteil einer Sekunde nur, dann immer heftiger werdend, je mehr der Hauptmast sich nach vorn neigt.

Es ist Anton, der als Erster misstrauisch den Kopf hebt.

Ein Schrei dringt aus dem wirbelnden, wild rotierenden Chaos, es ist Boris, der den Namen seiner Schwester ruft. Kein Freudenschrei diesmal, sondern nackte Panik. Ein schrilles Kreischen, erfüllt von purer Todesangst.

Carl springt auf.

Das wirbelnde Rad verliert allmählich an Geschwindigkeit, gleichzeitig verlangsamt sich das Geräusch, wird tiefer, schwillt weiter an. Carl registriert jetzt, dass dieses Dröhnen

BAMM! BAMM! BAMM!

von der Gondel stammt, die immer heftiger hinter dem Kassenhäuschen gegen das Geländer schrammt. Menschen strömen herbei, der Mann mit dem Basecap starrt mit offenem Mund nach oben und sieht, wie sich etwas aus dem rotierenden Kreis löst, in hohem Bogen durch die flimmernde Luft segelt und direkt zu seinen Füßen landet. Der Plastikbecher entgleitet seinen Fingern, er bückt sich. Als er sich wieder aufrichtet, hält er einen Teddy in den Händen.

Es dauert lange. Unendlich lange.

Selbst, nachdem die Motoren ausgeschaltet sind, dreht sich das Ungetüm weiter. Immer wieder lösen sich Dinge, werden davongeschleudert wie Steine von einem gewaltigen, rotierenden Autoreifen, doch es ist etwas anderes.

Die Tür des Kassenhäuschens wird aufgerissen, der Mann in der Cordhose springt heraus, rennt wild gestikulierend die Stufen hinauf zur Einstiegsstelle. Seine Augen flackern, seine Lippen bewegen sich, er schreit mit sich überschlagender Stimme, dass alles in Ordnung sei, nichts sei passiert, die Worte gehen im Lärm unter. Einen Moment scheint es, als wolle er sich der heranrasenden Gondel mit erhobenen Händen in den Weg stellen, er starrt in die riesigen Augen des kreischenden Jungen, der mit wehenden Haaren in seinem Sitz hockt und mit allen Kräften versucht, das weiße Bündel auf dem zerstörten Außensitz festzuhalten. Das schwere Geländer, das normalerweise die Bahn der Gondel begrenzt, ist in einem grotesken Winkel nach außen gebogen, der Mann springt zur Seite, sieht, wie die splitternden Reste des Außensitzes mit ohrenbetäubendem Kreischen gegen das Geländer prallen. Funken fliegen, die Gondel wird erst nach links, dann nach rechts geschleudert, der Mann erkennt, dass die Gondel mit dem brüllenden Jungen direkt auf ihn zurast, dann bohrt sich eine verbogene Metallstrebe des Sicherungsbügels in seinen Unterleib, die Gondel erfasst ihn, reißt ihn mit in die Höhe.

Carl steht wie versteinert vor dem Kettenkarussell. Die Gestalt, die jetzt zappelnd unter der Gondel hängt, registriert er nur am Rande, ebenso wenig bemerkt er, wie die gewaltigen Fliehkräfte den Mann in der Cordhose kurz vor dem oberen Scheitelpunkt durch die Luft schleudern, er segelt in einem irrwitzigen, fast majestätischen Flug über den Jahrmarkt und landet schließlich fünfzig Meter entfernt neben einem Würstchenstand in der Krone einer Trauerweide. Die Zweige mildern den Aufprall zwar ab, doch das spürt der Mann in der Cordhose nicht mehr, er ist bereits tot.

Das monströse Pendel kommt allmählich zur Ruhe.

ICH WILL ZEHN NACKTE FRISEUSEN! plärrt es ein letztes Mal aus den Lautsprechern, dann verstummen die Boxen.

Es wird still.

Nur Boris kreischt.

Carl fragt sich, woher er die Kraft dazu nimmt, wie sein kleiner Körper eine solche Lautstärke produzieren kann. Und noch etwas fragt sich Carl Braeker.

Wieso, denkt er, sehe ich ihn?

Sascha sitzt doch vor ihm, sie hat ihn doch verdeckt.

Die Gondel fährt hoch, wieder hinunter. Verschwindet hinter dem Kassenhäuschen.

DONG!

Metall donnert gegen Metall, ein höllischer, dröhnender Gong. Wieder erscheint die Gondel, ihr Schatten legt sich über die Wiese, sie wird langsamer, schwingt zurück.

Carl Braeker rennt los. Staub wirbelt unter seinen Schuhen, seine klagenden, schrillen Schreie hallen über den Platz. Dann ist er bei Boris. Er sieht das Blut, es ist überall. Auf dem verzerrten Gesicht seines Sohnes, im schweißnassen Haar. An den Fingern, die sich noch immer in den leeren Gurt neben ihm krallen. Es klebt an der Lehne des zerstörten Außensitzes, tropft von den verbogenen Resten des Sicherungsbügels.

»Ich wollte sie festhalten«, schluchzt Boris.

Er hält eine rosafarbene Haarspange in der Hand. Kleine Haarbüschel kleben daran. Und noch etwas anderes. Blut. Noch mehr Blut.

»Sie ist immer weniger geworden.«

Boris zittert am ganzen Leib. Seine Stimme versagt, verschwimmt zu einem Wimmern. Sein rechtes Hosenbein ist zerfetzt, schwarz und durchnässt. Diesmal ist es sein eigenes Blut, tiefe Schürfwunden klaffen auf der Haut unter dem zerrissenen Stoff.

»Immer weniger«, weint Boris. »Und dann war sie weg.«

Irgendwo jault eine Sirene auf. Vom Fluss dröhnt die Hupe eines Ausflugdampfers herüber, wie eine Antwort. Hastige Schritte nähern sich, jemand greift Carls Arm, zieht ihn in die Höhe. Ein Sanitäter beugt sich über Boris, ein anderer fragt Carl, ob er verletzt sei.

»Ich will sterben«, sagt Carl.

Anton steht vor dem Kettenkarussell, ein bleiches, regloses Gespenst. Er hat sich keinen Zentimeter von der Stelle bewegt. Sein Blick hängt wie gebannt an der wuchtigen Stahlkonstruktion. Der Hauptmast steht nur ein bisschen schief, ein wenig nach vorn geneigt, wie ein müder Zyklop.

Immer mehr Menschen drängen sich an Anton vorbei. Er bemerkt es nicht. Der Schritt seiner Hose ist nass, eine Pfütze hat sich zu seinen Füßen gebildet.

Jemand kommt näher, hockt sich vor ihm ins Gras. Es ist der Mann mit dem Basecap. Er riecht nach Bier, doch seine Stimme klingt fürsorglich, als er leise fragt, ob er etwas für Anton tun könne.

Anton schüttelt den Kopf.

Der Mann mit dem Basecap reicht ihm den Teddy.

Das Fell ist nass. Ein Bein fehlt.

Vierzig

Jetzt.

Der Nachmittag ging allmählich in den Abend über, die Dämmerung tauchte das Krankenzimmer in fahlgraues Licht. Zorn saß am Bett seines Bruders. Cornelius lag so da, wie Zorn ihn am Tag zuvor verlassen hatte, der massige Körper war bis zum Hals von einem schneeweißen Laken bedeckt.

Sein Zustand war unverändert. *Stabil,* hatte der Stationsarzt gesagt, ein drahtiger Marokkaner mit freundlichen Augen und rabenschwarzem Haar. Das Herz arbeite zuverlässig, doch die Folgen des Infarkts seien noch nicht absehbar. Auf Zorns Frage, wann Cornelius aufwachen würde, hatte der Arzt lächelnd die Achseln gezuckt und erklärt, dass man Geduld haben müsse.

Hauptkommissar Zorn verfügte über wenige Tugenden, und Geduld gehörte definitiv nicht dazu. Trotzdem hatte er schweigend genickt. Die Tatsache, dass sie dringend mit Cornelius reden mussten, war im Moment nicht wichtig. Der Mann, der jetzt seit über dreißig Stunden im Koma lag, mochte womöglich ein Mörder sein. Vor allem aber war er sein Bruder.

Zorn lauschte dem Piepsen der Instrumente, ein monotones, einschläferndes Geräusch. Er unterdrückte ein Gähnen, fuhr sich mit den Händen über das Gesicht.

»Ich muss gleich wieder los«, sagte er. »Schröder wartet im Büro, wir haben 'ne Menge zu tun. Keine Ahnung, warum ich dir das erzähle, du hörst ja sowieso nix.«

Durch den Spalt unter der Tür flackerte Licht herein, draußen im Flur wurden die Neonröhren eingeschaltet.

»Ich will dich nicht unter Druck setzen, echt nicht. Aber es wär nicht schlecht, wenn du langsam aufwachst, Cornelius. Es gibt 'ne Menge Fragen.«

Die gab es wirklich. Anton Braeker hatte gelogen, er hatte seinen jüngeren Bruder getroffen, bevor dieser ermordet wurde. Das entlastete Cornelius zwar nicht, doch es war zumindest eine *neue Facette*, hatte Schröder gesagt, womöglich hatten die Brüder Cornelius gemeinsam erpresst.

Zorns Blick wanderte über die Gestalt auf dem Bett. Er beugte sich vor und strich sacht über die Wölbung, die das gestärkte Laken über den auf dem Bauch gefalteten Händen seines Bruders bildete. Es fühlte sich steif an. Kalt, wie ein Leichentuch. Als würde er einen Toten berühren.

»Ich … Scheiße, ich weiß nicht, was ich sagen soll.« Zorn zwinkerte, als habe er etwas im Auge. »Ich kapier einfach nicht, was hier passiert ist. Aber ich krieg das raus. Ich werd alles versuchen. Alles, was ich kann. Das ist nicht viel, du hast recht, ich bin nicht gerade der hellste Bulle. Aber ich hab ja Schröder.«

Eilige Schritte erklangen draußen auf dem Flur, ein Schatten huschte unter dem Türspalt vorbei. Zorn wartete, bis sich die Schritte entfernt hatten, als fühle er sich ertappt. Was albern war, keine Frage. Mindestens so albern, wie seinem bewusstlosen Bruder sein Herz auszuschütten.

»Ich muss jetzt los«, sagte er schließlich.

Er stemmte sich hoch. Stand einen Moment mit hängenden Schultern da. Atmete den durchdringenden Geruch der Desinfektionsmittel. Seufzte und sank wieder zurück auf den Stuhl.

»Ich will wirklich glauben, dass du nichts mit dieser ganzen Scheiße zu tun hast«, murmelte er. Aber dazu brauche ich deine …«

Hilfe, hatte Zorn sagen wollen, doch er kam nicht dazu, den Satz zu beenden. Sein Handy vibrierte, Schröder rief an und erklärte mit ernster Stimme, dass er Zorn brauche. Und zwar sofort.

*

Claudius Zorn war erleichtert.

Er schämte sich für dieses Gefühl, sehr sogar, schließlich stand er vor den blutigen Überresten eines Menschen, weggeworfen wie ein wertloses Stück Sperrmüll. Zunächst war er schockiert gewesen, als er die gekrümmte Gestalt wahrgenommen hatte, halb verborgen unter feuchtem Laub und verdreckten Papierfetzen. Dann hatte Zorn den Toten erkannt, er hatte registriert, dass er mit ihm gesprochen hatte, vor zwei Tagen noch war dieses schmutzige Bündel ein lebendiger, atmender Mensch gewesen. Ein Mensch, der Claudius Zorn zwar ausgesprochen unsympathisch gewesen war, doch das war nebensächlich angesichts der Umstände, unter denen dieses Leben beendet worden war.

Mord. Eindeutig.

Es hatte nur wenige Sekunden gedauert, bis Zorn zu dieser Erkenntnis gelangt war, und als sich dann die folgerichtige Frage nach dem Täter stellte, war die Bestürzung einer tiefen Woge der Erleichterung gewichen, einer warmen, fast körperlich spürbaren Welle, die Zorn befreit aufatmen ließ. Doch er spürte den fauligen Beigeschmack des schlechten Gewissens.

»Cornelius kann's nicht gewesen sein«, sagte er.

»Nein«, bestätigte Schröder.

Der lehmige Waldboden vibrierte unter ihren Füßen. Die Umrisse einer Straßenbahn rauschten hinter den Zweigen des Gebüsches vorbei, hinter dem Cyrill Heinleins Leiche in einer kleinen Senke gefunden worden war, kaum zweihundert Meter entfernt von der Endhaltestelle, hinter einem Parkplatz am Rande des Stadtwaldes.

»Er liegt noch nicht lange hier«, sagte Schröder. »Ein paar Stunden vielleicht, meint der Rechtsmediziner. Wahrscheinlich ist er letzte Nacht ermordet worden, eventuell heute Morgen.«

Und da, dachte Zorn, lag Cornelius schon im Koma.

Zweige wurden zur Seite gebogen, ein weiß gekleideter Techniker rammte ein Stativ in die Erde, schob schnaufend eine Aluminiumstange mit einem Scheinwerfer in die Höhe und stapfte wortlos davon. Kurz darauf wurde die Senke in gleißendes Licht getaucht.

»Der arme Mann«, murmelte Schröder.

Er hatte die Hände vor dem Bauch gefaltet, sah hinab auf den Toten, nachdenklich, traurig, als stände er an einem offenen Grab. Heinlein lag auf der Seite, die Beine bis zum Bauch angezogen, wie ein Baby in Embryonalstellung. Er wandte ihnen halb den Rücken zu. Zorn sah die Einstiche, den zerfetzten Mantel. Laub klebte an der dunklen, von einer Mischung aus Schlamm und geronnenem Blut bedeckten Wolle. Das rechte Hosenbein war bis über die Wade nach oben gerutscht, ein Zweig hatte sich in den Maschen des grauen Nylonstrumpfes verhakt. Der Schuh fehlte, Zorn entdeckte ihn neben Heinleins Kopf zwischen einer zerknickten Coladose und einem rostigen Fahrradlenker. Das schwarze Leder blitzte im unbarmherzigen Licht des Scheinwerfers.

»Es wird nicht lange dauern«, sagte Schröder.

»Was«, fragte Zorn, »wird nicht lange dauern?«

»Bis wir den Täter haben.« Schröder deutete durch das Gebüsch auf den Parkplatz. »Dort drüben steht Heinleins Auto. Wahrscheinlich ist er im Kofferraum transportiert worden. Der Mörder hat jede Menge Spuren hinterlassen. Das Versteck ist kaum als solches zu bezeichnen, er muss gewusst haben, dass die Leiche nach ein paar Stunden entdeckt wird. Er wollte tiefer in den Wald, irgendwohin abseits der Wege. Entweder, er ist gestört worden, oder er hat den Mut verloren und es nicht geschafft, die Leiche noch weiter reinzuschleppen. Ich tippe auf Letzteres.«

Schröder vergrub die Hände in der Jacke. Sein pausbäckiges Gesicht war blass, dunkle Ringe glänzten unter seinen Augen.

Es begann zu nieseln. Dünne Schleier schwebten im Lichtstrahl des Scheinwerfers, senkten sich auf den Toten in der Senke zu ihren Füßen. Winzige Tropfen glänzten in Heinleins weißblondem Haar, das Gesicht, schon zu Lebzeiten starr und maskenhaft, schien kaum verändert. Die wässrigen Augen standen offen, das eine war im Laub verborgen, das andere in einem stummen, fast fragenden Ausdruck auf den Schuh direkt neben seinem Kopf gerichtet.

»Wir müssen Anton Braeker noch mal vernehmen. Der weiß viel mehr, als er zugibt«, sagte Zorn.

»Das werden wir«, nickte Schröder. »Aber erst, wenn wir die Laborergebnisse haben. Bis dahin wird er überwacht, die Streife lässt sein Haus nicht aus den Augen.«

Schröder ordnete das Haar über der Glatze, dann zwängte er sich durch das Gebüsch auf den Parkplatz. Zorn hörte, wie er einen Kriminaltechniker mit leiser Stimme anwies, ein Zelt über der Leiche zu errichten.

Der Regen wurde stärker. Zorn hob fröstelnd die Schultern, sah hinab in die Senke. Ein grünlich schimmernder Fleck erschien an der Wade des Toten. Ein Mistkäfer krabbelte über die nackte Haut, verschwand unter dem Hosenbein.

Zorn wandte sich ab. Nasse Zweige schlugen ihm ins Gesicht, er betrat den Parkplatz, angelte mit klammen Fingern nach seinen Zigaretten. Schröder erschien zwischen zwei Streifenwagen und bat Zorn, noch ein wenig hierzubleiben, er selbst müsse ins Präsidium.

»Warum?«, fragte Zorn.

»Frieda Borck hat angerufen. Sie will einen vorläufigen Bericht.«

»Das«, erwiderte Zorn, »übernehme ich.«

Er gab seinem verdutzten Vorgesetzten einen Klaps auf den Rücken, steckte die Zigaretten wieder ein und ging davon.

Einundvierzig

Es wurde eine lange, sehr lange Nacht.

Claudius Zorn war müde, unendlich müde, trotzdem fand er keinen Schlaf. Das lag zum einen daran, dass er nicht in seinem eigenen Bett lag, zum anderen an den Gedanken, die in seinem Kopf kreisten wie ein lästiger Bienenschwarm.

Die Entscheidung, an Schröders Stelle ins Präsidium zu fahren, war spontan gewesen. Er hatte Frieda sehen wollen, mehr nicht. Trotzdem hatten sie lange in ihrem Büro gesessen und über den Fall geredet, sachlich und konzentriert, ein trockenes Gespräch zwischen Staatsanwältin und Ermittler. Irgendwann – es war bereits nach zehn gewesen – hatten sie festgestellt, dass sie hungrig waren, Frieda hatte erklärt, dass sie noch eine Tiefkühlpizza im Kühlschrank habe, und so war es folgerichtig gewesen, dass sie zu ihr nach Hause fuhren.

Ihr Kopf ruhte an seiner Brust. Sanft strich er ihr mit den Fingerspitzen durchs Haar. Vor langer Zeit war er schon einmal in ihrer kleinen Wohnung gewesen, damals hatte er den Mann gejagt, den sie liebte. In ihrem Schlafzimmer allerdings war er zum ersten Mal, ein schlauchartiger Raum mit lackiertem Holzboden, sorgfältig restauriertem Bauernschrank und dazu passendem Nachttisch. Als sie das Zimmer betraten, waren ihm zuerst die Möhrchenmuster auf der Gardine am Fenster über dem Bett aufgefallen. Sie hatte seinen verwunderten Blick registriert und beiläufig bemerkt, dass dasselbe Muster bei den *Simpsons* in der Küche hinge. Mit diesen Worten hatte sie ihre Bluse über den Kopf gestreift und war unter die Bettdecke gekrochen. Zorn, der in diesem Moment andere Dinge im Kopf gehabt hatte als amerikanische Zeichentrickserien, war ihrem Beispiel gefolgt.

Später hatte er sie gebeten, den Wecker auf sechs Uhr zu stellen, er müsse zeitig ins Büro, es gäbe eine Unmenge Akten zu lesen. Sie hatte ihn lange angesehen, das Gesicht noch gerötet, das Haar verschwitzt, der Atem noch flach. Er müsse ihr nichts beweisen, hatte sie nach einer Weile lächelnd gesagt, dann hatte sie ein T-Shirt übergestreift und war in die Küche gegangen, um die restliche Pizza aufzuessen.

Er hätte Frieda sagen können, dass seine plötzliche Arbeitswut nichts mit ihr zu tun hatte, es ging um ihn, Zorn. Besser gesagt um seinen Bruder. Zorn wusste nicht, wo das alles enden würde, er wusste nur, dass er die Wahrheit herausfinden wollte, die Ungewissheit, die Zweifel mussten beseitigt, die Rätsel gelöst werden. All diese Dinge sagte er ihr nicht, sie klangen nach albernen Klischees, trivialen Vorabendserien, seichten Hausfrauenromanen mit extra großer Schrift und muskelbepackten Schönlingen auf schreiend bunten Covern.

Zorn sah an die Decke, kaute nachdenklich an der Unterlippe. Er spürte den Nachgeschmack der Pizza im Mund, Paprika und billige Salami.

Bisher, dachte er, sind wir davon ausgegangen, dass nur zwei Menschen in den Fall verwickelt sind: Boris Braeker hat Cornelius erpresst und ist deshalb von ihm getötet worden. Jetzt wissen wir, dass Anton Braeker zumindest in einer Sache gelogen hat. Und Cyrill Heinlein wurde ermordet. Das sind keine Zufälle.

Frieda bewegte sich im Schlaf, murmelte etwas. Sie drehte den Kopf auf die andere Seite, ihr Haar kitzelte an seinem Kinn.

Nein, überlegte Zorn und gab ihr einen Kuss auf den Hinterkopf, das Puzzle besteht nicht aus zwei, sondern aus vier Menschen. Cornelius und Cyrill Heinlein auf der einen Seite. Boris und Anton Braeker auf der anderen. Zwei sind tot, einer liegt im Koma. Der vierte, Anton, hockt in seinem Haus und rührt sich nicht von der Stelle. Angenommen, Boris und Anton haben die

Erpressung tatsächlich gemeinsam durchgezogen, wo ist die Verbindung zu Cyrill Heinlein? Gibt es überhaupt eine?

Regen prasselte gegen das Fenster. Irgendwo hupte ein Taxi. Die Turmuhr der Marktkirche schlug.

Zorn zählte mit, drei Uhr morgens.

Heinlein hatte ebenfalls gelogen. Er hatte Cornelius ein Alibi gegeben, dann wieder zurückgezogen. Warum? Nachdem Cornelius untergetaucht war, hatte er behauptet, keinen Kontakt zu ihm zu haben. War das ebenfalls eine Lüge gewesen? Cornelius hatte Dinge gewusst, die nur der Täter wissen konnte, zum Beispiel, dass sie den Schlüssel zu Boris Braekers Wohnung in seiner Villa gefunden hatten. Wenn er unschuldig war, woher hatte er diese Information? Von Cyrill Heinlein? Wenn ja, woher wusste Heinlein davon?

Herrje, es war kompliziert. Jede geklärte Frage warf zwei neue auf.

Zorn seufzte leise.

Lieber Gott, dachte er, du hättest mir durchaus ein paar Hirnwindungen mehr verpassen können. Es kann doch nicht so schwer sein, diesen ganzen Mist aufzudröseln!

Wie so oft, wenn er nicht weiterwusste, wandte sich Claudius Zorn an Gott. Nicht etwa, weil er an ihn glaubte, es fiel ihm einfach leichter, seine Gedanken zu ordnen. Mit einer Antwort rechnete er also nicht, doch er genoss es, seinen taubstummen Gesprächspartner je nach Gefühlslage um einen Gefallen zu bitten oder – was wesentlich häufiger der Fall war –, nach Herzenslust zu beschimpfen.

Im Wohnzimmer knarrte eine Diele. Frieda zuckte im Schlaf zusammen, strampelte mit den Beinen, ihr Unterarm landete knapp neben seinem Kopf auf dem Kissen. Sie kuschelte sich enger an ihn, schniefte kurz und lag wieder still.

Zorn zog sie an sich. Spürte, wie etwas Warmes an seinem Bauch hinablief.

Sie sabbert, dachte er grinsend. Und ich muss aufpassen, dass sie mir nicht irgendwann im Schlaf die Nase bricht. Ich bin unglaublich froh, dass sie jetzt bei mir liegt. Danke, Gott.

Es kam selten vor, dass er sich bei seinem Schöpfer bedankte. Doch jetzt, da er die Wärme der Frau neben sich spürte, ihren Duft roch, ihrem Atem lauschte, war Claudius Zorn ausnahmsweise versöhnlich gestimmt. In ein paar Stunden, dachte er, würden sie mehr wissen. Die Spuren vom Tatort würden ausgewertet sein, und dann hätten sie etwas in der Hand. Da hatte Schröder schon recht.

Beim Gedanken an Schröder hob sich seine Laune noch mehr. Morgen würden sie wieder gemeinsam am Schreibtisch sitzen, Zorn würde eine flapsige Bemerkung über Schröders Schnauzbart machen (sieht aus wie ein verendetes Frettchen) und den Fall, den würden sie irgendwann lösen. Früher oder später, davon war Zorn in diesem Moment überzeugt.

Schröder ist was Besonderes, dachte er. Ein Geschenk. Das darf ich niemals vergessen. Es ist nicht selbstverständlich, jemanden wie ihn in seiner Nähe haben zu dürfen. Ja, für Schröder sollte ich dir wohl am meisten danken, Gott. Und für Edgar natürlich auch.

Zorn schob den Gedanken beiseite, man musste es ja nicht übertreiben mit der Dankbarkeit. Außerdem, überlegte er weiter, gab es noch eine Menge zu tun für den lieben Herrgott. Cornelius musste gesund werden, wenn das erledigt war, würde er seine Zusammenarbeit mit dem feinen Herrn da oben womöglich überdenken.

Seit Stunden lag Zorn jetzt auf dem Rücken, er hatte sich kaum bewegt, um Frieda nicht zu wecken. Sein Hintern kribbelte, die linke Schulter juckte. Vorsichtig zog er seinen Arm unter ihrem Körper hervor, sie grunzte leise, drehte sich von ihm weg. Das T-Shirt war ihr bis über die Hüften gerutscht, er sah den Aufdruck zwischen ihren kleinen Brüsten, ein geflammter Totenkopf, darüber der geschwungene *Metallica*-Schriftzug. Manchmal, hatte sie ihm beim Essen erklärt, höre sie Heavy Metall, zur Entspannung. Zorn hatte prustend aufgelacht, und obwohl er sich pflichtschuldig die Hand vor den Mund hielt, hatte sich ein Schwall feuchter Pizzakrümel zwischen seinen Fingern über den Teller ergossen. Die Vorstellung, die Staatsanwältin in Hosenanzug und Stöckelschuhen headbangend und mit wehenden Locken vor der bis zum Anschlag aufgedrehten Stereoanlage stehen zu sehen, war einfach zu komisch gewesen. Frieda hatte ihn einen Moment lang ausdruckslos gemustert, dann hatte sie eine Küchenrolle von der Spüle geholt, und während sie den Tisch abwischte, befahl sie ihm knapp, dass er gefälligst die Klappe zu halten habe. Wenn irgendjemand im Präsidium davon erfahre, würde sie geeignete Maßnahmen ergreifen, er sei sowieso schon kurz vor der Suspendierung gewesen.

Zorn sah zum Nachttisch, die grünlich schimmernden Leuchtziffern der Digitaluhr standen auf Viertel vor vier. Er klopfte das Kissen zurecht, ein Lächeln umspielte seine Lippen.

Sie mag Metallica. Scheiße, was hab ich für ein Glück.

Die beiden würden sich gut verstehen, Edgar und Frieda. Nach dem Essen hatte er gesagt, dass er Edgar morgen aus dem Kindergarten hole, und beiläufig gefragt, was sie vorhabe, man könne zusammen ein Eis essen, vielleicht auch auf den Spielplatz gehen. Klar, hatte sie achselzuckend erwidert und die Teller zusammengeschoben. In Zorns Ohren hatte es wie der kurze, entspannte Wortwechsel eines Ehepaars geklungen, das einen sonntäglichen Ausflug plant. Er registrierte nicht, dass sie sich unmerklich versteifte, und auch der nachdenkliche Blick, mit dem sie kurz darauf die Pizzakartons im Mülleimer verstaute, war ihm entgangen.

Wir nehmen Schröder mit, dachte Zorn, drehte sich zu ihr und legte einen Arm um ihre Schulter. Er gehört dazu, dann sind wir alle zusammen.

Edgar, Frieda, Schröder und ich. Wie eine Familie.

Ein schöner Gedanke. Ein guter Plan.

Es würde nicht dazu kommen.

*

Morgengrauen. Im Osten färbte sich der Horizont. Die Scheinwerfer am Fuße des Steilhanges unterhalb der alten Burg erloschen, gegenüber schlug die Turmuhr der Backsteinkirche über dem Felsen. In den Häusern rundum herrschte Stille, eine idyllische, fast dörfliche Ruhe. Die Scheiben der gepflegten Mittelklassewagen in den Einfahrten waren beschlagen, Tau glitzerte in den penibel gestutzten Hecken.

Es war Mittwoch, die Müllabfuhr wurde erwartet. Die Hausbesitzer hier oben über dem Fluss waren pflichtbewusste Leute, auf dem Bürgersteig reihten sich die Mülltonnen, penibel ausgerichtet wie an einer unsichtbaren Schnur. Etwas störte das harmonische Bild, eine Kleinigkeit nur: Vor dem ockerfarbenen Haus mit dem renovierungsbedürftigen Dach fehlte die Tonne, sie stand noch immer hinter dem rotbraunen Gartentor, ein blauer Müllsack lugte unter dem halbgeöffneten Deckel hervor.

Die beiden Beamten der Zivilstreife in dem dunkelblauen Passat, der schräg gegenüber unter einer Kastanie parkte, achteten nicht weiter darauf. Ihre Aufgabe war, das Haus zu überwachen und den Mann, der sich darin befand, keine Sekunde aus den Augen zu lassen, falls er das Haus verlassen sollte. Langweilige, alltägliche Routine. Der Polizist hinter dem Steuer döste leise schnarchend vor sich hin, sein Kollege auf dem Beifahrersitz hatte ein Wurstbrot in der Hand und sah kauend aus geröteten Augen abwechselnd auf die Uhr und hinüber zum Haus Anton Braekers, das friedlich in der Dämmerung stand, ebenso still wie die Nachbarhäuser. Morgenlicht spiegelte sich in den Fenstern, die den Blick ins Innere ebenso verbargen wie die meterdicken Mauern einer Todeszelle.

Zweiundvierzig

»Schröder?«

Zorn saß in seinem lichtdurchfluteten Büro hinter dem Schreibtisch vor einer Akte. Er hatte die Brille auf die Stirn geschoben, der Blick, mit dem er Schröder ansah, war nachdenklich, seine Stimme klang abwesend, verträumt.

»Ich hab da was.«

Es war kurz vor Mittag, draußen hatte sich der Himmel aufgeklart, die gläserne Fassade des Präsidiums blitzte im Licht der herbstlichen Sonne.

»Und was?«, fragte Schröder.

Zorn schlug die Akte zu. Betrachtete den Deckel, die ehemals rosafarbene Pappe war nach vielen Jahren im Archiv vergilbt, die Schrift verblasst. Die Ermittlungen zum Tod eines neunjährigen Mädchens auf einem Rummelplatz waren streng nach Vorschrift durchgeführt worden. Die Akte war durch viele Hände gegangen, der Deckel war übersät mit Aktenzeichen, handschriftlichen, hastig hingekritzelten Vermerken. Unten links, halb verborgen unter dem Abdruck einer Kaffeetasse, ein Stempel:

ERLEDIGT.

»Einen Namen«, murmelte Zorn.

Später sollte er denken, dass es nicht die Zufälle waren, die den Ausschlag zur Lösung eines Falles lieferten, sondern stupides, langweiliges Aktenstudium, der verhasste Alltag eines Polizisten. Im Moment allerdings hatte Claudius Zorn nur ein großes Fragezeichen im Kopf.

»Welchen?«, fragte Schröder.

Zorn zwinkerte, rieb sich die Augen. Schüttelte den Kopf, um seine Gedanken zu ordnen. Es gelang ihm nicht.

»Chef?«

»Ich bin nicht mehr dein …«

»Nein«, unterbrach Schröder geduldig, »der bist du nicht mehr. Trotzdem hätte ich gern eine Antwort. Welchen Namen meinst du?«

Schröder sah Zorn über den Rand seines Monitors hinweg an. Staubkörner tanzten im schräg hereinfallenden Licht, die Fenster mussten dringend geputzt werden.

»Meinen.«

»Ach.«

»Nicht den ganzen. Nur den Nachnamen.«

Zorn strich mit den Fingern über die Akte. Es hatte eine Weile gedauert, bis er darauf gestoßen war, zwischen Zeugenbefragungen, technischen Gutachten und Kontrollberichten war in dürrem Bürokratendeutsch vom *zuständigen Mitarbeiter des Bauordnungsamtes* die Rede gewesen, der am Tage vor der Eröffnung sämtliche Attraktionen des Jahrmarktes auf ihre Sicherheit überprüft hatte, TÜV und Protokolle kontrolliert, die Statik abgenommen hatte. Eine Expertenkommission war eingesetzt worden, um zu prüfen, ob von städtischer Seite ein Fehlverhalten vorliege. Das Ergebnis war eindeutig gewesen, das örtliche Bauamt hatte streng nach Vorschrift gehandelt. Das Unglück sei zwar auf eine *witterungsbedingte verminderte Tragfähigkeit des statischen Untergrundes* zurückzuführen, doch diese war *aufgrund jahrelanger gegenteiliger Erfahrungen nach menschlichem Ermessen* nicht vorhersehbar gewesen. Ein tragischer Fall von höherer Gewalt. Den zuständigen Mitarbeiter traf keine Schuld.

Sein Name war Cornelius Zorn.

»Ich würde sagen«, Zorn reichte Schröder die Akte über den Tisch, »du guckst es dir selbst an. Ich muss jetzt rauchen. Dringend.«

*

Normalerweise half Claudius Zorn das Rauchen beim Grübeln, das Nikotin – zumindest bildete er sich das ein – regte seine Gedanken an. Eine knappe Stunde und drei Zigaretten später war er allerdings nicht sonderlich weit gekommen. Es gab eine Verbindung zwischen den Braekers und Cornelius, doch was genau hatte der Unfalltod der kleinen Sascha Braeker mit der Ermordung ihres Bruders über zehn Jahre danach zu tun? Eine Menge wahrscheinlich, denn Zufall, zumindest in diesem Punkt war Zorn sich sicher, war das nicht.

Hinter der Bank teilten sich die Zweige des Wacholdergebüsches. Schröder nahm neben Zorn Platz, das verwitterte Holz ächzte unter seinem Gewicht.

»Es gab einen Prozess«, begann er. »Carl Braeker hat gegen die Stadt geklagt. Er war überzeugt, in Cornelius einen Schuldigen am Tod seiner Tochter gefunden zu haben. Cornelius ist in allen Punkten freigesprochen worden. Ein halbes Jahr später hat er beim Bauamt gekündigt und sich selbständig gemacht.«

Zorn spürte die Wärme der Sonne im Rücken. Vogelschwärme zogen über den stahlblauen Himmel nach Süden, ein paar vereinzelte Wolken dümpelten träge dahin, verschmolzen mit den Kondensstreifen der Flugzeuge.

»Woher weißt du das?«, fragte er.

»Ich hab mit Frieda Borck gesprochen.« Schröder deutete auf das Präsidium hinter ihnen. »Sie will sich die Prozessunterlagen noch genauer ansehen. Damals ist kaum was an die Öffentlichkeit gedrungen. Carl Braeker hat von Vertuschung geredet, er hat behauptet, dass die Entlastungsgutachten nicht unabhängig wären, angeblich hatte dein Bruder sie in Auftrag gegeben. Er hat sich sozusagen selbst entlastet.«

Das, dachte Zorn, wundert mich nicht. Cornelius hatte schon immer seine Verbindungen. Er hat sie auch damals genutzt.

Schröder sah blinzelnd nach oben. Sein kahler Schädel glänzte unter den kümmerlichen Überbleibseln seiner Haarpracht.

»Anton Braeker war vierzehn, als seine Schwester starb. Boris war elf. Ich glaube nicht, dass sie Cornelius damals kennengelernt haben.«

»Das«, erwiderte Zorn, »kriegen wir raus.«

»Dein Bruder liegt im Koma. Wir können ihn nicht fragen.«

»Aber Anton, den können wir fragen.«

»Ja«, nickte Schröder. »Das *könnten* wir.«

»Warum redest du im …«

Zorn stockte, auf der Suche nach dem richtigen Fremdwort.

»Konjunktiv?«, half Schröder.

»Genau. Ich meine, wir sollten …«

»Natürlich werden wir Anton Braeker befragen«, unterbrach Schröder. »Wir sollten allerdings noch warten, bis wir die Untersuchungsergebnisse zu Cyrill Heinleins Leiche haben. Womöglich hat er etwas mit seinem Tod zu tun, und falls das der Fall sein sollte, will ich einen Haftbefehl. Ich will ihn direkt mit den Beweisen konfrontieren. Bis dahin lassen wir ihn schmoren.«

Irgendwo hinter der Hecke schrie eine Katze. Eine weitere antwortete, es klang wie zwei streitende Säuglinge.

»Bist du sicher?«, fragte Zorn.

Schröder überlegte einen Moment.

»Nein«, seufzte er dann. »Überhaupt nicht.«

Im Laufe des Tages sollten sie sich diese Frage noch öfter stellen. Nicht nur diese, es gab eine Menge, worüber sie nachdachten. Stundenlang zerbrachen sie sich die Köpfe, drehten die Indizien, die Verbindungen zwischen den Protagonisten in diesem immer verwirrender erscheinenden Fall auf der Suche nach den Gründen, dem Motiv, das hinter all dem steckte. Ständig taten sich Widersprüche auf, eine Erkenntnis schloss die andere aus, sobald ein Mosaikstein passte, saß ein anderer schief. Dass es der eher geistig träge Zorn war, der schließlich den entscheidenden Gedanken hatte, und nicht der blitzgescheite Schröder, gehört wohl zu den unerklärlichen Wendungen des menschlichen Daseins.

Sicherlich, es war Schröder, der später die losen Enden zusammenführen und zu einem Ganzen verknüpfen würde, doch Zorn gab den Ausschlag, indem er seinen Vorgesetzten kurz vor Dienstschluss mit der Bemerkung verblüffte, dass sie womöglich ein paar Dinge von vornherein als gegeben hingenommen hätten, ohne sie in Frage zu stellen. Ein Großteil ihrer Erkenntnisse, sagte Zorn ein wenig zögerlich, basiere auf dem Tagebuch von Boris Braeker, doch was wäre, wenn das alles nicht stimmte?

Ein äußerst interessanter Gedanke, fand Schröder.

Zorns Frage, ob dies als Kompliment aufzufassen sei, ließ er unbeantwortet. Er war bereits auf dem Weg zur Tür und erklärte, dass sie Anton Braeker ein paar neue Fragen stellen würden. Sofort, Haftbefehl hin oder her.

Fünf Minuten später saßen sie im Auto.

*

»So, da sind wir.«

Der Volvo kam hinter dem blauen Passat der Zivilstreife zum Stehen. Zorn versuchte sich seine Aufregung nicht anmerken zu lassen, trotzdem zitterten seine Finger ein wenig, als er den Sicherheitsgurt löste. Schnurstracks lief er auf das ockerfarbene Haus zu, hörte, wie hinter ihm die Beifahrertür ins Schloss fiel, gefolgt von Schröders ruhiger Stimme.

»Warte.«

Das tat Zorn. Die Nachmittagssonne blitzte auf der Kühlerhaube des blauen Passats. Schröder stützte sich auf dem Dach ab und sprach mit den beiden Beamten, während Zorn ungeduldig von einem Bein aufs andere trat. Das Haus der Braekers wirkte still und verlassen, auf dem Nachbargrundstück hängte eine dicke Frau in blauer Nylonschürze Wäsche auf.

»Kommst du?«

Zorn klang ungeduldig. Schröder klopfte zum Abschied auf

das Dach des Zivilstreifenwagens und kam näher. Noch immer war die Luft lau, fast frühlingshaft. Schröder hatte den Mantel geöffnet, die Schöße umwehten ihn wie eine Schleppe.

»Anton Braeker hat das Haus nicht verlassen.«

»Logisch.« Zorn beobachtete, wie das Beifahrerfenster des Passats nach oben glitt. »Sonst hätten sie sich ja auch gemeldet.«

Irgendwo sprang ein Rasenmäher an. Zorn öffnete das niedrige Gartentor, die Scharniere quietschten in den Angeln.

Auf der Fahrt hatten sie über das Tagebuch geredet. Anton Braeker hatte das Treffen mit Boris abgestritten, auch im Tagebuch wurde es mit keiner Silbe erwähnt. Zunächst hatten sie dies auf die Lücken in den Aufzeichnungen zurückgeführt, doch das Treffen war zu wichtig, um unerwähnt zu bleiben. Und wenn es bewusst ausgelassen worden war, dann nur, um Antons Lüge zu stützen. Das Tagebuch belastete Cornelius schwer, lieferte ein klares Motiv für den Mord. Was war, wenn auch das eine Lüge war?

Das war es, was Zorn elektrisierte.

Er stapfte mit großen Schritten auf das Haus zu. Eine lose Gehwegplatte klapperte unter seinen Schritten. Als er die niedrige Treppe zur Haustür erklomm, nahm er zwei Betonstufen auf einmal.

»Der hat uns die ganze Zeit verarscht. Wir ... was ist denn?«

Schröder war Zorn nicht gefolgt. Er stand am Gartentor, den Blick mit zusammengekniffenen Augen auf das Haus gerichtet.

»Schröder?«

»Ich ... ich weiß nicht.«

Schröder runzelte die Stirn. Schräg hinter ihm auf der anderen Straßenseite wurde ein Fenster gekippt, eine Hand erschien, schüttelte ein gelbes Staubtuch aus. Musik drang herüber, aus einem Kofferradio jammerte eine Frauenstimme, es sei *time to say goodbye*.

»*Was* weißt du nicht?«, fragte Zorn.

Keine Antwort.

»Herrgott, Schröder!« Zorn hob die Schultern. »Könnten wir vielleicht mal unseren Job machen?«

Schröder zögerte. Er musterte das Haus, sein Blick wanderte über die dunklen Fenster. Geistesabwesend strich er mit der Hand über die volle Mülltonne. Zweifel lag in seinen Augen, Unsicherheit.

»Hier stimmt was nicht.«

»Und was, wenn man fragen darf?«

»Keine Ahnung. Nur ein …«

Das letzte Wort, *Gefühl*, ging im Knattern eines vorbeifahrenden Mopeds unter. Die dicke Frau auf dem Nachbargrundstück klemmte den Wäschekorb unter den Arm und verschwand mit gerötetem Gesicht hinter einem Rhododendronstrauch.

Zorn verdrehte ungeduldig die Augen.

»Was ist jetzt?«

»Warte«, sagte Schröder.

»Worauf? Auf das Christkind?«

Zorn wandte sich achselzuckend um. Brummte, dass er längst Feierabend habe, dass er *einmal im Leben* seiner Pflicht nachkommen wolle, etwas, das selten genug vorkomme, Schröder solle doch froh sein, aber nein, das Gegenteil sei der Fall. Er hob die Hand, sein Finger näherte sich dem abgewetzten Klingelknopf über dem verblichenen Namensschild, in seinem Rücken erklang Schröders Stimme, scharf, warnend. Zorn achtete nicht darauf, er drückte den Knopf in der Erwartung, irgendwo im Inneren des Hauses ein leises Bimmeln, Schellen oder Klingeln zu hören.

Es kam anders.

Ganz schön laut, dachte Claudius Zorn.

Es war sein letzter klarer Gedanke.

Dann flog ihm die schwere Haustür entgegen, und alles wurde schwarz.

*

Es tat nicht sehr weh. Nur das Dröhnen war unangenehm, ein tiefes Brummen im Kopf, gemischt mit einem durchdringenden Pfeifen, wie eine Sirene auf voller Lautstärke, direkt zwischen den Ohren. Und der Gestank. Der war eklig, fand Claudius Zorn, es roch nach Kordit, verbranntem Plastik, nach beißendem Rauch. Stinkender, widerlicher Qualm kratzte in der Nase. Zorn hob die Hand, um sich zu kratzen. Sie gehorchte ihm nicht. Er versuchte es mit den Augen. Öffnete sie, schloss sie wieder. Kein Unterschied. Nur Schwärze, durchsetzt mit flammenden Punkten. Rot. Weiß. Und ein grelles, unangenehmes Gelb.

Bin ich blind?

Egal. Ich muss mich ausruhen.

Müde war er. Unendlich müde, wie noch nie in seinem Leben.

Jemand packte ihn unter den Achseln.

Lasst mich in Ruhe!, schrie Zorn.

Seine Lippen bewegten sich nicht, die Worte erklangen einzig und allein in seinem Kopf. Er wurde davongezerrt, hörte ein Klacken. Seine Stiefelabsätze, die über den Boden schleiften. Die Lederjacke rutschte hoch bis über den Bauch, die Jeans in die Gegenrichtung. Kühles Gras streifte seinen halbnackten Hintern. Ein unangenehmes Gefühl.

Ebenso wie das Zerren, das endlich aufhörte. Zorns Hinterkopf landete auf etwas Weichem, Finger tasteten über sein Gesicht. Eine Stimme, dicht an seinem Ohr, trotzdem unendlich weit entfernt.

Alles wird gut.

Drei Worte, immer und immer wiederholt, unterbrochen von einem Schluchzen.

Alles wird gut.

Schröder, der ihn in den Armen hielt, seinen Kopf in den Schoß gebettet.

Alles wird gut.

Es *ist* gut, Schröder. Ich muss mich nur ein bisschen ausruhen, ein paar Minuten nur. Dann gehen wir ein Eis essen. Du, Edgar und ich. Und Frieda, die nehmen wir auch mit.

Keine Schmerzen, noch immer nicht. Nur dieses Dröhnen, als stecke der Schädel in einem Schraubstock. Die Sirene wurde lauter, kam näher. Ein Heulen, irgendwo aus der Außenwelt.

Zorn öffnete die Augen. Die Lichtpunkte verblassten, Schröders Gesicht erschien, nur ein paar Zentimeter entfernt. Hinter ihm das Haus Anton Braekers, die ockerfarbene Fassade rußgeschwärzt, fettiger Rauch quoll in stinkenden Schwaden aus geborstenen Fenstern.

»Der Arzt ist gleich da«, sagte Schröder.

Wie groß seine Augen sind, dachte Zorn. Und wie blau. Warum weint er?

Dieses Jucken in der Nase, fürchterlich. Zorn hob den Arm, diesmal gelang es. Seine Hand erschien in seinem Blickfeld, er stutzte. Bewegte die Finger, auch das funktionierte. Trotzdem, etwas stimmte nicht.

Claudius Zorn begann zu zählen.

Eins. Zwei. Drei.

Komisch. Noch einmal.

Eins. Zwei. Drei.

Zorns Augen weiteten sich. Er sah zu Schröder auf, fragend, ratlos. Seine Lippen bewegten sich, doch auch diesmal erklangen die Worte nur in seinem Kopf.

Da fehlt was, Schröder.

Die Sirene heulte direkt neben seinem Kopf, verstummte plötzlich. Blaulicht flackerte durch die Hecke, Bremsen quietschten, Türen wurden zugeschlagen.

Scheiße, dachte Claudius Zorn.

Wo ist mein verdammter Daumen? Wo ist mein Zeigefinger?
Zwei Fragen, gefolgt von einer dritten.
Wie soll ich jetzt rauchen?
Dann ließ der Schock nach. Und die Schmerzen kamen.

Dreiundvierzig

Zwei Wochen zuvor.

»Ich hab den Test machen lassen«, sagt Boris. »Er war positiv.«

Sie sitzen am Küchentisch. Boris an der Stirnseite, da wo er frü-
her immer gesessen hat. Seit seinem letzten Besuch sind sechs
Wochen vergangen, er ist noch dünner geworden. Er hat sich den
Kopf kahl geschoren. Seine Stimme klingt spöttisch wie eh und
je, seine Augen funkeln, sie wirken riesig in dem hohlwangigen
Gesicht.

»Ich dachte, das interessiert dich vielleicht, Bruderherz.«

Anton hat Kaffee gemacht. Nicht aus Gastfreundlichkeit, sondern um die ersten peinlichen Minuten zu überbrücken. Er lockert den Schlips, räuspert sich.

»Und jetzt?«

»Was mich betrifft, ist die Sache klar.« Boris zuckt die Achseln.
»Ich werde nicht rumsitzen und warten, bis die Krankheit ausbricht. Die Frage ist eher, was *du* unternehmen willst. Eigentlich
bist du auf der sicheren Seite, die Chancen, dass die Krankheit
weitergegeben wird, stehen fünfzig zu fünfzig. Statistisch gesehen
musste es einen von uns beiden erwischen. Tja, und jetzt, wo wir
wissen, dass ich es bin, der in die Scheiße gegriffen hat, könntest
du doch eigentlich beruhigt sein, oder?«

Er sitzt auf der Vorderkante des Stuhles, weit nach hinten ge-
lehnt, die Beine unter den Tisch ausgestreckt wie ein gelangweil-
ter Schüler in der letzten Reihe. Er greift einen Kaffeelöffel, lächelt seinen Bruder an.

»Du wirst den Test nicht machen, stimmt's?«

Anton schluckt, nestelt schweigend am Hemdkragen. Boris lässt ihn nicht aus den Augen, seine Mundwinkel heben sich zu einem spöttischen Lächeln.

»Du bist ein Weichei, genau wie unser Vater. Willst du denn gar nicht wissen, ob er dir womöglich ein bisschen mehr vererbt hat als seine Depressionen? Eine klitzekleine Krankheit vielleicht? Ich meine«, Boris neigt den rasierten Kopf, »vielleicht war er ja so gütig, und hat es an uns beide weitergegeben. Statistiken können irren.«

Ein Klacken, gefolgt von einem tiefen Brummen. Im Keller springt die Gastherme an. Das Brummen steigert sich zu einem asthmatischen Röcheln, erstirbt wieder.

»Ich hab den Test gemacht«, sagt Anton und denkt, dass er einen Monteur bestellen muss. Die Heizung ist uralt, die Leitungen müssen überprüft werden.

»Wirklich?«

Boris klingt ehrlich verwundert. Die nächste Frage spricht er nicht aus, nur seine Finger trommeln auf den Tisch.

»Ich warte noch auf das Ergebnis«, sagt Anton.

Boris nickt schweigend. Der Kaffeelöffel dreht sich in seinen Fingern, landet klirrend neben der Tasse. Einen Moment hofft Anton, dass er jetzt gehen wird, doch Boris tut ihm den Gefallen nicht.

»Hast du jemandem erzählt, dass ich zurück bin?«

»Nein.« Anton blinzelt verwirrt. »Warum sollte ich?«

»Tu es nicht. Und sag niemandem, dass wir uns getroffen haben.«

Anton öffnet den Mund, Boris bringt ihn mit einer Handbewegung zum Schweigen. Er verschränkt die Arme vor dem Kapuzenshirt, sieht seinen Bruder eine Weile an. Das Funkeln in seinen Augen verblasst, er wird ernst.

»Ich werde nicht rumsitzen und warten, bis es losgeht.«

»Das hast du bereits gesagt.«

»Ich will noch was erledigen, bevor ich abtrete. Du wirst mir dabei helfen.«

»Wobei?«

Boris antwortet zunächst nicht. Die Nachmittagssonne fällt schräg ins Zimmer, das Licht spiegelt sich auf seinem geschorenen Hinterkopf.

»Ich hab mir lange die Schuld an ihrem Tod gegeben«, sagt er dann. »Sie wollte mitfahren, weil wir uns gestritten haben, sie wollte uns ablenken.«

Boris spricht den Namen ihrer Schwester nicht aus. Das muss er nicht, sie wissen beide, um wen es geht.

»Ich bin mitgefahren, weil du Schiss hattest«, sagt Boris.

»Ja«, nickt Anton. »Ich hatte Schiss.«

»Es hat ihr Spaß gemacht. Sie war aufgeregt, ich habe sie nie vorher so glücklich gesehen. Ich meine«, Boris schüttelt nachdenklich den Kopf, »sie war immer so ernst, so still. Aber in der Gondel, da war sie anders. Sie hat *gelacht*, verstehst du?«

Anton sieht schweigend auf seine Hände.

»Ich hab sie festgehalten«, sagt Boris. »Ich hab's versucht. Aber ich konnte nichts machen. Sie ist immer weiter von mir weggerutscht. Es hat lange gedauert. Erst war ihr Fuß weg. Dann das Bein. Der Arm. Bei jeder Umdrehung ist sie weniger geworden. Bis sie ganz weg war.«

Boris verstummt. Er hat leise gesprochen, sachlich. Nur seine Augen glänzen ein wenig. Anton hebt den Kopf.

»Du hast keine Schuld«, sagt er.

»Natürlich nicht. Keiner von uns.«

Boris hebt die Brauen. Da ist sie wieder, die alte Arroganz.

»Aber wir sind ihr was *schuldig*«, sagt er. »Sie war unsere kleine Schwester. Ohne uns wäre sie noch am Leben, wäre sie nie in diese Gondel gestiegen. Aber das war kein Schicksal oder höhere Gewalt. Es gibt jemanden, der dafür verantwortlich ist.«

Im Obergeschoss erwacht die alte Standuhr zum Leben, die

356

Schläge dröhnen durch das Haus, verhallen zitternd zwischen den Wänden.

»Er denkt, er ist davongekommen«, sagt Boris. »Aber das ist er nicht.«

Vierundvierzig

Er kam zu sich, als die Tür geöffnet wurde. Das geschah lautlos, doch der Luftzug weckte ihn. Die Außenwelt drang allmählich in sein Unterbewusstsein, zunächst nahm er den typischen Geruch wahr. Desinfektionsmittel. Seife. Essigreiniger. Ein rhythmisches Piepsen, irgendwo rechts neben ihm. Er lag weich und bequem, der Kopf etwas erhöht. Ein Bett. Die Tür wurde geschlossen, er hörte Schritte, das Rascheln von Kleidung. Eine leichte Erschütterung, irgendwo da, wo seine Füße sein mussten. Die Matratze bewegte sich unter dem Gewicht eines Menschen.

Dann eine Stimme. Leise. Zärtlich. Kaum mehr als ein Flüstern.

»Hey.«

Schröder.

Gut so, dachte Claudius Zorn.

Keine Schmerzen. Nur eine warme, angenehme Leichtigkeit. Ein körperloses Schweben, irgendwo im Raum. Keine Zukunft. Keine Vergangenheit. Kein Zeitgefühl.

»Wo bin ich?«

»Im Krankenhaus.«

Zorn öffnete die Augen. Versuchte es zumindest, es gelang nur mit dem linken. Diffuses, dämmeriges Licht auf der einen, Dunkelheit auf der anderen Seite. Das rechte Auge war zugeklebt. Ein Pflaster. Nein, etwas Größeres, ein Verband. Auch um die Stirn, über dem Ohr. Es kribbelte ein bisschen, aber das war nicht schlimm.

»Warum?«

Er sah Schröders Gestalt am Fußende des Betts. Die Konturen verschwammen, Zorn wurde davongetragen, driftete durch wei-

358

che, wohlige Dunkelheit, während Schröders Stimme aus weiter Ferne zu ihm durchdrang. Der Sinn dieser Worte blieb Zorn verborgen, Schröder sprach von einer Explosion, ausgelöst durch eine Klingel, die Zorn angeblich gedrückt haben sollte, einem Mann, dessen Name Zorn irgendwie bekannt vorkam, Anton Braeker, er hatte eine Gasleitung manipuliert und war verschwunden, wahrscheinlich über den Keller, sie waren noch nicht sicher. Zorn lauschte dem Klang dieser sanften, wohlvertrauten Stimme, was genau Schröder sagte, war egal, Hauptsache, er war da. Schließlich verstummte Schröder, doch Zorn spürte seine Hand auf der seinen. Irgendwas, dachte Zorn, ist passiert, etwas stimmt mit meinen Fingern nicht, ich sollte ihn danach fragen. Doch Claudius Zorn war erschöpft, sehr sogar, er beschloss, sich noch einen Moment auszuruhen, und nachdem er das getan hatte, öffnete er das unverletzte Auge und blinzelte verwirrt.

»Das ist ja wohl die Höhe«, murmelte Zorn.

Schröder saß plötzlich auf einem Stuhl. Sein Kinn war auf die Brust gesunken, ein leises Schnarchen drang aus seinem halboffenen Mund.

»Kommt her und pennt einfach ein.«

Zorns Stimme klang verwaschen, nicht viel mehr als ein Nuscheln. Schröder hörte ihn trotzdem, er richtete sich auf, rieb die Augen.

»Du musst dich rasieren«, krächzte Zorn.

Dumuschtdischraschiern.

Schröder lächelte, hob entschuldigend die Hände.

»Ich bin noch nicht dazu gekommen.«

Kein Wunder, dachte Zorn. Du bist ja erst seit ein paar Minuten hier.

»Wie spät ist es?«, fragte er.

»Halb zehn.«

»Morgens oder abends?«

Schröder erwiderte, dass Letzteres der Fall sei.

»Hast du Schmerzen?«, fragte er dann.

Eine komische Frage, fand Zorn und beschloss, einen Moment nachzudenken. Er schloss die Augen. Öffnete sie wieder.

»Nö.«

Schröder saß plötzlich wieder am Fußende des Bettes, eine aufgeschlagene Zeitung auf dem Schoß. Das Licht war anders. Heller? Dunkler? Zorn wusste es nicht. Er hatte Durst, fuhr mit der Zunge über die trockenen Lippen. Spürte etwas anderes. Mullbinden, nicht nur über dem Auge, sie bedeckten fast sein gesamtes Gesicht. Auch das war komisch, fand Zorn. Es war, als wäre er in Watte gepackt, ein flauschiges, weiches Etwas umgab ihn, schien tief in seinem Körper zu stecken, als sei er mit der Umgebung verschmolzen. Überall Watte. Vor allem im Kopf. Wieder fragte Schröder, ob Zorn Schmerzen habe. Nein, wollte Zorn genervt erwidern, warum, verdammt nochmal sollte ich Schmerzen haben? Dann spürte er ein leises Pochen, irgendwo am Arm. War es der rechte? Der linke? Nein, die Hand, richtig, da war etwas gewesen, er hatte Schröder die ganze Zeit danach fragen wollen.

Zorn hob die Hand. Das war nicht einfach, sie erschien ihm schwerer als sonst, viel schwerer. Kein Wunder, dachte er, als er den dicken Verband sah, der seinen Unterarm bis zum Ellbogen bedeckte. Er bemerkte die Nadel in der Armbeuge, den dünnen Schlauch, der irgendwo rechts aus seinem Blickfeld verschwand. Sein Blick wanderte über den schneeweißen Mull hinauf zum Handgelenk, stockte. Der Arm endete in einem

Stumpf

Klumpen, ebenfalls von einem dicken Verband umgeben. Aber nicht dick genug. Ein Bild schoss durch Zorns Kopf, ein kurzer, greller Schnappschuss, er sah seine Hand, eine blutende Masse, dahinter die Trümmer eines brennenden Hauses. Letzteres konnte er nicht einordnen, doch er erinnerte sich, was er in diesem Moment gedacht hatte.

»Was ist mit meinen Fingern?«

Waschmitmeinfingern?
Schröder sah Zorn an.

»Du brauchst Ruhe«, sagte er sanft. »Du musst dich schonen, du …«

Schröders Stimme verschwamm, Zorn hörte etwas von inneren Verletzungen, einem Bein, das angeblich gerettet wurde, Schädeltrauma, Teilamnesie und anderen Dingen, die ihn im Moment einen Dreck interessierten.

»Wie viele hab ich noch?«, nuschelte er.

»Drei.«

»Dann fehlen mir …«

Zorn begann zu rechnen. Es funktionierte nicht.

»… welche.«

Eine weitere Frage tauchte in Zorns Kopf auf.

»Wo sind die anderen?«

Er war wütend, entrüstet. Herrgott, sie lebten doch nicht mehr im Mittelalter! Er war im Krankenhaus, wusste zwar nicht, warum, aber die hatten doch hier diesen ganzen modernen medizinischen Kram, es musste doch möglich sein, ein paar verdammte Finger wieder anzunähen, oder etwa nicht? Jeder Trottel wusste doch, dass man einen abgetrennten Finger einfach kühlen musste, dann ab zum Arzt, ein paar Stiche und *ratzfatz* war das Ding wieder dran! Das musste Schröder doch klar sein, er hätte nur ein paar Eiswürfel besorgen müssen, ein Einmachglas oder eine olle Büchse, irgendwas, er kümmerte sich doch sonst auch immer um alles! Vielleicht war der feine Herr einfach nur zu faul gewesen, sich zu bücken?

»Das ist 'ne Frechheit. Eine riesengroße Frechheit.«

»Wirklich?«

Zorn hob blinzelnd den Kopf. Frieda saß am Bett, sah ihm direkt in die Augen.

»Wo ist Schröder?«, fragte er.

»Im Präsidium.«

»Jetzt? Mitten in der Nacht?«

»Es ist Mittag, Claudius.«

»Ach.«

»Erinnerst du dich, was passiert ist?«

»Nee.« Pause. »Ja.«

Immer noch Watte im Kopf, allerdings weniger. Erinnerungs-fetzen schwirrten durch Zorns Schädel, Bruchstücke, die schwer in Zusammenhang zu bringen waren.

»Ein bisschen.«

Ein Haus. Eine Klingel. Krach. Lärm. Gestank. Rauch. Sirenen.

Das ist der Daumen. Der schüttelt die Pflaumen.

Plötzlich, wie aus dem Nichts kamen die Tränen.

»Ich … ich hab meine Finger verloren, Frieda.«

Sie strich ihm sacht über den bandagierten Kopf, ohne etwas zu sagen. Das musste sie nicht, es reichte, dass er sie spürte. Allmäh-lich wurde er ruhiger, weitere Erinnerungen tauchten auf, Namen, Bilder, Geräusche, verschwanden wieder im Nebel.

Ein Mann, erdrosselt an einen Baum gefesselt. Noch ein Mann, erstochen in einem Gebüsch liegend. Ein dritter, von einem Auto überfahren. Ein vierter, nach dem sie gesucht hatten. Ein Tage-buch. Cornelius. Malina. Edgar.

»Wir … wir wollten ein Eis essen gehen«, murmelte Zorn. »Das dürfen wir nicht vergessen.«

»Das werden wir auch nicht.«

Er spürte ihre Lippen auf seiner Wange.

»Ich muss mich kurz ausruhen«, sagte er.

»Klar doch.«

»Nur ganz kurz.«

Zorn schloss die Augen.

»Edgar wird dich mögen, Frieda. Genauso, wie er Schröder mag. Schröder ist nämlich wie ein Vater für ihn, aber das darfst du Schröder nicht sagen, weil …«

Er verstummte. Schröder stand am Bett, sah lächelnd auf ihn

362

hinab. Er schien gerade gekommen zu sein, hatte den Mantel noch an. Das Krankenzimmer war in gleißendes Licht getaucht. Zorn wandte den Kopf ab, die Neonröhre an der Decke blendete ihn.

»Ich sag's nicht weiter«, schmunzelte Schröder.

»Witzbold.«

Schröder streifte den Mantel ab, schob einen Stuhl ans Bett und nahm Platz. Musterte Zorn eine Weile, nickte dann.

»Du siehst besser aus.«

»*Gracias.*«

»Ich soll dich von Malina grüßen. Sie war vorgestern hier, aber die Ärzte wollten dich schlafen lassen.«

»*Vorgestern*? Seit wann bin ich …«

»Seit drei Tagen.«

»Habt ihr Anton Braeker gefunden?«

Schröder horchte auf.

»Du erinnerst dich?«

Zorn dachte stirnrunzelnd nach. Ja, das tat er. Einiges lag im Nebel, doch er wusste, was geschehen war. Sein Kopf war klar, na ja, halbwegs jedenfalls, doch er tat weh. Ebenso wie die Hand, das pochende Bein, die Hüfte brannte wie Feuer.

Er hob den Kopf, sah hinab auf seine Füße. Das rechte Bein ragte unter der Decke hervor, ein unförmiger Klumpen aus Gips. Ebenso wie der Arm, doch die Nadel mit dem Schlauch war verschwunden. Vorsichtig bewegte Zorn die Zehen, zuckte zusammen. Das war der Preis für die zurückgewonnene Erinnerung, sie hatten die Dosierung der Schmerzmittel gesenkt.

»Du bist ziemlich ramponiert«, sagte Schröder. »Aber du wirst wieder laufen können. Das Bein kommt wieder in Ordnung, die Hüfte ist zum Glück nur geprellt. Und dein Gesicht wird …«

»Ich will's nicht wissen. *Noch* nicht.«

Wieder sah Schröder Zorn eine Weile an. *Taxierte* ihn regelrecht, nachdenklich, ernst. Zorn wandte den Kopf ab.

»Ich … ich bin ziemlich fertig«, sagte er.

»Schlaf ein bisschen.«

Ja, dachte Zorn. Das sollte ich wohl.

Dann fiel ihm noch etwas ein, er dachte an seinen Bruder, der irgendwo in einem der zahllosen Zimmer in der Nähe lag.

»Wie geht's Cornelius?«

»Unverändert.«

»Sag mir Bescheid, wenn's was Neues gibt«, murmelte Zorn.

Die Augen fielen ihm zu. Er hörte, wie Schröder in seiner Aktentasche kramte, sah noch einmal auf. Schröder saß jetzt mit übereinandergeschlagenen Beinen direkt neben ihm, er hatte einen Apfel in der Hand.

»Was machst du?«, fragte Zorn.

»Essen.«

Schröder betrachtete den Apfel, dann biss er ein großes Stück ab.

»Warum?«, fragte Zorn.

»Weil ich Hunger habe«, erklärte Schröder kauend. »Äpfel sind gesund, ich …«

»Du weißt, was ich meine. Ich war zwar weggetreten, aber ich hab mitgekriegt, dass du die ganze Zeit bei mir warst. Du hast selbst gesagt, dass ich wieder auf die Beine komme. Du musst nicht hierbleiben, Schröder.«

»Stimmt«, nickte Schröder. »Das muss ich nicht. Aber weißt du was?«

Ein weiterer, herzhafter Biss.

»Ich mach's trotzdem.«

Ja, dachte Zorn. Du machst sowieso immer, was du willst.

»Jetzt wird geschlafen«, befahl Schröder.

»Zu Befehl«, murmelte Zorn, »Chef.«

Fünfundvierzig

Er lag auf dem Rücken und zählte die Sterne.

Es war längst nicht so kalt wie damals, als sein Vater hier gelegen hatte. Trotzdem wehte ein frischer Windhauch durch die Schlucht, streifte die schroff um ihn aufragenden Felsen, rauschte in den Wipfeln der Bäume. Sein Atem kondensierte in der Luft. Spitze, scharfkantige Steine bohrten sich in seine Haut.

Anton Braeker spürte es nicht. Er zählte.

Funkelndes Licht auf nachtschwarzem Samt. Ein ovales, flimmerndes Leichentuch, gesäumt von den Rändern des Talkessels. Knorrige, von Alter und Wind gekrümmte Bäume krallten sich hoch oben in den felsigen Grund.

Anton lag da, wo sein Vater gelegen hatte, genau in der Mitte der Schlucht. Ein junger Mann Mitte zwanzig, die Beine ausgestreckt, die Arme flach neben dem Körper. Der Wollmantel war fleckig, die Anzughose zerknittert, die Schuhe schmutzig und schlammig. Seine magere Brust hob und senkte sich im ruhigen Takt seines Atems. Ansonsten bewegte er sich nicht. Nur seine Augen, starr nach oben gerichtet, blinzelten ab und zu.

Er zählte.

Acht. Neun. Zehn.

Weiter kam er nicht, dann fing er von vorn an. Wie viele Male er das bisher wiederholt hatte, wusste er nicht. Oft, sehr oft. Er lag schon eine Weile hier.

Drei Tage waren vergangen, drei endlos lange Tage war er durch die Stadt gestreift. Ziellos, zu keinem klaren Gedanken fähig war er umhergeirrt, drei Tage, vielleicht auch vier, in denen sich ein hoffnungsvoller, aufstrebender Akademiker in einen abgerissenen Streuner verwandelt hatte.

Über zehn Jahre war es her, dass Carl Braeker hier erfroren war. Die Felsen ragten in den Nachthimmel, schroff, abweisend, so, wie sie es seit Jahrtausenden taten und noch lange tun würden. Die Kiefer, in deren Zweigen Carl Braeker damals seine Sachen aufgehängt hatte, stand noch immer am Eingang der Schlucht, ebenso die Bühne, derentwegen er damals hergekommen war. Er hatte diesen Ort zum Sterben ausgesucht, weil er hier glücklich gewesen war. Jetzt wucherte Unkraut zwischen den steinernen Platten, es war Jahre her, dass hier zuletzt ein Konzert gegeben worden war.

Aber die Sterne, sie waren noch da.

Unendlich viele. Unendlich weit entfernt.

Und schön. Unendlich schön.

Sinnlos, sie zu zählen.

Carl Braeker hatte es trotzdem getan. Anton, sein Sohn, tat es nun ebenfalls, er hörte dieselben Geräusche, das entfernte Rauschen des nächtlichen Verkehrs, den Schrei eines Käuzchens, das quietschende Bremsen einer S-Bahn. Und den Schlag des eigenen Herzens.

Puck. Puck.

Anton wartete. Wie damals sein Vater.

Puck. Puck.

Sein Herz, es sollte endlich aufhören zu schlagen.

Carl Braeker war mit einem Lächeln auf den Lippen gestorben. Das Letzte, was er bewusst wahrgenommen hatte, war eine Sternschnuppe gewesen, begleitet von fernen Glockenschlägen. Auch Anton hörte die Glocken, ihr Klang drang von der Turmuhr der Backsteinkirche auf der anderen Seite des Flusses zu ihm herauf. Damals waren sie Kinder gewesen, Boris und er. Das Haus, in dem sie geschlafen hatten, lag jetzt in Trümmern.

Er hatte den Streifenwagen gesehen. Hatte gewusst, dass sie ihn holen würden, früher oder später. Dann hatte er sich Fragen gestellt, ob es eine Perspektive gab, eine Zukunft, einen Sinn. Fragen, die er allesamt mit *Nein* beantwortet hatte, und nachdem ihm das bewusst geworden war, hatte er die letzte, logische Konsequenz gezogen. Nüchtern und sachlich hatte er eine Entscheidung getroffen, und als er in den Keller gegangen war und das Rohr unter der alten Gastherme abgeschraubt hatte, da war er noch fest davon überzeugt gewesen, das Richtige zu tun. Doch der Entschluss, seinem Leben ein Ende zu setzen, war die eine Sache gewesen. Die andere war, den Mut aufzubringen, dieses Vorhaben in die Tat umzusetzen. Anton Braeker war klug, doch er war alles andere als tapfer. Trotzdem hatte er gekämpft, er hatte lange in der Küche gesessen, zitternd hatte er auf das Ende gewartet, das Foto seiner Schwester in den schweißnassen Fingern haltend. Es war wie damals gewesen, an seinem zehnten Geburtstag, sie hatten Luftballons aufblasen müssen, ein Spiel, das derjenige gewinnen sollte, der seinen Ballon als Erster zum Platzen bringen würde. Anton hatte verloren, nicht etwa, weil ihm die Kraft gefehlt hätte, nein, er hatte aufgehört zu pusten, weil er Angst vor dem Knall gehabt hatte. Genauso war es auch jetzt gewesen, und als er später durch das Kellerfenster aus dem Haus gekrochen und über die Felsen davongeschlichen war, da hatte er geweint, hatte die Feigheit verflucht, die ihn sein Leben lang begleitet hatte, diese erbärmliche Feigheit, die ihn erst zum Mörder gemacht hatte und ihn nun davon abhielt, das eigene, erbärmliche Leben zu beenden. Ja, Boris hatte recht gehabt, als er Anton als kleinmütig bezeichnet hatte, als ebenso armselig und ängstlich wie ihren Vater. Doch selbst Carl war mutig genug gewesen. Hier, an dieser Stelle, hatte sein Herz aufgehört zu schlagen.

Puck. Puck.

Deshalb war Anton hier. Dieses zuckende Stück Fleisch in seiner Brust, es sollte Ruhe geben. Carl war hier gestorben, hier hatte er die Kraft dazu gefunden. Vielleicht sogar Trost, aber den erwartete Anton nicht.

Nur Ruhe.

Ein Schatten huschte über ihm durch die Nacht. Wahrscheinlich eine Krähe, dachte Anton. Genau wie sein Vater beobachtete er, wie der Vogel lautlos hoch oben zwischen den Bäumen verschwand. Mondlicht spiegelte sich auf den Gläsern seiner Brille, Gras kitzelte seine Wange.

Puck. Puck.

So lag Anton Braeker denn da und wartete. Doch sein Herz tat ihm den Gefallen nicht, und als der Morgen graute, schlug es noch immer.

Puck. Puck.

Dieses verdammte Ding.

Puck. Puck.

Sechsundvierzig

Die Zeit verschwamm. Tag und Nacht, hell und dunkel schmolz zu einer grauen Masse, es war, als würde Zorn die Welt durch trübes Milchglas wahrnehmen. Das war nicht weiter verwunderlich, sein Geist war zwar wieder halbwegs klar, auch sein Erinnerungsvermögen war mittlerweile zurückgekehrt, allerdings fand er kaum noch Schlaf, die kleinste Bewegung weckte ihn aus einem kurzen, dämmrigen Schlummer. Die Schürfwunden heilten allmählich, doch seine Hüfte brannte, die geprellten Rippen schmerzten bei jedem Atemzug, die verstümmelte Hand kribbelte, als würden Scharen von Ameisen unter dem Verband eine ausgelassene Party feiern. Kein Wunder also, dass Claudius Zorn in äußerst gedrückter Stimmung war, selbst Schröder vermochte es nur selten, ihn aufzumuntern. Trotzdem verbrachte er jede freie Minute bei Zorn, selbst einen Teil der Arbeit erledigte er vom Krankenzimmer aus. Verbrecher, hatte er auf Zorns genuschelte Nachfrage mitgeteilt, könne er überall jagen, er brauche dazu keinen Schreibtisch, sondern vor allem seinen Kopf. Mit diesen Worten hatte er den Nachttisch von Zorns Bett zum Fenster gerollt und die hintere Ecke des Krankenzimmers kurzerhand zu seinem vorläufigen Büro erklärt.

Das war irgendwann am gestrigen Abend gewesen, jetzt, viele Stunden später, saß er noch immer dort. Er hatte sich eine Schreibtischlampe besorgt, der schmale Lichtkegel war auf sein zerfleddertes Notizbuch gerichtet. Konzentriert las er in seinen Aufzeichnungen, der Mantel hing über der Stuhllehne, seine Aktentasche lehnte neben ihm an der Heizung. Ab und zu warf er einen prüfenden Blick auf den schlafenden Zorn, dann auf sein Handy, das griffbereit neben dem Notizbuch lag. Er hatte es stummgeschaltet, um Zorn nicht zu stören. Als das Display aufleuchtete, meldete er sich sofort, hörte einen Moment zu und beendete das Gespräch mit der leisen, fast geflüsterten Anweisung, ständig auf dem Laufenden gehalten zu werden. Er wollte sich wieder seinen Aufzeichnungen zuwenden, doch Zorns krächzende Stimme hielt ihn davon ab.

»Habt ihr ihn?«

»Noch nicht.« Schröder klappte das Notizbuch zu. »Die Fahndung läuft jetzt bundesweit, aber irgendwie hab ich das Gefühl, dass er noch in der Stadt ist. Wir haben das Messer gefunden, mit dem Cyrill Heinlein erstochen wurde. Die Fingerabdrücke stammen von …«

»Anton Braeker«, unterbrach Zorn.

»Richtig.«

Schröders Gesicht war in der Dunkelheit verborgen, Zorn sah nur seine Hände im schmalen Kegel der Lampe.

»Ich bin sicher, dass Anton und Boris gemeinsame Sache gemacht haben«, sagte Schröder. »Dass sie Cornelius gemeinsam erpresst haben. Cyrill Heinlein steckt da mit drin, vielleicht hat er ihnen geholfen, und nach dem Tod von Boris gab es Streit zwischen Heinlein und Anton. Wahrscheinlich um Geld, das würde jedenfalls erklären, warum Anton ihn ermordet hat. Aber das wird er uns sagen, wenn wir ihn gefunden haben. Und das werden wir, früher oder später.«

»Das will ich hoffen.« Zorn hob den Kopf, sank mit schmerzverzerrtem Gesicht wieder in die Kissen. »Der Kerl ist ein Mörder. Und er hat mich in die Luft gejagt. Ich muss diesem Arschloch die Meinung flöten, und zwar dringend.«

Das, erwiderte Schröder, sei Zorns gutes Recht. Allerdings, fügte er dann hinzu, würde er an Stelle einer Flöte eher eine Geige vorschlagen, seiner Erfahrung nach würden Meinungen *gegeigt* und nicht geflötet – es sei denn, man wolle anderen die sprichwörtlichen Flötentöne beibringen, in diesem Falle wäre der

Einsatz einer Geige natürlich eher fragwürdig. Scheiß drauf, brummte Zorn, der in seiner Kindheit auf Geheiß seiner Mutter viele trostlose Jahre damit verbracht hatte, Querflöte zu lernen.

»Der Typ hat mich zum Krüppel gemacht. Flöte oder Geige, das ist meine Sache. Vielleicht ramme ich ihm 'ne Posaune in den Hintern.«

Oder 'ne Tuba, fügte Zorn im Stillen hinzu.

Der Gedanke war irgendwie tröstlich, er seufzte leise, schloss die Augen und überlegte, welche Stelle seines Körpers *nicht* weh tat. Der Stuhl wurde zurückgeschoben, Schröder kam näher, setzte sich zu ihm aufs Bett. Er hatte die Schreibtischlampe nach oben gedreht, ein wenig nur, doch es reichte, um das Bett in ein diffuses Licht zu tauchen, während Schröders rundliches Gesicht noch immer im Schatten lag. Trotzdem spürte Zorn seinen nachdenklichen, prüfenden Blick. Ein unschönes Gefühl, Zorn fühlte sich wehrlos, ausgeliefert.

»Du siehst besser aus«, sagte Schröder nach einer Weile.

»Verarschen kann ich mich alleine.«

Zorn war auf dem Klo gewesen. Er hatte keine Ahnung, wie lange das her war – Stunden? Tage? Wochen? –, egal, irgendwann war er aufgewacht, es war dunkel gewesen, genau wie jetzt, Schröder war nicht im Zimmer. Zorn hatte gewusst, dass er das Bett nicht verlassen durfte, doch der Gedanke an die Bettpfanne war ihm absurd erschienen, ebenso hatte er die Klingel am Kopfende nicht benutzt, auch auf Schröder hatte er nicht warten wollen. Im Gegenteil, Zorn hatte die Gelegenheit nutzen wollen, er wollte keine Hilfe, das alles war schon erniedrigend genug. Mit zusammengebissenen Zähnen hatte er sich aus dem Bett gequält. Das winzige Bad war nur zwei Meter entfernt, trotzdem hatte es Ewigkeiten gedauert, bis er die Strecke zurückgelegt hatte, humpelnd, mit der gesunden Hand an der Wand entlangtastend. Dann fiel sein Blick auf den Spiegel über dem Waschbecken, nur kurz, und obwohl ein großer Teil seines Kopfes verbunden war, traf ihn der

Anblick wie ein Tritt in den Magen. Ein blutunterlaufenes Auge starrte ihm entgegen, er sah die Schnittwunden auf der geschwollenen, verschorften Haut, und als er dann zitternd auf der Toilette hockte, fragte er sich, was wohl unter den Pflastern und Binden auf der rechten Seite seines Gesichtes verborgen war. Auf dem Rückweg wurde ihm schwarz vor Augen, doch irgendwie schaffte er es, sich zum Bett zu schleppen, er dachte an Mumien, Zombies und *The Walking Dead,* während sein Körper in Flammen zu stehen schien, jede Faser, jeder Muskel schmerzte. Und später, als die Nachtschwester einen Blick ins Zimmer warf und mit aufmunternder Stimme fragte, ob alles in Ordnung sei, bejahte Zorn, gleichzeitig die eigene Dummheit verfluchend, nicht etwa weil er aufgestanden war, sondern weil er das Licht angemacht hatte. Irgendwann war er eingeschlafen, und als er zu sich kam, hatte Schröder an seinem Platz gesessen, als wäre er nie weggewesen.

Zorn schluckte, leckte die trockenen Lippen.

»Willst du was trinken?«, fragte Schröder.

Er ignorierte Zorns Kopfschütteln, nahm eine Flasche Bananensaft mit einem Strohhalm von dem Rollschränkchen neben dem Bett, schob eine Hand in Zorns Nacken und hob sacht seinen Kopf an, während er ihm mit der anderen Hand die Flasche unter die Nase hielt. Zorn presste mürrisch die Lippen aufeinander.

»Nur einen Schluck, Chef.«

»Nee.«

»Du brauchst Kraft. Du musst gesund werden.«

»Das sagst du nur, weil du mich wieder durch die Gegend scheuchen willst.«

»Natürlich. Warum sonst?«

Zorn wollte den Kopf abwenden, doch Schröder ließ nicht locker. Also ergab sich Zorn in sein Schicksal, nuckelte wie ein Kleinkind an einem Strohhalm, spürte die klebrige, lauwarme Flüssigkeit in seinem Magen und Schröders Blick, der ihn keine Sekunde aus den Augen ließ.

»Braver Junge.«

Schröder schob die Blumenvase auf dem Rollschränkchen zur Seite, stellte die Flasche zurück. Die Vase war von Frieda, eine einzelne, langstielige Rose steckte darin. Geschliffenes Kristall funkelte im Strahl der Schreibtischlampe. Daneben lag ein Blatt Papier, Schröder griff danach, strich es sorgfältig über dem Knie glatt und lehnte es an die Vase. Zorn betrachtete das bunte Gekritzel, das Edgar zu Papier gebracht hatte, ein Regenbogen für seinen Papa, hatte Schröder erklärt, damit er schnell wieder gesund werde.

Sieht aus wie ein Geburtstagstisch, dachte Zorn. Abgesehen von der dämlichen Saftflasche. Und davon, dass es nicht den geringsten Grund zum Feiern gibt.

»Brauchst du sonst noch was?«, fragte Schröder.

»Ja, 'ne Zigarette.«

»Die kriegst du. Aber erst, wenn du wieder auf den Beinen bist.«

Sie sahen sich an.

»Wann schläfst du eigentlich?«, fragte Zorn.

»Wenn ich Zeit dazu habe. Im Moment hab ich zu tun.«

Klar, dachte Zorn, du bist ja die ganze Zeit hier. Wirst erst Ruhe geben, wenn ich über den Berg bin. Das wird wohl noch eine Weile dauern. Falls es überhaupt jemals passiert.

»Erzähl mir was, Schröder.«

»Was soll ich erzählen?«

»Egal.«

Hauptsache, du lenkst mich ab. Damit ich an was anderes denken kann. Irgendwas, damit ich diese ganze Scheiße vergesse, und sei es nur für einen Moment.

Zorn musste die Worte nicht aussprechen, sie kannten sich lange genug. Schröder nickte, strich die Decke über Zorns Beinen glatt und stand auf.

»Du hattest recht mit dem Tagebuch«, sagte er. »Es stimmt

vorn und hinten nicht. Boris Braeker war hochgradig intelligent, aber längst nicht das Genie, für das er sich selbst gehalten hat. Ich habe seine Aufzeichnungen analysieren lassen, all diese kruden wissenschaftlichen Ausführungen sind entweder Blödsinn oder längst bekannt, jedenfalls unter Fachleuten. Schaumschlägerei, zwar äußerst kompliziert verpackt, doch das ändert nichts an den Fakten. Aber das ist nicht alles.«

Schröder bückte sich nach seiner Aktentasche, holte eine Klarsichthülle mit dem ausgedruckten Tagebuch hervor. Die Blätter waren zerknickt vom mehrfachen Lesen.

»Boris Braeker behauptet zum Beispiel, dass er beobachtet hat, wie der Obdachlose überfahren wurde. Er schreibt, der Schädel sei geborsten. Das stimmt nicht, das Rückgrat des Mannes wurde bei dem Autounfall gebrochen, doch der Kopf war unversehrt. Warum schreibt er das, wenn er doch angeblich dabei war?«

Zorn gab keine Antwort, er wusste, dass Schröder keine erwartete. Im Moment war ihnen beiden geholfen. Zorn, weil das Gespräch ihn aus der eigenen, düsteren Gedankenwelt riss, und Schröder, weil er so seine Gedanken ordnen konnte.

»Er hat das Treffen mit seinem Bruder bewusst ausgelassen. Er hat falsche Fährten gelegt.«

»Kann … kann es sein«, Zorn räusperte sich, »dass Cornelius den Obdachlosen gar nicht überfahren hat?«

»Allerdings«, nickte Schröder. »Es gab keine Spuren an seinem Wagen. Kein Wunder, er hat ihn neu lackieren lassen. Cornelius hat ausgesagt, dass ihm jemand die Motorhaube zerschlagen hatte, dass er das Auto deshalb in die Werkstatt gebracht hat. Wir haben ihm nicht geglaubt. Aber was ist, wenn er die Wahrheit gesagt hat?«

Dann ist er unschuldig, dachte Zorn. Danke, Gott.

»Hier«, Schröder hob die Klarsichthülle, »steht alles drin, worauf wir uns gestützt haben. Boris Braeker hat haarklein beschrieben, wie er Cornelius erpresst hat, und zwar angeblich allein.

Kein Wort davon, dass er seinen Bruder getroffen hat, auch Cyrill Heinlein wird nicht erwähnt. Wir gehen davon aus, dass Boris mit Anton zusammengearbeitet hat, Heinlein hängt da auch irgendwie mit drin, sonst hätte Anton ihn nicht ermordet. Vielleicht haben sie Cornelius zu dritt erpresst, aber was wäre, wenn es diese Erpressung überhaupt nicht gab?«

Die Klarsichthülle landete mit einem leisen Klatschen auf Schröders provisorischem Schreibtisch.

»Das ist kein Tagebuch«, murmelte Schröder. »Das ist eine Geschichte. Er hat sie für uns aufgeschrieben. Den Computer hat er nur angeschafft, damit wir sie finden. Boris Braeker war clever, er wusste, dass er's uns nicht zu einfach machen durfte. Aber er wusste auch, dass wir den Rechner irgendwann knacken würden.«

Schröder stand am Fenster. Die Jalousien waren geschlossen, an den Rändern zeigte sich das erste Grau des nahenden Morgens. Er hatte die Hände auf dem Rücken verschränkt, wippte auf den Fußsohlen vor und zurück, ein Zeichen, dass er tief in Gedanken versunken war.

»Das Mädchen, Sascha Braeker. Bei ihr liegt der Schlüssel. Ihr Tod ist die einzige Verbindung zu Cornelius. Es geht um Rache, aber irgendwas ist schiefgegangen. Ich habe mir den Obduktionsbericht von Boris Braeker noch einmal durchgelesen, da steht was von einer alten Verletzung am Bein. Ich könnte mir vorstellen, dass …«

Schröder hielt mitten im Satz inne. Bei den letzten Worten hatte er sich an Zorn gewandt, dieser hatte die Augen geschlossen, ein leises Schnarchen drang aus seinem offenen Mund. Vorsichtig, fast auf Zehenspitzen ging Schröder zum Bett, nahm die Decke und zog sie Zorn bis unter das Kinn. Sein Blick wanderte über das zerschundene Gesicht, die eingefallenen, unrasierten Wangen, den Bluterguss unter dem Auge, das sich plötzlich noch einmal öffnete und blinzelnd zu ihm aufsah.

»Rasier dir endlich diesen dämlichen Schnäuzer ab«, drang es kaum hörbar zwischen Zorns verschorften Lippen hervor. »Du siehst aus wie 'n Walross.«

»Mach ich«, lächelte Schröder. »Aber erst, wenn du wieder fit bist.«

Siebenundvierzig

Das Kitzeln weckte ihn. Etwas Warmes, Feuchtes streifte seinen Hals. Dann hörte er das Schnüffeln, spürte eine raue Zunge auf der Wange. Blinzelnd öffnete er die Augen, sah die haarige Schnauze, die Barthaare standen zitternd ab, vibrierten, als würden sie unter Strom stehen. Schwarze, kugelrunde Augen glotzten dümmlich auf ihn herab. Wieder schoss die Zunge hervor, rosafarbenes, wie mit Sandpapier überzogenes Fleisch streifte seine Wange. Anton Braeker hob schützend den Arm, roch den Atem des Hundes, faulig, erdig. Ein Geruch nach Verwesung, nach Tod. Wahrscheinlich stammte er nicht von dem Tier, sondern von ihm selbst.

Er hob den Kopf. Der Hund – ein brauner Rauhaardackel – duckte sich, streckte die Vorderpfoten. Ein kurzes, hohes Bellen, vielfach zurückgeworfen von den Felsen.

Los! Spiel mit mir!

»Hau ab«, zischte Anton.

Er hatte geträumt. Von Sascha. Sie hatte das Kleid getragen, das sie am Tag ihres Todes angehabt hatte, das kurzärmelige Sommerkleidchen, den Teddy in der einen, eine Eistüte in der anderen Hand. Wir hätten das Eis essen sollen, hatte sie gesagt, die dunklen Kinderaugen ernst auf Anton gerichtet, dann wäre das alles nicht passiert. Sascha hatte noch mehr gesagt, Anton hatte Mühe gehabt, ihren Worten zu folgen. Komisch, hatte er gedacht, sie war doch immer so schweigsam, doch jetzt schien es, als habe der Tod ihr die Zunge gelöst. Ihr habt keine Schuld, sagte sie, Boris nicht und du auch nicht. Ihr hättet das nicht tun müssen, ich bin tot, daran ändert sich nichts. Ich will auch tot sein, hatte Anton erwidert, es gibt nichts, das ich mir mehr wünsche, aber ich bin zu feige, ich schaffe es nicht. Er hatte fragen wollen, ob sie ihm helfen könne, doch der Hund hatte ihn geweckt.

Dieses dämliche Tier, das noch immer hechelnd vor ihm im Unkraut hockte. Die Morgendämmerung hing über der Schlucht, als wäre ein ungewaschenes Bettlaken zwischen die Felsen gespannt. Schritte näherten sich, gefolgt von einer brüchigen Altmännerstimme.

»Bruno?«

Der Dackel spitzte die Ohren. Anton duckte sich ins hohe Gras, ein älterer Herr stand gebeugt am Eingang der Schlucht, sah sich suchend um. Er trug einen breitkrempigen Hut, stützte sich auf einen Spazierstock. Wahrscheinlich wohnte er in einer der Villen unten an der S-Bahn-Station, ein ehemaliger Lehrer womöglich, vielleicht auch ein pensionierter Beamter, der in aller Herrgottsfrühe seinen Hund ausführte.

»Bruno!«

Das Echo hallte durch den Talkessel. Anton hielt den Atem an, presste sich ins Gras. Er wollte nicht gesehen werden, wollte nicht reden, mit niemandem. Feuchte Halme kitzelten seine Nase, er spürte die Disteln durch den dünnen Hosenstoff. Der Dackel flitzte bereits mit wehenden Ohren davon, der Alte stieß einen erleichterten Ruf aus, bückte sich schwerfällig und empfing den Hund mit offenen Armen wie einen alten Freund, kraulte ihm ausgiebig den Rücken und nahm ihn an die Leine. Als er sich aufrichtete, knackten seine Knie, das Geräusch war bis hinüber zu Anton zu hören, der noch immer reglos im Gras lag, und erst, nachdem die schlurfenden Schritte des alten Mannes auf der schmalen Zufahrt zwischen den Felsen verklungen waren, setzte er sich auf.

Eine Weile hockte er nur da, starrte durch die verschmierten Brillengläser auf seine schmutzigen Finger. Das Haar hing ihm wirr und fettig in die Stirn, er stand auf, strich die zerknitterten Hosenbeine glatt, wischte über die Grasflecken auf den Knien, zupfte ein paar Grashalme vom Ärmel. Unbewusste Gesten, die letzten Instinkte des seriösen, auf korrektes Äußeres bedachten Akademikers, der Anton Braeker noch vor wenigen Tagen gewesen war.

Er knöpfte den Mantel zu, schlug den Kragen hoch. Fröstelnd hob er die Schultern. Er spürte die Kälte in allen Knochen, doch es war längst nicht so kalt wie damals, als sein Vater hier gewesen war. Nicht kalt genug, um zu sterben.

Ein entferntes Kläffen drang an sein Ohr. Sein Blick folgte der Spur des Dackels durch den Talkessel, eine dunkle, schnurgerade Linie auf feuchtem Gras, wanderte über die unkrautbewachsenen Felsen hinauf zu den uralten Bäumen, die sich hoch oben in den steinigen Boden krallten. Irgendwo dort hatte vor Jahrhunderten der Galgen gestanden. Wo genau, wusste niemand. Doch das war nicht wichtig. Dort oben waren Menschen gestorben. Hunderte, wenn man den Erzählungen glaubte. Sie hatten geschrien, um Gnade gebettelt, doch all das war nutzlos gewesen. Sie hatten das gefunden, was Anton sich am sehnlichsten wünschte.

Er zog den Mantel vor der hageren Brust zusammen. Sein Magen knurrte, er hatte Hunger. Durst hatte er auch. Er fror. Er stank. Sein Kopf tat weh, die klammen Sachen juckten auf der Haut.

Unwichtig. All das würde vorbei sein.

Bald.

*

»Wieso glaubst du, dass er noch in der Nähe ist?«

Zorn richtete sich ein wenig auf, ein Stechen im Brustkorb ließ ihn umgehend wieder zurücksinken. Schröder stand am Fenster und öffnete die Jalousien.

»Aus mehreren Gründen«, erwiderte er.

Zorn blinzelte, trübes Morgenlicht drang herein.

»Und die wären?«

»Anton Braeker ist weich«, sagte Schröder. »Ein passiver, defensiver Mensch. Allein die Art, wie er Cyrill Heinlein ermordet hat, über ein Dutzend Stiche in den Rücken, kaum einer mehr als ein paar Zentimeter tief. Es muss ihn eine wahnsinnige Überwindung gekostet haben, die Leiche aus dem Parkhaus zu schaffen, trotzdem hat ihn der Mut verlassen, als er Heinlein in den Wald bringen wollte.«

Schröder hatte offensichtlich beschlossen, die Nachtruhe zu beenden. Er lief geschäftig durchs Zimmer, ordnete die Vase auf dem Rollschränkchen, dann wandte er sich dem Bett zu, stopfte die Decke unter Zorns Beine, strich das Laken glatt.

»Er wusste, dass wir die Leiche sofort finden würden. Und er wusste auch, dass er Spuren hinterlassen hatte, dass wir ihn schnell überführen würden. Jeder andere wäre geflüchtet, doch Anton Braeker hat sich in seinem Haus verkrochen. Er hat gewartet, wahrscheinlich hat er sogar gehofft, dass wir ihn holen. Als das nicht geschehen ist, hat er das Gas aufgedreht. Aber auch da hat ihn der Mut verlassen. Er ist nicht vor *uns* geflüchtet, sondern vor der eigenen Courage. Du gestattest?«

Schröder schob die Hand in Zorns Nacken, zog vorsichtig das Kissen unter dem Kopf hervor.

»Lass den Scheiß«, knurrte Zorn, »du bist nicht meine Krankenschwester, ich …«

»Er versteckt sich irgendwo«, unterbrach Schröder, klopfte das Kissen aus und legte es wieder zurück, »aber ich wette, er ist irgendwo in der Nähe. Er hat einfach nicht genug Energie.« Schröder zupfte eine Fussel vom Kissen, richtete sich auf. »Er ist kein klassischer Mörder.«

»Der Mann hat zwei Menschen umgebracht. Was ist er dann?«

»Wieso zwei?«

»Wenn's keine Erpressung gab, hatte Cornelius auch keinen Grund, Boris Braeker zu töten. Wer sollte es sonst getan haben außer Anton? Cyrill Heinlein?«

»Das denke ich nicht.«

»Wer dann?« Zorn schüttelte den bandagierten Kopf. »Oder glaubst du, es war Selbstmord? Dann müsstest du mir erklären, wie Boris Braeker es geschafft hat, sich eigenhändig einen zwanzig Zentimeter langen Nagel in den Oberschenkel zu rammen, zumal er gefesselt … jetzt hör endlich mit dieser Fummelei auf, verdammt!«

Schröder hob entschuldigend die Hand, mit der er dem wehrlosen Zorn eine Haarsträhne aus der Stirn gestrichen hatte. Dieser stieß gereizt die Luft aus, wandte das Gesicht ab.

»Ich will hier raus«, murmelte er.

»Du musst Geduld haben.«

»Ich bin ein Krüppel.«

»Du bist Polizist.« Schröder setzte sich auf die Bettkante. »Und das bleibst du. Du wirst sehen, es geht schneller, als du denkst, bald gehen wir wieder auf Verbrecherjagd.«

»Ich kann's kaum erwarten«, knurrte Zorn. »Obwohl … ich könnte mich spezialisieren.«

»Worauf?«

»Auf einarmige Banditen.«

Schröder musterte Zorn mit hochgezogenen Brauen.

»Du hast einen Witz gemacht«, stellte er dann mit ernster Miene fest. »Einen äußerst schlechten, trotzdem betrachte ich das als gutes Zeichen.«

Zorn zuckte schweigend die Achseln. Draußen auf dem Flur entstand Bewegung, Schritte erklangen, Rollwagen wurden vorbeigeschoben, Geschirr klapperte. Das Frühstück wurde vorbereitet.

»Du glaubst also, er wollte sich umbringen?«, fragte Zorn.

»*Yes*«, nickte Schröder. »Deshalb hat er das Gas aufgedreht.«

»Und du denkst, er ist noch in der Nähe?«

Auch dies bejahte Schröder.

Zorn gähnte. Er hatte eine Idee, einen Gedanken, der ihm zwar logisch, aber nicht sonderlich bedeutsam vorkam. Als er ihn äußerte, horchte Schröder auf und bat ihn, diesen Gedanken zu wiederholen. Zorn tat es ein wenig verwundert, schließlich hatte er seiner Meinung nach nichts Bedeutendes von sich gegeben, doch Schröder hörte ihm aufmerksam zu, tätschelte ihm – kurz und äußerst vorsichtig – die unverletzte Seite des Gesichtes, fragte, ob Zorn eine Weile allein zurechtkomme und verließ dann ohne weitere Erklärung das Zimmer.

*

Als er ankam, ging die Sonne auf. Das Plateau war schmal, ein fünf Meter breiter Vorsprung über den Felsen mit einer verwitterten Bank und einem überquellenden Papierkorb. Ein kurzer Pfad führte vom Hauptweg hierher, er zwängte sich durch das Gebüsch, trat ans Geländer. Der Talkessel lag dreißig Meter unter ihm, die schroff aufragenden Felsen bildeten einen nahezu idealen Kreis. Nebel trieb in dünnen Schwaden über dem Boden, der Kies, seit Jahren nicht mehr erneuert, war zum größten Teil unter dichtem Unkraut verborgen. Die Stelle, an der er eben noch gelegen hatte, war deutlich zu erkennen, eine dunkle Vertiefung im feuchten Gras, ebenso die Spur des Hundes, die in einer dünnen Linie an den Überresten der Bühne vorbei auf den senkrechten, wie mit einem riesigen Beil in den rötlichen Fels gehackten Spalt zuführte, der gegenüber den Eingang bildete.

Sein Atem ging ein wenig schwer, hing in hauchfeinen Wolken vor seinem halbgeöffneten Mund. Der Weg hinauf führte in einem weiten Bogen über die rückwärtige Flanke des Berges, ein schmaler, selten benutzter Pfad, übersät mit abgestorbenem Laub und totem Geäst.

Es war windig hier oben, der Luftzug trieb ihm das Haar aus der Stirn. Seine Hände umklammerten das Geländer, die Fingerknöchel traten weiß hervor. Tau hing in blitzenden Tropfen am rostigen Metall. Seine Handflächen waren feucht, er beachtete es nicht, starrte mit zusammengepressten Lippen in die Tiefe.

Eine Minute, mehr brauchte er nicht. Er würde sich kurz sammeln, ein letztes Mal durchatmen und dann, dann würde er es zu Ende bringen. Gedanken, hieß es, sind der Anfang von Taten, doch der Weg dorthin war lang für einen Zauderer wie Anton Braeker. Der Versuch mit dem Gas war von vornherein zum Scheitern verurteilt gewesen, das war ihm klargeworden, es musste schnell gehen.

Er beugte sich über das Geländer. Die Felsen fielen senkrecht nach unten, ein paar Meter unter ihm krallte sich eine kümmerliche Kiefer in einen schmalen Vorsprung. Aus dem Augenwinkel bemerkte er eine Bewegung am Eingang der Schlucht, er achtete nicht weiter darauf, wahrscheinlich ein weiterer Rentner auf seinem morgendlichen Spaziergang. Anton konzentrierte sich auf die Zweige, die sich direkt unter ihm sacht im Wind bewegten, er schätzte den Abstand, überlegte, ob er womöglich in einem der knorrigen Äste hängen bleiben würde. Nein, er musste sich nur weit genug abstoßen, etwas Schwung würde genügen.

Ein kurzer Anlauf. Ein Sprung. Dann endlich Ruhe.

Kein Nachdenken mehr. Über Boris, der schuld an allem war. Boris, das Großmaul. Das Genie, das diesen Plan ausgetüftelt hatte. Diesen ach so tollen, *todsicheren* Plan. Nichts, aber auch gar nichts hatten sie erreicht, im Gegenteil, er, Anton, war zum Mörder geworden, er hatte einen Menschen umgebracht. Auch das war die Schuld von Boris, er war es gewesen, der Cyrill Heinlein ins Spiel gebracht hatte.

Anton trat einen Schritt zurück. Rost klebte an seinen feuchten Handflächen, geistesabwesend wischte er die Hände am Mantel ab, in Gedanken bei Heinlein. Anton hatte ihn von Anfang an abstoßend gefunden, diesen farblosen, undurchsichtigen Menschen. Wir brauchen ihn, hatte Boris gesagt, er wird uns behilflich sein, er ist gierig.

Ja, dachte Anton und seine Lippen verzogen sich zu einem freudlosen Lächeln, zumindest in diesem Punkt hat Boris recht behalten, Heinlein *war* gierig. Aber dass er *zu* gierig werden würde, dass er mehr verlangen würde, immer mehr, das hat mein ach so genialer Bruder nicht bedacht.

Ein Hubschrauber donnerte in der Ferne vorbei, ein Unfall vielleicht. Oder war das die Polizei? Möglich, sie fahndeten nach ihm. Es war absurd, geradezu lachhaft, er, Anton Braeker, war innerhalb weniger Tage zu einem polizeilich gesuchten Verbrecher geworden, sie setzten sogar *Hubschrauber* ein!

Langsam ging er rückwärts, das Geländer fest im Blick. Seine Schritte knirschten auf dem Kies, er zählte sie, drei, vier, dachte dabei an seinen Bruder, diesen selbstsüchtigen Egomanen, er hatte ihn großgezogen, hatte sich um ihn gekümmert, doch hatte Boris ihm jemals dafür gedankt?

Sechs Schritte. Zweige streiften seinen Rücken, er stieß mit den Waden an die Sitzfläche der Bank, blieb stehen. Überlegte, was besser war, mit den Füßen oder dem Kopf voran. Entschied sich für Letzteres.

Sicher ist sicher.

Anton nahm Maß, streckte sich wie ein Hochspringer beim Anlauf. Er straffte sich, sah zu Boden, bemerkte den offenen Schnürsenkel und bückte sich, ohne weiter darüber nachzudenken. Er konnte nicht anders, er war ein auf Ordnung bedachter Spießer, doch er schaffte es nicht, die Schnürsenkel entglitten seinen Händen.

Er hob die Hand, betrachtete die zitternden Finger, einen nach dem anderen. Spitze Kiesel bohrten sich in sein Knie, er spürte es nicht. Eine Frage schoss ihm durch den Kopf, eine letzte, unausweichliche Frage nach der Ursache für dieses Zittern.

War es Angst? Kälte? Oder war es die Krankheit?

Ein paar Sekunden vergingen. Dann sprang er auf.

»Egal«, murmelte Anton Braeker.

Der Umschlag mit dem Testergebnis steckte noch immer in der Innenseite seines Mantels, zerknittert nach all den Tagen, die er ihn mit sich herumgetragen hatte. Ein paar Gramm bedrucktes Papier, mehr nicht, doch das Gewicht lag schwer wie Blei auf seiner Brust. Er hatte ihn nicht geöffnet. Und er würde es auch nicht tun.

Unwichtig. Ebenso wie der Schnürsenkel.

Dann werde ich eben mit offenem Schuh sterben, dachte Anton Braeker, und ein hysterisches Lachen stieg in ihm auf wie Faulgas in morastigem Boden, mein Schädel wird platzen wie eine Melone, wen interessiert da schon ein offener Schnürsenkel?

Ein paar Sekunden noch.

Seine Augen verengten sich, er nahm das Geländer ins Visier. Die Sonne stand jetzt höher, die Felsen gegenüber leuchteten im schräg hereinfallenden Licht, ein warmes, freundliches Orange. Dahinter, weit am Horizont, blitzten die Stahlsilos am Hafen auf.

Gleich.

Er schloss die Augen, ballte die Fäuste. Zählte im Geiste die Schritte. Ein Griff ans Geländer, dann hinüber. Seine Fingernägel gruben sich in die Handballen.

Ich hasse dich, Boris. Ich hab dich immer gehasst. Ich verfluche dich, kleiner Bruder. Ja, das tue ich. Es ist so weit. Der Letzte, an den ich in meinem Leben denken werde, bist du. Ich werde mit einem Fluch auf den Lippen sterben.

»Ich hoffe, du schmorst in der Hölle, Boris.«

Die letzten Worte hatte er laut ausgesprochen.

»Ich bin sicher, das tut er.«

Im ersten Moment hielt Anton die Stimme für Einbildung, ein Hirngespinst, das ihm sein verwirrter Verstand vorgaukelte. Doch sie kam nicht aus seinem Kopf, sondern erklang irgendwo in seinem Rücken. Er kannte diese sanfte Stimme und auch den Mann, der hinter ihm am Stamm einer Kiefer lehnte. Und als der kleine Polizist mit den tiefblauen Augen seinen Arm nahm, da ließ es Anton Braeker geschehen, widerstandslos ließ er sich zur Bank führen, auf der er schluchzend zusammensank.

Achtundvierzig

»Ich weiß nicht, was ich Ihnen mehr übelnehme«, sagte Schröder.
»Den Mord an Cyrill Heinlein oder dass Sie einen Menschen
zum Krüppel gemacht haben.«

Sie saßen auf der Bank wie zwei Wanderer, die kurz Rast auf
einem Spaziergang machen. Vögel zwitscherten hinter ihnen in
den Bäumen, die Zweige bewegten sich sacht im Wind.

»Dieser Mensch«, fuhr Schröder ruhig fort, »ist mir sehr wichtig. Er hat zwei Finger verloren, und er wird für den Rest seines
Lebens die Narben tragen. Die meisten halten ihn für keinen sonderlich guten Polizisten, aber er war es, der mich auf den Gedanken gebracht hat, dass ich Sie hier finde. Sie haben versucht, sich
umzubringen. Er meinte, dass Sie diesen Plan wahrscheinlich
nicht aufgegeben hätten, dass Sie einen Ort suchen würden, um
ihn in die Tat umzusetzen.«

Schröder warf Anton einen kurzen Blick zu. Dieser saß mit
hängenden Schultern neben ihm, starrte schweigend auf seine
Hände.

»Das war natürlich nur eine Vermutung. Sie hätten sonst wo
sein können, am Fluss, wo Ihr Bruder und Ihre Schwester ums
Leben gekommen sind zum Beispiel. Es ist wohl Glück, dass ich
zuerst hierhergekommen bin. An den Ort, wo Ihr Vater gestorben
ist.«

Schröder schwieg einen Moment.

»Normalerweise führe ich solche Gespräche, um ein Geständnis zu erreichen«, sagte er dann. »In Ihrem Fall ist es anders. Sie
sollen wissen, dass nicht *ich* Sie geschnappt habe, sondern ein
Mann, den Sie verstümmelt haben. Das verschafft mir zwar eine
gewisse Befriedigung, trotzdem bin ich wütend, Herr Braeker.

Wahnsinnig wütend. Es mag zwar nicht so aussehen, aber ich koche vor Wut.«

Nein, so sah Schröder wirklich nicht aus. Sein volles Gesicht glänzte in der Morgensonne, seine Stimme klang freundlich wie immer.

»Nicht etwa, weil wir Sie tagelang suchen mussten. Das gehört zu meiner Arbeit. Auch nicht, weil ich die letzten Tage im Krankenhaus verbracht habe, schließlich ist mir dort einiges klargeworden, über Sie, über Ihren Bruder. Nein«, Schröder schüttelte den Kopf, »es gibt einen anderen Grund. Normalerweise geschehen die Dinge, weil die Menschen bösartig sind, deshalb tun sie einander weh. Aus Rache, aus Gier, aus verschmähter Liebe. Nichts von alldem trifft auf Sie zu, Herr Braeker. Sie haben nichts Böses getan. Das ist es, was mich so wütend macht. Sie haben *gar nichts* getan. Sie hätten das alles verhindern können. Aber Sie haben es geschehen lassen.«

Anton Braeker schwieg noch immer, die Lippen aufeinandergepresst, ein farbloser Strich, wie mit dem Messer in die starren Gesichtszüge geschnitten.

»Der Tod Ihrer Schwester war ein Unfall.« Schröder lehnte sich zurück, schlug die kurzen Beine übereinander. »Ich habe den Bericht gelesen. Ich glaube nicht, dass man einem einzelnen Menschen die Schuld geben kann, aber selbst *wenn* man das tut – haben Sie wirklich geglaubt, dass man ihn auf diese Art zur Verantwortung ziehen kann? Dass sich etwas ändert, indem man das Leben eines Menschen zerstört? Weil man glaubt, er sei schuld am Tod eines anderen?«

Ein Windstoß fegte über das Plateau, Zweige rieselten aus den Bäumen herab.

»Ich erwarte keine Antwort von Ihnen.« Schröder zupfte ein Blatt vom Stoff seiner abgewetzten Cordhose. »Ich wette, Sie haben keine.«

Motorengeräusch drang aus dem Talkessel herauf, Türen wurden zugeschlagen, Stimmen erklangen. Anton Braeker hob den Kopf. Noch immer schien Schröder Luft für ihn, er starrte auf das Geländer, die Augen hinter den Brillengläsern wurden schmal.

»Es ist vorbei«, sagte Schröder sanft. »Man sieht's mir zwar nicht an, aber ich bin schneller als Sie. Selbst, wenn Sie's über das Geländer schaffen, würden Sie auf dem Dach eines Streifenwagens landen.«

Anton sackte wieder in sich zusammen. Schröder musterte ihn kurz, dann sprach er weiter, wie vorher in lockerem Plauderton.

»Ich bin übrigens nicht nur auf Sie wütend, sondern auch auf mich. Falls Sie das tröstet. Ihr Bruder hatte die Krümel ausgelegt, und ich bin brav hinterhergetrabt, hab sie aufgelesen, einen nach dem anderen. Es hat lange gedauert, bis ich dahintergekommen bin, *zu* lange. Wissen Sie, was der Auslöser war?«

Keine Antwort.

»Der Nagel«, sagte Schröder. »All die anderen Dinge, die manipulierten Spuren und das fingierte Tagebuch waren clever, aber die Idee mit dem Nagel war fast schon genial. Niemand würde sich freiwillig solche Schmerzen zufügen, es *musste* Mord sein. Das habe ich auch geglaubt, bis mir klargeworden ist, dass Ihr Bruder diese Schmerzen gar nicht gespürt hat. Als Ihre Schwester ums Leben kam, wurde Boris schwer verletzt, unter anderem am Bein. Man hat ihn wieder zusammengeflickt, aber im Obduktionsbericht steht, dass die Nervenbahnen zerstört waren. Das Bein war taub. Hab ich recht?«

Anton murmelte etwas.

»Ich verstehe Sie nicht, Herr Braeker.«

»Boris hat nichts gespürt.«

»Ja«, wiederholte Schröder leise, »er hat nichts gespürt.«

Er lehnte sich zurück, hielt das Gesicht in die Sonne.

»Eigentlich müsste ich Ihnen jetzt danken«, murmelte er. »Es war nur eine Vermutung. Der Rechtsmediziner hat die Narben gefunden, mehr nicht.«

388

Anton sah auf.

»Sie …«, er schluckte, »Sie haben mich …«

»… angelogen, genau«, lächelte Schröder. »Das tue ich äußerst selten, aber in Ihrem Fall kann ich eine Ausnahme machen. Ihr Bruder hat Selbstmord begangen, Sie haben Beihilfe geleistet. Ich weiß nicht, welchen Einfluss das auf Ihr Strafmaß haben wird, schließlich haben Sie Cyrill Heinlein ermordet.«

Anton hatte seine ursprüngliche Haltung wieder eingenommen. Er saß gebeugt neben Schröder, die Ellbogen auf die Knie gestützt, den Blick irgendwo auf einen Punkt zwischen seinen Füßen gerichtet.

»Heinlein war immer in Cornelius Zorns Nähe«, sagte Schröder. »Er hat den Anruf Ihres Bruders entgegengenommen, dann hat er das Handy verschwinden lassen. Er hat alles besorgt, was Sie brauchten, um den Verdacht auf Cornelius Zorn zu lenken. Seine Schuhe, deren Abdrücke wir am Tatort gefunden haben. Die auffällige Lederjacke, die Sie getragen haben, als Sie mit Boris essen waren, kurz vor seinem Tod.«

Schröder hob stirnrunzelnd den Kopf. Ein kurzer, prüfender Seitenblick.

»Sie sind viel dünner als Cornelius. Haben Sie sich ein Kissen unter die Jacke gestopft? Ein paar Pullover übereinander angezogen? Also ich an Ihrer Stelle wäre mir ziemlich albern vorgekommen.«

Schröder bemerkte einen Bussard, der hoch oben über der Schlucht seine Kreise zog.

»Was hat Heinlein verlangt?«, fragte er, den Blick versonnen nach oben gerichtet. »Geld?«

Ein kaum merkliches Nicken.

»Und später, nach dem Tod Ihres Bruders, da wollte er mehr? Er hat gedroht, Sie zu verraten? Ein anonymer Tipp bei der Polizei?«

»Ja.«

Wieder drangen Motorengeräusche herauf, Reifen knirschten. Das Stimmengewirr im Talkessel wurde lauter, vielfach zurückgeworfen von den Felsen.

»Sie werden gleich hier sein.« Schröder richtete sich auf, schlug mit den flachen Händen auf die Oberschenkel. »Dürfte ich Ihnen noch eine Frage stellen?«

Keine Reaktion, nur ein leichtes Heben des Kopfes.

»Ihr Bruder war krank. Er hat keinen Sinn mehr in seinem Leben gesehen, also wollte er seinem Tod einen geben. Sein Motiv war Rache. Das von Cyrill Heinlein war Gier.«

Schröder beugte sich zu Anton hinüber.

»Was war *Ihr* Motiv, Herr Braeker?«, fragte er leise.

Anton vergrub das Gesicht in den Händen.

»Ich … ich hatte Angst.« Die Worte drangen dumpf zwischen seinen Fingern hervor. »Ich wollte nicht ins Gefängnis.«

»Es geht nicht um Cyrill Heinlein. Ich will wissen, warum Sie Boris geholfen haben.«

Anton ließ die Hände sinken. Der Blick, mit dem er Schröder ansah, war ratlos.

»Ich … ich weiß es nicht.«

»Aber *ich* weiß es«, erwiderte Schröder. »Ihr Motiv ist Feigheit.«

Anton schaffte es nicht, seinem Blick standzuhalten. Schröders Handy klingelte, er meldete sich, lauschte einen Moment, ohne Anton aus den Augen zu lassen.

»Ich danke Ihnen«, sagte er, dann verstaute er das Telefon umständlich in der Innentasche seines Mantels und stand auf.

»Cornelius Zorn ist aus dem Koma erwacht. Er wird wieder gesund.«

Anton gab keine Antwort. Schröder ging vor ihm in die Hocke, fasste seine Schultern, als wolle er ihn wachrütteln.

»Interessiert Sie das? Gibt es irgendetwas, das Sie *überhaupt* interessiert, Herr Braeker?«

Es dauerte ein paar Sekunden, bis Anton den Kopf hob. Diesmal erwiderte er Schröders Blick. Seine Augen waren weit aufgerissen, glasige Murmeln, die Pupillen schwarze Löcher, ein Eindruck, der durch die Brillengläser verstärkt wurde.

»Er hat gesagt, ich wäre ein Feigling.« Zum ersten Mal an diesem Morgen war seine Stimme klar und fest. »Was hätte ich denn tun sollen?«

Neunundvierzig

Eine Woche zuvor.

»Mach schon!«

Boris hält Anton den Hammer entgegen. Er steht am Baum, Fesseln schlingen sich um Waden und Hüfte. Die Nacht ist klar. Sterne funkeln zwischen den Baumkronen über ihnen, spiegeln sich im schwarzen Wasser des Flusses.

»Mach schon, verdammt!«

Anton betrachtet den Zimmermannshammer. Es ist derselbe, mit dem sie vor ein paar Tagen die Motorhaube des Geländewagens zertrümmert haben. Eine Seite spitz, die andere flach. Er hebt die Hand. Lässt sie wieder sinken.

»Sicher?«, fragt er.

»*Was?!*«

Boris sieht ihn an, als wäre er nicht ganz bei Trost. Die Frage war dumm, natürlich ist er sicher. Nichts auf der Welt kann ihn noch abhalten.

Anton wendet sich ab, sieht hinüber zum Fluss, der träge durch die Nacht treibt. Die Häuser am anderen Ufer sind dunkel, auch in der Villa kurz hinter der Biegung brennt kein Licht. Der Mann wird nicht mehr lange schlafen. Cornelius Zorn ist ein Frühaufsteher, hat Heinlein gesagt.

Anton hört Boris' gepresste Stimme in seinem Rücken: Dann mach ich's eben allein. Ein metallisches Klopfen erklingt. Einmal, zweimal. Eine leise Verwünschung, als Boris den Nagel verfehlt und mit der breiten Seite des Hammers zuschlägt.

PLING! PLING! PLING! PLING! PLING!

Dann Stille.

Anton sieht sich um. Boris ist bleich. Der Nagel ragt schräg aus seinem Oberschenkel, der Jeansstoff verfärbt sich allmählich dunkel.

»Los jetzt«, sagt Boris. »Bringen wir's zu Ende.«

Er lallt ein bisschen, die K.o.-Tropfen wirken noch nach. Doch sein Geist scheint wieder klar, seit sie die stickige Kneipe verlassen haben. Seine Anweisungen sind kurz und präzise.

»Zieh die Fesseln zu. Wir brauchen noch einen Strick um die Arme. Und einen um den Kopf.«

Anton gehorcht. Die Stiefel, die Heinlein ihm gegeben hat, sind ein paar Nummern zu groß, er stolpert im Näherkommen.

»Hast du Heinlein meinen Wohnungsschlüssel gegeben?«, fragt Boris.

»Ja«, murmelt Anton.

Er schlingt Boris den Strick über die Brust, tritt hinter den Baumstamm. Boris presst sich gegen die Rinde, er redet weiter, hastig, die Worte sprudeln aus ihm hervor, Dinge, die sie schon tausendmal besprochen haben, doch Boris will sichergehen, dass nichts schiefgeht.

»Er soll den Schlüssel in der Villa ablegen. Aber so, dass es nicht zu offensichtlich ist, am besten im Schreibtisch.«

Anton hat Schwierigkeiten mit den Knoten. Boris hat auf den Seemannsknoten bestanden, Anton hat sie geübt, doch jetzt zittern seine Finger, die Lederhandschuhe behindern ihn.

»Zuerst gehst du in meine Wohnung«, kommandiert Boris. Sein Blick schweift unablässig über das Ufer. Wenn sie jemand sieht, war alles umsonst. »Das Handy versteckst du in der Revisionsklappe, die sollen es nicht sofort finden. Lass die Handschuhe an, die Stiefel auch. Der Fußboden ist dreckig, aber die Abdrücke müssen deutlich sein. Lauf durch die Wohnung, mach Unordnung. Dann gibst du Heinlein die Jacke. Sie muss wieder im Büro sein, bevor die Angestellten kommen.« Er wendet den Kopf nach hinten. »Bist du fertig?«

»Ja«, sagt Anton und richtet sich auf.

Boris bewegt prüfend die Schultern.

»Fester«, befiehlt er.

Anton zieht die Knoten zu, einen nach dem anderen. Das ist ein Traum, denkt er. Ein böser Traum. Ich hätte mich niemals darauf einlassen dürfen.

»Heinlein kriegt das Geld erst, wenn er das Alibi widerrufen hat«, presst Boris hervor. »Auf keinen Fall vorher, ist das klar?«

Anton kommt um den Stamm herum, Laub raschelt unter den Stiefeln. Wieder prüft Boris die Fesseln, nickt zufrieden. Die Stricke schlingen sich fest um seinen Körper.

»Die Nummer«, sagt er.

Gehorsam greift Anton in die Tasche, holt den Zettel mit Cornelius Zorns Telefonnummer hervor.

»Ist vielleicht ein bisschen übertrieben«, überlegt Boris. »Und vielleicht wird die Nummer gar nicht mehr lesbar sein. Egal, lieber eine Spur zu viel als eine zu wenig.«

Er starrt hinüber zum Fluss. Hass blitzt in seinen Augen. Und noch etwas. Etwas, das Anton schon früher wahrgenommen hat, doch erst jetzt erkennt er, was es ist. Wahnsinn.

»Das Dreckschwein wird im Knast vermodern«, zischt Boris. »Und er wird keine Ahnung haben, warum.«

Er wendet den Blick ab, öffnet den Mund wie ein Kind, das gefüttert werden will. Anton zerknüllt den Zettel, steckt ihm die Kugel in den Mund.

»Schmeckt Scheiße«, sagt Boris.

Er schluckt, grinst Anton an. Das Grinsen wirkt echt. Doch das Herz schlägt ihm buchstäblich bis zum Hals, Anton sieht den Pulsschlag, ein hektisches Pochen.

»Vergiss den Hammer nicht«, sagt Boris. »Meine Fingerabdrücke sind drauf. Schmeiß ihn in den Fluss, aber nicht hier. Am besten, du wirfst ihn nachher von der Brücke.«

Er streckt den Rücken. Die Fesseln graben sich quer in das

Kapuzenshirt, über die Oberschenkel, die Waden. Anton sieht, wie sich der Nagel bewegt, das rechte Bein ist jetzt völlig durchnässt. Boris bemerkt seinen Blick.

»Tut kein bisschen weh. Echt krass, oder?«

Ein weiteres Grinsen. Anton erwidert es nicht. Der letzte Strick baumelt in seiner Hand, der wichtigste.

»Setz mir die Kapuze auf, Anton.«

Er tut es, ohne nach dem Grund zu fragen.

»Was meinst du«, fragt Boris, »sollte ich noch was Wichtiges sagen? Was *Bedeutsames*?«

Anton schüttelt stumm den Kopf.

»Gut«, nickt Boris. »Dann bringen wir's hinter uns.«

Er lehnt den Hinterkopf an den Stamm, schließt die Augen. Sein Atem wird flach, ein kurzes Hecheln, danach ein tiefer Atemzug, als wolle er sich auf einen Tauchgang vorbereiten.

»Okay.«

Ein paar Sekunden vergehen, dann öffnet Anton den Mund. Zum ersten Mal seit Stunden sagt er mehr als ein Wort. Es sind drei.

»Ich kann nicht.«

Boris reagiert zunächst nicht.

»Was?«, fragt er dann.

»Ich kann das nicht, Boris.«

Ein Käuzchen schreit.

Boris öffnet die Augen.

»Natürlich kannst du.« Er klingt verdutzt. »Wir haben das hundertmal durchgesprochen.«

»Ich kann dich nicht töten.«

»Aber …«, Boris runzelt verwirrt die Stirn, »das musst du. Sonst ist alles sinnlos. Oder hab ich was übersehen? Hab ich irgendwas vergessen?«

»Nein«, sagt Anton. »Du hast nichts vergessen. Ich schaff es einfach nicht, meinen Bruder zu töten.«

»Aber das *musst* du!«, wiederholt Boris. »Ich kann mich doch nicht allein erwürgen, Anton! Die kriegen das doch mit! Es muss wie ein Mord aussehen!«

Er schüttelt den Kopf, genervt von der Begriffsstutzigkeit seines Bruders. Dann dämmert ihm etwas. Seine Augen werden schmal.

»Du hast Schiss.«

»Ja«, sagt Anton.

»Wie damals.«

»Ja.«

Sie sehen sich an. Zwei Brüder, der eine an einen Baum gefesselt, einen großen Nagel im blutüberströmten Bein. Der andere steht vor ihm, eine Witzfigur mit einer riesigen Lederjacke um die hängenden Schultern und Schuhen, die ein paar Nummern zu groß sind.

»Du wirst das nicht versauen«, zischt Boris. »Nimm jetzt diesen verdammten Strick und tu, was wir ausgemacht haben.«

Keine Reaktion.

»Was bist du nur für ein Feigling.« Boris zerrt an den Fesseln. Die Sehnen am Hals spannen sich unter der blassen Haut. »Ein erbärmliches Weichei.«

»Hör auf, Boris.«

»Sei einmal in deinem Leben ein Mann. Ein einziges Mal nur, danach kannst du weitermachen wie vorher, dein jämmerliches Dasein fristen …«

»Sei still.«

»… und dir in deinem spießigen Haus einen runterholen, bis dein Schwanz blutet.«

Anton ballt die Fäuste.

»Du sollst aufhören.«

Doch das tut Boris nicht. Du armseliger Feigling sagt er. Immer wieder, Feigling, Feigling, Feigling, mit leiser, hämischer Stimme, ein Versager bist du, sieh dich doch an, ein Schwächling, du bist ein Nichts. Halt's Maul, sagt Anton, Speichel spritzt aus seinem Mund, sein Gesicht verzerrt sich zu einer Fratze, aufhören, Boris soll endlich *AUFHÖREN*, doch Boris denkt nicht daran, er wusste schon immer, wie er seinen Bruder zur Weißglut bringt. Jammerlappen, Memme, die Worte zischen aus seinem Mund wie giftige Geschosse, weiter, immer weiter, während Anton außer sich vor Wut hinter den Stamm stolpert. Feigling, wiederholt Boris, doch ein zufriedenes Lächeln spielt auf seinen Lippen, der Strick legt sich über seine Kehle, er entspannt sich, sieht hinüber zur Villa am anderen Ufer, in der in diesem Moment das Licht angeht.

Jetzt hab ich dich. Das ist der letzte Gedanke von Boris Braeker. Das Letzte, was er in seinem Leben hört, ist das Keuchen seines Bruders im Rücken, der mit allen Kräften zieht. Dann wird alles schwarz, und als Anton kurz darauf weinend hinter ihm ins Laub sinkt, ist Boris tot.

Fünfzig

Jetzt.

»Was für 'n Schwachsinn.«

Kopfschüttelnd ließ Zorn die Zeitung sinken. Er sah erst zu Frieda, dann zu Schröder, die links und rechts am Bett saßen. Zuerst war Schröder gekommen, um Zorn die Nachricht von Anton Braekers Verhaftung zu überbringen. Das war am frühen Nachmittag gewesen, sie hatten sich gegenseitig beglückwünscht, die nächsten Schritte geplant. Zorns Stimmung hatte sich nach und nach aufgehellt, Schröder hatte ihn (mehrfach sogar!) gelobt, dazu kam, dass Cornelius bei Bewusstsein war. Er hatte nach seinem Bruder gefragt, sie würden bald miteinander reden können. Ausschließlich gute Neuigkeiten also, und als Frieda wenig später erschien, hatte Zorn sogar für eine Weile seine Schmerzen vergessen gehabt. Jedenfalls so lange, bis sie ihm die Zeitung reichte.

»Ach komm«, sagte sie. »So schlimm ist das doch nicht.«

Das war es tatsächlich nicht, doch Claudius Zorn war ein Mensch, der es verabscheute, im Licht der Öffentlichkeit zu stehen. Und so war es nicht verwunderlich, dass er der Schlagzeile *ENDLICH! UNSER TAPFERER POLIZIST AUF DEM WEG DER BESSERUNG!* wenig Gutes abgewinnen konnte, auch wenn sie nur im Lokalteil erschienen war.

»Irgendwas musste ich an die Presse rausgeben.« Frieda hob unschuldig die Brauen, ein wenig *zu* unschuldig, fand Zorn. »Die haben keine Ruhe gegeben.«

»Dann stammt das von dir? Diese Geschichte vom«, Zorns Tonfall wurde eine halbe Oktave höher, »*couragierten Kommis-*

398

sar, der selbst im Krankenbett nicht eher Ruhe findet, bis er die Unschuld seines geliebten Bruders bewiesen hat? Da brauchst du gar nicht so zu grinsen, und du«, er wandte sich an Schröder, »erst recht nicht, Freundchen!«

»Mach ich gar nicht.«

O doch, das tat Schröder, und zwar unübersehbar. Zorn sank erschöpft ins Kissen, brummte, dass nicht er, sondern Schröder den Fall gelöst habe und sich gefälligst selbst um die Pressefuzzis kümmern solle.

»Du siehst einfach besser aus als ich«, erwiderte Schröder, noch immer breit grinsend.

»Klar doch«, ächzte Zorn. »Wie 'n Zombie.«

»Hör auf zu jammern, Claudius.«

Frieda gab ihm einen Kuss auf den Stirnverband. Zorn hasste Hosenanzüge, zumal, wenn sie fliederfarben waren. Doch Frieda sah umwerfend aus, fand er.

Die Tür öffnete sich, eine höchstens zwanzigjährige Schwester in blauem Kittel und weißen Stoffschuhen erschien, flötete gutgelaunt, dass es Zeit fürs Abendessen sei, stellte ein Tablett auf das Rollschränkchen und verschwand auf quietschenden Gummisohlen ebenso schnell, wie sie gekommen war.

»Jetzt«, Schröder rieb sich die Hände, »wird gegessen.«

Er beugte sich über einen Teller mit zwei Scheiben Wurst, etwas Weißbrot und einem winzigen Stück Butter, schnupperte an einem Schälchen Magerquark.

»Sieht lecker aus.«

»Ja«, brummte Zorn. »Als hätte jemand in die Notaufnahme gekotzt.«

»Du wirst was essen«, befahl Frieda.

Zorn verdrehte die Augen und griff nach der Zeitung auf seinem Schoß. Während Schröder ein Brot schmierte, fiel sein Blick auf eine weitere Schlagzeile: *TURTELTAUBEN BEIM SCHNÄBELN ERTAPPT – MACHT ER IHR HIER EINEN ANTRAG?*

stand in fetten Buchstaben über dem unscharfen Schnappschuss eines alternden Rockstars, der in Begleitung eines deutlich jüngeren Mädchens beim Würstchenessen an einem Imbiss am Fluss fotografiert worden war. Zorn knüllte die Zeitung zusammen und warf sie neben das Bett, dabei fiel sein Blick auf das Wurstbrot in Schröders Fingern. Seine Miene verfinsterte sich.

»Du wirst mich nicht füttern, Schröder.«

»Das habe ich auch nicht vor.«

Drei herzhafte Bisse, und Schröder hatte das Brot vertilgt. Dann erklärte er kauend, dass er den ganzen Tag nichts gegessen habe, wischte sich ein paar Krümel vom Schnäuzer und stand auf.

»Ich lasse euch allein«, sagte er. »Vielleicht gibt's ja noch was, das ihr unter vier Augen besprechen wollt.«

»*Drei*«, verbesserte Zorn.

»Was?«

»Augen.«

Zorn rieb vielsagend mit dem linken Daumen über die Stelle, unter der sein Auge unter dem Verband verborgen war. Sein rechter Arm lag angewinkelt auf der Brust unter dem Laken, er mied den Anblick der verstümmelten Hand.

Schröder wischte die Bemerkung mit einem Achselzucken fort und ging zur Tür. Frieda stand auf, etwas hastig, fand Zorn. Sie sah auf die Uhr und erklärte, dass sie noch einmal ins Büro müsse, dann folgte sie Schröder, ohne Zorn die Gelegenheit zu einer Erwiderung zu geben.

*

Er wartete auf dem Flur auf sie. Frieda zog die Tür ins Schloss, wollte in Richtung Fahrstuhl laufen. Schröder machte keine Anstalten, ihr zu folgen. Seit einiger Zeit duzten sie einander, allerdings nicht, wenn sie im Präsidium waren.

»Hast du's ihm gesagt?«, fragte er.

Sie blieb stehen. Seufzte und schüttelte den Kopf. Das Klackern ihrer Absätze hallte noch über den Flur.

»Nein.«

»Das musst du irgendwann.«

Schröder lehnte neben einem Feuerlöscher. Man sah ihm kaum an, wie wenig er in den letzten Tagen geschlafen hatte, auch jetzt nicht, im grellen, klinischen Licht des Krankenhausflurs. Allenfalls die Augen lagen ein wenig tiefer, doch sie blitzten unverändert unter der Glatze wie geschliffene Opale.

»Ich weiß. Aber ich …«, sie stockte, um einen weißgekleideten Pfleger vorbeizulassen, »ich wollte warten, bis es ihm bessergeht.«

»Er ist stärker, als er aussieht.«

»Da wär ich mir nicht so sicher.« Ihr Lächeln war traurig, ein wenig schief. »Aber wahrscheinlich hast du recht. Niemand kennt ihn besser als du.«

Der Pfleger betrat Zorns Zimmer. Gedämpfte Stimmen drangen heraus, zunächst eine freundliche Begrüßung, gefolgt von Zorns mürrischer Antwort.

»Er sollte wissen, woran er ist«, sagte Schröder, nachdem sich die Tür geschlossen hatte.

Frieda überlegte einen Moment, nickte dann nachdenklich.

»Stimmt«, seufzte sie. »Das Problem ist nur, dass ich's selbst nicht weiß.«

*

Ein paar Tage später sahen sie sich zum ersten Mal wieder. Das Gespräch dauerte nicht lange, eine Viertelstunde vielleicht, sie waren beide erschöpft. Und verletzt, jeder auf seine Weise. Es war Cornelius, der zuerst etwas sagte, eine Minute, nachdem der Pfleger das Zimmer verlassen hatte, der ihn mit dem Rollstuhl hereingeschoben hatte.

»Du siehst beschissen aus, Claudius.«

»Danke gleichfalls.«

Cornelius hatte mindestens zehn Kilo abgenommen. Die Wangen hingen schlaff über das Kinn, der Hals ragte faltig aus dem Kragen des Frotteebademantels hervor. Trotzdem bot Cornelius noch immer eine eindrucksvolle Erscheinung, ein massiger Mann mit streng nach hinten gekämmtem Haar, der Zorn ein wenig an Marlon Brando in *Der Pate* erinnerte.

»Dein Kollege war bei mir«, sagte Cornelius.

»Schröder?«

»Er hat erzählt, was passiert ist.«

Zorn kratzte sich an der Nase, schnippte ein Stück Schorf beiseite.

»Ich mach dir keine Vorwürfe«, sagte Cornelius.

»Das wär auch noch schöner!« Zorn richtete sich ein wenig auf, seine Hüfte reagierte mit einem empörten Stechen. »Du hättest einfach nur die Klappe aufmachen müssen, du ...«

»Das hab ich. Du hast mir nicht geglaubt.«

»Du hast den großen Zampano gespielt, wie immer. Und dann bist du untergetaucht wie ein Schwerverbrecher. Was hätte ich denn tun sollen? Ich *wollte* dir helfen, aber deine verdammte Großkotzigkeit ...«

»Ich sagte, keine Vorwürfe.«

»Aber 'ne Erklärung«, Zorn sank erschöpft zurück, »wäre nett.«

Cornelius griff an die Räder, rollte ein Stück näher. Sein Gesicht wirkte seltsam verschoben, eine Seite hing ein wenig nach unten. Auch seine Stimme klang anders, er sprach schleppend, fast lallend.

»Ich hatte keine Ahnung, was da passiert. Und ich war wütend auf dich. Du hast mir all diese angeblichen Beweise um die Ohren gehauen, ich wusste nicht, wie ich mich wehren sollte. Ich dachte, die ganze Welt hätte sich gegen mich verschworen. Der Einzige, dem ich vertraut habe, war Heinlein.«

»Das war dämlich.«

»Ja«, nickte Cornelius mit einem schiefen Lächeln. »Aber er hat mich entlastet. Ich konnte ja nicht ahnen, dass er das Alibi widerrufen würde. Also hab ich ihm geglaubt, als er sagte, er würde meine Unschuld beweisen, ich solle ein paar Tage abtauchen und warten, bis sich die Lage beruhigt.«

»Er wollte, dass du dich noch mehr verdächtig machst.«

Wieder nickte Cornelius. Sein Kinn verschwand in den Falten am Hals, tauchte wieder auf.

»Dieser Unfall«, sagte Zorn. »Sie haben dir die Schuld am Tod des kleinen Mädchens gegeben. Hast du damals irgendwas gemauschelt?«

»Nein«, erwiderte Cornelius prompt, diesmal klang seine Stimme fest. »Es gab eine Prüfung, und auch später im Prozess ist nichts vertuscht worden. Es war ein Unglück, und wenn ich in irgendeiner Weise dafür verantwortlich gewesen wäre, dann hätte ich mich dieser Verantwortung gestellt. Das musst du mir glauben.«

Ja, überlegte Zorn, das sollte ich wohl. Ich habe ihm bisher nicht geglaubt. Es wird Zeit, dass ich damit anfange.

»Wie's aussieht«, sagte er, »werden wir noch 'ne Weile hier drin bleiben.«

»Das«, seufzte Cornelius, »fürchte ich auch.«

»Vielleicht laufen wir uns ab und zu über den Weg.«

»Rollen«, verbesserte Cornelius und klopfte auf die Lehne des Rollstuhls. »Es wird dauern, bis ich dieses Scheißding loswerde.« Er nickte zum Abschied, griff in die Räder, drehte den Rollstuhl zur Tür. »Dein Kollege«, sagte er über die Schulter, »dieser … Schneider.«

»Schröder.«

»Er meinte, zum Schluss wärst du so ziemlich der Einzige gewesen, der an meine Unschuld geglaubt hat.«

»Ach«, winkte Zorn ab, »der redet viel, wenn der Tag lang ist.«

»Auf mich macht er einen anderen Eindruck.«

Cornelius wandte sich noch einmal um. Seine dichten Augenbrauen hoben sich, er musterte seinen Bruder mit ernster Miene. Dann beugte er sich schwerfällig vor und langte nach der Klinke.

»Vielleicht«, fragte Zorn vorsichtig, »besuchen wir uns mal?«

Cornelius hielt mitten in der Bewegung inne, verharrte einen Moment.

»Von mir aus.« Er deutete zur Decke. »Ich liege drei Etagen höher, im Westflügel neben der Kardiologie. Ich bin privatversichert, Chefarztbehandlung, Einzelzimmer, *all inclusive* sozusagen.«

Die Gummiräder bewegten sich lautlos über dem Linoleum, der Rollstuhl vollführte eine halbe Drehung. Cornelius faltete die Hände über dem noch immer beachtlichen Bauch.

»Hast du 'nen eigenen Fernseher?«, fragte Zorn.

»Sicher doch. Mit Pay-TV.«

Zorn schob anerkennend das Kinn vor.

»Du kannst gern vorbeikommen«, sagte Cornelius, »da träumt ein kleiner Beamter wie du davon. Die Schwestern laufen in Strapsen rum, ich hab sogar Gardinen am Fenster.«

»Ach.«

»Und vergoldete Wasserhähne.«

»Du machst mich neidisch.«

»Selber schuld.« Cornelius zuckte die Achseln. »Ich hab dir immer gesagt, dass du mehr aus deinem Leben machen sollst.«

Sie sahen sich an.

»Was ist mit den Ärzten?«, fragte Zorn.

»Was soll mit denen sein?«

»Laufen die auch in Strapsen rum?«

»Das lässt sich arrangieren. Die lesen mir jeden Wunsch von den Lippen ab.«

Zorn tat, als müsse er nachdenken. Er runzelte die Stirn, was zur Folge hatte, dass ihm der Kopfverband bis über die Nase rutschte.

»Vielleicht«, brummte er, »sollte ich mir das mal angucken.«

Wieder trafen sich ihre Blicke. Zorn war der Erste, der grinsen musste. Ein wenig nur, doch er spürte, wie das Pflaster über seiner Wange spannte, während sein älterer Bruder noch immer keine Miene verzog.

»Dazu müsstest du allerdings wieder auf die Beine kommen«, sagte Cornelius.

»Das sollten wir beide.«

»Ja«, nickte Cornelius. »Und das werden wir auch.«

Einundfünfzig

Ein paar Wochen später.

Kurz vor Weihnachten. Seit zwei Tagen schneite es ununterbrochen, auch jetzt fiel der Schnee in dichten Flocken. Die Straßen waren am Morgen geräumt worden, ein paar Stunden später lag bereits eine neue, hauchzarte weiße Decke über der Uferpromenade. Es war Sonntag, dick vermummte Spaziergänger schlenderten in kleinen Grüppchen unter den alten Bäumen am Fluss entlang, der Atem pulsierte vor ihren Mündern, hinter ihnen zogen sich die Fußspuren im frisch gefallenen Schnee wie Furchen in einem Acker.

Die kleine Gruppe unterschied sich kaum von den anderen Spaziergängern, außer vielleicht, dass sie wesentlich langsamer unterwegs war. Ein untersetzter, korpulenter Mann mit altmodischem, breitkrempigem Hut und einem Wintermantel, der fast auf dem Boden schleifte, schob einen Kinderwagen mit einem schlafenden Jungen, dem die Mütze tief ins Gesicht gerutscht war. Zwei Meter hinter ihm lief ein Pärchen, ein großer, hagerer Mann in Lederjacke und Jeans schlurfte gebeugt durch den Schnee, die junge Frau hatte ihn untergehakt, sie stützte ihn mehr, als dass sie ihn führte.

»Geht's?«, fragte Frieda.

Zorn nickte mit zusammengepressten Zähnen. Das Haar hing ihm wirr und nass in die Stirn, er hatte sich standhaft geweigert, eine Mütze aufzusetzen. Auch die Krücke, die Schröder bei der Stationsschwester für ihren ersten Ausflug an die frische Luft besorgt hatte, war von Zorn abgelehnt worden, stattdessen hatte er mit einem scheelen Blick auf Schröders neuen Hut gefragt, ob sein feiner Herr Vorgesetzter jetzt einen auf Humphrey Bogart mache.

Schröder war vor dem Kinderwagen in die Hocke gegangen, er schob Edgar die Mütze aus der Stirn, ordnete vorsichtig den Schal. Im Krankenhaus war der Kleine noch aufgeregt umhergetippelt, auch auf der Fahrt zum Fluss hatte er nicht aufgehört zu plappern, und erst, nachdem Schröder ihn in den Kinderwagen gesetzt hatte, waren seine Augen allmählich glasig geworden, bis er schließlich nach fünf Minuten in den wohlverdienten Mittagsschlaf gefallen war.

Ein letzter, prüfender Blick auf den schlafenden Jungen, dann richtete Schröder sich auf, deutete auf eine Bank, die unter der dicken Schneeschicht kaum zu erkennen war.

»Wollen wir eine Pause machen?«

»Nee«, presste Zorn hervor. »Ich muss nur kurz Luft holen.«

Er hob den Kopf, spürte den schmelzenden Schnee auf der Haut. Die Ärzte hatten das Auge retten können, die Wunden im Gesicht waren fast verheilt, doch die Narben würden bleiben. Zorn musste sich noch immer zwingen, in den Spiegel zu sehen, und er wusste, dass dies für den Rest seines Lebens so bleiben würde. Kein Wunder bei diesem Anblick, es sah aus, als hätte ein Lkw auf seiner rechten Gesichtshälfte gebremst.

Zorn kniff die Augen zusammen, starrte nach vorn. Irgendwo dort, verborgen im Schneegestöber, machte der Fluss eine Biegung. Dort war das Ziel.

»Bist du sicher, ob er überhaupt geöffnet hat?«, fragte Frieda.

»Er *muss.*«

Zorn hinkte weiter. Frieda stützte ihn am linken Oberarm, der rechte Jackenärmel baumelte neben dem Körper wie ein leerer Schlauch. Die verstümmelte Hand, noch immer verbunden, hing in einer Schlinge vor der Brust.

Sie redeten nicht viel. Einmal beschwerte sich Zorn über das quietschende Rad des Kinderwagens, vor Wochen, nein, vor Monaten schon habe er Schröder darauf hingewiesen, es könne doch nicht so schwer sein, ein paar Tropfen Öl zu besorgen und die Sache in Ordnung zu bringen. Ansonsten konzentrierte er sich darauf, einen Schritt vor den anderen zu setzen und die Schmerzen zu ignorieren. Das Bein würde wieder in Ordnung kommen, hatten die Ärzte gesagt, das Hinken würde vergehen, die Brüche heilten gut.

Die Umrisse eines ausgedienten Lastkahns schälten sich aus den wirbelnden Flocken, ein Kohlefrachter, der zum Restaurant umfunktioniert worden war. Ein junger Mann, der trotz der Kälte nur ein T-Shirt unter der Kellnerschürze trug, schippte Schnee von den ausgetretenen Bohlen des Zugangsstegs.

Zorn kämpfte sich weiter voran, mit vorsichtigen, wohlüberlegten Bewegungen. Er wollte niemandem etwas beweisen, weder Schröder noch Frieda, es ging um ihn selbst. Ja, es war sinnlos und es tat weh. Er fühlte sich wie ein Bergsteiger, der unter Qualen einen hohen Gipfel erklimmt, nur, um einen Moment oben zu sein, etwas, das Zorn nie verstanden hatte, schließlich musste man irgendwann wieder hinunter.

Er tat es trotzdem, getrieben von einer trotzigen, fast kindischen Entschlossenheit. Er hatte ihn sich vor langer Zeit vorgenommen, diesen Ausflug mit den Menschen, die ihm am wichtigsten waren, und ja, er fror erbärmlich, jeder Knochen schmerzte, doch scheiß drauf, scheiß auf alles, sie waren zusammen, Schröder, Edgar, Frieda und er.

Zorn hielt an, um zu verschnaufen, rieb sich die schmerzenden Rippen. Frieda warf ihm einen besorgten Blick zu, er bemerkte es nicht, starrte durch die wirbelnden Schneemassen, schätzte die Entfernung, hundert Meter vielleicht.

Weiter.

Er roch den Imbiss, bevor er ihn sah, den Duft nach Glühwein und gegrillten Würstchen. Im Näherkommen öffnete Zorn den Reißverschluss der Lederjacke, fischte mit der gesunden Hand die Geldbörse aus der Innentasche und erklärte mit wichtiger Stimme, dass er die Rechnung übernehme. Schröder schob den Kinderwagen mit dem noch immer schlafenden Edgar unter das Vordach des kleinen Bootshauses, Zorn humpelte näher, ein bulliger, gutmütiger Mann mit raspelkurzen Haaren und hellen Augen erschien am Fenster und fragte nach ihren Wünschen.

Schröder bestellte Tee.

Frieda einen Glühwein.

»Ich nehm ein Eis«, sagte Zorn. »Einen Flutschfinger.«

Er musste die Zähne zu Hilfe nehmen, um die Packung zu öffnen.

Dann standen sie schweigend unter dem Vordach. Zorn lutschte tapfer an seinem Eis, es schmeckte fürchterlich, doch das war egal. Er dachte an nichts, weder an den Rückweg noch an das, was in der nächsten Zeit geschehen würde. Allein der Moment zählte, das *Jetzt*. Er sah Frieda an, die neben ihm in ihren dampfenden Glühwein blies, sie spürte seinen Blick, sah lächelnd zu ihm auf, wärmte die Hände an der Tasse und dachte, dass sie es ihm endlich sagen musste. Dass sie die Stelle bei der Generalstaatsanwaltschaft antreten würde, in zwei Monaten würde sie die Stadt verlassen. Sie stellte die Tasse ab, wischte ihm etwas Wassereis aus dem Mundwinkel und fragte sich, ob sie jemals den richtigen Zeitpunkt dafür finden würde.

Schröder nippte an seinem Becher. Ein paar Teetropfen verfingen sich in seinem Schnauzbart, Zorn deutete darauf und sagte, dass es jetzt endlich Zeit sei, dieses Ding zu entfernen.

»Warum?«, fragte Schröder und wischte sich mit dem Handrücken über den Mund.

»Du hast gesagt, dass du ihn abnimmst, wenn ich wieder fit bin.«

Schröder hob den Kopf. Sein Gesicht lag im Schatten des albernen Hutes, als er schließlich nickte, rieselte etwas Schnee von der Krempe.

»Gut.«

Allerdings, fügte er hinzu, habe Zorn noch eine Menge Arbeit vor sich. Die Reha würde anstrengend werden, und wenn er, Schröder, das Gefühl habe, dass Zorn die Sache schleifen lasse, würde er sich den Bart ruckzuck wieder wachsen lassen, diesmal allerdings keinen Schnäuzer, sondern einen Vollbart.

»Ist das 'ne Drohung?«, fragte Zorn.

»Ja«, nickte Schröder. »Aber ich denke, ich werde sie nicht wahrmachen müssen. Du schaffst das.«

»Klar schaff ich das. Mit links.« Zorn bewegte die verstümmelte Hand unter der Jacke. »Bleibt mir auch nichts anderes übrig.«

Vom anderen Ufer wehte Kinderlachen herüber, ein Dohlenschwarm kreiste über den öligen Wassern des Flusses.

Irgendwo bellte ein Hund.

Dann wurde Edgar wach und bekam einen Lolly.

Stephan Ludwig
Zorn – Tod und Regen
Thriller

Band 19305

»Es dauerte drei Stunden, bis sie den Verstand verlor,
und weitere zwei, bis sie endlich sterben durfte.«

Zwei Morde – blutig, brutal, unerklärlich. Warum gibt ein
Killer seinem Opfer Schmerzmittel, bevor er es quält? Hauptkommissar Claudius Zorn soll die Ermittlungen leiten: Er hat
Kopfschmerzen, er hat keine Lust, er hat keine heiße Spur.
Als er dann noch merkt, dass ihn bei den Ermittlungen irgendjemand austricksen will, bekommt Zorn richtig schlechte Laune. Und der Mörder hat noch nicht genug …

Der packende Auftakt zur neuen Reihe mit Hauptkommissar
Claudius Zorn und seinem kauzigen Assistenten Schröder

Fischer Taschenbuch Verlag

fi 19305 / 3

Stephan Ludwig
Zorn – Vom Lieben und Sterben
Thriller

Band 19507

»Claudius Zorn und sein Kompagnon
haben das Zeug dazu, Kultstatus zu erreichen.«
krimi-couch.de

Die Hauptkommissare Zorn und Schröder ermitteln unter
Hochdruck: zwei Morde in einer Woche, beides Jugendliche,
kaltblütig getötet, förmlich hingerichtet. Schnell ist klar, dass
hier jemand gezielt mordet, seine Opfer ganz genau auswählt,
sie vielleicht sogar kennt. Als die beiden Kommissare endlich
eine Spur haben, ist die Zeit bis zum nächsten Mord bereits
abgelaufen. Und die Jagd nach dem Täter bringt nicht nur
Schröder an seine persönlichen Grenzen.

Der zweite Fall für Hauptkommissar Claudius Zorn und den
dicken Schröder

Fischer Taschenbuch Verlag

Stephan Ludwig
Zorn – Wo kein Licht
Thriller

Band 19636

»Zorn und Schröder sind Kult-Kommissare.«
MDR

Hauptkommissar Claudius Zorn weiß nicht mehr, wo ihm der
Kopf steht. Innerhalb kürzester Zeit ereignen sich mehrere
Verbrechen, und alles landet auf seinem Tisch. Sein Kollege
Schröder liegt mit Gehirnerschütterung im Krankenhaus und
kann ihn zunächst nicht wie gewohnt unterstützen. Aber dann
erhält Zorn den entscheidenden Hinweis. Und hat schnell
einen Verdacht. Nur glaubt ihm keiner. Mit fatalen Folgen …

Der dritte Fall für Hauptkommissar Claudius Zorn
und den dicken Schröder

Das gesamte Programm gibt es unter
www.fischerverlage.de

fi 19636 / 1

FRAGEN AN HAUPTKOMMISSAR ZORN
UND HAUPTKOMMISSAR SCHRÖDER

Herr Schröder, wir müssen Ihnen ein Kompliment machen.
Der Schnäuzer steht Ihnen hervorragend.

SCHRÖDER: Gracias.

Ansonsten geht`s Ihnen gut?

ZORN: Ihm geht´s gut. Sie sollten mich mal fragen, ich bin hier der Verletzte. Und was das Gestrüpp unter Schröders Nase betrifft, setzen Sie ihm gefälligst keine Flausen in den Kopf!

Und? Wie geht`s Ihnen, Herr Zorn?

ZORN: Ach, fragen Sie lieber nicht.

Ihre Schusshand ist schwer verletzt worden.

ZORN: Ich kann mit den Schmerzen leben.
SCHRÖDER: Du bist so tapfer.
ZORN: Außerdem hasse ich Pistolen.

Werden Sie jetzt in den Innendienst versetzt?

ZORN: Ich hasse Akten.
SCHRÖDER: Das kann ich bestätigen.
ZORN: Fisch hasse ich übrigens auch.

Darum geht´s im Moment nicht.

ZORN: Und Jazzmusik, die hasse ich auch.
SCHRÖDER: Vergiss die Friseure nicht, Chef.
ZORN: O ja, Friseure! Die hasse ich ganz besonders!

Anderes Thema. Freuen Sie sich denn, dass es mit Ihrer Fernsehkarriere weitergeht? Die Verfilmung Ihres fünften Falls wird ja noch diesen Herbst gedreht und kommt dann nächstes Jahr ins Fernsehen.

SCHRÖDER: Also ich finde das toll.
ZORN: Ich nicht. Ich hasse diesen ganzen Stress.

Wie geht es eigentlich mit Ihrem Privatleben weiter, Herr Zorn? Jetzt, wo Sie eine neue Beziehung haben, noch dazu mit einer Vorgesetzten ...

ZORN: Kein Kommentar.

Es macht wirklich nicht besonders viel Spaß, Ihnen Fragen zu stellen!

ZORN: Dann suchen Sie sich `nen anderen Job. Kann man hier ...

Nein, hier kann man nicht rauchen!

ZORN: Dann machen wir jetzt Schluss mit dem Quatsch.

Wie Sie meinen. Herzlichen Dank für das Gespräch.

SCHRÖDER: Gern geschehen.
ZORN: Ich hasse Interviews.